リ

果てしなき輝きの果てに

LONG BRIGHT RIVER

リズ・ムーア
竹内要江訳

TOKYO
HAYAKAWA
BOOKS

A HAYAKAWA
POCKET MYSTERY BOOK

LONG BRIGHT RIVER
by
LIZ MOORE

Translated by
TOSHIE TAKEUCHI
First published 2020 in Japan by
HAYAKAWA PUBLISHING, INC.
This book is published in Japan by
arrangement with
THE GERNERT COMPANY
through TUTTLE-MORI AGENCY, INC., TOKYO.

装幀／水戸部 功

M. A. C. に。

幾筋もの通りに商店がずらりと軒を連ね、堂々たる邸宅や瀟洒《しょうしゃ》な住宅が立ち並ぶ現在のケンジントンについてはすでに多くのことをご存知だろう。悠々と流れるデラウェア川の胸に抱かれたケンジントンは、まさに都市のなかにあるもうひとつの都市といえよう。街のすみずみまで活気にあふれ、ひしめくように建つ工場から立ちのぼる煙は空を覆い隠すほどだ。この広い街のどこにいても産業のうなり声が耳に届く。しあわせで満ち足りた人々が隆盛を誇るこの地で豊かさを享受している。この街に住まうのは勇ましい男たち、見目麗しい女たち、それに、いずれ父親が世を去ればその跡を継ぐことになる屈強な若者世代だ。ケンジントンに栄光あれ！　まさに北米大陸のほまれ――フィラデルフィアの至上の栄誉。

――『ケンジントン――都市のなかにあるもうひとつの都市』
（原題 *Kensington; a City within a City* 未訳、一八九一年）より

この小島に混乱などあろうか？
壊れたものはそのままにしておくがよい。
〔祈禱や供物を捧げても〕神々はなだめがたいものだ。
再び秩序を回復するのはむずかしい。
死よりなお悪い錯乱状態こそ確かに存在するのだ。
〔すなわち〕苦悩の上にまた苦悩、苦痛の上にまた苦痛、
息も苦しい老人に長々とした労働、数々の戦いで
疲労困憊《こんぱい》したわれらが輩《やから》に対して、また道標《みちしるべ》の星々を
見るがあまり朧《おぼろ》に霞《かす》む眼のわれらに対して辛い仕事こそ。

しかしアマランスやモーリュの花のベッドで支えられ、
（おもむろに吹き渡る暖かい風を子守歌として）ああ何という甘美さよ。半ば閉じた眼を微
動だにせず、
雲に覆われ、神々《こうごう》しい大空のもと、
長く輝く一筋の川がおもむろに
紫けむる山の彼方から流れくだるのを眺めることは——

露しげき夕まぐれの木《こ》霊《だま》が互いに呼び合って
きつく絡まる蔓《つる》の間を縫って洞《ほら》から洞へと渡りゆく——
エメラルド色の水が神々しい幾多のアカンサスの花環を
縫って落下するさまを眺めることができるとは！
彼方の輝きわたる海の音を聞き、眺められすれば、いや、
松の木の下で体を伸ばして音だけでも聞きさえすれば。

——アルフレッド・テニスン『安逸の人々』より

（西前美巳編『対訳　テニスン詩集——イギリス詩人選（5）』
岩波書店、二〇〇三年刊より引用）

リスト

ショーン・ゲーガン、キンバリー・ガマー、キンバリー・ブルワー、キンバリー・ブルワーのお母さんとおじさん、ブリット＝アン・コノヴァー、ジェレミー・ハスキル、ディパオラントニオ兄弟の下のふたり、チャック・ビアス、モリーン・ハワード、ケイリー・ザネッラ、クリス・カーターとジョン・マークス（一日ちがいだった。ふたりは同じ粗悪品の犠牲になったのだと、だれかが言っていた）、カーロ（苗字が思い出せない）、テイラー・ボウエスのボーイフレンド、一年後にテイラー・ボウエス自身も、ピート・ストックトン、以前の隣人の孫娘、ヘイリー・ドリスコル、シェイナ・ピエトロフスキ、ドゥニー・ジェイコブスと彼のお母さん、メリッサ・ギル、メーガン・モロー、メーガン・ハノーヴァー、メーガン・チザム、メーガン・グリーン、ハンク・チャンブリス、ティムとポール・フロレス、ロビー・サイモンズ、リッキー・トッド、ブライアン・アルドリッチ、マイク・アッシュマン、シェリル・ソコル、サンドラ・ブローチ、ケンとクリス・ローリー、リサ・モラレス、メアリー・リンチ、メアリー・ブリッジズと彼女の姪、彼女と同い齢の友達ジム、ミッキー・ヒューズの父親とおじさん、ほとんど会ったことのないふたりの大おじさん。わたしたちの恩師ポールース先生。二十三分署のデイヴィス巡査部長。いとこのトレーシー。いとこのシャノン。わたしたちの父さん。母さん。

果てしなき輝きの果てに

登場人物

ミカエラ（ミッキー）・
　フィッツパトリック…………フィラデルフィア市警二十四分署のパトロール警官

ケイシー・マリー………………ミッキーの妹

ジー・オブライエン……………ミッキーとケイシーの祖母

トーマス…………………………ミッキーの息子

サイモン・クレア………………トーマスの父親。南刑事課刑事

ベサニー・サーノウ……………トーマスのベビーシッター

セシリア・マーン………………ミッキーの大家

アロンゾ・ヴィラヌエヴァ……雑貨店の店主

ローレン・スプライト…………ミッキーのママ友。ラジオ局のプロデューサー

ボビー
アシュリ }………………………ミッキーとケイシーのいとこ

ダニエル・
　　フィッツパトリック……ミッキーとケイシーの父親

ポーラ・マルーニー……………娼婦。ケイシーの親友

フラン……………………………ポーラの兄。麻薬の売人

コナー・（ドック・）
　　　　　マクラッチー……ケイシーの恋人

ロバート・
　　マルヴィー・ジュニア……DVの加害者

エドワード・ラファティ………新人警官。ミッキーの新しい相棒

トルーマン・ドーズ……………ミッキーの元相棒。療養休暇中

ケヴィン・アハーン……………巡査部長。ミッキーの上司

グロリア・ピータース…………パトロール警官。ミッキーの同僚

デニス・チェンバース…………内務監査官

デイヴィス・グエン……………東刑事課刑事

マイク・ディパウロ……………東刑事課刑事。トルーマンの友人

現在

「ガーニー・ストリートの線路脇に遺体。女性、年齢不詳、おそらく薬物の過剰摂取」通信係の声が聞こえる。

「ケイシーだ」けいれんや反射のようにそんな思いがよぎる。わたしの内側には研ぎ澄まされた、無意識のなにかが巣喰っていて、女性が発見されたという知らせを受けるやいなや、瞬時に脳深部にお決まりのメッセージが届けられる。それが終わると、理性がのそのそと姿を現す。気だるげで鈍感、でも職務には忠実な兵士が面倒くさそうに可能性や統計について講釈を垂れる。ケンジントンで昨年薬物の過剰摂取が原因で死亡したのは九百人だぞ。ケイシーはそのなかにいなかった。さらに、そいつはわたしに喝を入れる。おまえはプロに徹する大切さを忘れているようだな。背筋を伸ばせ。少しは笑え。顔をゆるめろ。眉間のしわを伸ばして、あごに力を入れるのはやめるんだ。自分の仕事に集中しろ。

　今日は一日じゅう、経験をつませるために無線の応答はすべてラファティに任せている。「さあ」わたしはうなずいてみせる。ラファティは咳払いをして口元をぬぐう。緊張しているのだ。

「こちら二六一三号車」

　このパトカーの車両番号だ。よろしい。

　通信係が先をつづける。通報者は匿名。公衆電話からかかってきたが、それはケンジントン大通りにまだいくつか残っている公衆電話のなかでも、わたしの知るかぎり唯一通話できる一台だ。

ラファティがわたしを見る。わたしは彼を見返す。

「もっと。もっと聞き出して」と身振りで伝える。

「了解。それじゃ」ラファティが無線に伝える。

だめだ。わたしは自分の無線機を口元に近づける。

そして、はっきりした声で問いかける。

「くわしい位置情報は？」

　通信を終えると、わたしはラファティにいくつかアドバイスを与え、通信の際は的確なしゃべり方を心がけるよう注意する――新人警官の多くが、おそらく映画やテレビ番組の影響で、わざとらしく気取って男らしい話し方をする傾向があるのだ。さらに、通信係からできるだけ多くの情報を引き出すことも大切なのだと伝える。

　だが、わたしが最後まで言い終わらないうちに、ラファティから「わかりました」と返事が返ってくる。

　わたしは彼を見る。「素晴らしい。それはよかった」


　知り合ってまだ一時間だというのに、彼がどんな人間なのかわかってきた。大の話し好き（彼については、彼が今後わたしについて知りうる以上のことをすでにわたしは知っている）。野心家。つまりは俗物だ。みじめだとか、弱いだとか、愚かだとか言われるのを恐れるあまり、そうやって欠点を指摘されても受け入れられない。かたや、わたしは自分がみじめだとよくわかっている。サイモンから小切手が届かなくなってからはいっそう。わたしは弱い？　まあ、ある意味では。たぶん頑固なのだ。融通がきかないうえに、意地っ張り。救いの手が差し伸べられてもそっぽを向く。身体面でも臆病だ。銃弾が向けられた仲間の前に身を投げ出したり、雑踏のなかに姿をくらます犯人をとっさに追いかけたりするような警官ではないから。みじめ、たしかに。弱い、そのとおり。愚か、それはちがう。わたしは愚か者ではない。

今朝の点呼開始には間に合わなかった。またしても。遅刻するのは今月に入って三度目だなんて、はずかしくて認めたくない。遅刻などもってのほか。優秀な警官たるもの、時間は遵守すべし。剥がれかかった啓発ポスターが壁に貼ってあるだけの、家具もなにもない、明るくて殺風景な集会室に足を踏み入れると、アハーン巡査部長が腕組みをしてわたしを待ち構えていた。

「フィッツパトリック、パーティーへようこそ。今日はラファティと組んで二六一三号車に乗れ」

「ラファティってだれですか」頭が回らないままに言ってしまった。決して受けを狙ったわけではない。隅にいたセボウスキーが短い笑い声を上げた。

「あいつがラファティだ」巡査部長が指さした。

その先にいたのが、この地区に配属されて二日目のエディ・ラファティだった。部屋の向こう側でなにも記入されていない活動記録を熱心に眺めている。不安げにこちらをちらりと見やる。そして、靴になにかがついているのに気づいたかのように、身をかがめる。靴は磨きたてでぴかぴかのようだ。彼は唇をすぼめ、そっと口笛を吹いた。その時点で、わたしは彼に同情したくなった。

そして、彼は助手席に身を沈めた。

知り合って最初の一時間でエディ・ラファティについてわかったこと。四十三歳でわたしよりも十一歳年上。フィラデルフィア市警には最近採用された。昨年採用試験を受けるまでは建設業界で働いていた（「背中がね、まだときどき痛むことがあって。ここだけの話ってことでお願いします」）。実地訓練を終えたばかり。元妻が三人、大人になりかけの子どもが三人いる。ポコノ山地に家を持っている。ウエイトリフティングをする（「ジムにはまってるもんで」）。胃食道逆流症を患っている。ときどき便秘になる。サウスフィラデルフィア育ちで、現在はメイフェア在住。アメフトのフィラデルフィア・イーグルスのシーズンチケットを友達六人と分け合っている。最近別れた妻は二十代だった（「まあ、おそらくそれがよくなかったんだな。あいつは子どもっぽかったから」）。ゴルフをする。保護施設からピットブルの雑種、ジンボとジェニーを引き取って飼っている。高校では野球をプレーした。じつはわが分署の巡査部長、ケヴィン・アハーンは当時のチームメイトだ。彼に警察の仕事を勧めたのはほかでもない、アハーン巡査部長だったのだ（そういう経緯にはうなずけるところがあった）。

　知り合って最初の一時間でエディ・ラファティがわたしについて知ったこと。わたしはピスタチオアイスが好きだ。

　午前中ずっと、ラファティがめずらしくだまり込んだすきに、わたしはこの地区について知っておくべき基本事項をなんとかして彼にたたき込もうとしている。

　ケンジントン地区はアメリカ基準でいうところの〝古都〟フィラデルフィアのなかでも比較的新しい地区に数えられる。一七三〇年代に英国人アンソニー・パーマーによって拓かれた。なんの変哲もないだだっ広い土地の一角を取得したパーマーは、当時英国王族の住まいとして定められていた地にちなみ、ケンジントンと名づけた（おそらくパーマーも俗物だったのだろう。もう少し好意的にいえば、楽天家だ）。現在、ケンジントンの東端はデラウェア川から約一・五キロ離れているが、当時は川岸が境だった。そのため、初期の産業は造船や漁業だったのだが、十九世紀のなかばには製造拠点としての長い歴史がはじまろうとしていた。最盛期には、鉄、鉄鋼、繊維製品にくわえ、医薬品（まさにおあつらえ向きといえる）の生産力の高さを誇った。ところが、それから一世紀のちに、この国の工場が大量に操業停止する事態に陥ると、ケンジントンも最初はゆっくりと、それから急激に進行する経済衰退の道をたどることになる。住民の多くが仕事を求めて市の中心部や市外に移った。土地に愛着がある者や、いずれ風向きが変わるという希望的観測の持ち主はとどまった。現在ケンジントンでは、十九世紀から二十世紀にかけて移り住んだアイルランド系アメリカ人と、比較的新しいプエルトリコ人やその他のラテンアメリカ系住民がほぼ同じぐらいいる。さらに、アフリカ系アメリカ人、東アジア人、カリブ人がケンジントンにおける人口分布を表すパイの小さな一片を分け合っている。

現在のケンジントン地区を貫くように通っているのが、二本の幹線道路の連なりだ。フロント・ストリートは市の東端まで北方面に伸びる道だが、その途中から北東方面に折れ曲がるのがケンジントン大通りだ(広く〝大通り〟と呼ばれているのだが、この呼称はそれを口にする人によって、親しみがこもったものにも侮蔑の念がこもったものにもなる)。マーケット・フランクフォード高架《エレベーテッド》鉄道線(通常は〝エル線〟と呼ばれているが、なにしろ市の名前じたいが略称で〝フィリー〟と呼ばれるぐらいなので、市内交通機関の名称も省略される運命をまぬがれない)がフロント・ストリートとケンジントン大通りの真上を通っているので、このふたつの通りは一日の大半が薄暗いままだ。高架線を支えるのは大きな鉄骨だが、青い橋脚が十メートルごとに並ぶさまはまるで、恐怖の巨大芋虫が地区の上をのっしのっしと這っているようだ。ケンジントン地区でおこなわれる取引(麻薬および売春)の大部分はこのふたつの道のどちらかではじまり、それが完結するのは、いずれかの道と交差するもっとせまい通りか、それよりも多いのが地区内の脇道や路地にある廃屋や空き地でというケースだ。表通りには、ネイルサロン、テイクアウト専門料理店、携帯電話ショップ、スープキッチンなどの慈善団体、バーなどが軒を連ねている。とはいえ、三分の二の店舗のシャッターはおりたままだ。

そんな状況にもかかわらず、いまわたしたちの左手で、昔工場が取り壊されて以来ずっと空き地だった土地にマンションが姿を現しつつあるように、この地区には再生のきざしがある。わたしが育ったフィッシュタウンに隣接する地区の境周辺では、新しいバーや店ができている。そういう商売を取り仕切るのは若い新世代だ。意欲にあふれ、お金があって、世間知らず。すぐそこにたわわに実った果実がなっているも同然だ。市長が地区の状況を憂慮するのはこのためだ。「もっと警官を投入しろ」というのが市長の方針だ。もっと、もっと、もっと警官を。

今日はかなり雨が降っているから、無線に応答するときはいつもよりもスピードを落とさなくてはならない。わたしは店の前を通りすぎるたびに、店名と店主の名前を口にする。ラファティが頭に入れておくべきだと思われる、最近起きた犯罪について説明する（彼はそのたびに口笛を吹き、首を横に振る）。協力者をリストアップする。ウィンドウの向こうでは、麻薬の注射を求める人と、注射を終えた人が行き交ういつもの風景が広がる。舗道を歩くふたりにひとりは両脚で身体を支えきれずに、ゆっくりと地面に溶けだしているようだ。「ケンジントンは傾いている」と言って、その手のことをジョークのネタにする輩もいる。わたしはそんなことはぜったいに言わない。

こんな天気なので、すれちがう女のなかには傘をさしている者がいる。彼女たちは冬用の帽子をかぶり、厚みのある上着を着て、ジーンズを穿き、足元は薄汚れたスニーカーといういでたちだ。ティーンエイジャーから高齢者までいる。圧倒的に多いのは白人だが、薬物依存は差別をしないので、あらゆる人種のあらゆる信条を持つ人の姿がそこにある。女たちは化粧をしていないか、目のまわりを濃い色のアイライナーで丸く塗っている。大通りを仕事場にする女たちはそれらしい格好をしているわけではないが、だれにでもわかる。通りすぎる車、通りすぎる男たちをいちいち長いこと凝視しているからだ。わたしはそういう女たちのほとんどを把握しているのだが、向こうもほぼ全員がわたしのことを知っている。

「あれがジェイミーよ」女を見かけるとラファティに教える。「あれはアマンダ。あの子はローズ」

彼女たちのことを知るのもトレーニングの一環だ。

通りを進んでいき、ケンジントン大通りとカンブリア・ストリートの交差点まで来ると、ポーラ・マルーニーの姿が目に入る。今日は松葉づえ姿だ。片脚だけでぎこちなく歩いているが、傘をうまくさせないから雨に濡れている。デニムジャケットがはっとするような濃い紺色に変色している。どこか建物のなかに入ってくれたらいいのに。

わたしはあたりをさっと見回してケイシーがいないかたしかめる。いつもはこの交差点でケイシーとポーラが一緒にいるところを見かける。ふたりがたまにけんかしたり、険悪になったりすると、どちらかがしばらくのあいだ別の場所で立っているのだが、一週間もするとまたそこに舞い戻り、タバコをくわえたケイシーと、水かジュースかビールが入っているとおぼしき紙袋を抱えたポーラが楽しそうにたがいの腕をぶつけあっている姿が見られる。

今日はケイシーの姿はどこにもない。というか、このところ彼女を見かけない。

わたしたちのパトカーが近づくと、ポーラは目を細め、だれが乗っているのか確認しようとする。わたしはハンドルを握りながら指を二本立てて振る。ポーラはわたしを見て、それからラファティに目を移すと、顔をわずかに上に向けて空を仰ぐ。

「あれがポーラ」

もっとなにか教えようか。あの子と一緒に学校に通ったの、とか。家族の友達なの。わたしの妹と仲がよくて。

でもラファティはもう別の話題に移っている。今度は彼が一年の大半悩まされている胸やけについて。

わたしはどう返事をしたものか、わからなくなる。

「いつもこんなにしゃべらないんですか？」いきなりラファティが聞いてくる。アイスクリームの好みを聞かれて以来、はじめての質問だ。

「ちょっと疲れていて」

「俺の前にもパートナーはたくさんいたんじゃないですか？」ラファティはそう言うと、なにかおもしろいことでも言ったかのように笑いだす。「すみません、不適切な質問でしたね」

わたしはしばらくだまりこくる。

それから口を開く。「ひとりだけ」

「どれぐらい組んでたんです？」

「十年」

「なにがあったんですか？」

「彼はこの春にひざを負傷したの。いまは療養休暇中」

「なんでまたけがなんか」

そんなのラファティの知ったことか。それでもわたしは「職務中に」と答えていた。

トルーマンが起こったことのすべてをみんなに知らせてもいいと思うのなら、彼の口から説明すればいい。

「お子さんは？　ご主人はいますか」

そろそろまた自分語りに戻ってくれないだろうか。

「子どもはひとり。夫はいない」

「そうなんですか。お子さんは何歳？」

「四歳。もうすぐ五歳になるところ」

「いい年ごろですね。俺の子がそれぐらいのときがなつかしいな」

わたしは通信係に伝えられた線路への入口脇にパト

カーを停めた。それは何年も前になにかが、もしくはだれかがフェンスを倒してできた開口部で、修理されることなくずっと放置されている。どうやら救急隊よりも先に到着したようだ。

　わたしは探るようにラファティを見る。この先に待ち受けるもののことを考えると、不意に同情の念が湧いてくる。彼が実地訓練をおこなった二十三分署はすぐとなりの地区だが、犯罪率はぐっと下がる。それに、もっぱら徒歩でのパトロールや交通整理に従事していたはずだ。この手の呼び出しに応じたことがあるかどうかは定かではない。これまでに死んだ人間を何人見たことがあるか聞くのもはばかられるから、結局は曖昧にしておくしかない。

「以前こういう任務についたことは？」

「まったく」ラファティは首を横に振りながら答える。

「そう、じゃあ行きましょうか」わたしは明るく言う。ほかにどう声をかけたらいいのだろう。どのみちしっかり覚悟させることなどできっこないのに。

　わたしがこの仕事をはじめた十三年前、こういうケースは年に数回だった。だれかが麻薬の過剰摂取で死んだとか、死んでしばらくたっているから医療の必要はないとかいう連絡が入った。過剰摂取の症状がひどくなってきた段階での通報はさらに多く、そういう場合はたいてい救命できた。最近ではそういうことが頻繁に起こるようになった。フィラデルフィア市内の薬物過剰摂取の発生件数は今年だけでも千二百件に達する勢いで、その大半がケンジントンで発生している。しかも、過剰摂取で亡くなって日が浅いケースがほとんどだ。なかには遺体の腐敗がはじまっていることもある。死ぬようすを目撃していた友人や恋人が当時の状況について聞かれるのをいやがり、わざわざ通報せずに適当に遺体を隠してしまうこともある。たいていそういう遺体は野ざらしになっていて、人気《ひとけ》のない場所で永遠に居眠りしている。家族が最初に発見することがある。子どもが発見することも。そして、わたしたち警官も第一発見者になりうる。パトロール中に人間の身体が大の字に伸びていたり、前かがみになっていたりするのを見かけると、まず生命徴候《バイタルサイン》をたしかめるのだが脈がない。身体に触れるとひんやりする。季節が夏でも。

ラファティとともに開口部から入り、土手を下ってせまい谷間へとおりていく。警官になって以来もう何年もこうやって何十回、いや何百回とここを下った。この樹木の生い茂る場所は、建前上はパトロールの担当地域に含まれる。ここに足を踏み入れるたびに、なにかやだれかに出くわす。トルーマンと組んでいたときはかならず彼が先頭を歩いた。彼のほうが経験豊富だからだ。今日はわたしが先を歩く。そうすればあまり雨に濡れずに済むとばかり、意味もなく身を低くかがめながら。だが、雨は一向にやむ気配がない。制帽に打ちつける雨音が大きすぎるので自分の話す声も聞こえないぐらいだ。靴がぬかるみのなかですべる。

ケンジントンのほかの多くの場所同様、リーハイ高架橋（現在ではおもに〝線路〟と呼ばれている）もまた本来の用途が失われた一角だ。往時には貨物列車がせわしなく行き交い、ケンジントンの産業の最盛期を支えるのに欠かせない存在だったが、いまでは滅多に使われることもなくなり、雑草がはびこっている。地面の上に打ち捨てられた注射針や袋を雑草や木の葉や枝木が覆い隠している。低木の木立が、ここでおこなわれることを外から見えにくくしてくれる。最近では市や所有者のコンレールから、この場所をコンクリートで埋め立てるという話が出ているようだが、実現にはいたっていない。ほんとうにそんなことができるのかあやしいものだ。人々が麻薬の注射のためにここそそとやってくる場所、大通りで働く女たちが人目を避けて客と一緒にやってくるこの場所が、現在の姿とはちがうものになるところなど想像できない。もしここが埋め立てられれば、地域のいたるところに同じような場所が新しくできるだろう。そんなことは火を見るよりも明らかなのに。

左側でカサコソ音がする。雑草のなかから男が姿を現す。生気のない顔をして、なんだかようすがおかしい。両手を脇にだらりと下げて突っ立っている。顔の表面には幾筋もの小川が流れている。泣いているのかどうか判然としない。

「サー、このあたりでなにか見ませんでしたか?」

返答はない。さらにじっと見つめてくる。唇を舌なめずりする。麻薬を求める者特有の、ぼんやりとした、飢えた表情をしている。両目は不自然なほどに薄い青色。きっとここで仲間か売人を探すつもりなのだ。だれか助けてくれる人を求めているのだ。男はようやく首を横に振る。ゆっくりと。

「ここに入ってはいけませんよ」わたしはその男に警告する。

言っても無駄だと、そこまでこだわらない警官もいる。芝生を刈るようなものだとだれかが言っていた。つまり、すぐにまた元どおりになるということ。でもわたしはかならず警告するようにしている。

「すみません」男はそう言うが、どこかに行くそぶりは見せない。彼にかかわっている時間はない。

わたしたちはさらに先に進む。両脇には大きな水たまりができている。通信係によれば、遺体があるのは、入口から百メートルほど戻った地点をやや右にそれた場所。「線路のそばです」と彼女は言っていた。発見者が見つけやすいように線路の枕木の上に新聞紙をのせておいたという。フェンスからずんずん奥に進むわたしたちが目指すものはその枕木だ。

ラファティが小道から少しそれたところにあるその

枕木を最初に発見する（それは小道というよりも、線路を訪れる人たちによって長年踏みならされてできた跡にすぎないのだが）。わたしはそちらに向かう。いつものように、その女性のことを知っているだろうかと考えながら。前に逮捕したことがあるだろうか、それとも、これまで路上で幾度もすれちがっているかもしれない。そして、考えるのをやめられなくなって、いつものあの呪文が戻ってくる。ケイシーかもよ。ケイシーかもよ。ケイシーかもよ。

十歩先にいるラファティが枕木の向こう側をのぞき込んでいる。なにも言わずに。身体をかがめ、首を一定の角度に曲げて、すべてを受け止めている。

そこまでたどり着いたわたしも同じ姿勢になる。

ケイシーじゃない。

真っ先にそう思う。よかった、知らない人だ。死んだのはそれほど前ではない。次にそう考える。長いこと放置されていたわけではなさそうだ。遺体にはやわらかい部分、弛緩している部分はまったくない。それどころか、あおむけになったその身体は硬直していて、片腕が折り曲げられ、手が鉤爪のようになっている。表情はゆがんでいて、けわしい。目はびっくりしたように見開かれている。過剰摂取の場合、普通は目を閉じているものだ——だからわたしもちょっとは気が楽になる。少なくとも、おだやかに死を迎えたと思えるから。でもこの女性はわが身にふりかかる運命が信じられないとばかりに、驚愕の表情を浮かべている。それで、草の葉のベッドに横たわっている。右腕以外はブリキの兵隊のようにまっすぐになっている。まだ若い。二十代だ。髪の毛はきっちりポニーテールにまとめられている——というより〝いた〟。いまは乱れ、髪をまとめるゴムひもから毛束がこぼれ落ちている。タンクトップとデニムスカートを身につけている。こんな格好では寒いだろうに。彼女の身体や顔に雨が容赦なく打ちつける。証拠の保存のためにもよくない。

わたしはとっさに彼女になにかをかぶせたくなる。暖かいものでくるんであげたい。上着はどこ？　おそらく彼女の死後だれかが持ち去ったのだろう。遺体のすぐそばに注射器と間に合わせの止血帯が落ちていたのは意外でもなんでもない。ひとりで死んだのだろうか？　女はひとりでは死なない。死ぬときそばにいる恋人や客は、意に反してやっかいなことに首を突っ込んで、とばっちりを受けるのを恐れて女を置き去りにする。

　こういうときまずはバイタルサインの有無を確認する。これだけはっきりしている場合、いつもなら省略するところだが、ラファティが見ているので手順どおりにことを進める。覚悟を決めて、枕木を乗り越え女性に近づく。心拍を確認しようとすると、近くで足音と人の声がする。「ひでえな。ひでえ。ひでえ」雨がさらに激しさを増す。

　救急隊員がわたしたちに気づく。若い男がふたり。急いではいない。救命は無用だとわかっているのだ。彼女は死んだ。ずっと前に。検視官の見立てを待つまでもない。

「新鮮なやつですか？」隊員のひとりが聞いてくる。わたしはうなずく。救命士や警官が死者をそんな風に表現することがあるのだが、わたしはそういう言い方はきらいだ。

　ふたりの若者は例の枕木までのんびり歩いてやってきて、平然と向こう側をのぞき込む。

「おやおや」片方が（苗字は〝サーブ〟だと名札からわかる）相方のジャクソンに向かって言う。

「まあ軽いだろうな」ジャクソンの言葉を聞いて、わたしはみぞおちを殴られたような気になる。ふたりは枕木をまたいで、遺体を避けて歩き、そばにひざまずく。

　ジャクソンが女性の身体に手を伸ばす。なにか反応はないかと親切にも何度か試みたのちに立ち上がる。

時計に目をやる。

「十一時二十一分、身元不明女性の死亡を確認」

「記録して」ラファティに指示を出す。パートナーとまた組むようになって、いいこともある。わたし以外のだれかが活動記録を書いてくれる。ラファティは雨で濡れないように自分の活動記録を上着の内側に入れていたが、それを取り出して、ページがしめらないようにその上に覆いかぶさる。

「ちょっと待って」

ラファティがわたしを見て、それから視線を遺体に移す。

わたしはジャクソンとサーブのあいだで身をかがめて犠牲者の顔をじっくり観察する。見開かれた両目はすでににごり、不透明だ。あごを痛々しいまでに食いしばっている。

ピンクの小さな斑点が眉毛のすぐ下にあり、頬骨の上にも散らばっている。遠くから見ると、ただ顔が紅潮しているだけにしか見えないのだが、近づくと、こまかいそばかすや紙についたペン先の跡のようにはっきりと見える。

サーブとジャクソンも身を乗り出す。

「ほんとうだ」サーブがつぶやく。

「どうしたんです」ラファティが問いかける。

わたしは自分の無線機を口元に当てる。

「他殺の可能性」

「いったいどうして?」ラファティが尋ねる。

ジャクソンとサーブはその質問には答えない。身をかがめたまま、遺体を仔細に調べている。

わたしは無線機を下ろす。ラファティに向き直る。トレーニング。これも彼のトレーニングなのだ。

「点状出血がある」斑点を指さしながら教える。

「というと」

「血管が破裂したということ。絞殺された証《あかし》ね」

鑑識班、殺人課、アハーン巡査部長が現場に姿を現すのは、それからまもなくのことだ。

過　去

わたしがはじめて妹が死んでいるのを見つけたとき、彼女は十六歳だった。二〇〇二年の夏のことだ。その四十八時間前、妹はわたしに夕方には帰ると告げて、友達と学校を出た。

　そして、夜になっても帰ってこなかった。

　土曜日になると、わたしはこわくなってケイシーの友達に電話をかけ、居場所を知っているか聞いて回った。でも、だれも知らなかった。というより、だれひとりとしてわたしには教えてくれなかった。当時わたしは十七歳で、かなり内気な性格だったが、それまでの人生で果たしてきた〝保護者〟の役どころが板についていた。祖母のジーいわく、「この子はまじめくさって、まったく損な役回りだよ」ということだ。ケイシーの友人たちは明らかにわたしのことを権威的な親のような存在とみなしていたから、なにか知っていてもだまっていたほうが無難だと考えたのだ。だれに聞いても、判で押したように面倒くさそうにあやまり、なにも知らないと答えるばかりだった。

当時のケイシーは落ちつきがなくて騒々しい子だった。だんだん家には寄りつかなくなっていたが、彼女がいると家全体が温かい楽しげな雰囲気に包まれたので、人生も悪くないと思えた。彼女のおかしな笑い声――口を開けて声を出さずに身をふるわせたかと思うと、甲高い声をけたたましく上げて何度も息を吸い込み、そのせいで身体が痛むとばかりに身をよじる、あの笑い声が部屋じゅうに響いていた。そんな声が消えた家では、ケイシーの不在が否応なく強調される。静まり返った家は不気味で奇妙だ。彼女の立てる音とともに彼女のにおいも消えた。おそらくタバコのにおいを隠すために彼女が友達と使いだした〝パチュリムスク〟というひどい香水のにおいもしなくなった。

警察に届け出るようジーを説得するのに週末いっぱいかかった。祖母は他人に踏み込まれるのをいやがる。第三者に孫娘の養育のようすを見られて、〝不適格〟の烙印を押されるのを恐れているのだ。

ジーはようやく承知したが、オリーブ色のダイヤル式電話の数字をかけまちがえてやり直した。これほどまでに不安におののき、怒り狂う祖母の姿は見たことがなかった。電話を切ったとき、彼女はわなわなと身をふるわせていた。怒り、悲しみ、羞恥――そんな感情が渦巻いていたのだろう。小声でなにかつぶやいていた。よく聞こえなかったが、ののしりとも祈りともとれた。

ケイシーがそんな風にいなくなって驚きはしたものの、意外ではなかった。社交的な性格の彼女はその少し前から、気はやさしいが怠惰で、好かれてはいるがまともに思われていない連中とつきあいだしていたからだ。ケイシーは八年生のとき一時はヒッピーみたいになったが、その後パンクに転向して髪をマニックパニックのヘアカラーで染め、鼻ピアスをつけ、巣を張ったメス蜘蛛の毒々しいタトゥーを彫って、何年もそういう感じで過ごしていた。彼女にはボーイフレンドがいた。わたしにはいたためしがなかった。ケイシーは好かれていたが、自分の人気をいつもいいことに利用していた。中学校にジーナ・ブリックハウスというかわいそうな女の子がいた。太っているだとか、汚いだとか、貧乏だとか、名前が変だとからかわれた挙句、十一年生でしゃべらなくなった彼女をケイシーは友達として迎え入れたのだ。以来、ケイシーはその子に関心を寄せて、彼女はケイシーの庇護のもと本来の魅力を発揮するようになった。ジーナは高校卒業間際に、変わっているが、既存の枠組みにとらわれない者に与えられる、〝とびきりユニーク〟という栄えある称号を授与された。

　だが、その少し前からケイシーの交友関係は変化しつつあった。深刻なトラブルに巻き込まれ、退学の危機に陥ったのも一度や二度ではなかった。大量に酒を、しかも学校内でも飲むようになって、当時はまだその危険性が認識されていなかった処方薬をあれこれ摂取するようになった。ケイシーがわたしに隠しごとをするようになったのもこのころだ。それまではなんでも打ち明けてくれていた。切羽つまり、訴えかけるような声色で、罪の赦しを乞うかのように。だが、急に隠しごとをするようになっても無駄だ。わたしは秘密のにおいをかぎつけることができる。当然だ。ケイシーの態度、身体つき、目つきの変化に気づかずにはいられない。子ども時代はずっと部屋とベッドを彼女と共有していたのだから。相手が次にどんなことを言うか事前にわかるぐらい、かつてはたがいに深く理解しあっていた。わたしたちは早口でしゃべるので、ふたりでなにを話しているのか他人にはわからない。文章がはじまったかと思うと、途中で終わる。目配せと身振りだけで延々とやりとりができる。そんな風だったから、妹の外泊が増え、朝のほんのひとときしか家に戻らなくなって、当時のわたしにはなんだかよくわからないにおいを漂わせるようになると、わたしは不穏な気持ちになった。

彼女が消息を絶って丸二日がたち、わたしは動揺していたが、それは彼女がいなくなったという事実や、なにか恐ろしいことが起こっているのかもしれないという心配のせいではなかった。ケイシーがここまで完璧に彼女の人生からわたしを締め出せるということに、衝撃を受けていたのだ。そうやっていちばん大切な秘密を、このわたしにすら知られないように隠しおおせることができるなんて。

ジーが警察に連絡してほどなく、わたしのポケベルにポーラ・マルーニーから連絡が入った。わたしは彼女に電話した。ポーラは高校ではケイシーと大の仲良しだ。彼女はわたしたち家族の絆《きずな》の大切さを理解して尊重してくれる、わたしをないがしろにしない唯一の存在だ。ポーラはケイシーのことをどこかで聞いて、居場所がわかるという。

「でも、おばあちゃんには言わないで。まちがってるかもしれないから」

ポーラはきれいな女の子なのだが、背が高く、強くてタフだ。女戦士のアマゾネスを思わせるところがあった（その女性だけの部族については、九年生の国語の授業でウェルギリウスの叙事詩『アエネイス』を読んだときにはじめて知り、十五歳でDCコミックスにハマって再会した）。一度、ポーラをほめるつもりで、ケイシーにあの子はアマゾネスみたいだと言ったら、「ミック、それ、ほかの人に言っちゃだめだよ」と釘を刺された。ともかく、わたしはポーラには好感を抱いていたのだが（いまでもそうだ）、彼女がケイシーによくない影響を与えていることにも気づいていた。兄のフランは麻薬の売人で、ポーラが兄に協力していることは周知の事実だった。

　その日、ケンジントン大通りとアレゲニー大通りの交差点でポーラと落ち合った。

「ついてきて」と彼女に言われた。

　歩きながらポーラは説明した。おとといケイシーとふたりでこの界隈にあるポーラの兄の友達の家に行ったのだと。その意味するところがわたしにはわかった。

「わたしは帰らないといけなかったんだけど、ケイシーは残りたがったから」

　ポーラは先頭に立ってケンジントン通りをどんどん進み、どんな名前だったかいまでは忘れてしまった脇道に入り、白い防風ドアのついた、崩れ落ちそうな集合住宅へと案内した。その家の玄関ドアには馬車と馬をかたどった鉄製の黒い飾りがついていたが、馬の前脚が欠けていた。ドアが開くまで五分間ノックしつづけてずっとその飾りを見ていたから、よくおぼえている。

「信用して。あいつらぜったいなかにいる。いつも家にいるから」

　ようやく開いたドアの向こうには、幽霊のような女がいた。見たことがないほどやせ細った黒髪の女性で、顔は赤らみ、とろんとした目つきをしていたが、わたしはのちにそういう特徴をケイシーと結びつけて考えるようになる。そのときは、それらの意味するところがまったくわかっていなかった。

「フランだったらここにはいないよ」ポーラの兄のことだ。女はわたしたちより一回り年上ぐらいだろうか。はっきりしない。

「だれよ」ポーラが口を開く前に女は言った。

「友達。妹を探してる」

「ここには妹なんかいないよ」

「あのさ、ジムに会えるかな」ポーラが話題をそらした。

フィラデルフィアの七月は過酷だ。真っ黒なコールタール塗りの屋根の下でじりじりと焼かれたその家は発熱していた。タバコ臭と甘ったるいにおいが家のなかに充満していた。この家が建てられた当時のようすを想像すると切なくなる。かつてはまともな家族が住んでいた家。おそらく工場労働者とその妻子が暮らしていたのだろう。その人物はケンジントン内に残る、いまでは廃墟になっているレンガ造りの巨大な建物に毎日通勤していた。一日の仕事を終えると家路について、夕食を食べる前には食前の祈りをとなえる。わたしたちは、かつて食堂だったとおぼしき場所に立っていた。いまそこには壁に立てかけてある金属製の折り畳み椅子があるだけだ。その家に敬意を表して、一世代前のその部屋の光景を心に思い描いてみる。レース編みのテーブルクロスがかけられた楕円形の食卓が置いてある。床にはフラシ天のカーペット。椅子は布張り。窓にかかるカーテンはだれかのおばあちゃんの手づくり。壁にはボウルに入った果物の絵がかけられている。

この家の持ち主とおぼしきジムが、黒のTシャツにデニムの短パンという格好で部屋に入ってきて、立ったままわたしたちを見つめた。両腕は身体の脇にだらりと垂れ下がっている。

「ケイシーを探してるのか？」わたしに向かって言った。なぜそうだとわかるのか、当時わたしは不思議だった。わたしはあどけない顔をして、お迎えにやってきた保護者然としていたにちがいない。身を隠す側ではなく、人を探しているタイプに見えたのだろう。なにしろ人生でずっとそういう役回りを引き受けてきたのだ。そのせいで、警官になってから、拘束した相手に、わたしが真剣に向き合うべき人物だと思わせるための、ある種の身のこなしや態度を身につけるのにかなり時間がかかったほどだ。

わたしはうなずいた。

「二階だ」ジムはつづけてケイシーは気分がすぐれないとかなんとか言った気がしたのだが、よく聞こえなかった。なにかほかのことだったのかもしれない。ともかく、わたしはすでにその部屋をあとにしていた。

二階の廊下に面したドアはすべて閉まっていた。ドアの向こう側には、得体の知れない恐怖が待ち受けているにちがいないと思った。正直なところ、わたしはおびえていた。しばらくその場に立ちつくした。ぐずぐずしている場合ではなかったとあとになって悔やむことになるのだが。

「ケイシー」そっと呼びかけた。自分から出てきてくれたらいいのに。

「ケイシー」もう一度言った。すると、ドアが開いてだれかが頭を出したが、すぐに引っ込めた。

廊下は薄暗かった。一階ではポーラが世間話に興じている。フランのことや近所の人のうわさ、最近大通りでやたら警官を見かけるようになって、みんな迷惑しているということを話している。

わたしはようやく勇気をふり絞り、いちばん近いドアを軽くノックしてひと呼吸置き、開けた。

そこに妹がいた。まず髪の毛でわかった。最近蛍光ピンク色に染めたばかりの髪の毛が、むきだしのマットレスの上にこぼれ落ちていた。ケイシーはわたしに背を向けて横向きに寝ころんでいたが、枕がないせいで頭がおかしな方向に傾いていた。

服はほとんど身につけていない。

そばに行くまでもなく、死んでいるとわかった。ケイシーとは子どものころからずっと同じベッドで寝ていたのだ。彼女がどんな格好をするかぐらいよくわかっている。その日はいつもとちがって彼女の身体は力なく横たわっていた。手足がひどく重そうだ。

わたしはケイシーの肩をつかみ、背中を引いた。左腕がベッドの上に転がる。綿製のTシャツを裂いた細長いひもがゆるんで上腕の下のほうに引っかかっている。その間に合わせの止血帯の下には、果てしなく輝く一筋の川の流れのような静脈が伸びている。顔は弛緩していて血の気がない。口は半開きで、目は閉じているが、まつ毛の下の細いすき間から白目がのぞいている。

わたしは彼女の身体をゆすり、大声で名前を呼んだ。ベッドの上、ケイシーのすぐそばに注射器が転がっている。もう一度名前を呼んだ。彼女の身体から排泄物のにおいがする。顔を思いっきり平手打ちした。当時、わたしはヘロインなど見たこともなかった。ヘロインを吸っている人も。

「九一一に電話して！」いまにして思えば、滑稽だ。その家にはどんな公的機関も決して呼ばれるはずがないのに。だが、ポーラが部屋に入ってきて、わたしの口を手でふさぐまで、わたしはそう叫びつづけていた。

「やばい」ポーラはケイシーを見てそう言うやいなや、ケイシーのひざと肩の下に腕を通してケイシーをベッドから降ろした（このとき彼女が勇敢に、落ちつき払って素早く的確にとった行動にはいまでも感服している）。彼女はケイシーをひょいと持ち上げると、壁にもたれかかって、足を踏み外さないよう注意しながら、急いで階段を下りていき、そのまま玄関の外に出た。わたしもあとを追った。

「近くから電話しないでよね」最初にドアを開けた女が言った。

ケイシーが死んじゃった。わたしはそう思った。死んじゃった。わたしの妹は死んじゃったんだ。ベッドで見たケイシーの顔はまちがいなく死んでいた。わたしもポーラもケイシーが息をしているか確認しなかったが、わたしは彼女が死んだものと思い込んだ。彼女のいない未来図が次々と心に浮かんだ。ケイシーのいないわたしの卒業式。わたしが結婚しても、子どもが生まれても、ジーが死んでも、ケイシーはそこにはいない。自分がかわいそうになって、わたしは泣きだした。生まれたときから背負わされている重荷を一緒に背負ってくれる唯一の相棒が死んでしまった。両親の死という重荷。祖母のジーという重荷（彼女が気まぐれに見せるやさしさにわたしたち姉妹はついすがってしまうのだが、普段は血も涙もない）。みじめさという重荷。涙が込み上げてきた。地面がかすむ。地中の木の根が隆起した舗道の一部につまずいた。

　それからほどなくして、その地区では新顔の若い警官がわたしたちを見つけた。先ほどジムとポーラが文句を垂れていた、最近増員された警官のひとりだろう。数分後には救急車が到着した。わたしはそのうしろに乗り込み、妹が症状を緩和するナロキソンを投与されて、死の淵から無理やり奇跡的に連れ戻されるさまを見守った。ケイシーは痛みと吐き気、絶望で泣き叫び、お願いだからもとの状態に戻してほしいと懇願した。

　だれも助けてほしいなんて思っていない――これはその日わたしが知ることになった秘密だ。地面に吸い込まれて土のなかに戻り、そこでいつまでも眠りをむさぼっていたいのだ。死の淵から連れ戻されたとわかると、彼らの顔は憎しみでゆがむ。職業柄いまではすっかり見慣れた表情だ。あの世からの奪還を使命とする救命士の肩越しに、そういう表情がのぞく。その日、目を開けたケイシーは悪態をつき、すすり泣きながら、そんな顔をしていた。それはわたしに向けられたものだった。

現　在

わたしとラファティは現場でお役御免となる。いまその場を取り仕切るのはアハーン巡査部長で、検視官や刑事、鑑識班の作業に立ち会っている。

となりに座るラファティはようやくおとなしくなった。わたしはほんの少し気が楽になって、ワイパーの動く音や、無線が低くパチパチと鳴る音に耳を傾けている。

「大丈夫?」

ラファティはうなずく。

「なにか質問は?」

首を横に振る。

沈黙が戻ってくる。

静けさにもいろいろな種類がある。これは、たがいに打ち明けられないことを胸に秘めた他人どうしのあいだに流れる、気まずくて、緊張をはらんだ静けさだ。こんなときトルーマンが恋しくなる。彼はだまっていても、おだやかな雰囲気はそのままで、彼が規則正しく息を吸ったり吐いたりする音を聞いていると心を落ちつけられた。

そのまま五分が過ぎる。ようやくラファティが口を開く。

「いい時代だった」

「なんですって?」

ラファティは身振りでなにかを表現しようとしている。

「この地区も昔はよかったのにってことです。そうじゃないですか? 俺が子どものころは、まだましだった。このあたりに野球をしに来てたぐらいですから」

わたしの顔がゆがむ。

「そこまでひどいわけじゃない」わたしは言い返す。「いいところもあれば、悪いところもある。それはどの地区も同じはず」

ラファティは納得しかねるとでも言いたげに肩をすくめる。この仕事についてまだ一年もたっていないのに、もう文句を言うとは。警官のなかには、自分たちがパトロールをおこなう地域に延々と難癖をつけて、攻撃的で醜悪な姿をさらすようになる者がいる。地域を保護し、よりよくする責務を負う者にケンジントン地区はふさわしくないとこぼす警官は少なからずいる（残念ながらアハーン巡査部長もそのひとりだ）。

「悲惨だな」点呼の時間に巡査部長の口からそういう言葉が漏れることがある。「麻薬の巣窟。まさに〝アメリカ合衆国、ジャンクタウン〟だ」

「コーヒーが必要ね」わたしはラファティに声をかける。

普段はコーヒーを買うなら街角にある個人商店でと決めている。バーナーの上にガラス製のコーヒーポットがのっていて、壁には猫砂とエッグサンドのにおいがしみついているような場所。店主のアロンゾともすっかり打ち解けている。でも、前から目をつけていた場所があるのだ。〝ボンバーコーヒー〟というカフェで、フロント・ストリートに最近相次いで開店した店のひとつだ。この店を提案したくなったのは、ラファティがこの地区をこき下ろしたせいだろう。

新しくお目見えした店の前を通りすぎるたびに、わたしはなにか魅かれるものを感じている。とりわけボンバーコーヒーは気になる。クールな感じのスチールや、ぬくもりがあって音が反響する木材がふんだんに使われた店内。まるで別の惑星からこの地区におり立ったような、そこに集う人々。店のなかで客が考えること、話題にすること、書いていることは想像するしかない。本やファッション、音楽のことや、部屋にどんな観葉植物を置いたらいいか話しているのだろう。犬の名前のアイデアを出しあっているのかも。彼らが注文するのは、どうやって発音すればいいのかよくわからない飲み物だ。ときどき、ほんのひととき路上から離れて、そういうことに頭を悩ませる人たちのなかに身を置いてみたいという衝動に駆られる。

ボンバーコーヒーの前にパトカーを停めると、ラファティがわたしを見る。疑い深いまなざしだ。

「ミック、本気なのか？」映画《ゴッドファーザー》のセリフだ。わたしにはわかりっこないと思っているのだろう。わたしがこれまでに《ゴッドファーザー》シリーズを自分から進んでではないが、通しで何度も観たことがあって、そのたびに嫌悪感を抱いていることをラファティは知らない。

「コーヒー一杯に四ドル払う覚悟があるんですか？」

「よろこんでおごらせてもらうわ」

わたしはおそるおそる店に入るが、そういう気持ちになることにいら立つ。わたしたちの制服や携帯している武器に気づくと、店内にいる人たちはぴたっと動きを止める。上から下までじろじろ見られることにはすっかり慣れた。それが済むと、人々は自分のノートパソコンへと戻っていく。

カウンターの向こう側にいるやせた女の子はひたいの真ん中で前髪を一直線に切りそろえていて、それが頭にのせた冬物っぽい帽子とよく似合っている。となりにいる男の子の髪の毛の根本は濃い色だが、毛先のほうはプラチナ色に脱色している。大きなメガネをかけているからフクロウみたいだ。

「ご注文は？」男の子に聞かれる。

「コーヒーのMサイズをふたつ」（二ドル五十セントの出費で済むことに気づいてわたしは内心ほっとする）

「ほかになにかご注文は？」彼はわたしたちに背を向けてコーヒーを淹れている。

「ああ」ラファティが答える。「ついでにそこにちょいとウィスキーを落としてくれよ」

　ラファティは相手が反応してくれるものと思い、にやにやしている。うちの親戚の男たちが好むたぐいのユーモアだ。野暮ったく、ありきたりで、なんの毒にもならない。ラファティは背が高く、まあまあハンサムで、きっとこれまでいろいろなところで憎からず思われてきたのだろう。男の子がこちらを向くが、ラファティはまだ笑っている。

「アルコールは扱ってません」

「冗談だよ」

　男の子がしかつめらしくコーヒーを差し出す。

「トイレを貸してもらえるか？」ラファティから愛想のよさが消えている。

「故障中です」男の子が答える。

　トイレとは書いてないが、店内の黒い壁沿いにドアが見える。それがトイレだということは一目瞭然だ。修理中だなんて、どこにも書いてない。もうひとりの店員の女の子はわたしたちと目を合わせようとしない。

「ほかにはないのか？」ラファティが食い下がる。フィラデルフィア市警の警官に理解がある店は多い。警官にオフィスはなく、一日じゅうパトカーに乗っているということがわかっているのだ。公衆トイレの確保はわれわれの重要な日課の一部だ。

「ありません」男の子はそう言って、わたしたちにコーヒーカップを手渡す。「ほかにご注文は？」

　わたしは無言で代金を支払う。午後のコーヒーブレイクは街角のアロンゾの店にしよう。アロンゾはわたしたちがなにも買わなくても、店内にある薄暗くてあまりきれいではないトイレを貸してくれる。彼はいつも愛想がいい。ケイシーのことも知っている。わたしの息子の名前もおぼえていて、どうしているかよく聞いてくれる。

「とんだガキどもだな。お行儀のいいこった」店から出るとラファティが毒づく。とげのある声だ。傷ついているのだろう。はじめて彼に好感をおぼえる。

ケンジントンへようこそ――わたしは心のなかでつぶやく。でもなにかがわかった気になるのはまだ早い。

勤務時間が終わり、わたしはパトカーを駐車場に入れる。ラファティが見ていることを意識して、普段よりもずっと念入りに車体を確認する。それが済むとそろって署内に入り、活動記録を提出する。

アハーン巡査部長はすでにオフィスに戻っている。オフィスと言っても、エアコンをつけるとかならずコンクリートの壁が結露するようなせせこましい小部屋だ。それでも、そこは彼だけが使える専用の部屋なのだ。ドアには〝ノックをどうぞ〟というサインプレートが掲げられている。

わたしたちはノックをする。

室内では巡査部長がデスクに座り、パソコンの画面を見つめている。わたしたちには一瞥もくれずに、無言で活動記録を受け取る。

「お疲れさま、エディ」退室するラファティに声をかける。

わたしはドアのところでぐずぐずしている。

「お疲れさま、ミッキー」巡査部長にわざとらしく言われる。

わたしは一瞬ためらう。そして、質問する。「被害者についてなにかわかりましたか？」

巡査部長はため息をつく。画面から顔を上げる。首を振る。

「まだだ。知らせることはなにもない」

アハーン巡査部長は背が低くてやせている。髪の毛は白髪交じりで、目は青い。不細工ではないのだが、体格に自信がないらしい。身長一七〇センチのわたしは、彼を五センチほど見下ろす格好になる。その身長差のせいで、彼はわたしと話すときにつま先立ちをして、話が終わるまでずっとそうしていることがある。今日彼はデスクに座っているから、そういう屈辱は味わわずにすむだろう。

「なにも？　身元の特定もまだですか？」

巡査部長はもう一度首を振る。信じていいのだろうか。彼にはひねくれたところがある。たいした理由もないのに手の内を隠しておきたがるのだ。そうすれば、彼がわれわれにたいして行使できる、ささやかな影響力を強調できるとばかりに。わたしは彼に毛嫌いされている。彼が他の地区から異動してきてまだ日が浅いころにわたしがやらかしたへまが元凶だ。朝の点呼の最中に巡査部長はわたしたちが追っていた犯人についてまちがったことを伝えたので、わたしは手を挙げて記録を訂正するように言ったのだ。そんなことをするなんて、うかつで軽率だったと気づいたときには時すでに遅し。上下関係や立場に波風を立てないように、あとで直接言えばよかったのだ。とはいえ、こういうとき多くの巡査部長はささいな逸脱行為は大目に見て、指摘されたことに感謝するだろうし、ジョークを飛ばしさえするかもしれない。だが、アハーン巡査部長はそれどころか〝このことはぜったいに忘れないからな〟という顔つきをした。いつか巡査部長に仕返しをされるかもしれないと、トルーマンと冗談めかして話したものだ。そんな軽口をたたきながらも、いまにして思えば、わたしたちはふたりとも実際には警戒していた。

「彼女が街で仕事をしている姿を見かけたことはありませんか。もしお知りになりたければ」

「知りたいとは思わんね」

〝そう思うべきでしょう〟と言ってやりたい。重要情報なのに。となると、彼女はこの地区の新顔か、ただの通りすがりということになる。地区のことにいちばんくわしいのはパトロール警官だ。わたしたちは街に出て、そこにある店や家の一軒一軒に精通し、そのなかにいる市民のことも把握している。現場にやってきた刑事もまずそのことをわたしに聞いたのだ。ほかにもいくつか質問されて、彼らの専門性の高さに胸のすく思いがした。

　でも、そういうことはなにひとつ口には出さないでおく。わたしはドアのところできびすを返す。そのまま出ていこうとして。

　だが、そこで巡査部長に声をかけられる。彼はわたしではなく、パソコンの画面を見つめたままだ。

「トルーマンはどうしている？」

　わたしは固まる。

「順調だと思いますけど」

「最近連絡はないのか？」

　わたしは肩をすくめる。ときどき巡査部長の真意を測りかねることがあるのだが、これまでの経験からかならずなにか魂胆があるということはわかっている。

「それは妙だな。きみたちは仲がいいと思っていたんだが」

　巡査部長はわたしが落ちつかなくなるまで長々とこちらを見つめる。

　帰宅する途中、ジーに電話をかける。最近ジーとはめったに話さない。会うのはもっとまれだ。トーマスが生まれたとき、この子はわたしが育てられたようには育てまいと心に誓った。それはとりもなおさず、できるだけジーを避けること、オブライエン一族に近づかないことを意味した。それでも、家族としての義務感を完全には捨てきれずに、不本意ながらもクリスマスの時期になるとトーマスを形だけジーの家に連れていくし、ときどきジーが生きているか確認するために電話を入れる。ジーはそのことで不満を漏らしたりもするが、わたしたちが寄りつかないことを気に病んでいるようでもない。ジーからは電話をかけてこない。調理の仕事をこなして、さらにスーパーでも働けるほど健康だというのに、トーマスの子育てには手を貸してくれない。わたしが連絡するのをやめれば、この先ジーと話すことはないだろうと最近気づいた。

「なんの用だい」呼び出し音が数回鳴って、ジーが電話に出る。電話に出るときはいつもこうだ。

「わたしだけど」

「わたしってだれだい」

「ミッキーだよ」

「ああ、だれの声かわからなかったから」

わたしは一瞬だまり込み、その意味するところを咀《そし》嚼《やく》する。繰り返す罪悪感。ほら、またきた。

「最近ケイシーから連絡があったかなと思って」

「なんであんたが心配しなきゃならないんだ」ジーは警戒している。

「別に理由はないけど」

「連絡なんてないね。あたしがあの子とかかわりあいになりたくないことぐらい、知ってるだろ。迷惑はごめんだよ。かかわりあいになるのはごめんだ」何度も繰り返して強調する。

「わかった。なにか連絡があったら教えてくれる?」

「あんた、なにをたくらんでるんだい」うさんくさそうに聞いてくる。

「なにも」

「あんたもあの子とはかかわらないことだよ。それが身のためだ」

「わかってる」

しばしの沈黙ののちに、ジーが口を開く。「そりゃあ、あんたはよくわかってるだろ」

ほっとしたようだ。

「あたしのベイビーはどうしてるのさ」ジーが話題を変える。彼女はトーマスにはやさしい。わたしたちのときよりもずっと。トーマスに会うたびに、存分に甘やかす。ハンドバッグにどっさりため込んだ、溶けかけたキャンディを取り出して包みを開け、彼に手渡す。ジーが示すちょっとしたやさしさに、彼女の娘であり、わたしたちの母親でもあるリサと接した姿の片鱗を見た気になる。

「あの子ったら最近生意気で」わたしはたいした意味もなくそう言う。

「およしよ」ほんのかすかだが、ジーの声に笑みが含まれているのがわかる。「およしよ、あたしのあの子をそんな風に言うのは」

「ほんとうにそうなんだから」

わたしは返事を待つ。ジーのほうから訪ねてきてくれたらとか、トーマスを連れ出してくれたらとか、子守を引き受けてくれたらとか、引っ越し先を見にきてくれたらいいのにと期待しているわたしがどこかにいる。

「まだなにか?」ようやくジーが口を開く。

「なにも。それだけ」

わたしが言い終わらないうちに、電話は切れる。

車をドライブウェイに乗り入れると、大家のミセス・マーンがレーキで庭そうじをしているところだ。彼女の住まいはコロニアル様式の古い二階建ての家で、その三階部分にアパートメントがとってつけたように増築されている。ここ一年近くわたしたちが暮らすそのアパートメントには、家の裏手にある、ギシギシ音がする階段をのぼっていく。敷地じたいは広くはないが、家の裏にはトーマスが遊べる細長い裏庭があって、古ぼけたタイヤのブランコが木から吊りさがっている。この物件には裏庭以外にも魅力がある。公共料金込みで月々五百ドルという家賃だ。ちょうど同僚警官の兄弟がそこを引き払うというので、勧められたのだ。「たいしたところじゃないけど、清潔だし、なにかあれば大家さんがすぐに修理してくれる」と言われた。

「その物件、もらったわ」と即答した。ポートリッチモンドの家はその日のうちに売りに出した。心が痛んだ。その家には愛着があったから。でも、そうするしかなかった。

運転席側のウィンドウからミセス・マーンにさっと手を振る。彼女はひじをレーキの木の持ち手の端にのせて、立ち止まってこちらを見ている。

わたしは車からおりる。もう一度手を振る。後部座席には食料品が入った買い物袋がつみ込んであり、それを両手でかき集めながらガサゴソ音を立てて、いつもどおりとても急いでいることをアピールする。ミセス・マーンはだれかにかまってほしがっているのではないかという気がするのだが、わたしはその気持ちに向き合う覚悟ができていない。その証拠に、彼女はいつも前庭に佇《たたず》み、通りがかりの人に話しかけようと待ち構えている（郵便配達員も警戒した顔つきでやってくることにわたしは気づいた）。わたしを見ると、心配そうな顔をするのだが、同時になにかを期待するような雰囲気を漂わせる。まるで、なにがそんなに心配なのか聞いてほしがっているように。そうすれば心置きなくその心配ごとを話せるのだろう。さらに、彼女は頼まれもしないのに、あれこれ助言をしてくれる——アパートメントのこと、車のこと、ミセス・マーンの基準では天候に合っていない服を着ていることについて。それも、救急車を呼ぶときのような切実さでもって。彼女のショートヘアは真っ白で、彼女が頭を動かすたびにあごから鎖骨にかけて折り重なるやわらかい肉のひだが揺れる。季節ごとのトレーナーを着て、ゆったりとした水色のジーンズを穿いている。隣家の住人から、ミセス・マーンはその昔は結婚していたのだと聞いた。たとえそうだったとしても、彼女の夫がどうなったのか、だれも知らない。わたしは意地悪な気分になると、彼女の夫はイライラが嵩じて死んだにちがいないと想像する。トーマスが車を乗りおりするときに騒がしいと、窓からのぞくミセス・マーンの視線を感じる。まるでスポーツ試合の審判さながらだ。ときどき、もっとよく見ようと彼女は家の外に出てくることがある。身体の前で腕を組み、不機嫌そうにして。

今日は、わたしが後部座席から買い物袋を抱えて身を起こすと、ミセス・マーンが話しかけてくる。「どなたかあなたを訪ねてきましたよ」

わたしはけげんな表情になる。

「だれでした？」

そういう質問をされて、ミセス・マーンはうれしそうだ。

「名前はおっしゃらなくて。また来るからと言って」

「どんな人でした？」

「背が高くて、髪の毛は濃い色でしたよ。とてもハンサムな方ね」意味深な口ぶりだ。

サイモンだ。お腹のあたりにかすかな痛みが走る。でも、なにも口には出さない。

「その男の人になにか言いましたか？」

「あなたはまだ帰っていないとお伝えしました」

「その人、ほかにはなにか言ってませんでした？　トーマスはその人に会いました？」

「いいえ。ただうちの呼び鈴を鳴らしただけですよ。びっくりしていらしたわ。あなたがわたしの家に住んでいると思っていたみたい」

「わたしたちが上のアパートメントに住んでいると教えましたか？」

「いいえ」ミセス・マーンの顔つきがけわしくなる。「知らない人だったから。なにも言ってませんよ」

わたしはためらう。ミセス・マーンをわたしたちの暮らしに立ち入らせることは、はっきり言ってしたくない。でも、こうなったらそうも言っていられない。

「なにかご事情が？」ミセス・マーンが尋ねる。

「もしその人がまたここに来ることがあったら、わたしたちは引っ越したと伝えてください。もうここには住んでいないと。お願いします」

ミセス・マーンの背筋がすっと伸びる。なにかを頼まれたのが誇らしいのだろう。

「ここにやっかいごとを持ち込まないようにするのなら、そうしますよ。わたしの暮らしにやっかいごとは無用ですからね」

「危険な人じゃありません。彼にはだまっていたものですから。ここには事情があって越してきたんです」

ミセス・マーンがうなずく。意外にも、彼女の目つきから理解してくれていることが伝わってくる。

「わかりました。では、そうしましょう」

「ありがとうございます、ミセス・マーン」

彼女はもう行きなさいとばかりに手を振る。

それから、もうこれ以上自分を抑えきれなくなったとみえて、わたしに告げる。「その袋、破れますよ」

「え、なんですか？」

「その袋よ」彼女は食料品が入った紙袋を指さしている。「中身が重すぎて、そのうち破れますよ。わたしはいつも店の女の子に袋を二重にするようお願いしているの」

「今度からそうします」


トーマスが生まれて仕事に復帰したばかりのときは、一日も終わりに近づくとわたしの身体全体が彼を求めていた。それは渇望のようなものだ。大急ぎで保育園に向かいながら、ふたりをつなぐ糸が、わたしが近づくごとにヨーヨーのように巻き戻るところを想像した。彼が大きくなるにつれてその感覚は和《やわ》らぎ、もっとおだやかなものになった。でも、今日は階段を一段飛ばしでのぼりながら、あの子の顔、満面の笑み、わたしに向かって伸ばす腕を思い浮かべている。

ドアを開ける。そこにあの子が、わたしの息子がいて、こっちに跳びはねてくる。うしろからベビーシッターのベサニーがついてくる。

「さみしかったよ」彼の顔がわたしの顔から数センチのところまで迫り、彼の両手がわたしの頬を包む。「ベサニーの言うことちゃんと聞いてた？」

「うん」

　わたしは確認しようとベサニーのほうを見るが、彼女はもう携帯電話の画面に見入っていて、早く帰りたがっている。ここ数か月のあいだにはっきりしたのだが、もっと別の、もっとましな環境を確保しなければ。トーマスは彼女のことをきらっている。以前通っていたフィッシュタウンの園のことや、そこでのお友達、先生のことを毎日のように話している。でも、二週間ごとに昼夜を交替してわたしの代わりをしてくれる人を見つけるのは至難のわざだ。二十一歳で、パートタイムのメイクアップアーティストのベサニーは料金も手ごろで、ほぼどんな時間帯でも引き受けてくれる。だが融通がきく代わりに、信頼には欠け、最近ではあまりに病欠が多いので、わたしは有給休暇をすべて使い果たしてしまった。彼女は姿を現したとしても、いつも遅れてくる。だからわたしも遅刻する羽目になり、そのせいで、署内でアハーン巡査部長とすれちがうたびに冷ややかな態度を取られるようになる。

　わたしはベサニーにお礼を言って、お金を払う。彼女は無言で立ち去る。その瞬間、家のなかの空気が軽くなる。

　トーマスがわたしのほうを見る。

「前の園にはいつもどれるの？」

「トーマス、あの園はとても遠いところにあるの。それに、来年の九月には幼稚園に入ることになっているでしょう？」

　トーマスはため息をつく。

「もうちょっとだから。あと一年もないからね」

　またため息。

　そうは言っても、もちろんわたしは罪悪感をおぼえている。Aシフトの勤務明けの夜の時間帯やしばしばその翌朝に必死で埋め合わせをしようとする。息子と一緒に床に座り、彼が飽きるまで遊びにつきあうのだ。そうやって遊びながら、世の中について知っておくべきことはすべて教え、知識や気丈さ、好奇心を目いっぱい彼につめ込もうとする。わたしが彼を寝かしつけることすらできなくなる、終わりのないBシフト勤務がつづくあいだ、そういう資質が母親と離れて過ごす彼の支えになってくれる。

　トーマスはわたしがいないあいだにつくったものを興奮気味に見せてくれる。それは、わたしが中古で買い与えた木製の線路のおもちゃでつくった広大な町で、画用紙を丸めてつくった球は大きな岩や山や家を、リサイクル箱から取り出してきたびんや缶は木を表している。

「ベサニーは手伝ってくれた？」期待を込めて彼に尋ねる。

「ううん。全部ぼくひとりでつくったんだよ」

彼の声は誇らしげだ。母親が「そうだよ」という答えを期待していただなんて、彼にわかるはずもない。

　もうすぐ五歳になるトーマスは背が高くて、強くて、足も速い。そして、もうすでにかなり頭が切れるのだが、それは彼のためにはならない。ハンサムでもある。サイモンと同じで、頭がよくてハンサム。でも父親とはちがって、彼はやさしい。

　刑事課からは次の日も、また次の日も、そのまた次の日も、なんの音沙汰もない。二週間が過ぎる。アハーン巡査部長はあいかわらずわたしとエディ・ラファティを組ませる。トルーマンがなつかしい。彼がいなくなってから、ひとりで乗務していた時代すらなつかしい。最近では、長期にわたってパートナーと一緒にパトロールに出ることは少なくなっている。予算が厳しいので、ひとりでのパトロールが普通になりつつあるのだ。そんななか、トルーマンとわたしは一目置かれるコンビだった。ふたりで動くとスムーズにことが運び、わたしたちが阿吽《あうん》の呼吸でたたき出す成果に並ぶ者はいなかった。そういう関係をエディ・ラファティと再現できるかどうかは、かなり疑わしい。来る日も来る日も、彼の好きな食べ物だとか、音楽の好みだとか、政治信条に耳を傾けている。三番目の妻の悪口を言ったかと思うと、批判の矛先がミレニアル世代に向けられ、最後は高齢者に毒づく。わたしはそうできるときはいつも、最初のころよりもいっそう押しだまるようになった。

　Bシフト勤務に切り替わると、午後四時から真夜中までずっと仕事だ。そのあいだはつねに疲れている。

　息子が恋しい。

　ときどき――というか、おそらく何度も――わたしはアハーン巡査部長に〝線路〟でわたしたちが見つけた女性について尋ねている。身元が特定されたのかどうか気になるのだ。死因は確定したのか。刑事はわたしたちにもっと話を聞きたがっているのではないか。

　そのたびに、わたしは何度も追い払われる。

　遺体の発見から約一か月が過ぎた十一月半ばのある月曜日、わたしは勤務がはじまると、アハーン巡査部長に歩み寄る。彼はコピー機に用紙をはさんでいるところだ。わたしが口を開こうとすると、彼は急にこちらを振り向いて、「ない」と言う。

「え、なんですか？」

「知らせることはなにもない」

　わたしは一瞬だまり込む。「検死解剖の結果も？　なにもないんですか？」

「どうしてそこまで首を突っ込みたがる」

　彼はけげんな表情でわたしを見つめるが、笑っているようでもある。まるでわたしをからかっているみたいだ。わたしの弱みを握っていると言わんばかりに。

なんだかひどく落ちつかない。職場でトルーマン以外にはケイシーのことを話していないし、それをいまここで変えるつもりはない。

「おかしいなと思って。遺体発見から一か月ですから。彼女についてなにもわからないだなんて、変です。そう思いませんか?」

　巡査部長は長々とため息をつく。片手でコピー機を押さえたまま。

「なあ、ミッキー。これは刑事課の領分であって、俺らのじゃない。だが、検視結果は結局結論が出なかったということぐらいは聞いている。被害者の身元がまだ割れていないことだし、刑事課も後回しにしてるんだろう」

「まさか、冗談でしょう」自分を抑える間もなく、言ってしまう。

「心臓発作と同じぐらい大まじめだよ」巡査部長お気に入りの、よく使う言い回しだ。

　彼はコピー機のほうに向き直る。

「あの女性は首を絞められていました。この目で見たんです」

　巡査部長はなにも言わない。わたしが彼をせっついていることはわかっている。それが煙たがられているということも。彼はわたしに背を向けたまま、両手を腰に当てて、コピーが終わるのを待ち、しばらくそこに立っている。無言のまま。

　〝ほっとけよ〟というトルーマンの声がいまにも聞こえてきそうだ。〝駆け引きってやつだ〟よくそう言っていた。〝すべては駆け引きで決まるんだぜ、ミック。正しい相手を見つけて、そいつに取り入る。必要とあらばアハーン巡査部長にもな。自分の身を守るためだ〟

　わたしは自分なりに何度かやってみたのだが、うまくできたためしはない。たとえば、巡査部長がコーヒー好きだと知って、一度か二度コーヒーを差し入れたことがある。そして、あるとき、トーマスの昔の園の近くにある地元の店でコーヒー豆を一袋買って、クリスマスプレゼントとして贈った。

「これはなんだ」巡査部長に聞かれた。

「コーヒー豆です」

「近ごろじゃあ、自分で挽かないといけないのか」

「ええ」

「そういう道具を持っていない」

「ああ、そうなんですか。では、次のクリスマスに」

彼はぎこちない笑みを浮かべると、それについては心配は無用だと言って、わたしに丁寧に礼を言った。

残念ながら、そういう努力もむなしく、巡査部長とは打ち解けた関係を築くまでにはいたっていないようだ。彼はわたしが所属する分隊のトップで、わたしをAシフトからBシフトへ、またその逆の勤務に当てはめる。普段わたしが報告を上げる先は、ほぼ毎回アハーン巡査部長だ。彼のお気に入りの警官はほとんど男性ばかりで、彼に取り入り、意見やアドバイスを求め、熱心にそれに耳を傾けるような者で占められている。じつは、エディ・ラファティがまさにそういうことをしているのを見かける。ふたりが高校の野球部員に見えてくる。巡査部長が部長で、ラファティはただの部員。職場でのふたりにはそういう上下関係がお似合いだ。きっと、ラファティはじつのところ見かけに似合わず抜け目がないのだろう。

コピーが終わると、巡査部長は用紙を取り出し、書類の束の端を数回コピー機に打ちつけ、均等にそろえる。

わたしはまだだまったままそこにいて、返事を待っている。〝ほっとけよ、ミック〟トルーマンの声が聞こえる。

巡査部長がいきなり振り向く。苦虫を嚙み潰したような顔をしている。

「これ以上の質問は直接刑事課にしろ」そう言い捨てて大股で立ち去る。

でも、実際にそうすればどうなるか、わかりきっている。心配してあちこちに連絡する親がいなければ、マスコミも取り上げない。報道されなければ、それは事件ではない。ケンジントン大通りでまた薬物中毒の売春婦が死んだ、ただそれだけ。お上品なリッテンハウス・スクエアの住人が不安をおぼえるようなことではない。


勤務のあいだじゅうわたしは落ちつかず、いつもより無口になる。

ラファティですら、なにかがおかしいと勘づくぐらいだ。彼は助手席でコーヒーを飲んでいる。目の端でちらちらわたしのようすをうかがいながら。

「大丈夫ですか？」ようやく聞いてくる。

わたしはまっすぐ前方を見据える。アハーン巡査部長の悪口を彼にぶちまけるのはまずい。ふたりがどれぐらい仲がいいのか、まだよくわかっていないが、昔からの知り合いだということを考えると、わたしの気持ちを明かさないほうがいい。それで、あたりさわりなく話す。

「ちょっと腑に落ちなくて」

「なにがあったんです？」

「先月〝線路〟で見つけた女性のことで」

「ええ」

「検視結果が出たって」

ラファティはコーヒーをすする。熱さで唇の端がめくれ上がる。

「聞きました」

「結論が出なかったって」

ラファティはなにも言わない。

「そんなの信じられる？」

ラファティは肩をすくめる。

「俺の職務の範囲外のことですから」

わたしは彼を見る。

「あなたも彼女を見たでしょう？　わたしが見たのと同じものを」

ラファティはしばらくだまり込む。車外に目を向ける。沈黙のうちに二分が過ぎる。

それから彼が口を開く。「そんなに悪いことだとは思えませんね」

わたしは押しだまる。彼の発言の真意を知りたい。

「誤解しないでくださいよ。人が死ぬってのは悲しいことです。でも、どんな人生だったかと考えるとね」

わたしは固まる。返事ができるかどうか自信がない。しばらく前方に意識を集中させる。

ふと、彼にケイシーのことを打ち明けてしまおうかと思う。それで、彼に気まずい思いをさせる。〝しまった〟と思わせる。でも、そうする前に、彼はゆっくりと首を横に振りはじめる。

「そういう女どもっていうのは」彼はわたしのほうを見て、右のこめかみに指を一本当て、二回軽くたたく。〝いかれてる〟と言いたいのだ。〝まともじゃない〟と。

わたしは歯を食いしばる。

「それってどういうこと？」静かに問いただす。

ラファティが眉をひそめ、こちらを見る。わたしは彼のほうを向く。顔がカーッとほてるのがわかる。子どものころからずっとそういう症状に悩まされている。怒ったり、困惑したり、ときにはうれしくても、わたしの顔は鮮やかな朱色に染まる。警官としてはありがたくない特徴だ。

「それってどういうことなの？」もう一度言う。「〝そういう女ども〟って、どういうこと？」

「わかりません、ただ」

彼はなにかを表そうと手を泳がす。地形を探るみたいに。「ただ、気の毒だって思うから。それだけです」

「そういうことじゃなかったと思うけど。まあいいわ」

「なあ」ラファティが言う。「俺はだれも傷つけるつもりはなかったんだ」

過去

子どものころ、通っていた小学校の四年生と五年生の一部がセンターシティへ《くるみ割り人形》の鑑賞に出かけた。当時わたしは十一歳で、同じ学年のなかでは年上だった。ケイシーは九歳だった。

そのころ、わたしは学校ではほとんどしゃべらなかった。口を開くことがあっても、かすかな声で話すので、ジーにはもっと大声で話すようしょっちゅう言われていて、学校の先生にもたびたび注意されていた。友達はほとんどいなかった。休み時間には本を読んでいた。悪天候で屋外に出られなくなると、ほっとした。

ケイシーはわたしとは正反対で、どこに行っても大勢の友達に囲まれていた。当時の彼女は小さいのに気性が激しかった。髪の毛は明るい色で、手足はがっしりとしていて、片方の眉尻がほとんどいつも下がっていた。出っ歯だったのでよく上唇で隠していた。友達と一緒にいるときは、やさしくておもしろい子だった。周囲の子どもたちはたいてい彼女に好感を持った。だが、敵もいた。弱い子を狙って、自分たちの力を見せつけるためにひどいことをするやつらを敵に回した。ケイシーは幼いころからそういう汚いやり方が大きらいだったのだ。それで、そういうことがあるたびに注意して、クラスの序列の底辺にいる子たちを守るために猛然と、しばしば暴力的に立ち上がった。だが、正当な理由のないときや、クラスメートがケイシーの助けを求めていないときまでそうしているのではないかと先生たちはみていた。そのため、ほどなくケイシーはホーリー・リディーマー校から退学するよう言い渡された（このときすでにわたしは校名の皮肉さに気づかずにはいられなかった）（「ホーリー・リディーマー」とは「聖なるあがない主」のこと）。ジーはわたしたちが別々の学校に通うのをいやがったので、それはとりもなおさずふたりとも退学するということを意味していた。

　わたしにしてみればとんだ災難だった。ホーリー・リディーマー校が気に入っていたのだ。その学校にはわたしの味方になってくれる大人がいた。ひとりは平信徒、もうひとりは修道女の先生のふたりがわたしの才能に気づいた。わたしの内気さの奥に光るものを見出して、何年もかけて苦労して引き出してくれた。ふたりとも自らの意思でそれぞれ、ジーにわたしには才能があると伝えてくれた。わたしはそのことで舞い上がった——自分の頭のよさについてわたしがうっすらおぼえていた優越感にお墨つきが与えられたのだ。ところが、いっぽうで先生たちがそんなことをしなければよかったのにとも思っていた。なにしろジーにとっては「才能がある」と「えらぶっている」は同義なのだ。そのことで叱られることはなかったが、それからしばらくわたしはとがめるような目つきを向けられた。

ケイシーが最後の大立ち回りをして退学する羽目になったとき、ジーはわたしたちをソファに座らせて、自分はその前でこわい顔をして仁王立ちになった。「おまえは」あごをわたしのほうへしゃくった。「妹のことを見張ってなきゃだめじゃないか」そして、ケイシーのほうへあごをしゃくった。そういうわけで、わたしたちはふたりともフランクフォードにある地元の公立小学校に通うことになった。その学校には、親が貧乏だったり、親としての役割がまともに果たせなかったりするせいで、教区立学校に通わせてもらえない子どもが集まっていた。わたしたちがこの学校に通うということは、きっとジーもそういう大人の仲間なのだろうとわたしは思った。

転校先のハノーヴァー小学校でケイシーがすぐさま活発な子どもたちのグループに迎え入れられたことは意外でもなんでもなかったが、わたしはすぐさま忘れ去られた。この学校ではもの静かな子どもは見向きもされずに放っておかれる。先生に迷惑をかけることのない子どもはたいてい一度か二度行儀のよさをほめられたら、あとはそのまま教室内で影が薄くなるにまかせる。これが先生のせいばかりとも言えないことは、はっきりしている。教室は満杯で、せまい空間に三十人も押し込まれていて、その多くはやんちゃな子どもだった。なんとかやっていくにはそうするしかなかったのだ。

それでも、わたしが《くるみ割り人形》を観にいけることになったのは、この小学校に通っていたからだ。フィラデルフィア市内の公立学校に通う子どもは、教区立学校の子には与えられない恩恵を受けることがあった。冬でも暖かく過ごせるようにと配布されるコート。教室での勉強に参加できるようにと配られる文房具。普通はひまを持て余した金持ちがするように、人生という大きな問題について考える時間を持てるようにと企画される文化鑑賞会。このときの鑑賞会は毎年おこなわれる資金集めで、包装紙をたくさん売った子どもへのごほうびだった。わたしとケイシーはその骨の折れる仕事にそれは熱心に取り組み、秋のあいだ毎週家々を一軒一軒回った。そのかいあって、一位と二位の成績を残した。

わたしはとてもうれしかった。

当日わたしはワンピースを着た。ジーが気まぐれにリサイクルショップで買ってきた一張羅だ。すごくきれいな服だと思っていた。身ごろに白い花の模様がちりばめられた、青い色の綿のサマードレス。だが、買ってもらってから二年が過ぎていて、小さくなっていたうえに、母方のいとこ、ボビーのお下がりの男児用の青いパーカをその上にはおるようジーに言われた。そのパーカは一度も洗濯していないようなしろものだった。塩分がしみついていて、かすかにつんとにおいがした。まるでボビー本人のように。そのパーカの下でワンピースはちぐはぐで滑稽に見えた。小学生でもそれぐらいわかる。わたしはバレエ公演には一度も足を運んだことはなかったが、なぜかわたしなりに敬意を表したかったのだ。その機会の重みがわかっていると、なんらかの形で表現したかった。だからわたしはそのワンピースを着た。その上から青いパーカをはおった。そして、ランチを済ませると、ほかの子どもたちと一緒に学校の長い廊下に一列に並び、本を読みながらスクールバスが迎えにくるのを待った。

わたしのすぐ前に並んでいたケイシーは、いつもどおり友達に囲まれていた。

バスに乗る時間になると、わたしは妹のあとについてステップを上がり、そのまま彼女が奥のほうまで進むのについていき、彼女の真後ろの席に腰を下ろした。そうすることで、周囲の子どもたちに向けてわたしがひとりでいたいのだということをアピールして、自分にはケイシーがすぐそばにいるから大丈夫と念押しした。学校でも家庭でも、どんな状況でもケイシーのそばにいると、わたしはたいてい安心できた。

　その年、うちの小学校には陽気でおもしろい音楽の先生、ミスター・ジョンズがいた。鑑賞会のことは彼がすべてを取り仕切っていた。まだ若い先生で（いまのわたしよりも若かったはずだ）、その翌年に郊外にあるもっとまともな学校に引き抜かれた。バスが市庁舎に近づくと、先生はわたしたちの前に立って手を二度たたき、右手を上方に伸ばして指を二本立てたが、これは〝静かに〟のサインだ。全員が同じサインを返すことになっていた。わたしはいつもどおり、だれかが先にそうするのを見届けてから、安心して手を挙げた。

「ちょっと聞いてほしい。授業で話したルールはなんだったかな？」

「しゃべらない！」だれかが大声で言った。

「ひとつ目」先生は親指を立てる。

「前の座席を蹴らない！」同じ子がまた答えた。

「そうだね。授業中に話し合ってはいないが、それも大切だ」

　先生はためらいがちに人差し指を伸ばした。

「ほかの子はどうかな？」

　わたしは答えを知っていた。〝ほかの人の拍手が聞こえてくるまで拍手しない〟だ。でも、発言しなかった。

「ほかの人の拍手が聞こえてくるまで拍手しない」先生が言った。

「四つ目、じっと座っている」そのままつづける。

「五つ目、友達とこそこそ話をしない。笑うのもだめ。幼稚園児みたいに座席でごそごそしないように」

　その前の週の音楽の授業で、先生は《くるみ割り人形》について説明してくれた。「女の子がお屋敷に住んでいる。昔のことだから、舞台上にいる人はみんな古めかしい衣装を着ている」

そこで先生は言葉を切り、しばらく考えていた。

「それから、男性はタイツを穿いている。それは事前にわかっておいてほしい。女の子の両親がクリスマスパーティーを開いて、そこにちょっと変わったおじさんが招かれるんだが、じつは彼はいい人で、女の子に人形をプレゼントする。それがくるみ割り人形だ。そこもあらかじめ押さえておくように。その夜、女の子は眠りについて、長い夢を見る。その夢がバレエの残りの部分だ。くるみ割り人形が動きだして、王子さまになり、ねずみの王さまをやっつけたり、女の子を雪の国に連れていったりする。それから、名前が思い出せないんだが、別の場所にも連れていく。お菓子の国だったかな。女の子と王子さまは目の前でみんなが踊るようすを一緒に眺める。それでおしまい」

「そのあと女の子は現実に戻れるの？」同じクラスの男の子が質問した。

「よくおぼえていないな。でも多分戻れると思うよ」

わたしたち姉妹はフィラデルフィアの都心から五キロと離れていない場所で育ったのだが、そこまで出かけるのは年に一度だけだった。元日におこなわれるママーズ・パレードで、大勢のいとこやおじさん、それにおじさんの上司や友達が練り歩く姿を見物するために。だから可能性としては、それまでにアカデミー・オブ・ミュージックの建物をわたしは目にしたことがあったかもしれない。建物が面するブロード・ストリートはパレードの経路なのだ。でもそのなかに足を踏み入れたことがないのはたしかだ。瀟洒なレンガ造りの建物で、アーチ形の長窓がついている。正面入口付近では古風なランタンにともされた火がいつもゆれている。

わたしたちが一列になってバスをおりると、先生たちが歩道の端にずらっと並んで、道路を走る車と子どもたちのあいだに入り、手袋をした手でロビーへと誘導した。

このときもまた、わたしはケイシーについていったのだが、彼女が足を引きずって歩いていることに気づいた。ずるずる音を立てながら歩道を歩いている。あとでジーに叱られるだろう。ケイシーはいつもそうなのだ。してはいけないことや、叱られるようなことをわざとして、まわりの大人の態度がどんどん厳しくなるよう仕向ける。大人がどこまで怒らないでいられるか、試しているのだ。わたしはできるかぎりそういうことをやめさせようとする。その結果彼女が叱られるところを見たくないから。

ロビーに入ると、そこはごった返していた。いまでもよくおぼえているのは、平日だというのに、母親と一緒に来ている女の子がたくさんいたこと。彼女たちは同じぐらいの年ごろか、少し年下だった。白人ばかりだった。それにひきかえ、わたしたちの学校のグループはさながら国連だ。あの子たちは高級住宅街のメインラインからやってきたのだろう。わたしはすでにそういうことがわかるようになっていた。女の子たちは明るい色のひざ丈コートをはおり、その下には人形の衣装のようなワンピースを着ていた。サテンやシルクやベルベットの生地にフリルがついていて、ふちはレースで飾られ、袖はパフスリーブになっている。そういう衣装に身を包んだ女の子たちは、宝石や花や星のようだった。だれもが白いタイツ姿で、磨かれて黒光りのするエナメルのストラップシューズを履いていた。まるで、その子たちだけが知っているルールがあって、申し合わせたみたいに。髪をうしろできっちりお団子にまとめている子が多かったが、あとからわたしはそれがバレリーナと同じ髪型だと気づくことになる。

ロビーのなかにはハノーヴァー小学校から来た子どもが六十人から八十人はいた。わたしたちは人の流れを妨げていた。どちらへ行けばいいのか、さっぱりわからない。

「そのまま進んで」ミスター・ジョンズはそう言いながらも、戸惑っているようだった。ようやく笑みを浮かべた案内係がやってきて、わたしたちがハノーヴァー小学校から来たのかと尋ねた。先生はほっとしたようすで「そうです」と答えた。

「ではこちらへどうぞ」

　わたしたちは母娘の群れをかきわけて一列で進んだ。そこに居合わせた人々は大人さえも口をぽかんと開けてこちらを凝視していた。わたしたちのぶ厚いダウンジャケット、スニーカー、髪型が注目の的になった。わたしはここにいる母親たちも仕事を休んできたのだろうと想像した。当時のわたしには、母親が仕事をしていない可能性があるということなど思いもよらなかった。わたしが知る大人の女性はみな仕事をしていたし、複数の仕事をかけもちするのもめずらしくはなかった。男性となるとその数は半分になるのだが。

　幕が開いた瞬間のことは忘れられない。冒頭から目が釘付けになった。雪が（わたしには本物に見えた）舞台の上でしんしんと降っている。そんなものはそれまで見たことがなかった。大きくて立派なお屋敷の外観が現れ、次にその内側に切り替わった。そこでは立派な身なりの子どもたちが立派な身なりの大人たちに世話をしてもらっていた。子どもたちはきらびやかなプレゼントをもらい、人間と同じ大きさの人形が踊るのを見て楽しんでいた。子どもたちがけんかになると、怒っているというよりもこまった表情の大人によって、やさしく、慎重に引き離されていた。オーケストラピットのなかでは本物の楽団が演奏している。わたしは舞台上のバレエダンサーたちの、それまで見たこともない優美な動きを全身で感じ、未知の世界の秘密を暴き出してくれる旋律を音楽のなかに聴いた。それだけでなく、わたしは感極まって泣いてしまった。周囲の子に気づかれないようひた隠しにした。薄暗いホールのなかで、涙が静かに顔を伝うにまかせた。鼻水をすすらないようがまんした。

でも、すぐに舞台に集中できなくなった。ハノーヴァー小学校の子どもたちが座る一角では不穏な動きがはじまっていた。

公平を期すために言っておくと、わたしたちはだれひとりとして、それまでこんなに長いこと静かに座っているよう教えられたことはなかった。学校にいるときですら、じっとしていることがあっても、頻繁に休憩時間があった。ほかの子たちもこういう機会には感謝すべきだとちゃんとわかっていたし、ミスター・ジョンズの手前おとなしくしていたかったのだが、どうやってそうすればいいのかわからなかったのだ。子どもたちに落ちつきがなくなり、ひそひそ話がはじまって、ルールはことごとく破られた。ミスター・ジョンズとほかの七人の先生たちは、何度もわたしたちのほうに身を乗り出して、こわい顔をした。先生どうしで目配せしあってから、わたしたちのほうに目を向けた。〝見張っているぞ〟と言わんばかりに。わたしたちは全員が生活上のこまごましたことについて教えられていた。言われたとおりにすること。楽しいことをするとき、だまっているとき、席を外すときは、それぞれどうしたらいいか。でも、ひとつの座席にじっと座って、何時間もかけて冗長でわかりにくい物語を鑑賞する方法は教えてもらっていない。わたしたちのほとんどはそういうスキルを持ち合わせていなかった。

ケイシーはわたしのとなりでがまんの限界に達していた。しきりにもぞもぞした。ひざを抱え込んだかと思うと、次の瞬間に両足を椅子の上にどさっと落とした。頭を左右に振った。わたしの肩をなにげなくつついたので、わたしはひじで彼女を押しやった。ケイシーは「うっ」と小さな声でうめいた。盛大なあくびをした。寝たふりをしたり、起きたりを繰り返した。

ケイシーの前にはわたしたちと同じ年ごろの女の子が座っていた。ロビーで見かけたような女の子で、髪をうしろでお団子にまとめて、きちんと畳まれた赤いコートが座席の背にかけてあった。わたしたちが座席についたとき、その子のお母さんの香水がこちらに漂ってきた。ケイシーの派手な動きに反応して、その女の子が一度だけうしろを振り向き、またさっと舞台のほうに向き直った。

ケイシーは身を乗り出した。

「なに見てんだよ」女の子の右耳に口を近づけてそうつぶやいた。聞こえなかったふりをして、不安げに母親のほうににじり寄る女の子の背後でケイシーがげんこつを振り上げているのを見て、わたしは凍りついた。その奇妙で完璧な一瞬のうちに、彼女がそれを振り下ろすつもりだと悟った。いまにも妹の手が女の子の首の後ろ、筋肉がこわばっているところに激突しようとしているのが見えた。わたしはとっさに手を伸ばして止めようとした。でもその瞬間にその子のお母さんが振り向き、ケイシーの表情を見て、恐怖のあまり口をあんぐりと開けたので、ケイシーはばつが悪くなって手を下ろした。それから、気だるそうに、あきらめの境地で自分の席に身を沈めた。その日までわたしたちのどちらも理解することのなかったなにかに屈服するかのように。

いまでも、その子のお母さんがわたしたちを追い出したのか、それとも先生たちが相談して帰ることにしたのかはわからない。おぼえているのは、幕間の休憩時間になると、わたしたちは人でごった返すロビーを通り抜け、お菓子を買おうと長い列をつくっている母娘の群れをあとにして、黄色いスクールバスが停車しているところに、怒り心頭で手招きしている先生たちのもとへと集合させられたことだ。

　わたしはそれまでずっといとこのボビーのおさがりのパーカをはおっていたが、最後の最後にそれを脱いだ。大人となったいまでは、それがいかにおかしなことだったかわかる。わたしたちは寒空のなかに出ていこうとしていたのだから。でも、わたしは子どもなりに、ロビーにいるほかの観客に、わたしがちゃんとわきまえていること、この日のために着飾ったこと、わたしはそちら側の人間なのだと知らせたかったのだ。わたしもあなたたちの仲間なのだと。「また戻ってくるから」小さすぎる綿のワンピースに身を包んだわたしはつぶやいた。「いつかきっと戻ってくる」

　このささやかな謝罪の行為はそれが向けられた相手に届くことはなかったが、そのかわりにハノーヴァー小学校の四年生ふたりの餌食になった。男の子と女の子がげらげら笑いだしたのだ。

「こいつ、なんでこんなおかしな格好してんだよ」男の子が大声で言うと、まわりの何人かが下卑た笑い声を上げた。すると、その瞬間、わたしの少し前を歩いていたケイシーが時計のような正確さでその男の子に突進した。

　ケイシーはずっときっかけを待っていたのだ。彼女の顔には痛々しい笑顔が浮かんでいた。素早く、正確にその子に向かってこぶしを振り下ろしながら、心置きなくそうできる場所が見つかってせいせいしているようだった。彼女はずっとげんこつを抱えていたのだ。もしかしたら、生まれてからこのかた、ほぼずっと抱えているのかもしれない。

「ケイシー、やめて」わたしは叫んだが、手遅れだった。

現在

ラファティが「そういう女ども」と言うのを聞いてからというもの、アハーン巡査部長にもうこれ以上ラファティとは組めないと直訴するしかないと考えつづけている。自分の真意を説明するつもりでスピーチまで用意した。わたしたちの仕事のスタイルがちがいすぎるので、一見バランスが取れているように見えるのだと説明して、その先をつづけようとすると、巡査部長が長々とため息をついた。

「よくわかった、ミッキー」彼は携帯電話からわざわざ顔を上げることもなくそう言った。

わたしは一週間、ひとりでパトロールに出る。ひとり乗務に戻れてほっとしている。自分で決めたタイミングで、自分で決めた場所に停車できる。どの無線に応答するか自分で選べる。それになんといっても、ベビーシッターのベサニーに電話をかけて、トーマスにかわってもらうようお願いできる。毎回の長電話で、わたしは息子にお話を聞かせたり、通りすぎた場所について説明したり、わたしたちのこれからについて話したりする。そして、わたしは自分に言い聞かせる。わたしは実際に息子のとなりにいるわけではないが、こうすれば少なくともいくらかの知的刺激を与えることができると。そのうえ、トーマスは素晴らしい話し相手になりつつある。トルーマンがわたしのとなりに座っているのではないかと錯覚するぐらいだ。

ある朝、Aシフト勤務の開始時間に点呼がおこなわれる集会室に足を踏み入れると、知らない人物がそこにいる。若い男で、シャープな感じのグレーのスーツを着こなしている。真剣なおももちだ。わたしはすぐさま好感を持つ。片腕をほとんどない腰のくびれに預けている。もういっぽうの腕でマニラフォルダを抱えている。刑事だ。彼はそこにいるだれにも話しかけない。巡査部長のおでましを待っているのだ。

アハーン巡査部長が部屋に入ってきて、みなに注目するよう言う。すると、その若い男が自己紹介をはじめる。自分は東刑事課のディヴィス・グエンで、知らせたいことがあってここに来たのだと説明する。

「昨夜この地区で二件の殺人事件が発生しました」

ふたりとも身元が特定されていると知って、わたしはほっとする。ひとりはケイティ・コンウェイ、デラウェア郡在住の十七歳の少女、白人、一週間前に失踪の届け出あり。もうひとりはアナベル・カスティーヨ、十八歳の在宅介護者、ラテンアメリカ系の女性。

ふたりが発見された場所と状況が酷似していると、グエンがつづける。コンウェイはタイオガ地区にほど近い空き地で発見されたが、野ざらしになっていて、通りから丸見えだった。いっぽう、カスティーヨはハートレーン付近の空き地で発見されたが、両脚は打ち捨てられた車の下に隠れていたものの、肩から上は通行人からよく見える状態だった。

両者は売春をしていた可能性が高い。そして、おそらくどちらも絞殺されている。死体があるのに何時間も通報されなかった（ケンジントン地区では人が意識を失っているのはありふれた風景なので、だれも気に留めない）。

グエンが壁にかけられたコンピュータ・ディスプレイにケイティとアナベルの写真を映し出す。やけに長く感じられる数秒のあいだ、その部屋にいる者は立ちつくして、しあわせいっぱいの被害者がこちらにほほえむ姿に見入る。若々しいケイティが、おそらく自分の十六歳の誕生日パーティーなのだろう、プールのそばで立っている。アナベルは幼い子どもを抱きしめているが、わたしはそれが彼女の息子ではありませんようにと願う。

「情報はすべて部外秘です。マスコミには被害者の名前や詳細はまだ公表していません。遺族には連絡しましたが」

少し間を置いて、グエンはつづける。「それと、十月にガーニー・ストリートの線路脇で遺体が見つかった若い女性の件も再検討することになりました。当初の検視結果では結論が出なかったものですが」

わたしはアハーン巡査部長をちらりと見る。彼はわたしと目を合わせようとしない。

グエンがさらにつづける。

「被害女性の身元はまだ特定されていません。ですが、昨夜起こったことを考えると、この件も見直すべきじゅうぶんな理由があります」

巡査部長は顔を上げない。携帯電話の画面を見つめたままだ。

「つまり、この地区で連続殺人事件の容疑者が野放しになっている可能性があるのです」

だれもなにも言わない。

「なにか気になることを耳にしたら、報告書にまとめるか、直接刑事課に知らせてください。手がかりもいくつかつかんでいますが、決め手に欠けます。みなさんの協力が必要です」

点呼が終わってからしばらく、わたしはパトカーにひとり座って携帯電話をじっと見つめる。アスファルトの駐車場の上に覆いかぶさるように伸びるオークの木の枝が、急に吹きつける強い風にあおられ激しく揺れる。トーマスが大好きな木だ。

〝線路〟で女性を見つけたあの日から、ぼんやりとした不安がわたしの内側でじわじわと大きくなる。あれからケイシーをこのあたりでまったく見かけない。正直なところ、わたしはこのところ妹をずっと探しているのだろう。一か月ぐらい彼女が姿を消すのはめずらしくない。そういうとき妹は薬物依存から回復しようとしていることがある。でも、今回彼女が大通りから姿を消したタイミングがどうも腑に落ちない。幼いころ母さんがずっと家に戻らなくなったときもそうだったように、心のなかで不安がブーンと低い音を立てている。

表向きには、ケイシーとわたしはたがいに言葉を交わさない。わたしたちはもう五年も口をきいていない。そのあいだ何度か（正確には三回）わたしは警官として、容疑者である妹に対応しなければならなかった。逮捕するにせよ、釈放するにせよ、わたしは毎回プロらしく威厳を持って任務を遂行した。そして、ケイシーのほうも粛々とした態度でいたのはたいしたものだ。そうする必要のあるときは、妹の手首にそっと手錠をかけて、どんな容疑で逮捕されたのかを伝え（たいていは売春の客引きや麻薬所持だが、一度など麻薬を売ろうとしていたことがあった）、それから彼女が持つ権利を告知して、頭頂部にそっと手を添え、パトカーの後部座席に乗り込むときにぶつけないようにしてやる。そして、静かにドアを閉めて、署へと連行し氏名を記録してわたしたちは留置場でたがいに向き合う。ひとこともしゃべらず、たがいを見ることもなく。

いずれのときもトルーマンと一緒だった。彼は毎回押しだまり、わたしたちふたりを警戒するような目つきで交互に見て、これからなにが起きるのか固唾をのんでいた。

「いままで俺が見たなかで、いちばん奇妙な光景だったぜ」はじめて妹とそうなったあとで、パトカーに乗っていてトルーマンにそう言われた。わたしはただ肩をすくめて、なにも答えなかった。わたしたち姉妹の過去のいきさつと、ここ数年のうちにふたりで達した暗黙の了解が理解できない人の目にはそれは〝奇妙〟

に映る。わたしはそのことをトルーマンにも、ほかのだれにも説明しようとはしなかった。

「妹を気にかけてるってことだな」あるときトルーマンが言った。

わたしが異議をとなえると、さらにつづけた。

「ここで妹を見張ってるんじゃなきゃ、おまえさんは何年も前にとっくにパトロールを卒業してるはずさ。刑事になる昇任試験を受けてな」

わたしはトルーマンにそれはちがうと説明した。わたしはこの地区に愛着が湧いたのだと。地区の健全さを守りたいという気持ちが強くなったうえに、この地区の歴史にも魅力を感じていて、これからの成長や変化を見守りたいのだと。それに、ここにいたらぜったいに退屈しない。それどころか、刺激で満ちている。ケンジントン地区が好きになれない人もいるが、わたしにとっては地区そのものが親戚みたいなもので、ちょっとした〝問題児〟ではあるが、昔からその言葉にしばしば親しみが込められるように、わたしにとっては大切でかけがえのない場所なのだ。別の言葉を使うと、わたしはこの街にはまっている。

「あなたのほうこそ、どうして昇任試験を受けないの？」逆にトルーマンに質問した。トルーマンほど頭の切れる人をわたしはほかにあまり知らない。彼ならすんなり昇進するはずだし、どこでも望む場所に移してもらえるだろう。わたしがそう言うと、彼は笑いだした。

「おまえさんと同じ理由だな。ここで起きるどんなできごとも見逃してたまるかって思っている」

十分後、わたしはまだ携帯を見つめている。気づくと駐車場に残っているのはわたしだけだ。神さま、どうかアハーン巡査部長がいま外に出てきて、わたしがここでぐずぐずしているのに気づきませんように。昨年、ベンサレムに引っ越して、トーマスの預け先が信頼の置ける保育園から頼りにならないベサニーに代わったうえ、長年のパートナーを失ってからというもの、わたしの仕事の生産性はがた落ちなのだが、巡査部長はことあるごとにそれをわたしに知らせたがる。

　わたしはバックして車を駐車場から出し、割り当てられた担当地域へ向かう。

でも、その途中で回り道をしてケンジントン大通りとカンブリア・ストリートの交差点を通ることにする。ケイシーが見あたらなくても、ポーラ・マルーニーならそのあたりにいるはずだ。

　例の交差点まで来ると、ポーラがいないのは一目瞭然だった。でも、そこにはアロンゾが経営する雑貨店があるので、彼と、彼がかわいがっている猫で、フィラデルフィア・フィリーズからとうの昔にいなくなった投手にちなんで名づけられたロメロに会いに立ち寄ることにする。普段この店の正面ウィンドウから、ポーラとケイシーのようすを観察することができる。

　そんなわけで、アロンゾはわたしの妹のことをよく知っている。わたしと同じく、彼女もこの店の常連客で、わたしたちが口をきかなくなるずっと前からそうだった。ケイシーがいつも買うものは頭に入っている。〈ローゼンバーガー〉のアイスティー、〈テイスティケーキ〉のパンケーキ、それにタバコ。タバコ以外は彼女が子どものころから気に入っている嗜好品ばかり。偶然にも同時にアロンゾの店に居合わせると、わたしたちはたがいにわざと無視する。アロンゾは不思議そうにわたしたちを交互に見る。彼はケイシーがわたしの妹だと知っている。というのも、わたしは彼に最近のケイシーのようすや、見晴らしのよいレジの後ろから見ていて気づいたことで、わたしが知っておくべきことはないかよく聞いているのだ。それは、妹が心配だというよりも、警官として地域やアロンゾのことを気づかってのことだ。「あの子たちにここにいられると迷惑じゃない？」わたしはよくケイシーとポーラのことをアロンゾに聞いている。「いつでも言ってくれれば、よそに行かせるから」でも、アロンゾはきまって「いいんです」と答える。ふたりがここにいるのは気にならないし、好感を持っているからと。「あの人たちはいいお客さんだから。迷惑なんかじゃない」

　過去にはたまにコーヒーを飲みながら店に長居して、ケイシーとポーラの仕事ぶりや、仕事がうまくいくよう祈っているところや、薬物の離脱症状でどんどん病んでいく姿、ふたりが自暴自棄になっているようすを観察していたこともあった。ここから彼女たちの客の姿もよく見えた。そういう客はどのシフトで勤務していても見かける。車のなかでコソコソするあらゆるタイプの男ども。わたしやパトカーに気づいていると、彼らの目はまっすぐ前方の道路に向けられる。そうでないときは、歩道の女性や女の子を品定めしている。そういう連中には残虐さを感じる。粗野で、卑劣で、獲物をとらえようと待ち構えている。典型的タイプというものは存在しない。もしあったとしても、そこから外れる場合が多い。後部座席に子どもを乗せてケンジントン大通りをゆっくり運転する男たち。メインラインから来たとおぼしき、高級車に乗った気色の悪い男たち。あらゆる年齢、あらゆる人種の男が大通りを訪れるのをわたしは目の当たりにしてきた。八十代の老人もいれば、仲間とやってくるティーンエイジャーもいる。異性愛カップルが三人目を探しにやってくる。ひとりでやってきた女も一、二度見かけた。滅多にないが、女だって客になるのだ。わたしはそういう女性にもひとしく嫌悪感を抱いているのだが、もしかしたらケイシーや彼女の仲間はそうではないかもしれない。少なくとも、女のほうがこわくないだろう。

　わたしはどんな犯罪者であってもどこかしら共感できる部分を見つけられるのだが、売春の客となると別だ。連中を相手にすると、わたしは公平さや客観性を保っていられなくなる。ようは、毛嫌いしている。やつらの体つきを見て嫌悪感をおぼえる。強欲さや利用してやろうという魂胆、基本的欲求すらコントロールできないところにも。たいてい連中は暴力的で信用できない。わたしはどこかおかしいのかもしれない。警官としては弱点を抱えている。でも、同意した大人どうしのあいだに成立する、熟慮の末の取引と、どんな人にどんなことでもする女や、麻薬ほしさに〝イエス・ノー〟が言えなくなっている女がいる大通りで繰り広げられる、いわば〝大バーゲン〟はまったく別だと思うのだ。そういう女に狙いを定める手合いに対峙すると、すぐに熱くなって頭に血がのぼるので、まともに相手の目を見て対応できない。手錠をかけるときに必要以上に乱暴になったことが何度もあった。それは認めよう。

　でも、わたしがいままでこの目で見てきたものと同じものを見たことのある人なら、冷静ではいられないはずだ。

　あるとき、ひとりの女と出会った。赤毛で、五十歳ぐらい、靴も履かずに身をかがめて泣いていた。顔は隠していなかった。そのかわり顔を上に向け、太陽を仰ぎ、両目と口を開いて、あられもなく泣いていた。まだトルーマンと組んでいたときのことで、わたしたちは彼女のようすを確認するためにパトカーを停めた。トルーマンがそうしようと言ったのだ。そんな風に彼はいつもやさしかった。

　でも、わたしたちが近づくと、その女は顔を見られまいと、頭を腕のなかに埋めた。近くの家の玄関から声がした。「あんたたちには話したくないってさ」

「この人は大丈夫なのか？」トルーマンがその声の主に尋ねた。

「襲われたんだ」しわがれた声をした女が答えた。声の主の姿は見えない。家のなかは真っ暗だ。

　そうなると話は別だ。通常それはレイプの被害に遭ったということだから。

「四人だった。男が彼女をある家に連れ込んだら、そこに三人の仲間が待ち構えていた」

「だまれ、だまれ」赤毛の女が叫んだ。はじめて泣き声以外の声が聞けた。

「調書を取らせてもらってもいいか？」トルーマンが女に聞いた。やさしい声で。彼は女性の事情聴取が得意なのだ。ときにわたしよりもうまいぐらいだと認めざるをえない。

　だが、赤毛の女は顔を腕のあいだに戻すと、それ以上なにも言わなかった。激しく泣きじゃくって、息もつけないありさまだった。

　わたしは彼女の靴はどこに行ったのだろうと思った。ハイヒールを履いていたが、逃げるために脱ぎ捨てたとか。彼女の足の爪は割れていて薄汚く、痛々しかった。右の足の甲のそばの歩道の表面には小さな血の染みがついていた。その部分が切れているのかもしれない。

「マーム、ここにわたしの電話番号を置いていきます。あとで気が変わったときのために」

　トルーマンは彼女に名刺を差し出した。

　同じ通りの先では、別の車がスピードを落として別の女に近づきつつあった。

　わたしはアロンゾの店のウィンドウから客と取引するケイシーの姿をずっと眺めてきた。ゆっくり走ってきた車が動きを止めると、彼女がその車に身をかがめるところを見てきた。そういう車が脇道に入ると、妹もそちらについていき、建物の裏手に消えるのを見てきた。そこではありとあらゆることが起こりうる。

「あの子が決めたことなんだ」わたしは自分に言い聞かせる。「これはあの子自身の選択なんだ」と。

　たまに腕時計に目をやると、十分、十五分が過ぎていて、そのあいだ彼女が戻ってくるのをじっと待っていたことに気づく。

　アロンゾはなにも言わない。わたしのことを放っておいてくれる。わたしが発泡スチロールのカップに入ったコーヒーをすすりながら、そこでずっと観察するのを許してくれる。今日のアロンゾは別の客に対応していて忙しそうなので、わたしは冷たいウィンドウの前のいつもの場所に陣取って、そこからなかをのぞいて彼がひまになるのを待つ。


　なかにいた客がアロンゾがドアに吊るした三つのベルを鳴らして店を出ていってもまだわたしは物思いにふけっている。

　店にだれもいなくなると、コーヒーを買おうとカウンターに歩み寄る。すると、アロンゾがわたしに声をかける。「ああ、妹さんのこと聞きましたよ。心配ですね」

　わたしは彼を見る。

「なんですって？」

　アロンゾはたじろぐ。自分が余計なことを言ったのではないかと不安に思う人に特有の表情が顔に浮かんでいる。

「いまなんと言ったの？」もう一度アロンゾを問いただす。

　彼は首を振りはじめる。

「よくわからないんです。聞いたことがまちがってるかもしれないし」

「具体的にどんなことを聞いたの？」

　アロンゾは首を右のほうに伸ばして、ポーラがいつも立っているあたりを確認する。彼女がそこにいないとわかると、先をつづける。

「きっとたいしたことじゃありませんよ。でも、このあいだポーラがここに来て、ケイシーが行方不明だって言うもんですから。ここ一か月、もしかしたらもっと長いこと彼女の姿を見ていないって。だれも居場所を知らないって」

わたしは直立したまま口を真一文字に結んでうなずく。ガンベルトに軽く手を添えて、冷静な表情を保つよう心がける。

「そうなの」

わたしは相手の反応を待つ。

「ポーラはほかになにか言ってなかった？」

アロンゾは首を振る。

「正直なところ、ポーラがまちがっているかもしれないし。彼女、最近荒れてましたからね。しょっちゅうどなり散らしていたし。ありゃあ正気じゃありませんよ」アロンゾはひどく心配そうな顔をしている。わたしをなぐさめるために肩をたたくとか、どうやらそういうおぞましいことをしようと考えているようだ。だが、さいわいわたしたちはどちらも動かない。

「そうね。ポーラがまちがっているのかも」

過去

自分がいま苦しいのは、つらい子ども時代を送ったせいだと決めつける人が世の中にはいる。たとえば、おたがいに口をきかなくなる直前にケイシーと会ったとき、彼女は自分が抱えている問題はまず両親に捨てられたことに端を発していて、さらに、彼女の言葉によれば一度たりとも彼女を愛したことがないどころか、心底きらっているかもしれないジーに育てられたことに原因があると言っていた。

わたしは目をしばたたかせながら妹を見た。そして、わたしも彼女と同じ家で育ったのだと、努めておだやかに伝えた。もちろん、わたしが言わんとしたのは、いまのわたしがあるのはこれまでに下してきた決断のおかげだということ——重要なのは運ではなく、決断なのだ。それに、わたしたちの子ども時代はのどかさとはほど遠いものだったかもしれないが、少なくともそれぞれが充実した人生を送れるよう準備してくれるものだったはずだ。

　でもわたしがそう言うと、ケイシーは両手で顔を覆った。「ちがうよ、ミッキー。あなたとはいつも事情がちがったんだから」

　いまでもあのとき妹がなにを言わんとしていたのか、さっぱりわからない。

　なにしろ、それがなにを意味するにせよ、ふたりのうちどちらが〝つらい〟子ども時代を送ったかくらべてみたら、わたしのほうがよっぽど割を食っているとわかるだろう。

　なぜなら、わたしたちふたりのうち、わたしだけが母さんのことをおぼえていて、その思い出がかけがえのないものだったから。そのため、母さんの死はわたしにとってはよっぽどつらいことであって、母さんの存命中はまだ幼すぎて母さんの記憶がないケイシーにくらべたら、そのつらさはくらべものにならないはずだ。

　その女性《ひと》は若かった。わたしたちの母さんは。わたしを身ごもったとき、十八歳だった。高校では最上級生で、ジーに言わせれば優秀な生徒で、よくできた娘だった。そして、妊娠がわかったとき、父さんとつきあいだしてまだ数か月だった。伝えられるところによると、だれもがその知らせにびっくりしたが、いちばん驚いたのはジーで、彼女はいまでもそのときのショックを悲しげに、切羽つまった感じで語ることができる。「だれにも信じてもらえなかったのさ。わたしが言ってもね。みんな、まさかあのリサがって言ってたよ」

　ジーは中絶を選択肢から外すほどには信心深かった。でもいっぽうで、娘が妊娠したことに憤《いきどお》り、それを恥じて、隠しておかなければと思うほどにも信心深かった。それは一九八四年のことだった。ジー自身は十九歳で結婚して二十歳でリサを産んだが、いまとは時代がちがったのだと言いたがる。夫は若くして交通事故で亡くなった（いまでは、ジーの夫は飲酒運転だったのではないかとわたしはにらんでいる。ジーは夫が酒を飲んでいたとよく言っていたから）。その後、ジーが再婚することはなかった。

　もしジーの夫、つまりわたしたちのおじいちゃんが死ななかったら、彼女の人生はまったくちがうものになっていたはずだとわたしはよく想像したものだ。ジーの人生のほぼすべてが、とにかく生きていかなければならないというプレッシャーに支配されていた。それは、テーブルに食べものを並べ、請求書の支払いをして、つねになにかしらある借金を返しつづけるということだ。もしそんな苦闘を支えてくれるパートナーがいたら――家計に給料を入れてくれる人、たったひとりの娘が死んだときに一緒に悲しんでくれる人がいたら――おそらく彼女の人生も、ひいてはわたしたちの人生も、もっとましなものになっていただろう。でも、こんな他愛もない空想はセンチメンタルに過ぎるのかもしれない。というのも、ジーはいまにいたるまでずっと、男なんかに用はないと公言してはばからないからだ。彼女にしてみれば男とはゆく手をはばむ障害物でしかなく、ヒトとして繁殖するときにだけときたま必要になるひどくやっかいな存在なのだ。ジーは腹の底では男をまったく信用していない。できるだけかかわらないようにしている。

　彼女が結婚からなにかひとつ得たものがあるとすれば、娘を妊娠したとき自分は結婚していたと堂々と言えるようになったことだ。「わたしは結婚していたから」――見えない胸に向かって指をぐっと押しつけるように、彼女はよくそう説明していた。自分はものごとの順序をまちがえなかったのだと。

そのため、リサに妊娠を告げられて、ジーが結婚するよう諭したのも無理からぬことだった。ジーは〝このダニエル・フィッツパトリックという男〟（ジーは父さんのことをその先ずっとそう呼ぶことになる）にはそれまでに一度しか会ったことがなかったが、そうなったら自分の家のソファにふたりを座らせて、教区の司祭のところに行って、正式に結婚の誓いをするよう迫った。父さん自身はいいかげんなことにかけては悪名高いシングルマザーの息子だった。「ふしだらな女さ」ジーはよくそう言っていた。「妊娠したとき結婚してなかったんだからね」それで、ジーの心のなかでは、世間体という点において両者のあいだにくっきりと線が引かれた。さらに悪いことに、ジーの見たところでは、その息子は学校ではほどこしの対象になっていた。そのせいで授業料が上がって、まじめに仕事をしている親にはいい迷惑だとジーは愚痴った。父さんの母親が、子どもができたことだとか、結婚だとか、ジーのことだとか、一連のできごとになにを思ったかはいまとなっては知りようがない。なにしろ、わたしは彼女に会った記憶すらないのだ。彼女は母さんの葬儀に参列しなかった。ジーはそれを侮辱だと根に持ち、その怒りを墓場まで持っていくつもりだ。

当時のことはジーの言葉でしか知りようがないのだが、とにかくジーによれば、わたしたちの両親、リサとダニエルはジーと助祭の立ち合いのもと、水曜日の午後にホーリー・リディーマー教会でひっそりと結婚した。それからジーはダニエルを迎え入れ、娘と新しい義理の息子に自宅の真ん中の寝室をあてがい、若いふたりが払えるときは賃料を受け取ることにして、そのことを親戚に知らせるのをできるだけ遅らせた。胸を張って。堂々とした態度で。

五か月後、わたしが生まれた。その一年半後にケイシーが生まれた。

四年後、母さんは死んだ。

わたしが生まれてから母さんが死ぬまでの四年間のことは、いまでも心を落ちつければ、いくらか思い出せる。とはいえ、最近ではだんだん思い出せなくなっているのだが。仕事中にパトカーを運転していてふと、母さんが運転している車の後部座席に座っていたことを思い出す。当時、チャイルドシートなんてものはなかった。シートベルトも。母は歌いながらハンドルを握っていた。

　家でも職場でも、冷蔵庫のそばにいると記憶がよみがえることがある。ジーの家のキッチンで若い母さんが冷蔵庫のなかになにも入っていないと文句を言っている光景がさっと浮かぶ。「おや、そうみたいだね」別の部屋にいるジーが答える。「それなら自分でなにか入れたらどうだい」

　そして、プールの場面。だれかのうちのプール。プールに入るなんてめずらしいことだ。それに映画館のロビーにいるところ。でもそれがどこなのか思い出せない。いまでは映画館はセンターシティにしかなく、そのほかは閉鎖されたり、コンサート会場に改装されたりしている。

　わたしは若い母さんの姿をおぼえている。母さん自身も子どもやその仲間にしか見えず、きれいな肌はすべすべで、髪の毛は子どもの髪のように輝きを放っていた。ジーは母さんのそばにいると態度が柔和になり、落ちついて、せかせか動き回らなかったこともおぼえている。そんな時期はジーの人生のなかで一度きりだろう。娘のおどけた態度に思わず笑いだしたジーが手で口を覆って、信じられないとばかりに首を振っている。「あんた、どうかしてる。どうかしてるよ。まったく、この家はなんて家だい」ジーはわたしのほうを向いて、にっこり笑い、誇らしげだ。当時のジーはいまとはちがってやさしくて、大胆でひょうきんな自分の娘に夢中だった。この先娘と家族全員にどんな運命が待ち受けているのかも知らずに。

　寝室の暗がりのなかでよみがえってくる記憶はさらにつらいものだ。わたしのとなりにはトーマスがいて、すぐそばに幼い男の子の頭があって、彼の肌のにおいをかげるほど近くにいると、そこで――まさにそこで――わたしが子どものころ使っていたベッドで添い寝をしてくれた母さんのことをかならず思い出す。母さんの顔や身体は若々しくて、わたしがまだ読めない文字が書いてある黒いTシャツに身を包んでいる。母さんの両腕がわたしの身体に巻かれている。母さんは目をつむっている。口が開いている。母さんの口から吐き出される息は草食動物の吐息のように甘い。四歳のわたしは片手でそっと母さんの頬に触れる。「こんにちは」母さんはそう言って、わたしの頬に口をつけて、わたしの顔に話しかける。母さんの歯や唇が触れるのを感じる。「わたしのベイビー」母さんは何度もそう言う。彼女が世界でいちばんよく使う言葉。いまでもがんばれば、母さんが甲高い声でしあわせそうにそう言っているのが聞こえる。その声音には驚きが混じることがあった。リサ・オブライエンに子どもがいるなんて。

　母さんの薬物依存にまつわることは、まったく思い出せない。そういう記憶には蓋をしているのかもしれない。あるいは、それがなんなのか、なにを意味するのか、当時のわたしはわかっておらず、依存症の兆候やそこから抜けられないでいるサインを認識できなかっただけかもしれない。わたしはやさしくて愛情深い母さんしかおぼえていない。しあわせだったことしかおぼえていないから、よりいっそうつらい。

　同じように、母さんが死んだことも、死んだと知らされたことも記憶からすっぽり抜け落ちている。でも、その後のことならおぼえている。ジーが髪の毛や着ているシャツをぐしゃぐしゃにして、家のなかをライオンのようにうろついていた。どこかに電話をかけながら、てのひらの固い部分で自分の頭をたたき、それから泣き声を押し殺すかのように腕の裏側に口を当てていた。周囲で大人たちがひそひそ話していた。大人たちはケイシーとわたしに食べさせ、堅苦しいドレスを着せてタイツを穿かせ、足にはきつい靴をあてがった。教会での葬儀はこぢんまりとした、さみしいものだった。ジーは信徒席に身を沈めていた。ケイシーの腕を押さえて、音を立てさせないようにしている。わたしたちの反対側に座る父さんはなんの役にも立たない。だまったままだ。その後の自宅での集まり。大いなる恥の感覚。大人たちのひざ、太もも、靴、スーツの上着。服の生地がこすれる音。子どもはいない。いとこたちはどこにもいない。わざと遠ざけられていた。それから長い冬がやってきた。いない。だれもいない。わたしたちは忘れ去られた。だれにも話しかけてもらえない。だれにも抱っこしてもらえない。お風呂にも入れてもらえない。食べさせてもらえない。それから、わたしは食べ物をあさるようになった。自分の腹を満たした。妹に食べさせた。母さんが遺したものを見つけてはそのにおいをかいだ（あいかわらずなにが書いてあるのかわからない母さんの黒いTシャツ、まだそこで父さんが寝ていた両親の寝室のベッドのシーツ、冷蔵庫のなかの飲みかけのソーダ、母さんの靴の内側）。それは、あるときジーが発作的に一日がかりで母さんのものを処分するまでつづいた。そのあとで、抽斗の奥に突っ込まれていた母さんのヘアブラシを見つけてにおいをかいだ。母さんの髪の毛の房を指先が紫色に変色するまで巻きつけた。

　いまではそういう記憶のすべてが色あせつつある。最近では、そのひとつひとつをそっと取り出しては、慎重にもとの抽斗に戻している。使いすぎないように。長持ちするように。年を追うごとに、思い出のひとつひとつが縮み、透明になって、舌の上に感じる甘味のようにバラバラになって消えていく。もし母さんの思い出を完全な形で保存できれば、いつかトーマスに引き継ぐことができる。そう自分に言い聞かせている。

　母さんが死んだとき、ケイシーはまだ赤ちゃんだった。二歳だった。まだおむつをはいていたが、たいていずっと替えてもらえずにそのままになっていた。家のなかをうろつきまわっては、どこにいるのかわからなくなり、のぼってはいけないと言われている階段をよじのぼり、クローゼットのなかやベッドの下など、せまい場所に長いこと隠れていた。あぶないものが入っている抽斗を開けた。大人と同じ目線にいるのが好きなようで、わたしはしょっちゅう妹を探し回っては、キッチンや洗面所の台の上に、だれにも見守られずにひとりでちょこんと座っている姿を見つけた。マフィンという名の猫のぬいぐるみと、おしゃぶりを持っていて（どちらも一度も洗われたことがなかった）、だれにも見つからないように、秘密の場所に念入りに隠していた。ある日それが全部なくなって、それっきりだった。ジーは代わりになるものを用意してはくれなかったし、宝物をなくして傷心のケイシーはそれから何日も気も狂わんばかりに指をしゃぶったり、あえいだりして泣きつづけた。

　わたしは最初から妹の面倒を見なければと思っていたわけではなかった。おそらく、ほかにだれもそうする人がいないことに気づき、なにも言わずにその役回りを引き受けたのだ。そのころ、妹はまだわたしの部屋に置いてあるベビーベッドのなかで寝ていた。だが、ほどなくそこをよじのぼって脱出することをおぼえると、たちまち毎晩そうするようになった。少し大きくなった幼児の能力を人知れず駆使して、ベビーベッドからするりと抜け出し、よちよち歩きでわたしのベッドまでやってきた。ケイシーのおむつを替えなければならないとき、大人に知らせたのはわたしだ。やがてケイシーのトイレトレーニングもするようになる。わたしは妹の保護者としての役目を真剣にとらえていた。プライドを持ってその重圧に耐えていた。

ふたりそろって大きくなるにつれて、ケイシーに母さんの話を聞かせてほしいとせがまれるようになった。毎晩、一緒に使うベッドのなかで、わたしはシェヘラザードよろしく思い出せるかぎりのできごとを語ってやり、そのほかの話はでっち上げた。母さんがビーチに連れていってくれたときのこと、おぼえてる？ そう言うと、ケイシーは懸命にうなずく。母さんがアイスクリームを買ってくれたことは？ 朝食につくってくれたホットケーキは？ 寝る前にお話を読んでくれたことは？（皮肉なことに、それはわたしたちが自分で読む本のなかで親がよくしていることだった）そういうことすべてと、さらにもっと多くのことを妹に話して聞かせた。わたしはうそをついた。わたしの話を聞いているうちにケイシーの目がだんだん細くなって、陽だまりのなかにいる猫の目みたいになった。

わたしにはひどく後悔していることがある。こうして家族の歴史の語り部になることでわたしには妹にたいして行使できる、とてつもない影響力を手にしたのだが、一度だけその武器を使ってしまったのだ。それは長い一日が終わろうとしているときで、それがなんだったのかいまでは忘れてしまったことでケイシーがしつこくわたしを問いつめていた。ついに、わたしは怒りにまかせて、すぐに後悔することになる残虐行為におよんだ。「母さんが言ってた。わたしのほうが好きだって」そうケイシーに言い放ったのだ。いまにいたるまで、それはわたしがついたなかで最低のうそだ。すぐに撤回したが手遅れだった。ケイシーの顔が真っ赤になって、それからくしゃくしゃになるのが見えた。なにか言いたげに、口が開くのが見えた。だがそこから漏れ出たのは悲痛な泣き声ばかり。まじりっけのない悲しみ。それはもっと年上の、すでにたくさんのことを見てきた人間の泣き方だった。いまでも、そうしようと思えば、そのときの妹の泣き声が聞こえてくる。

母の葬儀のあとで、父さんがどこかよそでわたしたちと暮らすという話もあった。でも、父さんにはそうするお金も決断力もなかったので、わたしたちは三人ともジーの庇護のもとにとどまることになった。

それがまちがいだった。

父さんとジーはずっとそりが合わなかったのだが、そうなるとつねにけんかしている状態だった。ジーは父さんが彼女の家をいいように利用しているのではないかという疑念に駆られることがあって、そこから口論になった（この件についてはジーの勘はまちがっていなかったとわたしは見ている）。でもそれよりも、家賃の支払いが遅れて険悪になることのほうが多かった。わたしはまだそういういさかいの場面を思い出すことができるのだが、ケイシーにはそのことを話したはずもないので、彼女はおぼえていない。

たちまち、ふたりのあいだの緊張が耐えられないほどに高まり父さんは出ていった。突然、ジーがわたしたちの保護者ということになった。ジーはそのことに不満そうだった。「あたしゃこういうことはとっくに卒業したと思ってたんだがね」ケイシーが聞きわけがなかったりすると、わたしたちによくそう言っていた。そのころのジーがどんな表情をしていたか思い浮かべてみると、視線はわたしたちではなく、どこかよそに向けられていて、わたしたちの真上や横を目を細めながら見ていた。まるで太陽を眺めるかのように。わたしは大人になってから、心がおだやかなときは、ジーがわたしたちによそよそしい態度を取るようになったのは溺愛していた娘が死んだせいなのだろうと考えるようになった。ジーにとってわたしたち姉妹はリサを思い出させる存在であり、また、わたしたち自身もいつかは死ぬのであり、この先も苦痛や喪失に痛めつけられる可能性があるということを象徴する存在だった。

　わたしたちにたいしては戸惑ったように接するジーだったが、心のエネルギーの大部分はわたしたちではなく父さんに向けられていた。彼女の心は猜疑に満ちた激しい怒りに支配され、家族としての義務を果たすという点において父さんがずぶずぶとその底に沈んでいく、根深い不信でいっぱいになっていた。「あいつのことは一目見ただけでどんなやつだかわかったさ」月に一度、また養育費が届かなかったと判明するたびにジーはわたしたちにも聞こえるようにひとりごとを言った。「あたしゃリースに言ったんだよ。あんな得体の知れない男ははじめてだってね」

　父さんについてもうひとつわかっていることも、ジーの口から明かされた。「あいつがあの子を麻薬に誘ったんだ」わたしたちに面と向かっては言わなかったものの、しょっちゅう電話でそう話していた。わたしたちにも聞こえるように大きな声で。「あいつがあの子をめちゃくちゃにしたんだよ」

　母の死後、〝このダニエル・フィッツパトリックという男〟はたんに〝あいつ〟だとか〝彼〟になった。わたしたちの生活のなかで一部のおじや神さまを呼ぶときをのぞいて〝彼〟と呼ばれたのは父さんだけだ。父さんに会うことがあると、いまでは考えられないが、わたしたちは彼のことを〝パパ〟と呼んでいた。まるで、わたしではないだれか別の子がそう言っていたみたいだ。父さんとはしばらくのあいだ離れていたこともあって、当時でさえわたしはその言葉を口にするとき違和感をおぼえた。でも父さんは自分で自分をそう呼んでいた。「俺はあいつらのパパなんだ」口論の最中に父さんはよくジーにそう言っていた。「それならパパらしい行動をしな」ジーにそう切り返されていた。

　やがて、父さんは完全に姿を消した。その後十年間彼に会うことはなかった。それから、わたしが二十歳のときに、父さんの昔の友人がなにげなく父さんが死んだとわたしに漏らした。死因はフィラデルフィアの北東地区ではありふれたものだと聞かされた。最初にケイシーを見つけたとき、わたしは妹がそれで死んだにちがいないと思った。二度目も。三度目も。

　わたしの反応に気づいた父の友人は、わたしがすでに知っていると思ったと言った。

　わたしは知らなかった。

　母さんについては、彼女の死後ジーは滅多に話題に出さなくなった。でもときどき、まだ小学生ですきっ歯がのぞく母さんの写真（家に残された唯一の形見で、いまでもリビングの壁にかけてある）をじっと見つめるジーの姿をたまに見かけた――見られているとわかれば、そんなに長いこと見つめていなかっただろうが。また、ときおり夜更けにジーの泣き声とおぼしきものが聞こえてくることがあった。それはうつろで、不気味な声だった。大泣きしている子どものようにしゃくりあげて、果てしない悲しみをたたえていた。それなのに、日中のジーはあきらめと怒り以外の自分の気持ちをいっさい表に出さなかった。「あの子は選択をあやまったんだ」母さんのことをジーはそう言った。「あんたたちは同じあやまちを繰り返すんじゃないよ」

　わたしたちは両親がいないまま大きくなった。

　母さんが死んだとき、ジーはまだ若くて四十二歳だったが、もっと老けているように見えた。つねに働いていて、調理、店員、清掃などの仕事を掛け持ちすることもしょっちゅうだった。冬のあいだ、ジーの家はつねに寒かった。室温は配管が凍らない程度の十三度に設定されていた。家のなかで上着をはおり、帽子をかぶった。わたしたちが文句を垂れると、「あんたたちが料金を払ってくれるのかい？」と切り返された。ジーがいなくなると、その家はおばけが出そうだった。一九二三年からずっとジーの一族がそこに住んでいる。

アイルランド出身のジーの祖父がその家を買い、それをジーの父親が相続して、さらにジーが引き継いだ。二階建ての小さなテラスハウスで、二階の廊下に面して寝室が三つ並んでおり、一階は玄関からいちばん奥までひとつながりになっている。リビングルーム、ダイニングルーム、キッチンがあるが、そのあいだにドアはない。おざなりな敷居があちこちにあって、各部屋の境界線らしきものが示されている。

家の正面から奥まで、わたしとケイシーはひとかたまりになって行ったり来たりを繰り返した。ケイシーが二階にいれば、わたしも二階にいた。わたしが一階にいれば、ケイシーも一階にいた。〝マッケイシー〟ふたりまとめてジーにはよくそう呼ばれた。あるいは〝ケイミッキー〟とも。当時、わたしたちはかたときも離れず、たがいがたがいの影になっていた。ひょろっとして背が高く、濃い色の髪の姉とちびで、まるっこくてブロンドの髪の妹。たがいに手紙を書きあっては、リュックやポケットにそれをしのばせた。

あるとき、わたしたちが使っていた寝室の隅に、床全体に敷きつめたカーペットをめくれる部分があって、その下にゆるくなっている床板があることに気づいた。床板の下にはすき間があった。わたしたちはそのなかに次々と秘密のメッセージを入れ、ほかにもいろいろなものや絵などをつめ込んだ。その家からの脱出に成功したあかつきにはどんな人生を送るか、綿密な計画を立てた。わたしは大学に行って、まともで手堅い仕事につきたいと思った。それから結婚して、子どもを産んで、引退したらどこか暖かい場所で暮らす。でもその前にできるだけ世界を見て回りたい。ケイシーの希望はもっと控えめだった。ときどき、バンドに入りたいと言っていた。楽器に触れたこともないのに。女優になりたい。料理人になりたい。モデルになりたい。大学に行きたいと口走ることもあったが、わたしがどの大学に行きたいのかと尋ねると、とても入れそうにない大学の名前ばかり挙げた。テレビで耳にしたのだろう。お金持ちしか入れない大学。わたしは妹をがっかりさせたくなかった。でもいまとなっては、あのとき真実を告げておけばよかったのかもしれないと思っている。

　当時、わたしはまるで親であるかのようにケイシーを見守り、彼女を危険から遠ざけようとして、うまくいかなくても自分なりにがんばっていた。いっぽう、ケイシーは友達のようにわたしを気づかい、わたしを外の世界に連れ出して、ほかの子たちと遊ばせようとした。

　夜になると一緒に使っているベッドで、わたしたちはたがいの頭のてっぺんをくっつけ合って手をつないだが、手足やほどいた髪の毛がアルファベットのAの形みたいになった。そうして、学校であったいやなできごとをくやしがったり、いいなと思った男の子のことを打ち明けあったりした。

　わたしたちはティーンエイジャーになってもそのまま奥の寝室をふたりで使いつづけた。寝室は三つあったから、どこかのタイミングでそれぞれ別の寝室を持つことだってできた。でも、わたしたちが「ママの部屋」と呼んでいた真ん中の寝室は彼女が死んで何年たってもなお母さんの思い出がしみついているようだったから、わたしたちはどちらもそこを自分が使うとは言いだせなかった。それに、その部屋は入れ替わり立ち替わりだれかに使われていた。季節労働をしているおじやいとこが泊まる場所が必要になると、ジーにわずかばかりの家賃を支払い借りることがあった。ジー本人もしばらくその部屋で寝ていた。あるとき、ジーが使っている手前の寝室で窓用エアコンを取り外したら、窓枠が取れてしまったのだ。お金を払って修理を依頼せずに、ジーは開口部をプラスチックでふさいでテープで留め、部屋のドアじたいもテープで目張りしたのだが、十二月になるとその部屋から入り込むすき間風のあまりの寒さに、わたしたち全員が毛布をガウンのように身体に巻きつけて家のなかを歩かなければならなかった。

ジーにとって子どもの養育はいつだって差し迫った問題だった。ハノーヴァー小学校には放課後の学童保育プログラムがなかったので、ジーは窮地に立たされた。

そのうち、警察運動協会《ポリスアスレチックリーグ》が運営している無料のプログラムが近くにあると聞きつけて、わたしたちをそこに入れた。その施設にはよく音が響くだだっ広い部屋がふたつと、とっておきの屋外運動場があって、わたしたちはそこでバレーボールやバスケットボールをしたが、コートの脇では若いころはすぐれた運動選手だったローズ・ザレッツキー巡査が声を張り上げていた。ちゃんと学校に通うように、誘惑には近づかないように、ドラッグやお酒には手を出さないようにと、くどいほど釘を刺された（たまに収監経験のある人が施設にやってきてはスライドを見せながらそういう点を強調して、最後にはクッキーやレモネードが配られた）。

その施設に配属された警官は、厳しい人、おもしろい人、やさしい人がバランスよく混ざっていた。わたしたちが普段接していた、その人の前では静かにしていなければならない大人とはちがうタイプの人たち。子どもたちにはそれぞれ相談に乗ってもらえるお気に入りの警官がいて、お目当てのアイドルの背後でアヒルの雛のように小さな列をつくってついて回る光景が見られた。ケイシーのお気に入りはアルムッド巡査だった。いつもこまったような顔をしたその小柄な女性は大胆かつワイルドなユーモアのセンスの持ち主で、彼女のまわりの変人や、世の中の愚かさ、そこにいる子どもたちの抜けているところを親愛の情を込めて揶《や》揄《ゆ》したので、彼女の声が届く距離にいる者はもれなく笑いの発作を起こして身もだえしていた。ケイシーは彼女の態度、話し方、馬鹿笑いを身につけてそれを家に持ち帰り、再現していたのだが、ついにはジーにやめるよう叱られた。

　わたしのお気に入りはもの静かなタイプだった。


　クレア巡査が協議会に配属になったとき二十七歳の若さだったが、当時のわたしにとって二十七歳といえばもうすっかり大人で、信頼ができ、そこはかとなく責任感を漂わせている年齢だった。彼にはすでに幼い息子がいて、その子のことはいとおしげに話すのだが、結婚指輪はしておらず、妻やガールフレンドのことは一切口にしなかった。わたしたちが宿題をする、カフェテリアみたいに広い部屋の片隅でクレア巡査は本を読んでいた。たまに顔を上げてわたしたちがよそごとをしていないか確認して職務を遂行すると、読みかけの本に戻っていった。両脚を伸ばしてくるぶしのところで組んでいた。ときどき席を立って巡回した。ひとりひとりの子どもの上に身をかがめ、勉強の内容を尋ね、考え方がまちがっている箇所を指摘した。彼はほかの巡査よりも厳しかった。おもしろくもなかった。思索にふけるタイプなのだ。そのせいで、ケイシーは彼をきらっていた。

　でも、わたしはどうしようもなく惹きつけられた。たとえば、クレア巡査はだれかに話しかけられると、しっかり相手の目を見て、うなずいて理解を示し、落ちついた態度で聞いていた。それに、彼はハンサムだった。うしろに梳かしつけられた黒髪、ほかの男性警官のものよりもちょっぴり長いもみあげ（一九九七年当時そういうスタイルはとてもかっこよかった）、なにかおもしろいものを読んでいると、ほんの少し寄る濃い色の眉毛。背が高くてがっしりとした身体つきの彼はどこか古風だとわたしは思った。まるで昔の映画や別の時代からやってきたみたいだった。彼の態度はきわめて慇懃《いんぎん》だった。「勤勉」だとか「卓越」という言葉を口にして、一度など、わたしのためにドアを押さえてくれて、「お先にどうぞ」と声をかけ、片腕をさっと外側に回して頭をわずかにかしげた。当時のわたしはありえないほど礼儀正しい態度だと思って感激した。わたしは日ごとに彼に近いテーブルへと移動していき、ついにはすぐとなりに座るまでになった。でも、話しかけはしなかった。前よりもいっそう静かに、集中して宿題に取り組み、いつか彼がわたしのがんばりに気づいてなにか言ってくれるはずだと期待した。

そして、ついにその瞬間がやってきた。

その日、彼はわたしたちにチェスを教えていた。わたしは十四歳で、ひどくさえない日々を送っていた。だれともほとんどしゃべらず、荒れた肌に手を焼き、シャワーを浴びていないこともざらで、着ているものといえば、おさがりやリサイクルショップの掘り出しものの、二サイズほど大きいか小さいかどちらかの、くたびれた服ばかりだった。

自分の外見に恥じ入ってはいても、頭のよさには自信を持っていた。それは、眠れる竜のようなもので、わたしの心のなかでジーにもだれにも奪うことができない宝の山を守護している。竜が守るのは、いつかわたしたちふたりを救うのに必要となる武器。わたしと妹が助かるために。

そのとき、わたしは目の前で展開するひとつひとつの試合に集中してのぞみ、午後も遅い時間になると、クレア巡査が発案した即興のトーナメントで勝ち残った四人のなかに入った。わたしのまわりにはたちまち人だかりができて、試合を眺めていたが、そのなかにクレア巡査もいた。わたしは彼のことを意識していたが、うしろに立っていたから姿は見えなかった。彼の身体の大きさ、背の高さが感じられた。彼が呼吸するのがわかった。わたしは試合に勝った。

「お見事」クレア巡査にそう言われて、わたしはうれしくなって無言で肩をすぼめ、それからもとに戻した。

次の決勝戦では、その部屋でもうひとり勝ち残っていた年上の男の子と対戦した。

その子は手ごわかった。もう何年もチェスの経験があるのだ。わたしはさっさと負かされてしまった。

それなのに、クレア巡査は腰に手を当ててしばらくなにごとか考え込んでいた。ほかの子たちが帰ってしまっても、わたしを探るように見ていた。見つめられて、わたしは赤くなった。顔を上げられなかった。

彼はゆっくりとした動作でひっくり返ったキングの駒をもとに戻すと、大きなテーブルに座るわたしのすぐそばにひざをついた。

「ミカエラ、いままでにチェスをしたことは？」静かにそう尋ねた。彼はいつもわたしをそう呼んだ。それもわたしが彼に好感を持った理由のひとつだ。ミッキーという愛称でわたしを呼びはじめたのはジーだ。わたしはその呼び名が少しばかり重々しさに欠けると感じていたのだが、とにかくわたしの名前として定着した。記憶のなかで母さんもわたしのことを本名で呼んでくれていた。

わたしは首を振った。チェスをしたことはない。わたしはひとこともしゃべらなかった。

彼はうなずいた。「たいしたものだ」

クレア巡査がわたしにチェスを教えてくれることになった。毎日午後の二十分間わたしだけのために個人指導をして、最初の一手や試合のあいだじゅう使える戦略をたたき込んだ。

「きみはとても頭がいいね」彼は値踏みするように言った。「学校ではどうなの？」

わたしは肩をすくめた。また赤くなった。クレア巡査のそばにいるとわたしは赤くなってばかりで、身体じゅうをめぐる血管がドクドク脈打ち、自分が生きていることを否応なく思い知らされた。

「まあまあです」

「そうか、もっとがんばれよ」

クレア巡査は、警官だった彼の父親から最初にチェスの手ほどきを受けたのだと教えてくれた。でも、お父さんは若くして亡くなったのだという。

「ぼくは八歳だった」ポーンの駒を進めたり戻したりしながら巡査は言った。

これを聞いて、わたしは彼をちらっと見て、すぐに盤上に視線を戻した。それならこの人にはわかるんだと思った。

巡査はわたしのために本を持ってきてくれるようになった。最初は犯罪もののノンフィクションや推理小説だった。お父さんのかつての愛読書だ。『冷血』、レイモンド・チャンドラー、アガサ・クリスティー、ダシール・ハメット。映画のことも教えてくれた。彼のお気に入りは《セルピコ》だったが、ゴッドファーザー三部作も好きで（「みんなはパート2が一番だって言うけど、パート1こそ傑作だ」）、《グッドフェローズ》や昔の映画も好みだった。《マルタの鷹》（「原作よりも映画のほうがよくなっている」）や《カサブランカ》、それにヒッチコック監督のスリラー映画。

わたしは彼に勧められた本や映画をすべて読んだり観たりした。エル線に乗ってブロード・ストリートにあるタワーレコードまで出かけ、ベビーシッターのアルバイトで稼いだなけなしのお金を使って、彼の大好きなバンド、〈フロッギング・モリー〉と〈ドロップキック・マーフィーズ〉のCDを二枚買った。アイリッシュバンドだと聞いていたので、フィドルやドラムが入った曲をイメージしていたのだが、実際にかけてみると、攻撃的なギターにのせて男の人が叫んでいたのでびっくりした。それでも、わたしは夜ふかしをして自分のディスクマンでそういう曲を聴いたり、懐中電灯を照らして彼に紹介された本を読んだり、リビングのソファに座ってテレビで昔の映画を観たりした。

「どうだった?」クレア巡査はなにかを勧めるたびにわたしに確認した。わたしは毎回すごく気に入ったと答えていた。たとえ、そうではなくても。

クレア巡査は刑事を目指していた。いつかかならずなってみせると言っていたが、息子が幼いうちは、勤務時間が規則的になるよう協会の仕事を希望していた。何度か息子を連れてくることがあった。その子はガブリエルといって、当時四歳か五歳ぐらいだった。父親をそのまま小さくしたような感じの、濃い色の髪の毛のひょろっとした男の子で、短くなったズボンの裾からくるぶしがのぞいていた。父親は息子を抱き上げると、あたりを歩き回って、みなに自慢げに紹介していた。奇妙なことに、わたしは父と子の姿に思わず嫉妬した。いったい自分がなにを望んでいるのかよくわからなかったが、どうやらあのふたりと関係があるらしかった。

それから、クレア巡査は息子をわたしのとなりに降ろした。

「父さんの友達のミカエラだよ」息子に向かってそう言った。わたしはふるえる思いでゆっくりと男の子の父親を見た。それから数日間、その言葉がわたしの心のなかでこだました。友達。友達。友達。

あいにく、ケイシーはちょうどそのころから深刻な問題を抱えるようになった。いまとなっては、直接的にせよ間接的にせよ、当時わたしの気がそれていたことと関係があったのではないかと思うとわたしの心はざわつく。クレア巡査が人生に登場するまで、わたしは妹だけがすべてだったからだ。宿題を手伝ってやり、耳に入ったものだけにかぎられたが、素行の問題を起こせば助言を与えて、どうしたらジーとうまくやっていけるかアドバイスした。毎朝妹の髪を梳かして整えた。夜のうちにふたり分のランチを用意した。お返しに、ケイシーはほかのだれにも見せない部分をわたしには見せてくれた。毎日学校でささいな腹の立つ行為に遭遇すること、ときどき襲われる深い悲しみがあまりに強力すぎて、それがずっとなくならないと思えることがあるということ。でも、わたしがクレア巡査と親しくなるにつれて、わたしはもの思いに沈み、うわの空になることが増え、心も視線も妹から離してしまった。

そんなわたしにケイシーは背を向けた。十三歳になると、警察運動協会の放課後プログラムをたびたびサボるようになった。そのつどジーのところに電話が入ったので、ジーもしばらくはあまり効果はないもののケイシーを罰しようとしていたが、すぐに外出禁止の罰がつみ重なり、それ以上の深追いはあきらめた。

「この子の年ごろなら自分の面倒ぐらい見られるはずじゃないか」ジーは疑わしげにそう言った。当時わたしは十五歳だったが、その何年か前にケイシーが手に入れた選択肢をジーに提示されていた。それは、毎日放課後は自分ひとりで過ごすか、いっそのことなにかアルバイトをはじめるというものだった。わたしはそうせずに警察運動協会のティーン・グループに参加することにしたのだが、それはつまり年下の子どもの指導や監督を手伝うということだった。

そうしたのは、ひとえにクレア巡査のそばを離れたくなかったからだ（当時のわたしはぜったいに認めなかっただろうが）。

ケイシーは九年生になるころには、ポーラ・マルーニー率いる友達グループと午後を一緒に過ごすことが多くなっていた。

すでにその連中のせいで、学校の勉強に身が入らなくなっていた。ケイシーの仲間はほぼ黒ずくめの服を着て、タバコを吸い、髪を染め、〈グリーン・デイ〉や〈サムシング・コーポレイト〉などのバンドの曲を聴いていた。止めに入るジーがいないすきを狙って、ケイシーはそういうパンク音楽を家で大音量でかけるようになった。わたしがそれにがまんできず、勉強に集中できなくなるのにはおかまいなしで。ケイシーは喫煙もするようになった。タバコとマリファナの両方だ。彼女はそれらのストックを少量ずつわたしたちの部屋の床板の下のすき間に隠しておくようになった。以前はもっと無邪気な用途に使われていた場所に。

　わたしは平手打ちをくらったような気分だった。

　そこに錠剤を見つけたときのことを鮮明におぼえている。青い色の小さな錠剤が六錠、小ぶりのジップロックの袋に入れられていた。信じられないことに、わたしはそれを取り出して、いくらかほっとしたことをおぼえている。その錠剤はきちんとした会社が製造したものらしく、片側にはアルファベットが二文字くっきり刻印されていて、その裏側には数字が刻まれており、形も整っていて無害そうに見えたのだ。ケイシーにその錠剤のことを聞くと、心配しなくてもいいと言われた。それは強力なタイレノール（米国で市販されているアセトアミノフェン系解熱鎮痛剤）のようなもので、まったく安全なのだと。アルビーという男の子のお父さんが処方されているものなのだと。この地区に住む父親の多くはそういう薬を処方されている。建設現場の作業員、港湾労働者、その他の肉体を酷使する労働者が骨をすり減らし、筋肉を傷めた結果、節々に痛みを抱えていた。それは二〇〇〇年のことだった。オキシコンチン（米国で処方されるオピオイド鎮痛剤で依存性が問題になっている）は世に出てまだ四年で、医師がふんだんに処方して、それを患者がありがたく受け取っているような時代だった。いまとなっては耳を疑うが、それは旧世代のオピオイド鎮痛薬よりも依存性が少ないとされていたので、だれも恐ろしい薬だと気づいていなかった。なぜその錠剤が必要なのか、わたしはケイシーに聞いた記憶がある。「わかんない。だっておもしろいから」彼女はそう答えた。

　それを鼻から吸引していたことは、わたしに言わなかった。

そのころほかにもケイシーがはじめてするようになったのが、セックスだ。あるときわたしは性格の悪い十年生の男の子が友達に自慢しているのを聞いて、そのことに気づいた。妹に問いただすと、ケイシーは肩をちょっとすくめて、それはほんとうのことだと平然と認めた。

当時わたしはキスだってしたことがなかった。

わたしたちふたりのあいだの距離はどんどん広まっていった。彼女を失って、わたしの孤独は耐えがたいものになった。いつも聞こえる低いささやき声、わたしの三本目の手足、わたしが行くところならどこでもついてくる、うしろに引きずっている空き缶。わたしはケイシーが恋しかった、彼女が家にいたころのことがなつかしかった。自分勝手だが、もうケイシーが一生懸命わたしを外の世界に連れ出してくれないのも残念だった。わたしたちは一緒にパーティーに行った。ケイシーがわたしを友達の家に連れていってくれた。「さっきミッキーが言ってたんだけど」もう少し幼かったころ、ケイシーはよくそう切り出しては、自分で思いついたおもしろい言い回しや意見をわたしのものだとして紹介した。いまでは、学校ですれちがってもケイシーはわずかにうなずくだけだ。そもそも学校にいないことのほうが多かった。

何度か期待を込めて妹への手紙をわたしたちの秘密の場所に入れた。そうしながら子どもじみていると思ったが、それでもやめられなかった。その日のできごと、ジーのこと、親戚の人がなにかをしでかして、わたしがおもしろいとかおかしいとか感じて伝えたくなるようなことを書いた。わたしに気づいてほしいと思った。わたしのもとに戻ってきて、生き方を変えて、子どものころ一緒に楽しんだことをまたしてくれるよう願った。

でも、彼女に宛てた手紙に返事がくることはなかった。

当時、ケイシーがまともにわたしに意識を向けるのは、クレア巡査の話題が出るときだけだった。

ケイシーは彼を毛嫌いしていた。

「あいつ、いい気になってる」その気持ちをそういう言葉で表現したり、ときどき彼のことを「うぬぼれ屋」と言ったりもしたが、当時でさえわたしはそういう妹の批判には秘められた部分があって、彼女が巡査にたいして名づけようのない感情を抱いていることに気づいていた。

「やだやだ」わたしが彼のことや彼の好きなものについて話すと、彼女はそう言った。わたしはしょっちゅうそうするようになっていたのだ。「クレア巡査が言ってたんだけど」と話し出すことがあまりに増えたので、その口調をジーとケイシーに容赦なくまねされてはずかしくなり、そういう言い回しをしなくなったほどだ。わたしが彼に夢中になって、短期間だが妹とわたしのあいだで役割の逆転が起こった。ケイシーがわたしのことを心配して、その逆ではないように思えるのは、このときぐらいだ。

見知らぬ人だらけのあのケンジントンの家で十六歳のケイシーがはじめて薬物の過剰摂取をしたとき、わたしが助けを求めたのはクレア巡査だった。

高校の最高学年に上がる前の夏のことだった。わたしは十七歳になっていて、それまでにクレア巡査とはかなり親しくなっていた。わたしたちはさまざまなことを話すようになっていた。彼はわたしにいろいろなものを勧めたり、教えたりするだけでなく、子どものころのつらい体験や職場でのやっかいごと、悩みの種の同僚、家族の問題も打ち明けるようになっていた。夫を亡くしてから徐々に酒びたりになり、最近転倒して腰の骨を折った母親が心配なこと。おせっかいな姉が彼の生き方にやたら口を出したがること。わたしはうなずきながら、ほとんどなにも言わずに、彼の話に丁寧に耳を傾けた。そのときはまだ、自分の家族のことはあまり彼に話していなかった。話すよりも、聞いているほうが好きだったのだ。ジーとはちがい、彼はわたしのまじめで慎重な性格を気に入っているようだった。よく気がつくし、鋭いと言ってわたしの頭のよさをいつもほめてくれた。

　わたしはその少し前にティーン向けプログラムの無給メンバーを卒業して、協議会が近隣の子どものために主催するサマープログラムで働く有給のカウンセラーになっていた。そのおかげで、わたしはある意味そこで働く警官と対等な立場になったのだと自分に言い聞かせた。たくさんいるほかのスタッフと一緒に部屋から部屋をまわって利用者に目を光らせ、さまざまな活動の計画を立て、自分でもよくわかっていないスポーツの指導を熱が入らないままおこなった。でもほんとうのところは、勤務時間を利用してクレア巡査と話していた。

　問題のできごとの翌日、わたしはひどく動揺していた。そもそも、そこにいるべきなのかもわからずに、真っ青な顔をして協議会の建物のなかをふらふらと歩いていた。家でケイシーのそばにいるべきなんだろうと思った。ジーとは険悪な状態だし、禁断症状にも苦しんでいるはずだ。

　協議会のいちばん広い部屋のなかで、両手を身体に巻きつけ、物思いにふけりながら立っていると、クレア巡査が何列も並ぶカフェテリア・テーブルの向こうからわたしのことを見つめているのに気づいた。その日の午後、子どもたちは強制的に静かにさせられていた。行動面でのルール違反が相次いだため、静かに本を読むか絵を描くかどちらかをするよう指示されたのだ。

　巡査がゆっくりとこちらに向かって歩いてくる。彼に気づいて頭を上げた子どもに作業に戻るよう目で合図しながら。

　わたしのそばへやってくると、けげんそうに顔を近づけた。ハンサムな眉毛の下からのぞく目がこちらのようすをうかがっている。

「どうした、ミカエラ？」やさしい言葉にわたしははっとした。

　不意に目に涙があふれた。こんな言葉をかけてもらったのは何年ぶりだろう。わたしのなかでなにかがはじけた。ぱっくりと口を開いた裂け目から熱い思いがふきだし、それをもとに戻せそうになかった。母さんのやわらかい両手がわたしの顔に触れたときの感触を思い出した。

「どうした」

　わたしはじっと床を見つめた。熱い涙が二粒頬をつたい落ちたので、あわててぬぐった。わたしはめったに泣かない。とくに大人の前では泣かないようにしていた。幼いころ泣いていると、ジーにもっと泣きたいのかとすごまれた。この脅しはわたしたちがジーの身長を追い越すまで効果抜群だった。

「裏で待っていてくれ」クレア巡査はだれにも聞こえないよう小声でそう言った。


　その日、気温は三十度を超えていた。建物裏手の運動場には壊れかかった観客席のついたバスケットボールコートと、サッカーやフットボール用のひどくくたびれたフィールドがあった。周囲の通りも同じようにくたびれていた。通行人や見物客の姿はなく、通りに面したどの窓も固く閉ざされている。わたしの頭のまわりでハエが気だるそうに飛び、それを手で払いながら歩いた。

　日陰になっている場所を見つけて、協議会が入っているレンガ造りの建物にもたれかかった。心臓が激しく打っている。どうしてなのかわからない。

わたしはケイシーのことを考えていた。エピスコパル病院に運ばれた彼女が横たわる患者用ベッドのことを。ふたりのあいだに流れていた沈黙を。「こんなの、わけわかんないよ」わたしがそう言うと、「あなたには、わかんないだろうね」という返事がケイシーから返ってきて、それっきりだった。ケイシーは苦しそうだった。両目は閉じられたままだ。顔色はひどく青白かった。しばらくすると、病室のドアがさっと開き、そこからわたしたちの祖母が飛び込んできた。鬼のような形相でこぶしを握りしめている。ジーは普段、動きだしたら止まらず、そのやせた身体から落ちつきのないエネルギーを発散しているような女性だ。でも、この日は歯を食いしばりながらケイシーにささやきかけるあいだ、恐ろしいほど微動だにしなかった。

「目を開けな。あたしを見るんだよ。開けなってば」

しばらく間をおいて、ケイシーは反応した。目をうっすらと開け、頭上の蛍光灯の光を避けるために頭を傾けた。

ジーはケイシーが彼女のほうを見るまで待った。

それから話しだした。「よくお聞き。あたしはあんたたちの母親でこういうことを一度経験してる。こんなの金輪際ごめんだよ」

ケイシーに向けてぐっと指を一本立てて、そのことを強調していた。そして、ひじを曲げてケイシーの身体を抱えると、ベッドから引きずり下ろした。そのせいで、ケイシーの腕につながれていた点滴が痛々しくもぎ取られたが、わたしはふたりのあとを追った。その子はまだ退院できる状態じゃないと看護師がうしろで叫んでも、わたしたちのだれも立ち止まらなかった。

家に帰ると、ジーはケイシーの顔を一度だけ思いっきり平手打ちした。ケイシーはわたしたちの部屋へと駆け上がり、ドアをバタンと閉めて鍵をかけた。

しばらくしてからわたしも上がっていき、そっとノックをして妹の名前を何度も呼んだ。でも、返事は返ってこなかった。

協議会の建物のレンガは生暖かくなっていたので、もたれていると不快になり、わたしはまた身を起こした。出てきたドアには背を向けていたが、それが背後で静かに開き、閉まる音がしても、振り向かなかった。あたりの空気は湿気で重くなっていた。着ているシャツの下では汗が身体の表面を流れ落ちている。クレア巡査がわたしに近づくあいだ、わたしはまっすぐ前を見つめていた。わたしのうしろで彼が歩みを止め、なにごとか考えているのがわかった。彼が呼吸する音が聞こえる。突然、彼の両腕がわたしの身体を包んだ。数年前にわたしの背は伸び切っていて、学校では彼のようにわたしを見下ろせる男の子はいなかった。でも、彼がわたしを抱きしめると、わたしの身体はそのなかにすっぽり収まり、頭の上には彼のあごが乗っていた。

わたしは目を閉じた。背中に彼の心臓の鼓動を感じる。母さんが死んだあとで、わたしは繰り返し同じ夢を見た。夢のなかで顔のない人が両腕でわたしを抱きかかえている。いっぽうの腕をわたしの背中に回し、もういっぽうの腕はわたしの両脚を持ち上げて、反対側で両手を重ね合わせている。そのため、わたしは小さな箱にしっかり収まっている気分になる。その人は腕のなかでわたしをゆらゆら揺する。最後にこの夢を見たのはずっと前のことだが、その夢から醒めた直後の気持ちはいまでもおぼえている。安心感に包まれて、心がおだやかに静まっている。

そうやってサイモン・クレアに抱きしめられながら、わたしは両目を開けた。あの人はここにいたんだ。

「どうした」サイモンがまた尋ねた。

今度こそ彼に打ち明けた。

現在

不覚にも、アロンゾと話してから心を落ちつかせるのにかなり時間がかかってしまう。パトカーのなかで十分ほど座り、それからぼんやりとしたまま割り当てられた地区のパトロールに向かう。道ゆく人がぼやけて見える。ときどき、ケイシーが歩いているように思えるのだが、よく見ると別人でまったく似ていない。外はひどく寒いが、ウィンドウを下げて冷たい空気を顔に当てる。

何度か無線が入るがすぐには応答できない。

もうこんなのたくさんだ。ついに、自分にそう言い聞かせて、またもやパトカーを停める。あまりに急だったので、うしろを走っていた民間人の車がキーッと音を立てて止まる。わたしはそのまま考え込む。もし刑事だったら、行方不明者の件にどうやってアプローチする？

車内のセンターコンソールに取りつけられているモバイル・データ・ターミナルにおずおずと手を伸ばす。それはノートパソコンのようなもので、わたしはコンピュータならお手のものなのだが、そこに入っているシステムは扱いづらいことで有名で、たまに機能しないことすらある。今日わたしが乗務するパトカーに備えつけられた装置は動いているものの、反応がひどく遅い。

フィラデルフィア犯罪情報センターのデータベースでケイシーの名前を検索してみよう。

ほんとうはしてはいけないことだ。厳密には、個人情報の検索には正当な理由が必要となるうえ、ログイン履歴が残るので、注意深く見ている人がいればわたしの行為はばれてしまう。それに、規則やぶりはしたくない。でも今日のところは、だれもそんなこと気にするもんかと思うことにする。この地区の担当者にそんな余裕があるはずはない。

とはいえ、キーボードをたたくそばから胸の鼓動が速まる。

〈フィッツパトリック、ケイシー・マリー、生年月日：一九八六年三月十六日〉

これまでの逮捕歴がずらずらと表示される。閲覧できるいちばん古いものは、十三年前、ケイシーが十八歳のときのものだ（それ以前の、妹が〝未成年〟だったときの記録は現在ではすべて抹消されている）。公然酩酊《めいてい》。いまとなっては、ほかにも多くの人の記録に残る、笑ってしまうほどの微罪。

だが、その後、ケイシーがかかわるトラブルはたちまち深刻さを増す。麻薬所持での逮捕。暴行容疑での逮捕（わたしの記憶がまちがっていなければ、ケイシーをしょっちゅう殴っていた当時のボーイフレンドが、ケイシーがはじめて反撃に出たときに通報した）。その後は、売春の客引き、売春の客引き、売春の客引き。記録のなかで最新の項目は一年半前のものだ。軽窃盗。妹はこのとき有罪になった。刑務所に一か月入っていた。収監されるのは三度目だった。

わたしが期待を抱きながらもそこに見つけられないのは、その後で彼女が逮捕されたということを示す記録だ。もしその記録があれば、妹はまだどこかで生きている。

そうなると、次の一手はおのずと決まる。行方不明者の件を調べる刑事であれば、できるだけ早く家族に事情を聞こうとするだろう。

それなのに、わたしはてのひらの携帯電話をじっと見つめたままだ。オブライエン一族とかかわりあいになることを考えただけで襲われる、吐き気をもよおすほどの不安感のせいで動けなくなっている。

わかりやすく言えば、こういうことだ。一族の人たちはわたしをきらっているが、わたしも彼らに好意を抱いているわけではない。子どものころからずっと、一族のなかである意味〝はみだし者〟とみなされることに、わたしはきまりの悪さを感じている――それも、社会にまっとうな貢献をしようという姿勢を見せたせいで。子どもが学校でいい成績を取ったり、読書に親しんでいたり、長じて法の執行機関に入ったりすると、うさんくさく思われるのはオブライエン一族ぐらいのものだろう。血縁の人たちのなかで浮いた存在になることで味わう深い孤独をトーマスには体験させたくない。それに、どんな形にせよオブライエン一族から影響を受けてほしくない――軽犯罪に手を染めるだけでなく、その多くが人種差別やそのほかのご立派な偏見の持ち主である人たちから。それで、トーマスが生まれたときに、オブライエン一族と一族特有の偏った倫理観から彼を遠ざけておくことを心に誓った。それでも、そこまで厳密にはしていないので、ジーの家を一、二年ごとに訪問するときに親戚に会うことがあるし、路上や店でばったり出くわすこともある。そういうとき、わたしは愛想よくするのだが、大筋では一族との接触を避けている。

トーマスにはそういうわたしの態度がまだ理解できない。息子をこわがらせたり、彼の年齢では処理しきれない情報を与えて混乱させたりしたくないので、親戚にあまり会わないのは、わたしの仕事の都合だと伝えている。そのほかにもっともらしい理由があるわけではないので、トーマスはしょっちゅう親戚のようすを知りたがり、会ったことのある人にまた会いたがり、ほかの親戚にも会わせてほしいとねだる。まだ以前の園にいたころ、あるとき自分の家系図をつくる宿題がすべての子どもに出された。トーマスにはずんだ感じで親戚の写真がほしいと言われたとき、わたしは一枚もないのだと白状するしかなかった。それで、彼はかわりに親戚がどんな顔をしているか想像して絵を描いた。どこか悲しげに笑っている顔の上に、さまざまな色の髪の毛がぐるぐる描かれていた。その家系図はいま、トーマスの寝室の壁に飾られている。

わたしはパトカーに座り、プライドをかなぐり捨てる準備をしている。枝葉のように伸びた一族のつながりに、わたしの手を伸ばすために。

まずは連絡を取る相手をリストアップする。今度は自分のノートを取り出して、最後になにも書いていないページがあるのを見つけ、それを破り取る。そこに名前を書いていく。

ジー（もう一度）

アシュリ（子どものころ仲良くしていた、年の近いいとこ）

ボビー（がらの悪い別のいとこ。彼自身裏のビジネスにかかわっていて、以前ケイシーとも取引があった。ある日わたしが現場を押さえて、今後そういうことをしているのを見たら逮捕か、それ以上のことをすると脅すまでそれはつづいた）

そこにさらに名前を加えていく。

マーサ・ルイス（以前のケイシーの保護観察官。その後、別の人の担当になっているとは思うが）

さらに、ケイシーの仕事の知り合い。地元の幼なじみ。小学校の友達。中学高校時代の友達。最後に、ケイシーの現在の友達を書き加える。もしかするといまごろ敵になっているかもしれないと思いながら。そういうことはだれにもわからない。

二八八五の車両番号をつけたパトカーのなかで、わたしは順に連絡を取る。

ジーに電話をかける。応答しない。留守番電話にもなっていない。わたしたちが子どものころは、おそらく借金の取り立てを避けるためにいつも留守番電話はオフにしていた。そのときからの習慣だが、ジーが人間ぎらいだということも大きいだろう。「あたしに連絡を取りたいのなら、あきらめずにまたかけてくるだろうさ」と本人は言っている。

アシュリに電話する。メッセージを残す。

ボビーに電話する。メッセージを残す。

マーサ・ルイスに電話する。メッセージを残す。

そこまでして、いまどき音声メッセージを聞く人なんてだれもいないことに気づいて、文字でメッセージを打ちはじめる。

〈最近ケイシーから連絡はありましたか？　しばらく姿を見かけていなくて。なにか知っていたら教えてください〉

わたしは携帯電話を見つめる。じっと待つ。

最初にマーサ・ルイスから返信が入る。〝こんにちは、ミック。それは心配でしょう。こまりましたね。ちょっと調べさせてね〟

次はアシュリ。〝連絡ない、ごめん〟

友達が何人か、このところケイシーとは会っていないとメールで教えてくれる。わたしの幸運を祈り、心配してくれる。

返事がないのはボビーだけだ。わたしはもう一度彼にメッセージを送り、アシュリに番号がまちがっていないかどうか問い合わせる。

〝その番号であってる〟と返信が届く。

そのとき突然ひらめく。今日は十一月二十日、月曜日——ということは、今度の木曜日は感謝祭《サンクスギビング》だ。

わたしが幼いころから毎年、感謝祭にはジーの側の親戚、オブライエン一族が集まることになっていた。わたしが子どものころは、ジーの妹のリンおばさんの家が会場だった。最近ではおばさんの娘のアシュリのところに集まることになっているのだが、わたしはもうずいぶん長いこと顔を出していない――しかも、トーマスが生まれるずっと前から。

一族の感謝祭に出られない理由は毎年おなじみのものだ。その日は仕事だから。当日を非番にしておくことができる年ですら、割り増し手当をもらって自ら進んで働いていることは内緒にしている。

今年はめずらしく感謝祭の祝日に仕事が入っていない。この日はトーマスとふたりだけで過ごすつもりだった。サツマイモの缶詰、インスタント・マッシュポテト、チキンの丸焼きなんかを買い込んで。テーブルの真ん中にキャンドルをともして、息子に感謝祭の真のいわれを話して聞かせる。それはわたし自身が高校生のとき大好きな歴史のパウエル先生に教えてもらったもので、多くの学校で教えられている話とはまたずいぶんちがったものだ。

でも、一族の感謝祭の集まりにいけば、ケイシーについて聞いて回れることに――とくにまだメールに返信してこないボビーと話せることに――気づいてしまった。

わたしはジーにまた電話をかける。今度は本人が電話に出る。

「ジー、ミッキーだけど。アシュリの家の感謝祭に行く予定はある？」

「いいや、その日は仕事なんだ」

「でもアシュリの家で集まるよね？」

「リンはそう言ってたけどね。なんでまた？」

「ちょっと気になって」

「あんた、行こうってわけかい？」ジーは疑わしげだ。

「多分ね。まだわからないけど」

ジーが絶句している。

「おやおや、どういう風の吹きまわしだい」

「今年は仕事が入ってないから。それだけよ。アシュリにはまだ言わないでくれる？　行けないかもしれないし」

電話を切る前に、ジーに再度聞いてみる。

「ケイシーからは連絡はないよね？」

「ミッキー、いいかげんにしておくれ。あたしがあの子とはもう口をきかないことぐらい知ってるだろう。いったいどうしちまったのさ」

「なんでもない」

その日の残りは、だれか話を聞ける人はいないかと、歩道に目を走らせ無益な時間を過ごす。携帯電話をひっきりなしに確認する。無線が入るとえり好みして、簡単だとわかっているものにしか応答しない。

その晩、帰宅してトーマスのもとに戻ると、ひどく心配そうな顔をされる。そして、なにかいやなことがあったのかと聞かれる。

彼に言ってあげたい衝動に駆られる。あなた以外のことは、全部いやなのだと。最近、わたしの生きがいはあなただけなのだと。あなたという小さな存在、じっと見つめる小さな顔、その内側でぐんぐん育っている聡明さ、新しくおぼえる言葉や言い回しのひとつひとつ——そういうものを、わたしはあなたが大きくなったときにそなえてため込み、大切にしているのだと。とにかく、わたしにはあなたがいる。

もちろん、そんなことは口にしない。「大丈夫よ。どうして？」と答える。

でも、息子の顔にはいぶかしげな表情が浮かんでいる。

「トーマス、感謝祭はアシュリおばさんの家に行くのはどう？」

トーマスはさっと飛び上がり、両手で自分の胸を抱きしめ、大げさによろこんでいる。この子の手は男の子の手だ。ガサガサしている肌、がっしりした指、どろんこ遊びをしない日でもほんのり土のにおいがするてのひら。

「ぼく、おばさんに会いたかったんだよ」

わたしは思わず笑みを浮かべる。わたしたちが最後にアシュリに会ったのは、二年前。クリスマスにジーの家で会った。そのため、トーマスがほんとうに彼女のことをおぼえているかどうかはあやしい。きっと、部屋に家系図が飾ってあるせいだ。なにしろ、トーマスはときどきそれを指でなぞっては、そこにある名前をすべて読み上げているのだから。アシュリおばさんはロンおじさんと結婚していて、彼のまたいとこのジェレミー、チェルシー、パトリック、ドミニクの母親だということを知っている。アシュリおばさんの母親がリンおばさんだということも。

いま、トーマスは勝ち誇ったように両手を上げて、あと何日でそこに行けるのかとわたしに尋ねている。

わたしは彼を寝かしつける。彼が寝る時間にわたしが家にいられる期間は、おなじみのパターンがある。お風呂、絵本、ベッド。わたしたちは地元の図書館に足しげく通っている——最初はポートリッチモンド、いまはここベンサレムで。司書のひとりひとりがトーマスの名前をおぼえている。わたしたちは毎週親子で楽しむための絵本をどっさり借りてくるのだが、わたしは毎晩トーマスに読みたい絵本をどれだけでも選ばせている。それからわたしたちは一緒に絵本を開き、そこに書いてある文字を読み上げ、どんな絵が描いてあるか説明して、お話をつくり、次になにが起こるのか想像する。

わたしがBシフトで勤務している期間はベサニーがトーマスを寝かしつけるのだが、彼女は何冊も絵本を読んでいないだろう——そもそも、読むことがあればの話だが。

トーマスがシーツにくるまると、わたしはしばらくのあいだ、ほの暗くて心やすらぐ彼の部屋にとどまる。このまま彼の頭のとなり、枕の上にわたしも頭を並べて、ほんの少しでも眠れたらどんなにいいだろうと考えながら。

でも、わたしにはやるべきことがある。それで、身を起こし、息子のおでこにキスをして、そっとドアを閉める。

わたしはリビングで自分のノートパソコンを開く——何年も前にサイモンが新しいパソコンを買うときにわたしにくれた、ずいぶん旧型の機種だ。そして、インターネット・ブラウザを立ち上げる。

わたしは普段〝ソーシャルメディア〟は敬遠している。だれかといつもつながっていたくなんかないし、ましてやよく知らない人や、連絡を取りつづける必要のない昔の知り合いとつながるなんてまっぴらごめんだ。でも、ケイシーはよく利用している——たしかに一時期は使っていた——ということをわたしは知っている。それで検索バーに〝フェイスブック〟と打ち込み、リンクをクリックして、彼女を探す。

彼女はそこにいた。ケイシー・マリーとして。個人ページのメイン写真のなかで、手に花束を持ちほほえんでいる。ヘアスタイルはわたしが最後に彼女を街で見かけたときのものと同じだから、少なくとも更新されてはいるようだ。

その写真の下にある個人ページの内容からはたいした収穫はないだろう。フェイスブックの更新がケイシーの日々の優先事項であるはずがない。でも、予想に反して、そのページには投稿がたくさんある。猫や犬の写真が多い。赤ちゃんの写真も何枚か。他人の子どもだろう。誠実さや人をだますこと、裏切りなんかについて、それとなく愚痴っている投稿。それはだれか別人がマスマーケティングのために作成した投稿のようだ（それを読んで、わたしは何度もはっとして、いまの自分がどれだけ妹のことを理解していないかを思い知らされる）。

いちばん重要な手がかりは、ケイシー本人の投稿で、わたしはそういう部分に差しかかると夢中になってスクロールして読みふける。

〈はじめはうまくいかなかったら……〉去年の夏の投稿だ。

〈だれか、仕事を紹介してくれない?〉

〈《スーサイド・スクワッド》観にいきたい!〉

〈〝リタズ〟に行ってきた〉(にんまりと笑うケイシーがウォーターアイス(フィラデルフィア名物のシャーベットのような氷菓子)のカップを持っている写真が添えられている)

〈愛って最高〉八月の投稿だ。その投稿の写真のなかでケイシーはわたしの知らない男と一緒にいる。やせ型の白人で、髪の毛は刈り込んであり、腕にはタトゥーが入っている。ふたりは鏡を見つめている。男はケイシーに腕を回している。

男はタグ付けされている。〝コナー・ドック・ファミサル〟と。その下のコメント欄にはだれかが〈ドクター、かっこいい〉と書き込んでいる。

わたしは目をこらしてこの男を見つめる。名前をクリックする。ケイシーのページとはちがって、彼の個人ページは友達以外は見られないようになっている。彼に友達申請を送ってみようか。でもやっぱりやめておく。

グーグルで〝コナー・ファミサル〟を検索してみるが、なにもヒットしない。明日パトカーに戻ったら、この男の名前を犯罪情報センターのデータベースで調べてみよう。

わたしはようやくケイシーの個人ページの探索に戻る。

ページのトップに表示されている投稿は十月二十八日にシーラ・マクガイアという人物が書き込んだものだ。

〈ケイシー、連絡して〉

その下にコメントはついていない。ケイシー本人に

よる投稿と思われるものが、一か月前の十月二日にある。〈これからすることは、ちょっとこわいかも〉

わたしは〝メッセージ〟をクリックする。そして、じつに五年ぶりに妹と連絡を取る。

〈ケイシー、あなたのこと心配してる。いまどこにいるの?〉

翌朝、ベサニーがめずらしく早く現れる。最近わたしはトーマスをごほうびで釣って、朝わたしとすんなり別れられるようにしている。十まで数えたら、彼が選んだ塗り絵の本にシールを貼ってあげるのだ。それで今日は早く出勤することができ、ロッカールームに向かう。ペーパータオルで靴をきれいに拭いていると、部屋の隅に取りつけられた小型テレビの映像に気を引かれる。

「ケンジントン地区で暴力の連鎖が止まりません」背筋を少し伸ばして、けわしい表情を浮かべたキャスターが告げている。

ようやくマスコミもこの話題に食いついたらしい。これがセンターシティで起きていたら一か月前から報道されていただろう。

部屋にはわたしのほかには警官がひとりいるだけだ。最近入った若い女性。Cシフトの勤務明けなのだろう。彼女の名前は思い出せない。

「最近四人の女性の遺体がそれぞれ別の場所で発見されましたが、当初は薬物の過剰摂取による死亡だと考えられていました。ところが、新たな情報が入り、警察は事件性を疑っています」

四人。

わたしが把握しているのは三人だ。〝線路〟でわたしたちが見つけた女性、身元はまだわかっていない。十七歳のケイティ・コンウェイ。十八歳の在宅介護者、アナベル・カスティーヨ。

わたしはロッカーのあいだに横たえられている木の

ベンチに腰を下ろす。目を閉じ、それを待つ。わたしの人生が、いまこの瞬間とその後とのあいだで鋭く切り裂かれるところを想像しながら。よくない知らせを受け取るときは、いつもこういう気分になる。だれかが「あなたに知らせないといけないことがある」と言ったとたんに時の流れがゆっくりになる。

テレビで犠牲者の名前が読み上げられる。まずはケイティ・コンウェイ。母親がインタビューを受けている。取り乱して、わけがわからないようすで、なんだか酔っぱらっているみたいだ。声も弱々しい。「あの子は素晴らしい娘でした。いつもいい子だったのに」

わたしは息をするのも忘れて待ちつづける。ケイシーのはずがない。そんなこと、あるはずがない。もしそうであれば、わたしに連絡が入るはず。職場では妹のことを話してはいないが、少なくともわたしたちは同じ苗字を――父方の〝フィッツパトリック〟を――名乗っている。わたしは携帯電話を確認する。着信履歴はない。

次に、キャスターは在宅介護者のアナベル・カスティーヨに触れ、わたしがエディ・ラファティと一緒に〝線路〟で発見した身元不明の女性について説明する。もちろん、その女性の写真はない。でも、わたしはいまでも彼女の姿を鮮明に思い出せる。毎晩眠りに落ちる前に、まぶたの裏に彼女が浮かぶ。

その次に紹介されるのは、わたしがまだ知らない四人目の犠牲者だ。最初はゆっくりと、それから急激にわたしの視界が薄暗くなる。

「今朝、おそらくこれまでの件と関連がある四人目の犠牲者がケンジントン地区で発見されました。身元は特定されていますが、家族が連絡を受けるまで公表は控えられています」

「大丈夫ですか？」ロッカールームのお仲間に声をかけられてわたしはうなずくが、それはうそだ。

子どものころ、よくある症状に見舞われた。医者には〝パニック発作〟と言われたが、わたしはその呼び方に嫌悪感を抱いた。それは数分のことも、何時間もつづくこともあるが、ひとたび起きると自分はもう死ぬのだという気持ちになり、心臓の鼓動をひとつひとつ数えて、今度こそ心臓が止まると思う。高校時代からもう何年もそういう症状は出ていなかったが、ロッカールームで突然それがやってくる前兆に気づく。目の端で周囲の世界が暗くなりかけている。両目で受け取る情報を心が処理しきれないので、なにも見えないように感じる。わたしはゆっくり息をしようとする。

血色のいい顔をしたアハーン巡査部長が無表情でわたしを見下ろしている。となりには若い女性警官がいる。髪はブロンドでスリムな体形をしている。彼女がわたしのひたいにゆっくりと水をたらしている。

「母に教わったんです」その新人警官が巡査部長に話している。

「母は救急救命士なんです」さらにつづけて強調する。

わたしははずかしくてたまらない。秘密にしていたことが白日のもとにさらされた気分だ。ひたいから水をぬぐう。さっと立ち上がって、なんでもないことのように笑い飛ばそうとするがうまくできない。鏡に映る自分の姿が目に入る。顔はぞっとするほど灰色になっていて、気味が悪い。頭がまたクラクラしだす。

わたしは大丈夫だと言い張ったが、アハーン巡査部長に今日は病欠するよう命じられる。わたしは彼のオフィスにいる。彼と向かい合う形で椅子に座り、気分の回復を待っている。

「仕事中に失神されたらこまる。家に帰って休め」

〝失神〟――ごたいそうな言葉だ。巡査部長はわたしに向かってその言葉を口にするのを楽しんでいるようだ。笑いをこらえているのだろうか？　彼がわたしの発作について点呼で報告しながら肩をすくめる姿が目に浮かぶ。

わたしは落ちつきを取り戻して、椅子から立ち上がる。だが、部屋を出る前に、冷静になって勇気をふり絞り、巡査部長に質問をする。

「地区内でまたひとつ遺体が発見されたそうですが」

巡査部長はわたしを見る。「遺体はひとつだけか？それはラッキーだったな」

「過剰摂取のことじゃありません。女性です。また絞殺されたって」

彼は無言だ。

「ニュースで言ってました」

彼はうなずく。

「被害者の特徴はわかりますか？」

彼はため息をつく。「どうしてだ、ミッキー？」

「知っている人かもしれないので、気になるんです。もしかしたら、わたしが連行したことがあるかもしれない」

彼は携帯電話を取り出す。なにやら調べている。わたしに向かって読み上げる。

「身分証明書によれば、名前はクリスティーナ・ウォーカー。アフリカ系アメリカ人、二十歳、身長一六五センチ、体重六十八キロ」

ケイシーじゃなかった。

だれかほかの人のケイシーだ。

「ありがとうございます」

巡査部長のオフィスの窓から、冬が近づき葉をほとんど落としたオークの木が何本か見える。高校のときにある授業で習ったのだが、ペンシルベニアの大部分はアパラチアンオークの森に覆われているそうだ。

〝アパラチア〟といえば南部を連想する言葉で、〝ペンシルベニア〟といえば北部の州なので、当時のわたしはそう聞いて違和感をおぼえた。

「ミッキー」巡査部長に声をかけられて、そこに長いあいだ立ったままだったことに気づく。

「ほんとうにトルーマンとは最近話してないのか?」

わたしはすぐには答えられない。しばらく間を置いてから口を開く。「どうしてですか?」

巡査部長の顔に意地の悪い笑みが浮かぶ。

「ロッカールームであいつの名前を呼んでいたから」

トルーマン・ドーズ。

外に出ると、わたしは彼の電話番号を表示する。しばらく携帯電話を見つめ、その名前をまじまじと見つめながら、過去十年間にわたしはどれだけその名を口にしただろうと考える。

トルーマン・ドーズ。わたしのいちばん大切な助言者。彼だけが友達だった時期もあった。トルーマン、この十年の大半、わたしがそのすぐとなりで働いてきた人物。トルーマン、警察業務のイロハをわたしにたたき込んでくれた先輩。地域への敬意が警察への敬意を生むと教えてくれた。担当する地区を中傷したり侮辱したりする者がいれば、きまって顔をくもらせた。なぐさめの言葉やジョークが臨機応変に口をついて出た――逮捕の最中でも。トルーマン、わたしは毎日彼のことを思い出している。わたしがいま助言を求められるのは彼だけだ。

白状すると、わたしはずっと彼を避けてきた。

子どものときからわたしにはよくない癖がある。自分が理解できないものは避けて通り、恥をかかされることには背を向け、立ち向かわずに逃げるのだ。つまり、わたしは臆病者だ。

高校生のとき、大好きな先生がいた――歴史のパウエル先生だ。当時、彼女はまだ若かったのだが、わたしには年をとっているように見えた。彼女はたいていの生徒には不評だった。ほかの先生たちのように、手っ取り早くお手軽に人気取りに走らなかったからだ（そういうことをするのは、たいてい若い白人男性の、自分も高校時代にスポーツの経験があるような先生で、生徒と友達どうしのようにじゃれていた）。パウエル先生はそういう人たちとはまったくちがった。三十五歳ぐらいのアフリカ系アメリカ人で、幼い子どもがふたりいた。毎日ジーンズを穿いて、メガネをかけ、ふざけたりはしなかったので、彼女に魅力を感じるのはまじめな生徒ばかりだったが、彼女はそういう生徒に全力で向き合い、彼らに——つまりわたしたちに——おおいに期待をかけた。あるとき、わたしたちに自宅の電話番号を教えてくれて、特別に助けが必要なときはいつでもかけるようにと言ってくれた。わたしがこの彼女の好意に甘えたのは一度だけだったが、自分には選択肢があって、学校にいるとき以外にも責任ある大人と連絡が取れる手段があるとわかってうれしかった。心が軽くなった。

　パウエル先生は上級コースのアメリカ史、それもペンシルベニア州の歴史に重点を置いた講座を二年間担当することになっていたが、関心を向ける生徒にはさらにそれ以上のことを教えてくれた。わたしは彼女の授業で哲学とディベートの基礎を学び、地質学や樹木学にかんする興味深い事実を知った——パウエル先生が大好きだったオークをわたしも好きになって、いまではそれはトーマスのお気に入りだ。さらに、先生は余談で、この国の権力配分の不均衡の元凶は慣習化された差別なのだと話してくれることもあった。でも、そういう話題を扱うとき、先生は慎重だった。教室のうしろのほうに座る、ポーランド系、アイルランド系、イタリア系の生徒を意識してのことだ。その子たちが親に告げ口したら、先生の人生と仕事は危うくなる。

　わたしはパウエル先生の人となりや彼女の授業があまりにも好きで、一時は彼女のように高校の歴史の先生になりたいと思っていたほどだ。いまでも、もしそうしていたらと考えることがある。最近トーマスに、いろいろなものごとがどうしてそうなっているのか聞かれるようになった。そんなときわたしは頭のなかを探し回って、昔パウエル先生が教えてくれたことを思い出そうとする。それができないときは、トーマスに質問されたことを自分なりに調べて、彼が興味を持ってくれますようにと願いながら、答えを説明するようにしている。パウエル先生がそうしていたように。

つまり、なにが言いたいのかというと、わたしはパウエル先生本人と彼女に教えてもらったことが大好きで、先生を尊敬していたので、数年前にスーパーマーケットでばったり先生に会ったとき――それも警官の制服姿で――うろたえたということだ。

先生にはずっと会っていなかった。先生と最後に話したとき、わたしは大学に願書を出すところだった。彼女はいっぱいになったショッピングカートをシリアルの箱を抱えながら押していた。髪の毛には白いものがまじっていた。

先生はぽかんと口を開けていた。わたしの制服をじっと見つめた（わたしはその瞬間、先生がロサンゼルス暴動を取り上げた特別講義をしてくれたこと、暴動の発端となったできごとを説明する彼女の顔に浮かんだ表情を思い出した）。先生はたじろいでいた。それから、彼女の視線がわたしの名札に移るのがわかった。

〝M・フィッツパトリック〟――どうやらそれが決め手となったようだ。

「ミカエラ、あなたなの？」先生がおずおずと尋ねる。

時の流れがゆっくりになる。

わたしは少し間を置いて答えた。「ちがいます」

さきほど述べたように、わたしは臆病者なのだ。自分のことを他人に説明する気になれず、自分の決断も肯定できない。わたしはそれまで警官になってうしろめたい気持ちを抱いたことなど一度もなかった。でもその瞬間、言葉では説明できない理由でそんな気持ちになった。

パウエル先生はどうしたらいいかわからないようすで、しばらく戸惑っていた。そして、「人ちがいだったわ」と言った。

でも、その声はそうは思っていなかった。

わたしはいま駐車場でそういう情けない過去やわたしの性格の欠点に思いをめぐらせている。でも、勇気をふり絞り、もう一度携帯電話を手に取ると、トルーマンの番号に発信する。

呼び出し音が五回鳴って、本人が出る。

「ドーズです」

突然、なにを言ったらいいのかわからなくなる。

「ミックなのか？」少し間を置いて、彼が尋ねる。

「ええ」

のどになにかがつかえていて、まごつく。わたしはもう何年も泣いていない、ましてやトルーマンの前で涙を見せたことはない。口を少し開くと、空気を吸い込むような変な音が出る。わたしは咳払いをする。混乱が過ぎ去る。

「どうしたんだ？」トルーマンが聞いてくる。

「いま忙しい？」

「いや」

「会いにいってもいいかな？」

「かまわんさ」

彼はわたしに新しい住所を教えてくれる。

わたしは車を出して彼のもとへと向かう。

事件はこうして起こった。襲撃のことだ。それは突然どこからともなく降ってわいたようなもので、たいした動機もなさそうだった。わたしたちが警官の制服を着ていたという事実が標的にされたのなら話は別だが。それが起きる数秒前、トルーマンとわたしは割り当てられたパトカーのすぐそばに立って、歩道で向かい合っていた。トルーマンの背後にだれかが近づいてくるのが見えた。若い男だ。薄手のジャケットを着ていたが、いちばん上までファスナーを閉めていて、顔が一部覆われていた。野球帽を眉毛が隠れるほど目深にかぶっていた。四月の肌寒い日だったから、彼の格好は違和感のあるものではなく、わたしは警戒しなかった。その男はジャージのズボンを穿き、野球のバットをさりげなく肩にかついで、いかにも野球の練習帰りという感じで歩いていた。

わたしはほとんど男に注意を向けなかった。トルーマンがおもしろいことを言ったので笑い、トルーマンも笑っていた。

その男はすれちがいざまに、狙いを定めて優雅にバットを振り下ろし、トルーマンの右ひざを激しく打ちつけた。トルーマンは地面に倒れ込んだ。男は素早い動きでトルーマンの右ひざを踏みつけると走って逃げた。

そのときわたしはきっと叫んだのだろう。「ちょっと」とか「止まりなさい」とか「動くな」とか。

だが、衝撃があまりに大きすぎて、われを失った。パートナーが地面に倒れて、痛みに身体をよじらせる姿を目の当たりにして、突如として新人警官だったとき以来久しぶりにおじけづいてしまったのだ。そんな姿の彼を見ていたくなかった。トルーマンがなすすべもなく、苦痛にうめいている。普段は冷静沈着な彼が。

わたしはまず犯人を追おうと、ふらふらと足を踏み出したものの、トルーマンを置き去りにはできなくて、すぐに彼のそばに戻った。

「行け、ミッキー」歯を食いしばりながらトルーマンが指示する。それを聞いてわたしは逃げた男を追って猛然と駆け出した。

男は角を曲がった。わたしはそのあとを追った。

向こう側でわたしを待ち受けていたのは小型拳銃だった——銃把が木製のベレッタのポケット・ピストル。その奥でトルーマンを襲った男の目がのぞいていた。彼の顔は両目以外すべて覆われていた。瞳の色はブルーだった。

「下がりやがれ」若い男が静かに言った。

わたしはためらいもなくその言葉に従った。うしろに数歩下がると、荒い息づかいで建物沿いにさっと引き返した。

わたしは右を見た。トルーマンが地面に倒れている。建物のほうを見た。犯人は姿を消している。

その男の逮捕にわたしはなんの貢献もしていない。重苦しさに包まれた一か月のあいだ、男は野放しになっていた。その時期に、トルーマンは療養休暇中に何度か受けることになる外科手術の一度目と二度目を受けた。犯人は結局逮捕されたが、それはわたしがなんらかの形で役に立ったからではなく、数ブロック離れた店先の防犯ビデオに前科のある男の顔が映っていて決め手になったのだ。

これでしばらく男が街に戻れないと知り、わたしは胸をなで下ろした。

ところが、男が逮捕されたというのに、それ以上は心が休まらなかった。犯人が逮捕されても、罪悪感やはずかしさが軽くなることはない。わたしが罪深いのは、とっさに動けなかったこと、男に言われてあとずさったこと——つまりは、パートナーを裏切ったということだ。

わたしは一度だけ病院にトルーマンを見舞った。そのあいだずっとうつむいていた。見舞いの言葉もそっけないものだった。

トルーマンと目を合わせられなかった。

トルーマンがいま住んでいる家はマウント・エアリ

ーにある。わたしが足を踏み入れたことのない地区だ。そこに向かう途中、何度か曲がる場所をまちがえて、よけいイライラする。

彼が以前住んでいたイースト・フォールズの家には何度も行ったことがあるわけではないが（わずかな例外をのぞき、わたしがトルーマンと会うのは職場だけにかぎられていた）、彼の自宅はいちおう知っていた。何年ものあいだ、そこで彼を降ろしたり拾ったりして、家族の集まりにも一、二度顔を出した。トルーマンの娘たちの高校卒業祝いのパーティーや妻の誕生日パーティー。そういう機会に。でも、二年前、彼はなにげないようすを無理して装い、二十年間連れ添った妻のシーラと離婚して家を出ることになったと報告した。娘たちも大学生になり、妻とのあいだに共通の関心ごとがあるふりをこれ以上つづける必要がなくなったのだと彼は説明した。わたしが根掘り葉掘り聞き出していたら、きっと離婚したがったのは妻のほうで、彼ではないということをトルーマンは認めただろう――ひどく悲しげに感情を押し殺している彼のようすや、以前は奥さんの話題になるといつもうれしそうにしていたことから、わたしはピンときた。でも、彼が触れたがらない個人的な事情を聞き出そうとは思わなかったし、彼もまたわたしのそういう態度をありがたいと思っているようだった（これも、わたしたちがうまくやってこられた理由のひとつだ）。

マウント・エアリーといえば、市内でもわたしにはなじみがない地区だ。わたしが子どものころ、市の北西地区はわたしが育った北東地区とは別の州だと言っても過言ではないぐらいかけ離れていた。北西地区にも地域特有の問題はあり、局所的に犯罪が多発する場所もあるのだが、地区の境界の内側には、長い石塀に囲まれた、ゆるやかに起伏する芝生の庭が広がる壮麗な石造りのお屋敷もあって、フィラデルフィアといえば犯罪発生率の高さよりも、女優のキャサリン・ヘプバーンが連想された時代の名残りをとどめていた。北西地区の歴史についてわたしが知っていることの大半はパウエル先生の授業で学んだものだ。二十名のドイツ人入植者の開拓地としてはじまったその一帯は、その歴史にふさわしく〝ジャーマンタウン〟と呼ばれている。

ようやくトルーマンの家がある通りを見つける。角を曲がりそこへ入っていく。

外から見ると、こぎれいな家だ。周囲の住宅からはかろうじて独立した一戸建てで、家の両脇には芝生のスペースが細長く伸びる。建物正面の横幅はそれほどないが、奥行きはありそうだ。歩道へと急勾配で傾斜する前庭には芝生が敷かれ、玄関ポーチにはブランコがあり、家の横にはドライブウェイがつづく。トルーマンの車がその先に駐車してある。わたしの車を入れるスペースもじゅうぶんにあるが、わたしはためらい、車を道に停める。

玄関先の踏み段をのぼっていると、トルーマンがドアを開ける。彼は大学ではクロスカントリー競走の選手で、その後はマラソンに転じた。彼に教えてもらったのだが、父親はアメリカに渡る前は世界レベルで通用する、ジャマイカ陸上競技界の花形選手だったらしい。競技用シューズを脱いで教育学で修士号を取得したが、残念なことに若くして亡くなった。それでも、死ぬ前にスピードと忍耐力について自分が知ることのすべてを息子のトルーマンに伝えた。そして、トルーマンその人のなかに、彼自身が陸上競技に打ち込んできた時代の痕跡を見ることができる。彼は背が高く、やせていて、強靭な身体つきをしている。いつ駆け出してもいいように、普段からつま先立ちで歩いている。彼が犯人を追って駆け出す場面に何度も居合わせたが、そのたびにわたしは犯人になんだか同情したくなった。犯人が五歩も進まないうちに、トルーマンは相手を地面に押し倒していた。今日のトルーマンは、右足にジーンズの上から装具をつけている。また走れるようになる日は来るのだろうか。

彼は挨拶がわりにただうなずいている。

家のなかは静まり返っている。白っぽい壁に囲まれた空間はシュールなほどに整然としている。前の家も整然としていたが、それでも家族のいる暮らしを感じさせるものがそこかしこにあった——玄関ホールにすね当てが置いてあり、掲示板には走り書きしたメモが貼ってあった。ここでは、白色のペンキがたっぷり塗られた古びたラジエーターが内壁付近を占領している。部屋の片隅で唯一あかりがついているが、それがなければ薄暗いだろう。家の正面には玄関ポーチの屋根が覆いかぶさり、側面には窓がないので、家全体が暗い感じだ。急にそのことに気づいたかのように、トルーマンは部屋の隅に歩いていって、頭上の照明器具のスイッチを入れた。造りつけの本棚があちこちにあり、トルーマンにはうってつけだ。どんな本を読んだかふたりでよく話したものだ。わたしとちがって彼はちゃんと機能している、愛情あふれる家庭に育った。それでも、内気なひとりっ子だったうえに、のちに克服することになる発話障害のせいで、口を開くたびにしょっちゅうからかわれていた。それで、本が親友になったのだ。今日もリビングのコーヒーテーブルの上に読みさしの本が置いてある。孫子の『兵法』だ。一年前だったら、いったいだれに戦いを挑むのかと、彼を軽くからかったかもしれない。でも、いまわたしたちのあいだに流れる沈黙は、さわれるのではないかと思うぐらいにずっしり重い。

「どうしてた？」わたしは彼に話しかける。

「元気にしてたさ」

彼はどこかに腰を下ろすそぶりを見せず、わたしにも座るように勧めない。

わたしは今朝ロッカールームで着替えた制服姿のままだったが、ガンベルトを車に置いてこなければよかったと後悔する。丸腰では、どこに手を置いたらいいかわからない。わたしはおでこをポリポリ掻く。

「ひざの調子はどう？」

「まあまあだ」トルーマンは右ひざを見下ろす。それを伸ばして見せる。

わたしはそれとなくその部屋を、家全体を身振りで示す。

「素敵な家だね」

「ありがとう」

「最近はなにしてるの？」

「いろいろとな。裏庭をつくったし、本も読む。生協の活動にもかかわっている」

それがなんのことなのかわたしにはわからない。でも、だまっている。

「共同組合形式で運営する食料品スーパーのことだ」わたしの心を見透かしたトルーマンが教えてくれる。知識不足を認めたがらないわたしのそういう態度をよくトルーマンにからかわれていた。

「娘さんたちは元気？」サイドテーブルの上に小さな家族写真が立ててある。娘たちがまだ幼いころのものだ。

その写真のなかに別れた妻のシーラもいる。わたしは戸惑う。なんだかみっともない。トルーマンはさみしいのだろう。いまだに妻に未練があるのだ。わたしはそんなことを考えていたくない。

「元気だよ」トルーマンがそう言うと、わたしはそれきりなにを言ったらいいのかわからなくなる。

「お茶でもどうだ」ようやくトルーマンが切り出す。

わたしは彼についてキッチンに入る。そこは家のほかの部分よりも新しかった。改装したのだろう。もしかしたら、トルーマン自ら作業したのかもしれない。

彼はとても器用なのだ。新しいことをいつも独学でおぼえてしまう。けがをするちょっと前、彼は古いニコンのカメラを購入して自分で修理していた。

彼が作業をするあいだ、わたしは立ったまま彼の背中を見つめる。トルーマンは箱から空のティーバッグを取り出して、そこに茶葉をつめている。

彼がこちらを見ていないから、わたしもまともに考えることができる。

わたしは咳払いをする。

「ミッキー、いったいどうした」トルーマンが振り向きもせずに尋ねる。

「あなたにあやまらなければいけないことがある」その部屋には大きすぎる声で言ってしまう。しかも、堅苦しい表現で。そういうさじ加減は苦手なのだ。

トルーマンは一瞬動きを止めるが、湯気の立ったお湯をティーポットに注ぐ作業をつづける。

「あやまるってなにを」

「わたしがあいつを捕まえるべきだった。それなのにとっさに動けなくて」わたしはたじろぐ。

でも、トルーマンは首を振っている。

「それはちがう、ミッキー」

「ちがうって?」

「見当はずれもいいところだ」彼は向き直り、わたしと対面する。わたしは彼の目を見ていられない。

そのまま彼の次の言葉を待つ。

「やつは逃げた。そういうことは起こる。俺だって数えきれないほど経験している」

トルーマンはわたしのほうを見ると、お茶を煎じる作業に戻る。

「おまえさんはもっと早くここに来るべきだった。それをあやまってもらわないと」

「でもわたしはあとずさりした」

「そうしてくれたほうがよかったんだ。撃たれたって意味がない。俺は助かったんだし」

わたしはしばらくだまり込む。

「もっと早く来ればよかった。ごめんなさい」

トルーマンはうなずく。部屋の空気が変わる。トルーマンがお茶を注ぐ。

「復帰の予定は？」

その質問は薄っぺらい響きがする。

トルーマンは五十二歳だ。見かけは四十歳だが。泰然とした、落ちつき払った態度のおかげで、いつまでも若々しく見えるのだろう。わたしが彼の実年齢を知ったのはつい二年ほど前、職場の同僚がトルーマンの五十回目の誕生日を祝うパーティーを開いたときのことだ。彼の年齢なら、望めばすぐにでも退職できる。年金受給資格も満たしている。

だが、彼はただ肩をすくめるだけだ。

「するかもしれんし、しないかもしれん。まだ考えなくちゃならんことがある。油断のならない世の中だからな」

彼はついにこちらを向いて、わたしをしばらくじっと見つめる。

「ここに来たのはあやまるためだけじゃないだろう」

お手上げだ。わたしはうつむく。

「どんな用件だ？」

わたしが話し終えると、トルーマンはキッチンのドアから出ていく。寒い時期は眠りについている庭を眺めている。

「最後に妹さんの消息が確認されてからどれぐらいたっている？」

「ポーラ・マルーニーは一か月だって言ってる。でも彼女のことだから、正確かどうかはわからない」

「そうか」彼の顔には見おぼえのある表情が浮かんでいる。犯人を追いかけて駆け出す直前、彼はよくそういう顔つきになった。顔をくしゃくしゃにしかめて。

「いまの時点でほかにわかっていることは？」

「彼女が最後にフェイスブックを更新したのは十月二日。あと、ドックという名の男とつきあっているみたい。つづりはD-O-C-K。フェイスブックにそういう名前の個人ページがあった」

トルーマンはうさんくさそうな表情をしている。

「ドックか」

「そうだ、ケンジントンでそういう名前で呼ばれている人知らない？」

トルーマンは考え込む。そして、首を振る。

「じゃあ、〝コナー・ファミサル《Famisal》〟は？　こっちが本名じゃないかと思うんだけど」

「そりゃあどういうつづりだ？」トルーマンの声はどこか馬鹿にしたような感じだ。笑っているような。

わたしはしぶしぶつづりを教える。だれかが言ったジョークが理解できないでいるのは好きではない。子ども時代の名残りだ。

「ミック、その名前はフェイスブックで見つけたのか？」

わたしはうなずく。

トルーマンが笑いだす。「〝ファム・イズ・オール《Fam is all》〟だよ、ミッキー。〝ダチこそすべて〟だ」

（「fam」とはもともと「家族（family）」から派生した、「仲間、親しい友達」を意味するスラング）

そう言う彼の口調が——やさしげな笑顔やまなざしとあいまって——わたしの胸のなかで凝り固まったしこりをほぐしてくれる。そこでカチッとノブが回されたみたいに。そして、突然わたしも笑いたくなる。

「わかったよ、トルーマン。わかったから。あなたはわたしよりも頭が切れる。おかげでよくわかった」

トルーマンの顔に真剣な表情が戻る。

「妹さんの失踪はもう届け出たのか？」

「それはまだ」

「どうして？」

わたしはためらう。正直なところ、わたしははずかしいのだ。内輪の事情をみんなに知られたくない。

「届け出たって、あの子の記録が確認されて、後回しにされるだけだよ」

「ミック、届け出ろ。マイク・ディパウロに連絡してやろうか？」

ディパウロは東刑事課にいるトルーマンの友人だ。ジュニアタ界隈で一緒に育った幼なじみ。わたしとはちがってトルーマンは刑事課に協力してくれる友人がいる。トルーマンはいつもわたしにいろいろな世界を見せてくれる。必要なものを手に入れるにはどうしたらいいか教えてくれる。

それなのに、わたしは首を振る。

「それじゃ、アハーンに言うんだな」

わたしは顔をしかめる。アハーン巡査部長にわたしの私生活について話すことを考えただけで、心が硬くなる。とくに今朝の一件があったあとでは。わたしが精神的に参っていると勘違いされてはこまる。

「トルーマン、わたしのほかにだれが妹を見つけられるっていうの？」

まさにそのとおりなのだ。パトロール警官は目ざとい。このことにかけては、巡査部長、巡査長、警部補はもちろん、刑事だってかなわない。ケンジントンの街なかでは、子どもを探す家族が真っ先に頼るのはパトロール警官だ。いなくなった母親のことを聞きに、子どもたちもやってくる。

トルーマンは肩をすくめる。「わかったよ、ミック。でもとにかくやつに伝えろ。悪いことにはならないから」

「わかった」

わたしはうそをついているのかもしれない。自分でもよくわからない。

「うそついているだろう」

わたしはにっと笑う。

トルーマンがうつむく。

「このドックという男について聞ける人に心当たりが

ある」

「だれなの？」

「だれだっていいさ。俺の勘がまちがっていないか確認させてくれ。とにかく、俺たちはそこからスタートできる」

「俺たち？」

「いまは時間があり余っているからな」脚の装具を見つめながらトルーマンが答える。

でも、理由はそれだけではないはずだ。

わたしと同じように、トルーマンも手ごわい事件には目がないのだ。

わたしはトルーマンのアドバイスに従うことにする。

そして、実行に移す。

アハーン巡査部長は点呼の前に邪魔が入るのをきらうが、わたしは翌朝早めに出勤して、巡査部長のオフィスのドア枠をノックする。

巡査部長は最初、困惑した表情で顔を上げる。だが、わたしだとわかると、表情がわずかに変わる。なんと、ほほえんでいる。

「フィッツパトリック巡査じゃないか。気分はどうだ？」

「もう大丈夫です。よくなりました。昨日のあれはいったいなんだったのか。脱水症状でも起こしたんでしょう」

「いったいどうした。前の晩はパーティーで楽しんだのか？」

「まあ、そんなところです」〝四歳の息子とふたり暮らしです〟と言ってやりたい衝動に駆られる。とはいえ、巡査部長がわたしに息子がいることを忘れているとしても驚かないが。

「昨日は肝を冷やしたぞ。ああいうことは前にもあったのか？」

「いいえ、はじめてです」わたしは少しばかりうそをつく。

「そうか」巡査部長は書類に目を落とす。それからまた顔を上げる。「まだなにか？」

「少しお話しできないかと思って」

「てみじかにな。あと五分で点呼だ。それまでにいろいろ片づけることがある」

「わかりました。じつは」

突然、舌がもつれてうまく話せなくなる。ケイシーのこととなると、どうやって説明すればいいかいつもわからなくなる——ましてやてみじかになんて無理だ。

「あの、あとでメールを送ります」

巡査部長が無表情な顔を向ける。「好きにしてくれ」ほっとしているようだ。

わたしは彼のオフィスを出る。メールを送ることはぜったいにないだろう。


午前中ずっと落ちつかない気分で過ごす。頭から身体へひっきりなしに信号が送られる。なにかがおかしい。なにかがおかしい。なにかがおかしい。無意識のうちに、別の遺体が見つかったと無線で知らされて、現場に急行することになるところを思い浮かべる。漠然と、それがケイシーだと思っている。彼女のことを考えると、きまって死んでいる姿が頭に浮かぶ。なにしろ、わたしはこれまでに彼女が死にかけている場面に何度も遭遇しているのだ。

そのため、無線機がパチパチと鳴るたびに、わたしはぎくっとする。無線機の音量を少し下げる。

好都合なことに、今日は外がひどく冷え込んでいる。ということは、人の活動も少なくなる。わたしはパトカーを停めて角にあるアロンゾの店でコーヒーを買う。スタンドに並べてある地元紙に目を通して時間かせぎをする。それでも、ケイシーもポーラも現れる気配はない。

どういうわけか、アロンゾは音楽をつけていない。

わたしはしばらく店内の静けさに心地よく身をゆだねる。蛍光灯が立てるジジッという音、冷蔵庫が低くうなる音、猫のロメロの鳴き声。

店内があまりに静かなので、携帯電話が鳴りだしてわたしはぎょっとする。

電話に出る前にだれからかかってきたのか名前を確認する。トルーマンだ。

「パトロール中か？」トルーマンが尋ねる。

「ええ」

「いいか、俺はいまケンジントン大通りとアレゲニー大通りの交差点にいる。ドックを知っているという人物のところに」

わたしは十分でそこに行くとトルーマンに告げる。

そして、事件現場に急行を命じる無線連絡が入りませんようにと祈る。


ケンジントン大通りとアレゲニー大通りの交差点に到着すると、トルーマンがなにげないようすでコーヒー片手に歩道に立っている。しばらくのあいだ、わたしは彼を観察する。すれちがう女たちが彼に声をかけている——明らかに、自分を買わないかと持ちかけている。トルーマンはハンサムだから、女が寄ってくるだろうとよく周囲にからかわれるのをわたしは知っている（そういう方面の話題をトルーマンはやっきになって避けるのだが）。でも、わたしは彼の外見には興味がない。わたしにとってトルーマンはいつでも尊敬する先生のような存在なのだ。わたしたちがパートナー以上の関係にあると勘違いされないように、わたしは細心の注意を払ってきた。それでも、男性警官と女性警官がペアを組むと、口さがないうわさが広まるのは避けられず、残念ながらわたしたちふたりも例外ではなかった。トルーマンは長年結婚生活をつづけていたというのに。わたしは少なくとも一度、だれかがわたしたちをネタにしたジョークを言っているのを耳にしたことがある。だが大体のところは、わたしたちふたりのプロ意識の高さが、そういう〝課外活動〟にまつわる馬鹿げたうわさを打ち消していたはずだ。

　わたしはパトカーからおりて、トルーマンのほうへと近づく。彼は挨拶がわりに手を上げる。そのまま無言で頭を数軒離れた店先へと向ける。わたしは彼についていく。

　その店の正面には看板もなにもない。なんでも屋みたいなものだろう。正面ウィンドウにはキッチン用品から人形から壁紙の巻いたものまで、ありとあらゆるものが並んでいる。商品の前で小さな札が斜めに傾いている。そこには〝日用品〟とある。そう書いておけばすべて説明できると言わんばかりに。わたしは店の前を何度も通ったことがあるだろう。だが、なぜかこれまで気に留めたことがなかった。

　店内は暖かかった。わたしは薄汚れたマットを踏みつけて、靴についた水気を取る。店内の棚には商品がところせましと並べられていて、通路がほとんど見えないほどだ。正面のカウンターのうしろで、冬用の帽子をかぶった老人が本を読んでいる。顔は下に向けたままだ。

「彼女を連れてきた」トルーマンが声をかける。

　老人はゆっくりと本を置く。彼の古びた両目はうるんでいる。手がわずかにふるえている。なにも言わない。

「ケイシーの姉さん、ミッキーだ」

　老人はこちらをじっと見つめているが、しばらくしてわたしは彼の視線の先にあるのはわたしが着ている制服だと気づく。

「警官とは話さんぞ」老人が口を開く。年のころは九十歳ぐらいだろうか。口調にはごくわずかになまりがある。おそらくジャマイカ人。トルーマンのお父さんもジャマイカ人だった。わたしは横目でトルーマンを見る。

「頼みますよ、ミスター・ライト」トルーマンがおだてるような口調で言う。「ねえ、俺だって警官だとわかってるでしょう」

ミスター・ライトがトルーマンをじろりと見る。

「おまえは例外だからな」ようやくトルーマンに答える。

「ミスター・ライトはドックのことを知ってるんだ」トルーマンがわたしに説明する。「このあたりのことならなんでも知ってる。

ミスター・ライト、そうでしょう?」トルーマンが大きな声で言う。でも、老人は知らん顔だ。

わたしが歩み寄ると、老人は身を起こす。身構えているのだ。こういうことに、わたしはいつまでも慣れない。わたしが近づくと、相手はきまっていやな顔をする。

「ミスター・ライト、着替えてからここに来られればよかったのですが。個人的なお願いがあります。わたしの仕事とは関係のないことです。人を探しています。どうすればドックと会えますか？」

ミスター・ライトはじっと考え込んでいる。

「お願いです。どんな情報でも助かります」

「あいつには会わんほうがいい」ミスター・ライトが話しだす。「ろくなやつではないからな」

思わずわたしの身体にふるえが走る。耳をふさぎたくなる事実だが、意外ではない。これまでにケイシーのつきあう相手がおとなしい男だったためしがない。

そのとき突然わたしの無線機が音を立てたので、ミスター・ライトが身をこわばらせる。わたしは無線機のスイッチを完全に切る。重要な呼び出しが入りませんようにと祈りながら。

「ミスター・ライト、わたしは妹を探しています。妹にかんする最後の情報が、この男とつきあっていたということなのです。だから、わたしはどうしても彼に会わないといけません」

「いいだろう」ミスター・ライトが言う。「わかった」そして、だれかが聞き耳を立てていないかたしかめるように、左右を見る。それから、こちらに身を乗り出す。「二時半ぐらいにまた来なさい。あいつはいつもそれぐらいに奥にいる。ここに暖を取りにくるのでな」

「奥ですか?」わたしは問いかける。でも、すでにトルーマンはミスター・ライトにお礼を言っていて、わたしをそこから引きずり出す。

「それから、その制服はやめてくれ」ミスター・ライトがわたしに向かって言う。

トルーマンはわたしをパトカーまで歩かせる。

「あの人はだれ――」わたしは言いかけるが、トルーマンがだまっていろと合図する。パトカーに乗り込むまでそういう態度でいる。

「出してくれ」トルーマンが言う。わたしはパトカーを出す。

「あの人はおやじのいとこだ」しばらくして、トルーマンは口を開く。

わたしは半信半疑で彼を見る。

「あの人が?」

「ああ」

「お父さんのいとこなの、あのお年寄りのミスター・ライトが」

トルーマンが笑う。「俺たちは他人行儀なんでね」

「あなたに大通りで店をやっている親戚がいるだなんて、知らなかった」

トルーマンは肩をすくめる。そのジェスチャーが意味するところははっきりしている。〝おまえさんが俺について知らないことはまだまだたくさんある〟というわけだ。

わたしたちはそのままドライブをつづける。雪が降りだしたので、わたしはワイパーを作動させる。

「店の奥にはなにがあるの？」わたしはようやく質問をする。トルーマンが息を吐く。

「ここだけの話にしてくれるか？」

「ここだけの話に」

「店の奥でヤクの注射をやらせてる」

わたしはうなずく。ケンジントンにはそういう場所がいくつかある。わたしはそのほとんどを把握している。ここに気づけなかったのは、ひとえにトルーマンがずっとかばっていたからだろう。

「あの人はいい人なんだ」トルーマンがつづける。「ほんとうに。麻薬のせいで息子をふたり亡くしている。いまじゃ、カウンターの裏にナロキソンと清潔な注射器を用意している。目の前のカメラで奥のようすを監視することができる。あの人はしょっちゅう足を引きずって奥に入っていっては、ろくでもないやつらを介抱している。しかも無料で。金を払うやつなんかだれもいない」

間に合わせの、安全に麻薬を注射できる場所を提供しているというわけだ。フィラデルフィアではまだそういう場所は違法だが、もうすぐ解禁されるといううわさもある。ケイシーもミスター・ライトの店を訪れたことがあるのだろうか。

無線機がけたたましい音を立てる。家庭内暴力の現場で警官二名が必要とされている。

わたしはそれに応答する。

「一緒に乗っていく？」通信を終えて、トルーマンに聞いてみるが、彼は首を振る。

「俺は身体が自由に動かない身なんだぜ。忘れたか？公式には療養中だ。現場でだれかに姿を見られるわけにはいかない」

「じゃあどうするの？」

トルーマンは少し先にある建物を指さす。「俺はあの図書館のところでおりるから。近くに車が停めてあるんだ。あとで電話してくれよ？　どうだったか教えてくれ」

　わたしは口ごもる。

「わたしと一緒に来ないってこと？　ミスター・ライトの店に」

　わたしはなんとなく彼がそうするものと思い込んでいた。

　トルーマンが首を振る。「そうしないほうがいい」

　おそらくわたしががっかりした顔つきをしているのに気づいたのだろう、彼はさらにつづける。「ミッキー、そのうち俺の助けが必要になるときが来るかもしれない。だからいまはその男に俺の顔は見られないほうがいい」

　それももっともだ。わたしはうなずき、言われたとおりに彼を図書館のところで降ろす。

　彼が立ち去るのを見つめる。そうしながら、彼がいないあいだ、もの足りなさを感じていたあれやこれやを思い浮かべる。気前のいいトルーマンの低い笑い声はまわりに伝染しやすく、ときどき〝s〟の音で終わる。それに、無線に応答するときのゆるぎない存在感。そのおかげでわたしも動じないでいることができた。そして、娘たちに向ける愛情やプライド。わたしの子育ての心配ごとにもよく相談に乗ってくれた。トーマスのことも気にかけてくれて、ときどき本など心のこもったプレゼントをくれた。プライバシーを大切にするところや、思慮深さ。わたしのそういうところも尊重してくれた。そして彼のこだわりの──わたしがよく「お高くとまってる」と茶化した──食べものや飲みものの好み。健康食品店でコンブチャ、ケフィア、アラメ、ゴジベリーなど得体の知れないものを買い込んでいた。彼はわたしの貧相な食生活や融通のきかない性格をからかった──〝堅物《かたぶつ》〟だとか〝変人〟と呼んで。だれかほかの人にそう呼ばれていたら、わたしは気分を害していただろう。でも、トルーマンの態度からは、そういうわたしを認めてくれていることが伝わってきた。彼にはわたしのことがよくわかっているという気がした。正直なところ、そんな風に感じるのは、子どものころケイシーと結束していたとき以来だ。

　制服を着ていないトルーマンはいまだに見慣れない。ぎこちなく歩いたり、大通りで右や左に視線を走らせたりするようすに、彼が自分の過去について語ったときに教えてくれた、内気な少年の姿が見える。「俺は二十歳ぐらいまで無口だった」以前そう教えてもらった。

「わたしも同じ」わたしはそう答えた。

　家庭内暴力の通報があった現場には、もうひとりの警官、グロリア・ピータースが先に到着している。事態はひとまず沈静化しているようだ。わたしは外で被害者に事情を聞くのはグロリアに任せて家のなかに入り、キッチンで加害者と向き合う。酔っぱらっているらしい男性、白人、三十代。わたしはじろりとにらまれる。

「ここでなにが起きたのか、話を聞かせてもらえませんか、サー？」わたしは彼に尋ねる。

　事情聴取するときはかならず丁寧な態度を取るようにしている。相手が最低なやつでも、それは変わらない。トルーマンがそういう態度をお手本としてわたしに見せてくれたのだが、わたしは実際に効果を感じている。

　ところが、ニヤニヤ薄笑いを浮かべる男の態度を目の当たりにして、この御仁は一筋縄ではいかないという予感がする。

「いやだね」男が答える。

　男は上半身裸だ。身体の真ん中で腕を重ねている。この男もなにかの中毒なのだろう。だが、彼の酩酊しているようすからは、いったいどんな物質を摂取したことやら判断できない。

「申し開きはしなくてもいいんですか？」わたしが言っても、彼はただ弱々しく笑うだけだ。この男は一連の手続きがわかっている。べらべらしゃべるのは得策ではないとわきまえているのだ。

　男はさきほどのできごとで濡れたままになっているキッチン・カウンターに手を置こうとするが、すべってバランスを崩す。少しよろめくが、すぐに姿勢を立て直す。

　この家に子どもはいるのだろうか？　わたしは耳をそばだてる。二階でかすかに物音がする。

「お子さんはいますか？」わたしは質問するが、男はだまったままだ。

　この仕事についてもう長いが、警戒感を抱かせるような相手には滅多に遭遇しない。だが、この男のなにかがわたしに嫌悪感を抱かせる。わたしは彼とは目を合わせないようにする。獰猛な犬にたいしてそうするように。彼に関心を持たれていると思われたくない。

キッチンの抽斗に目を走らせる。武器として使われる可能性のある包丁はどこに入っているのだろう。酔っぱらっているみたいだから、もし男が突進してきたら、おそらく身をかわすことができる。床に倒すことだってできるかもしれない。

　突然、もしかしたらこの男のことを知っているかもしれないという感覚に襲われる。思い出そうとして、目を細めて彼をよく見る。

「あなたのこと、わたし知っていますかね」

「そんなこと俺は知らねえよ。あんたは知ってるのか？」

　奇妙な答えだ。

　この地区のどこかで男を見かけたことがあるのかもしれない。そういうことは日常茶飯事だ。なにしろ、勤務中にわたしが目にする顔のほとんどになじみがあると感じるぐらいなのだ。

　そのうちグロリア・ピータースが室内に戻ってきて、

わたしに向かってわずかに首を振る。通報した妻が心変わりして、もう夫の逮捕を望んでいないということだ。

「ここにいてください」わたしは男に告げる。

家のなかは偵察済みだ。裏口はないから、男が逃げるためには、わたしたちがいるところを通らなければならない。わたしたちはこぢんまりしたリビングに入って、声をひそめて話しはじめる。

「顔に跡が残っていた？」わたしが尋ねると、グロリアが「そんな気がする。赤くなっていたから。判断するにはまだ早いけど」明日になればひどいあざになっていることだろう。

「とにかく、あいつは引っ張れる」わたしは言う。とはいえ、物的証拠や被害者からの告訴がなければ、わたしたちにできることはかぎられている。

とうとう、子どもがひとり、そろそろと階段を下りてくるが、わたしたちを見たとたんに、あわてて走り去る。トーマスとそれほど変わらない年ごろだ。わたしたちにとっては、この事実だけでじゅうぶんだ。あいつを署に連行しよう。わたしはその役目を買って出る。そうすれば、ピータース巡査がここに残って、あの子や、もしいれば、ほかの子たちがケアを受けられるよう手配を整えることができる。ソーシャルサービスの人を呼んで、聞き取り調査をしてもらうといいだろう。

男はパトカーに乗り込むとき、一点を凝視したまま視線をそらさない。ぞっとするようなうつろなまなざしで、まっすぐにわたしを見据えている。

署に着くまで、男は押しだまっている。わたしはこういうことには慣れっこになっている。自分が不当な仕打ちを受けていると言ったり、わめいたり、泣いたり、嘆いたりするのは、初心者だけだ。刑事司法制度を知り尽くしたベテランはよくわかっているから、ただだまっている。この男がほかの連中とちがうのは、わたしの後頭部に彼の目が張りついているような、見られている感覚だ。

わたしは思わずバックミラーで彼の顔をちらりと見る。この男がだれなのかもう一度思い出そうとして。すると、鏡のなかで男がわたしにほほえむ。わたしの腕と首に鳥肌が立つ。

手続きが済むまで、わたしは待機房で男についていなければならない。わたしは自分の携帯電話を見つめて、男には話しかけない。そのあいだずっと、男は視線をそらさない。

ついに房から出されるとき、男が口を開く。

「なあ、俺あんたのこと知ってる気がするぜ」

「そうなの」わたしは答える。

「ああ、知ってると思う」

男を先導する警官がわたしをいぶかしげに見る。この愚か者を無理やり引っ立てて、わたしから引き離すべきかどうか思案しているようだ。

「ヒントをちょうだい」わたしはなるべく皮肉っぽい響きを出そうとするのだが、あいにく全然ちがう口調になってしまう。

男の顔にまた笑みが浮かぶ。男の名はロバート・マルヴィー・ジュニア。彼は身分証明書の提示を拒否した。ピータース巡査が妻から名前を聞き出したのだ。

しばらくのあいだ、彼はなにも言わない。

それから、口を開く。「そんな気にはなれねえな」男が言い終わらないうちに、警官が乱暴に彼の腕を引っ張り連れていく。

優秀な警官は感情に振り回されたりしない。裁判官のように偏らない心を持ち、聖職者のように落ちつき払った態度でいるものだ。そのため、ロバート・マルヴィー・ジュニアとのやりとりがあってから、心のなかでどんどん大きくなる不安をどうすることもできなくて、わたしは落ち込む。天気予報を確認したときに思ったよりもずっと忙しくなった残りの勤務時間のあいだずっと、彼の顔が、その薄い色の瞳が、その顔に浮かんだ笑みが頭から離れない。

普通は外がこれぐらい冷え込むと、人々は家に引きこもっているものだが。

マルヴィーを署まで連行したあとで、スプリング・ガーデンでひき逃げ事件が発生したことを知らせる無線が入ったので、わたしはそれに応じて、負傷した自転車乗りが地面に倒れている現場に駆けつける。彼のまわりには小さな人だかりができている。

そうこうするうちに一日は過ぎていく。ミスター・ライトのところに戻らなくてはならない時間まであと一時間になると、わたしは徐々に無線に応答しなくなる。

二時十五分に、アロンゾの店のすぐそばの道路脇にパトカーを停める。そこからミスター・ライトの店までは数ブロックの距離だ。

〝その制服はやめてくれ〟ということだけはミスター・ライトから釘を刺されている。とはいえ、それは口で言うほど簡単なことではない。勤務の真っ最中に署に戻って、私服に着替えるわけにはいかない。

そこで、わたしは近くの一ドルショップでなにか着るものを買うことにする。

パトカーからおりる前に、わたしは自分の無線機と拳銃を見つめる。このふたつを持っていては着替える意味がない。無線機を車内に置いていけば、なにか重大な緊急連絡を聞き逃すおそれがあり、そうなったらわたしは窮地に立たされる。警官になってからというもの、勤務中はかたときも無線機を手放したことはない。

だが、結局、無線機は車内に置いていくことにする。しかるべき理由があるわけではないが、無線機と拳銃をトランクに入れる。こうして外から見えないようにしておいたほうが安全だ。

一ドルショップに入り、めぼしいものがないか棚を物色する。ある通路で男物の黒のスウェットパンツと巨大な黒のTシャツが並べられているのを見つける。これを着たらそのなかで泳げそうなほどだが、とりあえずそのふたつを買って、アロンゾの店まで歩いていき、トイレを使わせてくれないかと聞いてみる。

「どうぞ」アロンゾがいつもどおり答える。一ドルショップで買った服に着替え、それまで着ていた制服は買い物袋につめてわたしがトイレから出ると、アロンゾに二度見される。

「アロンゾ、迷惑をかけて申し訳ないけど、ちょっとお願いがあって。少しのあいだ、この袋をここに置かせてもらえないかな?」

「どうぞ」今度も同じ返事が返ってくる。

わたしは少しためらってから、カウンターの上に十ドル札を差し出す。

彼はそれを返そうとするが、わたしは受け取らない。

「チップだから」

外の気温はマイナス七度だ。ほかの地区であれば、数ブロック先のミスター・ライトの店まで半袖Tシャツ姿で走っていけば滑稽に思われるだろう。だが、ここではだれも驚かない。

二時四十分にミスター・ライトの店に着いて、わたしはドアを開ける。店内が暖かいのはありがたい。小さなベルが鳴る。だれもいないようだ。

しばらくそこでじっとしているが、そのうち奥のほうでそっと扉が閉まる音が聞こえる。

やがて、ミスター・ライトがフラフープの束をひょいと寄せて通路の奥から姿を現す。

彼はこちらを見るが、なにも言わない。その瞬間、彼がわたしのことをおぼえているか不安になる。朝ここでわたしと会ったことを忘れているかもしれない。

彼はマイペースでレジ裏の自分の居場所まで戻ると、つらそうにして身をかがめて、ハイスツールによじのぼる。

そして、ようやく口を開く。「まだ来ておらん」

「ドックのことですか?」わたしは尋ねる。

「いったいわしがだれのことを言っておると思う」

「わかりました」わたしはそう返事をするが、その先はどうしたらいいのかわからない。

腕時計に目を落とす。二時五十分だ。制服を着ずに、無線機も持たずにここにいることで、わたしは自分の職を危険にさらしている。もしものときは無線機の不調のせいにできるだろうか。

「ひとつ聞いてもいいですか?」わたしはミスター・ライトに話しかける。

「なんでも聞くがいい。わしは答えんかもしれんが」

だがこのとき、はじめてミスター・ライトの目に光が宿る。

「その男は毎日ここに来るんですか? どうしてかならず彼が来ると……」

そのとき店のドアが開く。ミスター・ライトは両眉を上げ、入ってきた男のほうにわずかにあごを向ける。

わたしは振り向く。

おそらくわたしと同じぐらいの背丈の男で、やせている。フェイスブックで見た写真の男と同一人物だ。ファスナーを上まで閉めた明るいオレンジ色のジャケットを着て、ジーンズを穿いている。いまでは髪の毛があごのところまで伸びていて、しばらく洗っていないらしく、本来の毛色が判然としない。おそらく薄茶色だろう。ハンサムな顔立ちだ。ヘロインは人間の身体にさまざまな影響を及ぼすのだが、体重を減らし、ぜい肉をそぎ落として身体つきをはっきりさせ、体形を浮き彫りにする。目は輝き、うるんでいる。顔はほてり、赤みが差している。

男は無言だが、ミスター・ライトのいるカウンターに向かいながら、わたしをちらりと見る。

それから、こちらを振り向く。

「あんた、なにか待ってるのか？」男はわたしのことを知らない。ここでやりとりをする前に、わたしに消えてほしいのだ。

わたしはミスター・ライトが彼を紹介してくれないか、ようすをうかがっているのだが、老人はわれかんせずを決め込んでいる。

「いいえ、わたしはなにかを待ってるわけじゃない」わたしはそう答える。「ところで、あなたの名前はドックじゃない？」

「ちがう」

「そうなの？」

わたしは日ごろ、こういうことには慣れっこになっている。

「ちがうね」

男はじっとこちらを見つめる。腹のあたりで腕を重ね合わせている。つま先で床を何度か踏み鳴らす。まちがいなくじれったく思っている。

「そうなの。前に写真で見た人と似ていたから」

ドックが身じろぎする。「どんな写真だ？」

彼は何度もミスター・ライトのほうを見る。彼にとってわたしはドラッグの注射を与えてくれる鍵の前に立ちはだかる邪魔者だ。彼がその鍵をのどから手が出るほどほしがっていることは一目瞭然だ。彼は片足からもういっぽうの足へと重心を交互に移しはじめる。

わたしは別の手を試すことにする。「ねえ、わたしはケイシー・フィッツパトリックを探しているの」

ドックはようやく動きを止める。そして、手をカウンターの上にのせる。

「おおお、ということは、あんたはあいつの姉さんか」おだやかな口調で言う。

突然わたしの脳裏に記憶がよみがえる。わたしたちがいまよりも若かったときのことだ。ケイシーがいるべきではない家にわたしが迎えにいくたびに、そこにいる男たちはわたしの姿を見て同じことを言った。そして、そういうことをまた一からやり直すことにしたわたしの決断はそもそも正しかったのかどうか、よくわからなくなる。

「そうよ」

それは疑いようのない事実だ。わたしとケイシーは体形は似ていないのだが、顔はうりふたつだ。子どものころ、よく周囲にそう言われた。

「ミッキーか？」

「ええ」

ミスター・ライトはうつむいたままだ。

「あいつはあんたのことをしょっちゅう話してた」そう聞いて、わたしは一瞬身震いする。〝話してた〟だなんて、ケイシーがもう死んでいるみたいだ。

「あの子はいまどこにいるか知ってる？」わたしは単刀直入に聞いてみる。

だが、ドックは首を振る。「いや。あいつは二か月ぐらい前に出ていった。それっきり連絡がない」

「それって……」

彼は間抜けでも見るような顔つきでわたしを見る。

「あなたたちは一緒に住んでいたってこと？」

「ああ」彼が答える。「そのあと俺はこのあたりでビジネスにかかわるようになった。ケイシーから連絡があったら俺に知らせてくれないか」

「電話番号を教えてもらってもいい？」

「ああ」彼はそう言って番号を教えてくれる。

彼から聞いた番号がまちがっていないか確認するために、わたしはすぐにその番号にかける。彼のポケットのなかで携帯電話が鳴りだす。なんとなく聞きおぼえのあるメロディだ。子どものころ流行っていた歌。当時、その曲のタイトルは知らなかったし、いまでも知らないままだが。

「大丈夫みたい。ありがとう」

わたしが出ていこうとすると、ドックに呼び止められる。「なあ」

「あんたサツだよな？」

わたしはたじろぐ。「ええ」

ドックはなにも言わない。ミスター・ライトもだまっている。

「まだなにか？」わたしは尋ねる。

「いや」ドックは答える。

わたしが店の外に出るまで、彼はわたしから目をそらさない。


「それで」電話の向こうでトルーマンが言う。

「それで」わたしが口を開く。

わたしは走ったり歩いたりしながらアロンゾの店に向かっている。息が切れる。寒さのあまり歯の根が合わない。左腕は胴にぴったり巻きつけている。無線機と拳銃のもとに戻りたい。まるで、あとに残してきた子どものようだ。職場に復帰した当初、トーマスにたいしてそんな風に感じていた。ああ、いますぐ飛んでいけたらいいのに。

「どうなった？」トルーマンが尋ねる。

わたしは彼に説明する。

「そいつのこと、どう思った？」

「なにか隠してる感じだったな」わたしは少し考えてから答える。「それに信用できない」

トルーマンはだまっている。

「あなたはどう思う？」

「そんなところだろう」トルーマンが言う。ためらいがちに。彼がそんな態度を取る理由がわたしにはわかる。手放しでわたしに同意すれば、ケイシーにとってはよくないことを意味するからだ。「まあ、だれにもわからんがな」

「助けてくれてありがとう」わたしはトルーマンに感

謝する。

「よしてくれ」

わたしはアロンゾの店に戻り、袋を受け取ると、トイレに向かい、できるだけ手早く制服を身につける。駆り立てられるように携帯電話を確認する。ひょっとしたら同僚からのメールが入っているかもしれない。〝どこにいるの？　巡査部長があなたのことを探し回ってる〟とか。でも、なにも届いていない。わたしはアロンゾにお礼を言って店のドアに向かうが、考え直す。手に持つ袋の重みを感じる。私服でパンパンになっている。

「アロンゾ、しばらくのあいだこの袋をここに置かせてもらってもいいかな？　どこか邪魔にならないところに」

パトカーに戻ろうと走りながら、この先の角を曲がってパトカーの停めてある脇道に入ったら、そこでアハーン巡査部長がわたしを待ち構えていると、つい考えてしまう。巡査部長は腕時計を見ている。

でも、そこにはだれもいない。わたしはほっとひと息つく。トランクを開けて装備を回収する。ちょうど無線機に連絡が入る。自動車窃盗。急を要するものではない。

わたしは嬉々としてそれに応答する。

帰宅する道すがら、自分のしでかしたことの重大さが両肩にのしかかる。突如として怒りの感情が湧いてくる。以前はこういう怒りをしょっちゅう感じていた。わたしがケイシーと口をきかなくなったのも、この怒りが原因だ。そう決めたとたんに、わたしの人生は上向いたのだが。ようは、わたしは怒りっぽいということだ。サイモンはわたしのことを、自分が知る人のなかでいちばんもの静かだと言っていた。わたしがそうではなくなるまで。

わたしがいま頭にきているのは、今日のできごとのせいで、わたしがやりがいを感じているこの仕事、日々の暮らし、息子とふたりで生きていくための給料や手当を獲得するわたしの能力が危険にさらされたという事実だ。もし今日のことがばれて、クビになったら？　わたしがトーマスのために築き上げたすべてを、わたしたちふたりのために整えた、質素だがまずまずの暮らしが危うくなったとしたら？　しかも、なんのために？　多分見つけてほしいだなんて思っていない人のために、おそらくわざと姿をくらましている人のために、いつも自己中心的な決断しかしない人のために、彼女をまっとうな道に戻そうとする他人が差し伸べる手をすべて払いのけるような人のために。

もうこんなのたくさんだ。わたしは決心する。もうたくさん。これっきりだ。ケイシーの人生なのだから、自分で面倒を見てもらおう。わたしの人生ではない。

それなのに、そう思うはなから〝線路〟で見つけた女性の姿がちらつく。青ざめた唇。ぺったりと頭に張りついていた髪の毛。透けていた服。目を大きく見開き、罪もないのに雨ざらしになっている。

ベンサレムでわたしは車をドライブウェイに乗り入れる。建物のそばに回り込むと、上を見上げる。このところずっとトーマスがわたしのことを寝室から見ているのだ。思ったとおり、彼はそこにいる。両手を窓にくっつけて、顔を冷たいガラスに押し当てている。その表情はゆがんでいる。彼はにこっと笑い、わたしを出迎えるために玄関へ向かって走りだす。

家に入ると、わたしは退屈しきった表情のベサニーに支払いを済ませ、トーマスはどうしていたか尋ねる。

「順調でした」彼女はそれだけしか言わない。

わたしは朝家を出るときに、ベサニーにお金を渡して、トーマスを本屋に連れていき、好きな絵本を一冊選ばせるよう言ってあった。彼女が自分の車で使えるように、チャイルドシートも一台買い与えてあったのだが、それが取りつけられているところを見たことがない。

「なにをしていたの？」

「えっと、絵本を読んでました」ベサニーが答える。

「本屋さんはどうだった？」わたしはトーマスに尋ねる。

「今日は行かなかったんだ」トーマスはしょんぼりしている。

わたしはベサニーを見る。

「外は寒かったから。ここで絵本を読んでました」

「一冊だよ」トーマスが口をはさむ。「一冊しか読んでもらってない」

彼の声からいらだちが伝わる。

「トーマス」わたしは息子をとがめる——義務感からであって、本心ではない。

それでも、わたしの心は晴れない。

ベサニーが帰ると、トーマスがわたしを見る。両目を大きく見開き、両脇に垂らしたてのひらを上に向けている。〝ぼくにどんなことをしたのか、よく見て！〟そう言っているようだ。

トーマスはすこぶる頭がいい。わが子にそういう表現を使うのは適切ではないとわかってはいるが、根拠があるのだ。彼が言葉をしゃべるようになったのはかなり早い時期だった。一歳半でパズルを完成させた。二歳にならないうちに文字や数字が言えた。そんなことが多々あった。たまに完璧主義を思わせるところがあるのだが、わたしはそういう気質が強迫性や、それよりもっと悪い依存傾向に移行しないように気をつけて見ている（わが一族のことを考えると、依存症に陥りやすい性質がトーマスの遺伝子のなかにも潜んでいるのではないかと、よく恐ろしくなる）。とはいえ、わたしは彼がおそらく〝才能《ギフテッド》がある〟子どもなのだと見ている——かつてわたし自身がそう呼ばれたとき、ジーはこの言葉を忌み嫌った。

トーマスが二歳のとき、彼が年齢よりも進んでいるというわたしの見立てを裏づけるために調査をおこなったのだが、思ったとおりの結果が出たので、彼をスプリング・ガーデン・デイスクールに入れられるよう援助してほしいとサイモンを説得した。そこはわたしが勤務する地区にほど近い評判のよい園で、かなり費用がかかった。おもにフィッシュタウンやノーザン・リバティーズに住む富裕層の子どもを受け入れているところで、なにしろ利用料が高額なので、サイモンから毎月送られてくる小切手はそっくりその支払いに消えた。それでもなんとかやっていけると、わたしは自分に言い聞かせた。トーマスはその園ですぐに友達ができた——いまだに彼は当時の友達のことをなつかしそうに話す。わたしはわたしで、彼がこれから長きにわたり輝かしい学校教育を受ける土台となることをそこで学んでいるのだと考えて、気持ちに折り合いをつけた。トーマスはもしかしたら大学院まで進むかもしれない。医学部やロースクールだって夢ではない。彼の名前はウィリアム・ペンのもとでペンシルベニアの初代測量監督責任者を務めたトーマス・ホルムにちなんで名づけた。整然として美しいフィラデルフィアの街並みの設計はこの人物の監督下でおこなわれた。だからときどき、トーマスも都市計画の専門家や建築家になるのかもしれないと思うことがある。高校の歴史のパウエル先生がホルムのことを絶賛していた。

一年前にサイモンからの小切手がなぜか急に届かなくなったとき、わたしはしばらくのあいだ、なんとかしてトーマスをその園に通わせつづけようとした。Bシフト勤務の週に彼の面倒を見てくれる、以前のベビーシッターに料金を支払い、ポートリッチモンドの家のローンを支払い、食いつなぎながら。綱渡りの生活だったが、短期間ならなんとか持ちこたえた——食事はツナ缶とスパゲティだけにして、服を買うのは控えた。ところが、十二月に家の地下から下水が道路に漏れ出すようになって、その修繕に一万ドルかかるとわかってバランスが崩れ、すべては瓦解した。

その日わたしはサイモンに直談判しようと、南刑事課の建物へと車を走らせた。サイモンは小切手をよこさなくなり、トーマスのお迎えを二度すっぽかし、携帯電話の番号を変えただけでなく、どうやら引っ越しまでしたようだ。彼が姿を現さなかった日に、わたしはサウスフィラデルフィアの彼の自宅まで車で出向き、ドアベルを鳴らしてそのことに気づいた。パパが大好きなトーマスはがっかりしていた。自宅の下水が漏れていることがわかり、すべてが瓦解したその日、こうなったら職場でサイモンを捕まえるしかないとわたしは決心した。当時のベビーシッターにトーマスを見ていてもらい、南刑事課本部まで車で向かった。わたしらしくない行動だ。サイモンもわたしも、うわさが立つのをきらった。職場でふたりの関係は話していない。これは、つきあうきっかけが、少々普通ではなかったこともある。二十四分署のわたしの同僚は、わたしに息子がいることは知っているが、父親がだれなのかは知らない。さらに、わたしはそういうことには触れられたくないと、それとなく態度で示していた。

サイモンの職場に行ったその日、わたしはほかの人にばれないよう工夫した。サングラスをかけ、フードつきのトレーナーを着て、フードをすっぽりかぶった。

通りの五十メートルぐらい先に、彼の車が停めてあるのが見えた。中古で購入して、修理して乗っているキャディラックの黒いセダン。わたしはそこからさほど離れていない場所に自分の車を停める。そして、彼の勤務時間が終わるのを待つ。

その後に起こった醜い争いのことは、くわしく話すつもりはないのだが、ようやく姿を現した彼は、わたしに気づいて建物のなかに戻ろうとした。わたしはとっさに怒りに駆られ、きっとわめき散らしたのだろう。サイモンは身を守るように、身体の前に両手を突き出していた。わたしは一週間以内に小切手を送らなければ、裁判所に突き出すと彼に迫ったが、彼はわたしにはそんなことできっこないと応酬した。そして、裁判所の関係者に彼の友人がどれぐらいいるか知っているのかと聞いてきた。それに、もしわたしがサイモンを裁判所に突き出せば、わたしからトーマスを取り上げると——彼はここで指をパチンと鳴らした——脅した。さらに、とにかくあんなに費用がバカ高い園にトーマスを入れておくなんて、わたしがどうかしているとつづけた。わたしにたいして、いったい自分を何様だと思っているのかと聞いてきた。わたしたちのことを、いったいなんだと思っているのかと。

　わたしが心のなかである決断を下したのはまさにそのときだ。わたしはだまり込み、かすかにほほえんでいたかもしれない。それ以上はなにも言わずに、そこから歩き去った。車に乗り込むと、北に向けて車を走らせた。バックミラーは一度ものぞかなかった。それから、ポートリッチモンドの家を売ってくれた不動産仲介業者に電話して、家を売却する意向を伝えた。そして、スプリング・ガーデン・ディスクールの園長先生に電話をかけて、沈んだ声でトーマスを退園させなければならなくなったと告げた。これは、トーマスにとってもわたしにとっても、心が引き裂かれるできごとだった。

　翌日、兄弟がミセス・マーンの自宅上のアパートメントから引っ越すことになった同僚に話しかけた。彼が引っ越しを手伝わなければならないとぼやいているのを耳にしたのだ。そして、保育関係のウェブサイトに融通のきくベビーシッターをベンサレム周辺で募集中というお知らせを出した。

　サイモンには引っ越し先を告げなかった。わたしになにか言いたいことがあるのなら、職場にくればいい。それに、トーマスに会いたくなったら、小切手をまた送ってくれればいいのだ。

　こうして、わたしは一から新しい生活をはじめた。

　それ以来、わたしは自分の足で立ちつづけ、トーマスを守るために多大な犠牲を払っている。わたしの下した決断はおおむね正しかったと思っている。

　それでも、毎日仕事を終えて、息子と顔を合わせるとき、彼の浮かない顔の表情から、ひたすら携帯電話をいじっているベサニー相手にまた退屈と孤独のうちに一日を過ごしたのだということが伝わってくる。そんなとき、正直なところわたしの気持ちもぐらつく。

　いま、わたしが夕食の準備をするあいだ、トーマスは廊下の奥に引っ込んでいる。

　食事の時間になると、わたしは彼が部屋で、去年園から持ち帰った厚紙の裏に、大きくて明るい色のなにかを描いているのに気づく。

　わたしは黙々と作業に没頭する彼をしばらく眺める。

「なにをしているの?」ようやくわたしが尋ねると、彼は作品を見せてくれる。

「アシュリにあげる絵だよ」

「アシュリって?」

「アシュリおばさんだよ。明日の」

　わたしは青くなる。

　明日は感謝祭ではないか。その事実がじわじわと迫ってくる。

　トーマスはわたしの戸惑いを察知したのか、心配そうにこちらを見上げる。

「ぼくたち行くんでしょ」質問というよりも、宣言に近い口調だ。

　ようやくわかったのだが、その絵に描かれているのは七面鳥となにかの缶詰——豆とかトウモロコシとか——だ。わが家では最近野菜はおもに缶詰でとっていることに、いたたまれない気持ちになる。

「もちろん」わたしは返事をする。

声がふるえる。トーマスがわたしの不安に気づくかもしれない。

でも彼は満足げにうなずいている。

「よかった」彼はいまやご機嫌だ。ほっとして作業を再開する。お楽しみが待ち受けていることが、よほどうれしいようだ。

それから、彼はまた顔を上げる。なにを聞かれるかはわかっている。

「パパも来る？」

部屋の空気がさっと変わる。今年になってもう千回ぐらい答えた気がするが、パパは来ないのだとわたしは息子に告げなければならない。

翌朝はずっと落ちつかない気分でいる。わたしは気力を相当ふり絞らないとオブライエン一族の集まりには行けない。ましてや、今回はわたしが来るだなんて思われていない会に出席するのだ。昨晩、アシュリに電話して、わたしとトーマスが行くことを伝えようかとも思ったが、突然訪問したほうが効果的だと考え直した――とくにボビーと話したいのなら。彼には五回もメッセージを送ったのにまったく返信がないので、避けられているのだと確信した。親戚とさっと顔を合わせて、ケイシーのことを聞いて回ったら、そのままあとくされなく退散すればいい。

「ママ、どうしたの？」わたしがキッチンでバタバタしているので、トーマスが聞いてくる。

「泡立て器が見つからないの」

最近よく思うのだが、トーマスの子ども時代はあっという間に過ぎ去ってしまう。でも、それはわたしが経験したものより、あらゆる面でいいものにしなくては。「お菓子づくり――そういえば、トーマスはまだ一度もお菓子をつくったことがない」たとえば、そんなことをあせって考える。そして、お店に駆け込む。

今日わたしたちは一緒にブラウニーをつくっている。だが、問題はわたしがブラウニーは焼いたことがないということで、最初の分は焼きすぎて失敗して、パリパリになってしまった（律儀なトーマスが気をきかせてそれをほおばり、おいしいと言ってくれた）。

二度目はうまくいく。

ところが、ブラウニー騒動ですっかり遅くなってしまったので、わたしたちはあわてて車に飛び乗り、制限速度超過のスピードで飛ばしてオルニーへと向かう。

子どものころ、わたしたち姉妹はいとこのアシュリとは仲がよかった。彼女の母親のリンおばさんはジーの末の妹だが、年の差が二十歳あるので、ジーよりも母さんと年が近かった。リンおばさんとアシュリが住む家は、わたしたちの家の一ブロック先にあって、アシュリはわたしたちと同じ教区立学校、ホーリー・リディーマー校に通っていた。ケイシーのせいでわたしたちふたりが退学させられるまでの話だが。アシュリは若くして、十九歳で出産した。そのことにだれも驚かなかったが、娘の素行の悪さが目に入らないリンおばさんは別だった。それでも、わたしはアシュリなら大丈夫だと思った。実際に彼女はその後、人生を立て直した。母親に子どもの面倒を見てもらい、夜間学校に通って看護の学位を取得した。二十代なかばで、建築現場で働くロンと出会い結婚した。その後の三年間で立て続けに三人の子どもに恵まれ、オルニーにある、小さな裏庭がついた広い家に引っ越した。

わたしはアシュリのことはきらいではない。なんとなく、ケイシーがもし別の人生を歩んでいたらどうなっていたかを彼女の姿に重ね合わせている。ふたりは同い年で、音楽や服の趣味も同じなら、たちの悪いユーモアのセンスもそっくりだった。子どものころ、同じ友達グループに入っていた。オブライエン一族のなかでは、わたしはアシュリだけはどうしているか気になるので、たまに連絡する。でも、わたしと同じくアシュリも仕事に子育てに大忙しだから、電話をかけてもほとんど出てもらえない。

わたしは車を停める場所を探すのに手間取る。ようやくトーマスとふたりでアシュリの家の玄関前の踏み段にたどり着くと、にぎやかに歓談する人の声が聞こえてくる。玄関ドアの向こう側のリビングに、わたしがもうずっと会っていない人たちが大勢集まっているのだろう。

オブライエン一族が気に入らない相手をこき下ろすときに好んで使う表現がある――〝あいつは俺たちより上等だと思っていやがる〟。ここ何年か、わたしがそう言われているのではないかと内心びくびくしている。

アシュリの家の玄関に立っていると、子どものときの内気さがよみがえってくる。そのようすに気づいたトーマスがわたしの脚にまとわりつく。彼は背中にアシュリのために描いた絵を丸めて隠し持っている。ブラウニーを入れたトレーがわたしの手のなかでぐらぐら揺れる。

わたしは玄関のドアを開ける。

室内ではオブライエン一族がしゃべったり、わめいたり、プラスチックの赤い取り皿にのせた食べ物を味わっている。酒飲みはビールを持ち、酒を飲まない者はコーラやスプライトを手にしている。あたりにはシナモンと七面鳥のにおいが充満している。

そこにいる人全員が動きを止め、こちらを見る。かしこまって軽く会釈をする者がいる。年配の、こわいもの知らずの親戚がふたり、わたしたちのところまで来てハグをする。ジーの弟のリッチおじさんがいる。わたしに気づいて手を振ってくれる。わたしが会ったことのない妻かガールフレンドと一緒だ。いとこのレニーとその娘がいる。その娘はわたしよりも十歳ぐらい年下だ。彼女の名前はなんだったか思い出せない。子どもたちが何人かかたまって、玄関のドアを走り抜け、トーマスがうらやましそうな顔を向けるが、わたしの脚から離れようとしない。

地下室からアシュリが上がってきてわたしに気づき、立ち止まる。

「ミッキーなの？」部屋の向こう側から声をかける。ビールを二杯手に持ち運んでいる。

「こんにちは」わたしは挨拶する。「わたしたちお邪魔じゃないかな。直前になって今日は非番だと気づいたものだから」

わたしは彼女にブラウニーを差し出す。手土産だ。

アシュリははっとわれに返る。

「もちろんよ。さあ入って」

わたしは両手がふさがっている。ひざでトーマスを軽くつつき、家のなかに入るよううながす。彼が敷居をまたぎ、わたしもそれにつづく。

アシュリがこちらにやってきて、わたしたちの目の前で立ち止まる。トーマスを見下ろす。「大きくなったね」

トーマスはなにも言わない。わたしには、彼が手に持っている厚紙を差し出そうとしているのが見えるが、気が変わって引っ込めてしまう。

「お手伝いしようか？」わたしが聞くのと同時に、アシュリが「ジーおばさんも来るの？」と尋ねる。

「来ないと思う」

アシュリはキッチンのほうを見てうなずく。「こっちは間に合ってる。食事をどうぞ。わたしはすぐに戻るから」

五歳か六歳ぐらいの男の子がトーマスのところにやってきて、〝アーミーガイ〟が好きか尋ねる。トーマスは「うん」と答えるのだが、それがなんなのか、ほんとうにわかっているかどうかはあやしい。

それから、ふたりは地下室へと姿を消す。そこから戦争がおこなわれているらしい騒音が漏れてくる。親戚たちがまたしゃべりだす。いつものことだが、わたしはオブライエン一族の集まりでひとりぼっちになる。

なにげないふりをして、しばらくアシュリの家のなかをうろつく。なぜ一家がオルニーに越したのかよくわかる。このあたりの家は古くて大きい。わたしが育った集合住宅の二倍の広さだ。凝った造りではないし、付近の通りは雑然とした雰囲気だが、六人家族であればこういう家を欲しがるだろう。家具は年季が入っているし、壁はほとんどむきだしの状態だが、意外にも各部屋の入口の上にはカトリックの小学校でよくあるように十字架が掲げてある。最近アシュリは宗教に目覚めたらしい。

わたしは親戚に会釈したり、挨拶をしたりする。ハグをしてくる人にはおずおずと応じる。わたしはハグはあまり得意ではない。子どものころは、ケイシーがいてくれたおかげで、こういう集まりに参加してもなんとか正気でいられた。ケイシーはどんなパーティーでもうまく立ち回り、からかわれたりひどいことを言われても受け流したり、上手に応酬したりしていたが、そこにはいつも笑いがあった。ティーンエイジャーになると、わたしたちはいつも部屋の片隅に陣取って一緒に座り、食べ物をほおばりながら、一族のだれかがおかしな言動をすればたがいに目配せしあって、あとでこそこそ笑っていた。後日たがいに交換できる話をとっておき、その年ごろの女の子特有の残酷さと創造性を発揮して一族の者を分類した。

家のなかを歩いていると、あるイメージがわたしの頭にしきりに浮かぶ。もし妹が別の人生を歩んでいたら、いまごろどうなっていただろう。大人になってからというもの、妹はほとんどまともな生活を送っていないのだが、数少ないそんなときの彼女のようすを思い浮かべる。妹は炭酸飲料を飲んだり、だれかの赤ちゃんを抱っこしたり、小さなクッションを床に敷いて座っていたりする。犬をなでている。子どもと遊んでいる。

わたしは裏口から、肌寒い芝生の裏庭へと出る。となりの敷地との境界を示す木の柵に囲まれたスペースだ。

そこに彼がいる。いとこのボビーが、彼の兄と別のいとことにはさまれて立っていて、タバコを吸っている。

ボビーはわたしを見てまばたきをする。

「よう、彼女のおでましだ」わたしが近づいていくと、彼がそう言う。

わたしが最後に会ったとき以来、ボビーはまた一段と太った。そもそも身長は一九〇センチもある。四歳年上の彼に、わたしはいつもおびえていた。子どものころ、オブライエン一族のだれかの家の地下室で、彼はわたしとケイシーをよく追い回していた。いろいろなものを武器として振りかざしたが、ケイシーはよろこんでいたものの、わたしはこわくてたまらなかった。

今日の彼はあごひげを生やし、フィラデルフィア・フィリーズの野球帽のつばを上に向けてかぶっている。彼の右側には兄のジョンが、左側にはいとこのルイがいるが、ふたりはわたしにはそれほど関心がないようだ。わたしがだれなのか、わかっていないかもしれない。

今朝、わたしは着ていくものを慎重に選んだ。少しドレスアップして、この集まりに敬意を表したほうがいいのか、それともそんなことをすればオブライエン一族にまたお高くとまっているだとか、変わっていると思われるかもしれないなどと考え、頭を悩ませた。結局、フィットするがタイトではないグレーの長ズボン、白いボタンダウンシャツ、底が平らになっている歩きやすい靴という、休みの日の定番スタイルに落ちついた。髪をブラッシングしてポニーテールにまとめ、三日月の形をしたシルバーのイヤリングをつける。これは二十一歳の誕生日にサイモンからプレゼントされたもので、そのため何度も捨てようかと思ったのだが、とてもかわいいので捨てられなかった。わたしはアクセサリーをあまり持っていない。自分がきれいだと思っているのに、腹いせに捨てたりするのはしのびない。

「かわいこちゃん、ご機嫌いかがかな？」わたしがこぢんまりした芝生の庭を歩いて近づくと、ボビーが声をかける。猫をかぶったような声だ。

「まあまあね。あなたは？」

「絶好調だぜ」ボビーが答える。ほかのふたりもなにやら同じようなことをつぶやく。

三人ともタバコをふかしている。

「一本もらってもいい？」もう何年もタバコは吸っていない。サイモンと過ごしたとき以来だ。サイモンはつきあい程度でタバコを吸った。わたしは彼がたまにタバコをやるときに、一緒に吸っていた。

ボビーがぎこちない感じでごそごそタバコの箱を探す。わたしは彼の一挙手一投足に目を光らせる。呼吸がいつもより速くなっていないか？　でもそれは外にいて寒いからだろう。わたしがケイシーのことを尋ねるメッセージを彼が無視する理由はわからないが、彼の今日の態度には、わたしを落ちつかなくさせるなにかがある。

どこか人目につかない場所で少し話せないかボビーに聞いてみようと思ったが、警戒されるかもしれない。それで、できるだけさりげなく、「あのさ、メッセージ送ったよね？」と尋ねる。

「わかってる」ボビーが差し出した箱からタバコが一本飛び出している。わたしはそれを受け取る。

「わかってる」彼は繰り返す。「返事をしていなくて、すまない。ちょっと聞いて回ってるんだ」

　彼がライターを差し出すので、わたしはその前に立ち、タバコに火がつくまで息を吸い込む。

「ありがとう。ケイシーのことなにか聞いてる？」

　ボビーは首を振りながら「なにも」と言う。ジョンとルイが彼のほうを見る。

「妹がいなくなったんだ」頭をわたしのほうに向けながら言う。「ケイシーだ」

「なんてこった」ジョンが言う。彼はボビーよりも年上だが、背は低い。ジョンのことはよく知らない。わたしが子どものころ、彼はすでに大人みたいだった。ジョンとボビーがつるんで悪さをしたといううわさは近所でよく聞いていたが。

「それは気の毒に」ジョンが言う。わたしは彼のようすを観察する。

「ありがとう」もう一度言う。そして、ボビーに「ケイシーと最後に話したのはいつ？」と尋ねる。

　ボビーは思い出そうとして空を見上げる。「あれは……なんてこった、ミッキー、わかんねえ。あいつのことは、このあたりのそこいらで見かけてるし、先月だって姿を見たかもしれねえ。でも、あいつと直接話したのは一年以上前だ」

「わかった」わたしは言う。

　わたしたちはそろってタバコを吸う。外は冷える。みなの鼻先が赤くなっている。

　伝統的に、オブライエン一族の集まりでは、依存症の話はしないという暗黙の了解がある。一族の多くのものが、なにかしらに依存している。ケイシーは極端な例だが、ほかの親戚たちも程度の差はあれ依存状態に陥っている。〝ジャッキーは調子がよくなってきたみたいだ〟〝ああ、そうみたいだね〟という程度の会話なら交わされるのだが、あからさまな言い方や、特定の問題や症状への言及は失礼だとみなされる。今日のところは、わたしはこのルールを破ることにする。

「最近あの子はだれから麻薬を買ってるの？」わたしはボビーに尋ねる。

　ボビーは顔をしかめる。心底傷ついたという表情がその顔にふっと浮かぶ。

「あのさ、ミッキー」

「なに？」

「俺がそういう世界から足を洗ったって知ってるよな？」

「そうだったっけ？」

　ジョンとルイが身体をそらす。

「どうしたら信じられる？」わたしが言う。

「とにかく、俺のことを信じてくれよ」

わたしはタバコを吸い込む。「信じられないわけじゃないけど。でも、あなたの逮捕記録のほうが信頼できるかも。なんならいまわたしの携帯電話で見せてあげることもできるけど」

　自分でも驚く。なりふりかまわず一線を越えようとしている。やけくそになっているのだ。ボビーの顔がくもる。正直なところ、わたしは携帯電話に逮捕記録を表示する権限など持っていない。でも、彼にはそんなことはわからない。

「あのな」彼が言いかけたところで、聞きおぼえのある声が響きわたる。ジーが船の汽笛《きてき》みたいだと言っていたあの声。

「あらあ、ミッキーじゃない？」リンおばさんがわたしを見つけて声をかける。アシュリの母親だ。「あなたミッキーでしょう？」

　そして、しばらくボビーとの会話はお預けとなる。わたしはおばさんのほうを向き、彼女がわたしに最近どうしていたかと尋ねたり、世の中が物騒になっているとこぼしたり、わたしが仕事で危険な目に遭わないよう願っていると言ったりするあいだ、話を聞いているふりをする。

「おばあさんはどうしてる？」リンおばさんが尋ねる。

わたしは答えようとするが、彼女が先をつづける。

「そういえば、ついこのあいだ会ったばかりだわ。アシュリがわたしのために開いてくれた誕生日パーティーに来てくれたのよ。楽しかったわ。わたし、五十五歳になったの。信じられる？」

アシュリがその日、にんじんケーキを焼いてくれただとか、アシュリはクリームチーズのフロスティングがきらいだから、かわりにバニラをのせただとか、リンおばさんが延々と娘について話すあいだ、わたしはひたすらうなずいている。でも、わたしの意識はすべて、左側に向けられている。そこには、三人のいとこたちが、少し場所をずらしたものの、あいかわらず立っている。わたしには理解できない、意味ありげな視線を交わしながら。ルイがなにやらひそひそ話して、ボビーがわずかにうなずいている。

サイモンによくからかわれたものだ。わたしが周囲の会話に気をとられて、彼の話をまともに聞いていないと彼はかならず勘づいた。「きみは詮索好きだよね」と言われた。それにはわたしも反論しなかった。わたしの並外れた周辺視野と盗み聞きする能力は、パトロール中にもおおいに役立ってくれている。

だれかが大皿を持って通りかかったので、リンおばさんは来たときと同じように挨拶もせずに唐突にいなくなる。

キンキン響く声で、「あなたにあれを取ってきてあげるわ」と言うと、どこかに姿を消す。

わたしはゆっくりといとこたちのほうに向き直る。すでに話題は別のことに移っている。いまフィラデルフィアで注目を集めている話題。フィラデルフィア・イーグルスがこのところ思いがけず連勝していて、スーパーボウルでの勝利も夢物語ではなくなっている。

わたしが振り向くと、彼らは静かになる。

「あとひとつだけ質問させて」わたしは口を開く。

「姿を消す直前、ケイシーはコナーという男とつきあっていたらしい。苗字はわからない。でも、ドックという名前で呼ばれているみたい」

三人の表情があからさまにさっと変わる。

「まじかよ」ルイが小声でつぶやく。

「その男のこと知ってるの？」わたしはとりあえず質問するが、彼らが知っているということは火を見るよりも明らかだ。

ボビーはけわしいまなざしをわたしに向ける。

「いつからつきあってる？　どれぐらい一緒にいたんだ？」

「わからない。どれだけ真剣な関係だったのかも。でも、八月の時点で一緒にいたことはわかってる」

ボビーは首を振る。

「あいつはろくなやつじゃねえ。やっかい者だ」

ほかのふたりのいとこも、もごもごとそれに同意する。わたしは一瞬言葉につまる。

「どんな風に？」

ボビーは肩をすくめる。「さあな」

そして、先をつづける。「あのな、どういうことなのか事情を探ってみるけど、いいか？　俺はそういう世界とは縁を切ったが、まだ知り合いがいるからな」

わたしはこくりとうなずく。表情から、彼がこの役目を真剣にとらえていることがわかる。彼にとってはケイシーは家族も同然で、彼女を守ることが彼の新たな使命になったのだ。

「ありがとう」

「お安い御用だ」ボビーが答える。

彼は意味ありげにわたしの目を見つめる。そして、立ち去る。

家のなかに戻ってトーマスの姿を探すが、見当たらない。いつまでたっても見つからないので、心配になる。そこへ通りかかったアシュリの肩に触れると、彼女はびっくりして振り向き、手に持ったワインをこぼす。

「ごめんなさい」わたしはあやまる。「トーマスがどこにもいないの。見かけなかった？」

「二階よ」アシュリが答える。

　わたしは薄い平織のカーペットで覆われた階段をのぼり、二階へ行く。部屋のドアを次々と開けていく。バスルーム、クローゼット、アシュリの下の男の子ふたりが共同で使っているとおぼしき、シングルベッドがふたつ並んだ部屋。壁紙が紫色で、壁にイタリック体のCの文字が飾ってある部屋はアシュリのひとり娘、チェルシーのものだろう。三つ目の部屋はアシュリの長男が使っているらしい。

　そして、最後にアシュリとロンの寝室に足を踏み入れる。部屋の隅ではラジエーターがカタンカタンと音を立て、ほこりっぽいが不快ではないにおいを漂わせている。中央には天蓋つきベッドが置いてあり、すぐそばの壁に一枚の絵が飾られている。絵のなかでイエス・キリストが幼子《おさなご》ふたりの手を取っている。三人は光り輝く水面へとつづく道に立っている。

〝さあ、ともに歩きましょう〟キリストの足元にはそう書いてある。

　絵に見とれていると、右手のクローゼットからカサコソ動く音がする。

　わたしはクローゼットに近寄り、扉を開ける。するとそのなかで、息子がほかの男の子たちと一緒になって隠れている。かくれんぼをしているらしい。

　男の子たちが一斉に「シーーッ」と言う。

「わかった」わたしは口だけ動かして伝えるとドアを閉め、そっと部屋から出る。

　一階に戻ると、料理が並べてあるテーブルから取り皿に食べものをどっさり取る。そして、リビングにひとりで立ち、メイシーの感謝祭パレードを映し出している隅のテレビにたまに目をやりながら、料理をがつがつと、うしろめたさをおぼえながら食べる。わたしのまわりでは、子どものときに聞いて以来久しぶりに耳にする、かしましい話し声が高くなったり低くなったりしてうねっている。わたしたちはたがいに家系図という樹から伸びる枝でゆるやかにつながっているが、最近ではそのつながりもまばらに、希薄になりつつある。わたしのすぐそばでは、年配の親戚のシェーンが昨晩どれだけカジノで儲けたかを自慢している。派手に咳き込んだり、うしろに手を回して背中を掻いたりしながら。

アシュリがリビングに姿を現し、そのあとにロンがつづく。四人の子どもたちは両親の背後でもじもじしている。そこにいるよう言いつけられているのだろう。

アシュリが口を開く。「みんな、ちょっといいかしら？」

それでもいっこうに静かにならないので、ロンが指を二本くわえて口笛を吹き、合図する。

わたしはちょうど口にフォークを運ぼうとしている。はっとして、それを下げる。

「おやおや、教会の時間だよ」シェーンがつぶやく。

アシュリがシェーンをじろりとにらむ。「こちらに注目を。時間はそんなにかからないから。みなさんを愛しているということをお伝えしたくて。それに、今日ここにみなで集まれたということにも感謝を」

ロンがアシュリと、うしろにいる子どもたちの手を取り、重ね合わせる。

「ご迷惑でなければ」ロンが口を開く。「いまからわたしたちに祈らせてください」

わたしは周囲を見回す。そこにいるだれもがうさんくさそうな表情を浮かべている。強いて言えば、オブライエン一族はカトリックだ。だが、信仰心の度合いはさまざまだ。年老いたおばたちのなかには、週に何度もミサに参列する者がいる。一族の若い世代の多くは、まったく教会に足を向けない。わたしの場合は、イースターやクリスマスにはたいていトーマスを教会に連れていき、気分が落ち込んでいるときもお世話になっている。だが、思い出せるかぎり、子ども時代の感謝祭の集まりで親戚一同が祈りを捧げたことなど一度もない。

ロンがはげあがったこうべを垂れて、祈っている。部屋全体がしんと静まる。彼の感情が高ぶり、腕の立派な筋肉がこわばる。わたしたちがこれから口にする食事に、今日この場に集う親戚に、すでにこの世を去った親戚に感謝を述べる。家があって仕事があり、子どもたちがいることに感謝する。この国の指導者に感謝して、彼らが最善を尽くしてその任に当たれるよう祈る。わたしはロンのことはよく知らない。アシュリが結婚した年に結婚式も含めて四回ぐらい会っただけだ。でも、しっかり者で、よく働き、冗談が通じず、もし話す機会があれば、さまざまなことについてはっきりした意見を聞かせてくれるタイプの人だという印象を持っている。彼の出身はフィラデルフィア南西部に隣接するデラウェア郡なのだが、一族のなかではよそ者とみなされている。そのため、ある程度の敬意は払われるものの、おそらく完全には信用されていないという特殊な立ち位置にある。

ロンの祈りが終わると、次々と「アーメン」という声が聞こえてくる。知ったかぶりをした親戚が「素晴らしい食事、素晴らしい肉、素晴らしい神に感謝してさあ食べよう」と声に出して言う。

ジーの弟のリッチおじさんがビールを持ってやおらわたしのとなりに現れる。いったいどこから湧いて出たのだろう。

「ここでおまえと会えるとはな」おじさんはジーンズを穿き、イーグルスのジャージを着ている。ジーとそっくりだが、身体は大きい。ほかの年配の親戚と同じく、おしゃべりで、冗談を好み、自分のジョークに笑えとひじでつついてうながすような人だ。

　わたしはうなずく。「ええ、来ました」

「腹が減ってるみたいだな」わたしの取り皿を見て、おじさんが言う。「俺は腹回りに気をつけないといけないから」そう言って、ウインクする。

　わたしは力なく笑う。

「新しい家はどうだ？　おまえのばあさんから引っ越したと聞いてな。いまはベンサレムだよな？」

　わたしはうなずく。

「謎の男とな。図星だろ？　さては、ボーイフレンドと暮らしているな。親戚に隠しごとはできんぞ」

　彼はちょっとからかっているだけだ。それはわかっている。わたしはだまっている。

「いつかその男も連れてこいよ」

「だれともつきあってない」

「ちょっとカマかけただけだ」おじさんが言う。「なあ、そのうちいいやつが見つかるさ」

「見つからなくたっていい」

　わたしは自分の取り皿に向き直る。皿にのった食べものすべてをちょっとずつフォークでつつく。こうすれば、ひと口ずつしっかり嚙んで食べることができる。でも、そうしようとするのだが、やたらと時間がかかってしまう。目の前の取り皿に集中するのが不意にむずかしくなったからだ。

　リッチおじさんはめずらしくそれ以上なにも言ってこない。

過去

妹の抱える問題をサイモン・クレアにはじめて打ち明けて以来、わたしたちは警察運動協会の外でも会うようになっていた。

その夏は週末になるとわたしは図書館や公園やレストランに出かけた。サイモンがそこならだれかに見られる心配がないと感じる場所ばかりで、彼はあとからわたしと合流した。わたしは十七歳だった（サイモンは「だれにも誤解されたくないから」と言っていたが、当時のわたしはそのことじたいにスリルを感じていた）。ときどきセンターシティにある独立系の映画館に映画を観にいったが、その帰りにサイモンはわたしをセカンド・ストリートとマーケット・ストリートの交差点にあるエル線の駅まで歩いて送りながら、映画の筋書きや俳優について芸術的に素晴らしかったところや、もの足りなかったところをわたし相手に話していた。デラウェア川に突き出している桟橋に行くこともあった。その桟橋は何十年と使われておらず、すでに老朽化していて、安全ではなさそうだったが、たいてい人気《ひとけ》がなかったので、わたしたちはその突端に座って対岸のカムデンの街を眺めた。そういう場所に最初に到着するのはいつもわたしだった。サイモンはあとからすぐにやってきた。ケイシーのことで新たな展開があるたびに、サイモンはわたしの話にじっと耳を傾けたので、彼女のことならなんでも知っていた。

はじめて麻薬を過剰摂取してから一週間もたたないうちに、ケイシーはまたしょっちゅうこっそり抜け出すようになった。わたしたちはまだ同じベッドで寝ていたから、そういうときわたしはかならず気づいていた。毎回「行かないで」と妹を説得しようとした。ジーに言いつけると脅すこともあった。だが、わたしが心配だったのは、ケイシーが自分にすることよりも、ジーがケイシーにすることのほうだ。とくに、ジーはケイシーを家から追い出すのではないかとおびえていた。もしそんなことになれば、わたしたちはそれぞれどうなるのか、わたしには想像もつかなかった。

「ここにいて」わたしはよくそうやって小声で話しかけた。

「タバコがいるから」ケイシーはそう答えた。そして、それから何時間も戻らなかった。

　そういうことがたびたびあった。ケイシーの状態はたちまち悪化した。つねにぼんやりして目をらんらんと光らせ、頬は赤くほてり、しゃべり方もゆっくりになってろれつが回らず、彼女のあの素晴らしい笑い声が響くことは滅多になくなった。そんな彼女の姿を見て、わたしは彼女の目の前でバチンと手をたたいてやりたくなる衝動に何度も駆られた。ぎゅっと抱きしめて、彼女の身体のなかから、人生を台無しにするようそそのかす闇の力をすっかり絞り出してしまいたいと思った。明るい性格のわたしの妹、頭の回転が速くて、あちこち走り回り、いつもエネルギーに満ちあふれていたケイシーがなつかしかった。激しく燃えさかる小さな火の玉みたいだったティーンエイジャーは、いまやいつ明けるともわからない漆黒の闇のなかをさまよっているかのようだ。

　わたしがどれだけがんばってケイシーの素行を隠そうとしても、ジーの目をあざむくことはできなかった。わたしたちの祖母はお見通しだった。彼女はケイシーの持ち物をよく調べていたのだが、あるときついにケイシーが隙を見せた。それで、ジーは百ドル札の束を見つけた。ケイシーはフランとポーラのマルーニー兄妹と一緒に、副業として麻薬取引にも少しかかわっていたのだ。そのお金はジーにとってはじゅうぶんすぎる証拠だった。わたしが恐れていたとおりに、ジーはケイシーを家から追い出した。

「ケイシーはどこに行くの？」わたしはジーに尋ねた。

「そんなの、あたしの知ったことかい」ジーは不敵で恐ろしい目つきをしている。

「あの子、まだ十六歳だよ」わたしは訴えた。

「そうさ、もう分別のついた年ごろだね」

もちろん、一週間後にケイシーは舞い戻った。だが、このパターンは繰り返された。そして、ケイシーの状態はよくなるどころか、悪化の一途をたどった。


そういうできごとのすべてを、わたしはサイモンに会うたびに打ち明けた。そうすることで、少しは胸のつかえが取れた。この世の中にわたし以外にもケイシーが薬物依存に陥る過程を把握して、事態の進展を追い、話にじっくり耳を傾け、筋が通った大人のアドバイスだと思えることを言ってくれる人がいる。

「ケイシーはきみを試しているんだ」彼は自信ありげに言った。「まだ子どもなんだよ。いずれ成長するさ」

それから彼は頭をわたしのほうに少し傾け、告白した。「ぼくにもそういう時期があった」

いまはクリーンな状態だと彼は言った。ズボンの裾をまくり、わたしに見せてくれた。彼のたくましい右ふくらはぎの裏には大きな〝X〟のタトゥーがあった。それは麻薬を断ったことのしるしだった。当時彼は依存症患者のための集会には顔を出していなかったが、決して気を抜くことはなかった。ふたたび依存に陥らないともかぎらないと知っていた。

「ずっと気を抜けない」サイモンが説明してくれた。「そこがやっかいだ。つねに不安につきまとわれるんだ」

正直なところ、それを聞いてわたしはほっとした。しっかりして、頭がよくて、誠実で、世慣れていて、いい父親でもあるサイモンのような人が、昔はケイシーみたいだったなんて。それで、いまではすっかりよくなっている。

そのときはだれも――ケイシーですら――わたしがそうしてサイモン・クレアと一緒に過ごしているということは知らなかった。ケイシーが家にいるときは、わたしたちは同じベッドで寝ていたが、それぞれが秘密を抱えていた。わたしたちのあいだには境界線が引かれ、溝は日増しに大きくなった。

ケイシーは学校に行かなくなった。そのことをジーにはだまっていた。それに、予算不足に苦しみながら、困難に直面する生徒を大勢抱える学校側も家庭への連絡を怠った。

わたしもだまっていた。あいかわらず、わたしにとっていちばん大切なことはケイシーをジーの家にとどめておくことだったから、自分は知っていてもジーには言わなかった。いまでも、それが正しいことだったのか、わたしにはわからない。

それでも、わたしは妹を愛していた。それに、当時、わたしたちの心がやさしく触れ合う瞬間がまだあった。ケイシーは気分が落ち込んだり、ハイになったりすると、家に戻ってきてハグを求めた。家にいるときはわたしのとなりに座りたがった。わたしにもたれかかり、わたしの肩に頭を乗せて、ふたりで一緒にテレビを観た。わたしはよくケイシーに髪の毛を二本の三つ編みにしてほしいと頼まれた。わたしが髪の毛を編むあいだ、わたしの両脚のあいだに収まった彼女は、テレビの映像にたいして、投げやりな感じで笑えることを言っていた。そんなときでさえ、ケイシーはまだわたしを笑わせることができた。彼女の呼吸はゆったりとして、わたしの手のなかの彼女の頭はずっしり重かった。そういうとき、わたしは妹にたいして母性愛に近いものを感じた。トーマスがいるいまなら、それがなんだったのかわたしにはわかる。

　そんなとき、わたしはケイシーにお願いだから立ち直ってほしいと正面切って伝えた。涙ながらに。ケイシーからは「立ち直るよ」だとか、「約束する」だとか、「よくなるから」という返事が返ってきた。でも、そう言いながらケイシーはわたしの目を見ていなかった。床だとか、近くの窓の外だとか、視線はいつもどこか別のところをさまよっていた。

　高校の最高学年に上がると、わたしは出願する大学を絞りはじめた。どの大学に行こうか考えているときだけは、普段苦しめられている心配ごとをしばらく忘れていられた。ついに脱出を決行するときがやってきた。逃げおおせることができれば、自分で人生を切り拓き、妹を助けることができる。ホーリー・リディーマー校で、シスター・アンジェラ・コックスに、わたしの頭脳をもってすれば、なんでもなりたいものになれると言われたその日から、わたしがずっと夢見てきたことだ。

　ジーに頼れないということはわかっていた。わたしが頭がいいだとか、よくできる生徒だとだれかにほめられると、ジーはきまってうさんくさそうな態度を取った。「あいつら、あんたをはめようとしてるよ」一度など、眉をひそめてわたしにそう言った。ジーやオブライエン一族の者はそろって実用的な仕事に就くことを誇りとしていた。知的な仕事は――教師のような職業でさえ――一族の者にしてみれば、いささか思いあがったものなのだ。仕事というのは自分の手と身体を使ってするもの。大学など、おめでたいやつだとか、気取り屋のためにあるものだ。

　それでも、わたしは大好きな歴史のパウエル先生に相談したり、高校の〝あまり使えない〟（もう少し理解を示すと〝人出不足の〟）進路指導部に勧められたりして、近隣の大学二校に願書を出した。テンプル大学とセント・ジョセフ大学。公立大学と私立大学に。

どちらも合格した。

合格を知らせる手紙をわたしの担当の進路指導カウンセラー、ヒル先生のところに持っていった。彼はわたしとハイタッチをした。そして、奨学金や政府の無料学資援助の申請書類をどっさりわたしに手渡した。

「これはなんですか？」わたしは先生に聞いた。

「それで大学に進学する費用を獲得できる。親に書いてもらいなさい」

「わたし、親なんていません」そうやってあからさまに包み隠さず言えば、わたしがすべてを自分自身で手配しなければならない身の上だと気づいてもらえるかもしれないという期待を抱いて。

先生は驚いて顔を上げ、わたしを見た。「じゃあ、きみの保護者に書いてもらえばいい。だれがきみの保護者なんだい？」

「祖母です」

「じゃあ、その書類を彼女に見せて」

このときすでに、わたしはのどに塊が込み上げてくるのを感じていた。

「それ以外の方法はありますか？」

わたしの声は小さすぎたのだろう。もしくは、ヒル先生は多忙を極めていたのかもしれない。彼は机から顔を上げなかった。

わたしにはどうなるかわかっていた。それでも、書類一式をそっと腕に抱えてジーのところに持っていった。

ジーはソファに座り、地元のニュースを見ながら夕食のシリアルを食べていた。〝ならず者〟や〝ごろつき〟（一日のこの時間帯に彼女はそういう言葉を頻繁に口にした）の愚行に首を振りながら。

「こりゃなんだい？」わたしが書類の束を差し出すと、ジーが聞いてきた。カシャンと音を立てて、スプーンをシリアルのボウルに入れた。そして、目の前のコーヒーテーブルにボウルを置いた。脚を組んで、ひざの上に足首を乗せた。なにも言わなかった。くちゃくちゃと嚙みながら、すべての書類に目を通した。それが終わると静かに笑いだした。

「どうしたの」わたしは聞いた。

わたしは当時落ちつかない日々を過ごしていた。家では小さくなっていた。そのとき腕を組んだりほどいたりしていたのをおぼえている。腰に手をやったりした。

「ごめんよ」ジーの笑い声がだんだん大きくなった。

「ただね」そう言って、口に手を当て、なんとか気持ちを落ちつけようとしていた。「想像できるかい？　あんたみたいな子どもがセント・ジョセフだって？　あんた、まともにしゃべれないじゃないか、ミッキー。あいつら金を搾り取って、歩道であんたに唾を吐くよ。あんたから奪った金でいい思いをして、あんたを追い出すのさ。それがあいつらの手口だ。もしあんたがその投資からなにか見返りがあると考えてるのなら、あたしゃあんたに橋を売ってやるよ」

ジーは書類をコーヒーテーブルの反対側に押し戻した。書類の何枚かには牛乳がこぼれて染みになっている。彼女はシリアルの入ったボウルを持ち上げた。

「あたしゃその書類は書かないよ」学資援助の申請書類に向かってうなずきながら、ジーはそう言った。「役にも立たない紙きれのせいで、あんたが墓穴を掘るのに手を貸すのはごめんだね」

新年度のはじめにパウエル先生は生徒全員に自宅の電話番号を教えてくれた。聞きたいことがあればいつでも電話しなさいと言って。この頼みの綱にすがるときがあるとしたら、いまがまさにそのときだとわたしは思った。それまで先生に電話をかけたことは一度もなく、番号をダイヤルするあいだ、ひどく緊張していた。

先生はなかなか電話に出なかった。やっと出たとき、背後で子どもの泣き声がした。夕方の五時半か六時ぐらいだった。わたしは夕食どきだと気づいたが、手遅れだった。パウエル先生はふたりの子どものことをいつも愛しげに話していた。男の子と女の子で、どちらもまだ幼かった。

「もしもし？」パウエル先生が言う。急いでいる声だ。子どもは泣きわめいている。「ママ、ママ」

「もしもし」パウエル先生がもう一度言う。ポットがカチャンと鳴る音がする。

「どちらさま？　いま取り込み中で、迷惑なんですけど」

それまで聞いたことのないようなとげとげしい声だった。わたしはゆっくりと受話器を下ろした。もしパウエル先生の家のような家庭に生まれていたら、わたしの人生はどうなっていただろうと思いながら。

それからほどなくして、サイモンのポケベルに連絡を入れた。キッチンの壁に頭を持たせかけて、電話のそばでしばらく待っていた。十五分後に電話が鳴り、わたしはできるだけ素早く受話器を取った。

「だれから？」ジーが大声で聞く。「セールスの電話」わたしは叫んだ。

電話の向こうでサイモンは声をひそめていた。

「どうした。一分しか話せない」

彼と出会って以来はじめて迷惑そうにしている声を聞いた。いらついているみたいだった。わたしは泣きだした。パウエル先生に電話をかけたあとで、あんまりな仕打ちだ。わたしはやさしさを求めていた。

「ごめんなさい」わたしは消え入るような声で言った。

「書類を書いてもらえなくて」

「なんの書類？　だれに？」

「大学の書類。祖母が書いてくれないの。学資援助を受けられなかったら、大学に行けないのに」

サイモンはしばらく押しだまっている。

「桟橋で会おう」ついに口を開いた。「一時間後に行くから」

ふたりで最後に桟橋に行ったのは、まだサマータイムが終了していない時期だった。でも、二月のいま外は凍えるような寒さで、わたしが桟橋に向かったときはすでに真っ暗だった。わたしはジーに友達と勉強してくると言った。ケイシーは玄関に向かうわたしを見て、けげんなようすで眉を吊り上げた。

外に出ると気分がよかった。あの家を出てジーの機嫌の悪さから逃れ、ケイシーがいつか家に戻らなくなるのではとしじゅう頭を悩ます生活から逃避することができて。

とはいえ、それまでサイモンと会うときはそんな風に感じたことはなかったのだが、わたしはひどく落ちつかない気分だった。夏と秋のあいだ、わたしたちは都合がつくときはかならずふたりで会っていた。一緒に出かけても、ふたりの関係はどこまでもプラトニックなものだったが。でも、冬が来て、わたしも学校のことで忙しくなり、サイモンと外で会うことも少なくなっていた。その時点でわたしは十八歳になっていたが、年の割には子どもだった。きっと世間知らずだったのだろうが、その自覚があったことがまだ救いだった。自分と同じ年ごろの若者が（妹もそのなかに入る）とうの昔にセックスを経験済みなのは知っていた。恋愛といえば、自分は想像の世界でしかしたことがないとわかっていた。はずかしながら、当時のわたしはテレビで若い男を見ればその人とどうなるか妄想したり、雑誌の記事を読めば、そのときどきで気になっていた人、たとえば学校で人気の男子や、いろいろな有名人、そして思いつめたようにサイモンのことを思い浮かべ、相手と秘密の逢瀬を重ねるところを想像したりしていた。サイモンのことや彼の気持ちに思いをめぐらせるとき、わたしはふたつの相反する思いを抱いていた。まず、彼はわたしにたいして知的な助言者である以上の興味を持っているのではないかと疑っていた。というのも、わたしがなにか言うと、彼はとにかくよく笑った。たいしておもしろいことを言ったつもりはないのに、彼はときに心の底から、ときにからかうように笑うのだ。それに、わたしが赤面すると、それを見て彼はにやっと笑った。そういう態度はこちらに気のある証拠ではないかとわたしは勘ぐった。それに、彼はわたしが話しているとじっと見つめるのだ。唇にうっすらと笑みを浮かべて、わたしの顔の各部分を検分するようにじっくり眺めていた。さらに、ときどき彼の視線が下のほうにおりていって、わたしの手や首や胸を見ていることにわたしは気づいた。いまも昔も自分がかわいいかどうかは、さっぱりわからない。わたしはいつだって背が高くてやせているし、化粧っ気もない。服装だって地味だ。ジャージなんか滅多に着ないし、髪の毛はたいていポニーテールにまとめている。でも当時はときどきほつれ毛がはねないように、水でなでつけていたが。わたしの顔のどこかに魅力的な部分があるとしても、それに気づく人はかぎられている。でも当時、わたしはもしかしたらサイモンはそれに気づいているのかもしれないと思っていた。彼がわたしの身体に腕を回したときのことを思い出すと、お腹のあたりがドクンとして、身体の奥のほうで衝撃を感じ、温かい電気のようなものが全身をゆっくり駆け巡るのを感じた。そんなことを考えていると、すべては想像の産物にすぎないと告げるもうひとつの声が自分のなかで大きくなった。サイモンはわたしのことを子どもとしてしか見ていない。彼にしてみればわたしは将来のある人間で、興味を持っているにしてもそれは単に職業上のものであって、そこには他人を思いやる気持ちも混じっているかもしれない。それ以外のことを考えるなんて、わたしはどうかしている。

デラウェア大通りと川に突き出す桟橋とのあいだには並木がある。地面は雑草やゴミで覆われている。もうすっかり暗くなっていたので、わたしは腕を前に突き出しながら歩いた。ふと、危険なことをしているのではないかという気がしてきた。以前ここでサイモンと落ち合ったとき、ほかにも人がいたことが何度かあった。ほとんどは犬の散歩をしている人だった。でもあるとき、ホームレスの老人に出くわしたことがあったのだ。わたしが桟橋に到着したとき、彼はなにやらわめいていた。いかれた目つきでわたしを見ると、にやっと笑った。そして、手で卑猥なしぐさをして見せた。そのときわたしはデラウェア大通りまで引き返し、そこでサイモンが来るのを待った。

でも、今日はもう暗いうえ、寒いからだれもいないとわたしは踏んでいた。木立を通り抜けると、読みが当たったことがわかった。でも、静かな桟橋にひとりきりでいても、いくらか気がまぎれるかどうかはわからなかった。

桟橋の突端まで歩いていくと、そこに腰を下ろした。上着をぴっちり身体に巻きつけた。ベンジャミン・フランクリン橋がライトアップされており、その光が水面に反射して、赤と白のビーズが連なるネックレスのようだった。

十分ほどすると足音が聞こえた。振り返ると、ポケットに手を入れて、悠々とこちらにやってくるサイモンの姿が見えた。彼は警官の制服を着ておらず、まったく別の服に身を包んでいた。裾のところで折り返したジーンズ、黒いブーツ、ウールの帽子にムートンカラーの革のジャケット。非番のときはいつもこの格好だ。わたしが座っているところから見上げると、いつにも増して長身でたくましく見えた。

彼はわたしのとなりに腰を下ろした。ふたりの両脚が木の桟橋から垂れ下がった。

　彼はなにか話す前に、両腕をわたしの身体に回した。

「気分はどう？」顔をこちらに向け、わたしを見つめながら彼は言った。わたしのこめかみに彼の息がかかり、彼の唇の温かさが感じられた。わたしはぞくっとふるえた。

「あんまりよくない」わたしは答えた。

「なにがあったのか話してごらん」彼はそう言った。いつものように、わたしは彼に打ち明けた。


　その晩サイモンは警官になることを真剣に考えてみてはどうかとわたしにアドバイスした。いまでは年齢要件が二十二歳以上になっているが、当時は十九歳以上だったのだ。

「いいか。おばあさん相手に戦うことだってできるかもしれない。自分は独立していると宣言して、自分で書類を記入することだってできるかもしれない。でもそれまでに時間がかかるんじゃないかな」

「それまでどうすればいいの？」

「そうだな、どこかで働くとか。コミュニティカレッジで勉強するとか。いずれにせよ、信用されるようにならないと。

　でも」サイモンはその先をつづけた。「きみならうまくできると思うよ。刑事にだってなれる。きみは優秀な刑事になれる素質があるっていつも言ってるだろ。あれはうそじゃない」

「そうかもしれない」わたしは答えた。

　ほんとうのところはよくわからなかった。ミステリ小説は好きだ。サイモンが教えてくれた映画には警察の仕事を描いたものが多かったが、なかにはおもしろいと思った作品もあった。なによりも、わたしはサイモンに好意を抱いていて、彼は警官だった。でも、わたしは学校での成績もよく、本の虫だった。それに、パウエル先生と歴史の授業の影響で（先生の話を聞いていると、なぜかわたしはひとりぼっちじゃないと思えた）、最近彼女のような歴史の先生になると決意したばかりだ。

　わたしは言葉をにごした。

「きみしだいだよ」ついにサイモンがきっぱりと言った。彼は身体の位置を少しずらした。腕はわたしの身体に回したままだ。わたしを温めるかのように、てのひらでわたしの腕をごしごしこすっていた。

「ぼくに言えるのは、きみなら大丈夫だってことだ。なにをするにせよ、きみならうまくやれる」

　わたしは肩をすくめた。目の前の、両岸の街のあかりに照らされ、きらめいている川を見つめていた。パウエル先生の授業を思い出した。この川の源流はウェストブランチ川で、下流でデラウェア湾に注ぐ。一七七六年の今日みたいに凍える冬の夜に、ここから北に六十キロほどの地点で、ジョージ・ワシントンと彼の部隊はこの川を渡った。真っ暗だっただろうなとわたしは考えた。街もなく。ゆく手を照らす光もなく。

「ぼくを見て」サイモンが口を開いた。

　わたしは彼のほうに顔を向けた。

「きみはいくつだ？」

「十八」わたしの誕生日は十月だ。その年、ケイシーすらそのことを忘れていた。

「十八歳か。きみの人生は、まだはじまったばかりじゃないか」

　そう言うと、サイモンは頭を下げて、わたしにキスをした。しばらくのあいだ、わたしの頭は身体に追いつけなかった。ようやく追いついたとき、わたしははっとした。ファースト・キス。ファースト・キス。ファースト・キス。周囲からはファースト・キスのみじめな体験談ばかり聞かされていた。大量の唾液ぜめに遭うだとか、自分と同じぐらい経験不足のティーンエイジャーの攻撃的な舌を口に受け入れるよう強いられるだとか、相手の大きな口にすっぽり呑み込まれそうになるだとか。でもそのときのサイモンのキスはとても控えめで、わたしの両唇をさっとなでたかと思うと、いったん離して、それからつづけてわたしの下唇にそっと歯で触れた。わたしは興奮した。キスという行為に歯も使えるだなんて、知らなかった。

「ぼくの言ってること、信じてくれるかい？」静かな声でサイモンがささやく。熱っぽい目つきでわたしを見つめている。彼の顔がわたしの顔のあまりに近くにあるので、わたしはふたりの姿勢を保つために、首をおかしな方向に曲げていた。

「信じる」わたしは答えた。

「きみはきれいだ。それも信じられる？」

「うん」

わたしは生まれてはじめて、それを信じた。

その夜遅く、わたしはベッドで妹と並んで寝ていて、彼女に打ち明けたくてたまらなくなった。その何年も前にケイシーがファースト・キスをしたとき、彼女はわたしに知らせてくれた。そのとき妹は十二歳で、わたしとはまだ親友だった。外で遊んでいたケイシーは家に戻るやいなや、興奮してわたしの名前を大きな声で一度呼び、わたしたちの部屋まで駆け上がってきて、ベッドに身を投げた。

「ショーン・ゲーガンにキスされた」ケイシーは目を輝かせてそう言った。枕を口に押しつけた。そのままの状態で叫んでいた。「彼がキスしたの。わたしたち、キスしたの」

わたしは十四歳だった。なにも言わなかった。

ケイシーは枕を下ろして、わたしをじっと見た。それから身体を起こしてベッドの上に座ると、心配そうな表情で、腕をわたしに伸ばした。

「ねえ、ミック、いつかそのときが来るって。心配しないで。あなたもいつかできる」

「そんなことない」わたしは無理に笑おうとしたが、

みじめさが増すだけだった。

「大丈夫だって。キスしたときはぜったいわたしに教えてよね」

サイモンがわたしにキスをしたその夜、わたしはどこから話しはじめたものか、考えていた。でも、わたしが口を開く前に、かすかな、無防備な息づかいが聞こえてきた。どうやらケイシーは眠ってしまったらしい。

わたしはサイモンに言われたとおりにした。高校卒業後もそのままジーの家にとどまった。ようやく真ん中の寝室に移ったが、室内にはまだ母さんの存在がそこかしこに感じられた。地元の薬局でレジ打ちのアルバイトをはじめて、家賃として毎月二百ドルをジーに渡すようになった。コミュニティカレッジで六十単位を取得した。それから警官採用試験を受験した。二十歳で警官になった。わたしの宣誓式にはだれも来なかった。

いっぽうケイシーは転落の一途をたどった。当時、彼女はすさんで無軌道になっていた。十代後半から二十代前半にかけてはときどきお金のためにバーテンダーとして働いたり、フランクフォードにあるリッチおじさんの自動車販売店で働いたり、彼女を雇ういいかげんな親がいればベビーシッターもしたりしていた。そのほかにも、ポーラの兄、フラン・マルーニーのもとでまだたまに麻薬取引にかかわることもあったのだろう。ジーの家、友達のところ、路上をそれぞれ同じぐらいの頻度で転々として暮らしていた。そのころ彼女はケンジントンよりもフィッシュタウンにいることのほうが多かったので、わたしが勤務中に彼女の姿を見かけることはまだなかった。夜、わたしが家の玄関をくぐるとき、彼女がどこにいるのか見当もつかなかったし、いずれまったく戻らなくなるのではないかという予感がした。わたしたちは滅多に口をきかなくなっていた。

それでも、ケイシーはわたしとサイモンとの関係を知る唯一の人物だった。あるとき彼女はわたしの持ち物のなかからサイモンが書いた手紙を見つけた（彼女がお金をくすねようとしていて偶然その手紙を発見したのだろうということには、あとから気づいた）。彼女は次にわたしと顔を合わせると、その手紙をわたしの胸に突きつけた。

「いったいなに考えてんの」ケイシーはわたしに言った。

わたしはうろたえた。そこには最近ホテルで過ごした一夜のことが書かれていた。サイモンと会っていると、わたしはほっとして現実から逃れることができ、生まれてはじめて心からしあわせだと思えた。わたしたちの関係が人に知られてはならないものだとしたら、そのこともまた気に入っていた。わたしだけの秘密。わたしは手紙をかばうようにその上に手を置いた。

そのあとで、たしかケイシーはこう言ったのだと思う。〝あいつ、気持ち悪い男だよ〟だとか、もっとひどいことに、〝あんたが十四歳のときから、あいつはあんたのパンツのなかに入ることばっか考えてた〟だとか。いまそのことを思い出すとわたしは慄然《りつぜん》とする。幼いころから、わたしはどんなときも自分の威厳を保とうとしてきた。いまでは仕事中に警官としての威厳を保つよう努めている。そして、家に帰ればトーマスにたいしてある程度は親の威厳を示すよう心がけていて、彼が動揺したり、いやな気分になったりすることは彼の耳に入れないよう気をつけている。そのため、だれかがわたしのことを案じたり、わたしがしあわせかどうか心配したりすると、自分の威厳が損なわれるように感じるので、その気持ちを素直に受け取ることができず、なにも問題はなく、すべて順調だというふりをしてしまいがちだ。それに、それもあながちうそではないと思い込んでいる。

「そういうことじゃないから」わたしはケイシーに言った。

ケイシーは笑い声を上げた。とげのある感じだ。

「なんとでも言えるって」ケイシーは言った。

「ちがうってば」わたしは応じた。

「ああ、ミック」ケイシーは首を振った。彼女の顔にあわれみの表情が浮かんでいるのにわたしは気づいた。


二十歳のわたしは、ケイシーになにを言われようと、それは偏った見方で、わたしたちの状況を正確にとらえているとは思えなかった。サイモンを追いかけていたのはわたしであって、その逆ではない。わたしは自分を惚れっぽい人間だと思ったことはないが、サイモンと出会ったときだけは例外で、ひとめぼれだったのだと自分に言い聞かせていた。サイモンはサイモンで、わたしのことを子ども以上の存在に思えるようになるまでに何年もかかったと言っていた。それでも、わたしたちはふたりとも、かつてわたしがサイモンが担当する生徒だったということを知る人にこの関係がどう思われるかはわかっていた。だから、わたしたちの過去は伏せるよう気をつけていた。サイモンはついに昇任試験に合格して刑事になり、南刑事課でキャリアをスタートさせたばかりだったので、どんなことにもそれを邪魔されたくはなかった。わたしたちが会うのはいつもホテルだった。当時十一歳になっていた息子のガブリエルにわたしたちのことを知られたくないのだとサイモンは言っていた。ガブリエルの母親が突然息子を連れてやってくることがあり、とにかくいろいろと「複雑でね」と彼は言っていた。

「いつかきみがひとり暮らしをする場所を手に入れればいい。そうすれば、ぼくたちはそこで一緒に過ごせる」彼はよくそう言っていた。

わたしがフィラデルフィア市警での最初の二年間の給料のすべてを貯金して、ポートリッチモンドの家を買うための頭金にしたのは、ひとえにその実現のためだった。書類にサインしたとき、わたしは二十二歳だった。わたしが頭金として支払えたのは、その家の値段の四十パーセントにすぎず、わずかな金額ではあったが、それでもわたしの預金口座に貯まったお金としては過去最高額だった。不動産仲介業者は感心したようすで、いまどきの二十二歳で友達との夜遊びで散財せずに、これだけのお金を貯められる自制心を持ちあわせた若者はめずらしいとわたしに言った。わたしはいまどきの二十二歳とはちがうのだと言いたかったが、だまっていた。

ジーの家を出て、ときどき身体的暴力にまで発展するようになっていたジーとケイシーのけんかの場面に居合わせなくてもよくなったのは、戦火を逃れるような気分だった。

ケイシーにもジーにも引っ越すことは直前まで内緒にしていた。理由はふたつある。ひとつは、わたしの経済状況をふたりに知られたくなかったということ。ジーはそれまで家賃として受け取っていた以上の金額を要求するようになる可能性があったし、ケイシーにはさらにわたしにお金をせびるようになってほしくなかったから（当時、わたしは毅然とした態度を取るようにしていたが、それでもケイシーはなんだかんだと理由をつけてわたしのところにやってきた）。引っ越すことをだまっていたふたつ目の理由は、ジーもケイシーもどうせ気にしないだろうと思っていたからだ。

そのため、わたしが引っ越すことを知ったケイシーが悲しがったのは意外だった。

わたしがジーの家を出る日、帰宅したケイシーはわたしが階段で荷物の箱を運んでいるところに遭遇した。

「なにしてんの」腕組みをして、顔をしかめながらケイシーが聞いた。

わたしは立ち止まって荒い息をした。持っていく荷物は服と本だけだったが、なにしろ本の量が多いうえに、ペーパーバックをぎっしりつめた段ボール箱がどれほど重くなるかをすぐに思い知らされた。

「引っ越すの」わたしは答えた。

ケイシーは肩をすくめるだろうなと思った。でもそうせずに、彼女は首を振りだした。「やめてよ、ミック。わたしをここに置いてかないで」

わたしは運んでいた箱を階段に降ろした。もうすでに背中が痛んだ。痛みが消えるのにその後何日もかかった。

「あなたはよろこぶと思ったけど」

ケイシーはわけがわからないという顔つきでわたしを見た。「なんでそう思うわけ？」

〝わたしのこと好きじゃないくせに〟と、わたしはそう言ってやりたかった。でもそれではいかにもお涙頂戴で自己憐憫が過ぎるし、湿っぽくなるだろうから言わずにおいて、もう行かなければならないこと、夜にはいったん戻ってジーに説明するつもりだということだけを伝えた。ケイシーはどこかよそよそしい感じで、わたしが出ていくときドアを押さえていてくれた。わたしは一度だけ振り向いて彼女を見た。その顔のなかに昔のケイシーの痕跡を、かつてわたしに頼りっきりだった幼児の幻影を探ろうとした。でも、そのおもかげはどこにも見つけられなかった。

わたしが買った家は古くて見てくれも悪かった。だが、とにかくわたしだけの家なのだ。なによりも、家のなかでもうだれも大声を上げたりけんかをしたりしない。わたしは毎日勤務を終えて帰宅すると玄関の内側でしばらく立ちつくし、ドアにもたれかかって胸に手を当て、その家の静けさがわたしの両肩におりてくるのを感じた。ここにはわたしだけしかいないと自分に言い聞かせた。

　空っぽの家のなかでは、温かくて心地よい音が響いた。室内を整える作業には時間をかけた。慎重に選びたかったので、引っ越してから一か月間は床に敷いたマットレスと街で拾ってきた安物の椅子数脚だけで過ごした。家具の購入には慎重を期した。わたしが美しいと思うものが安く売られているアンティークショップやリサイクルショップを回った。そのうち、その家の魅力に気づくようになった。玄関の右側には一風変わったステンドグラスのパネルがあった。鉛の枠のなかに赤と緑の花がちりばめられている。小さくて美しい装飾に気を配るほどこの家を大切にしていた人がわたしのほかにもいたのだと思うと、満ち足りた気分になった。冷蔵庫には健康的な食べ物をどっさりつめ込んだ。だれにも邪魔されずに、おだやかな気持ちで音楽を聴いた。いよいよ本物のベッドを購入するというとき、大枚をはたいた――自分に許した唯一の贅沢だ。できるかぎり快適になるように、歴史あるワナメーカービルに入っているメイシーズでクイーンサイズのマットレスを選んだ。寝具類はすべて同じ店でそろえたが、販売員の女性が最高の寝心地になると保証してくれた。

　こうして、サイモンとわたしが一緒に過ごす秘密の場所ができた。ようやくサイモンはわたしのところでときどき一晩を過ごすようになった。そういう夜、わたしは深くて甘美な静寂をひしひしと感じた。こんなにぐっすり眠れるようになったのは、ケイシーとわたしがまだ幼かったとき以来だ。まだ母が生きていたとき以来だ。

　家を出てからの数年間は、ごくたまにジーやケイシーと顔を合わせることがあった。会うたびにケイシーのようすは悪化していて、ジーは老け込んでいた。ケイシーになにをしているかは聞かないようにしていたが、彼女が自分からいろいろと教えてくれることの大半は眉唾ものだった。彼女は「学校に戻るつもり」と何度か言っていた。「高卒認定試験を受けようかと思ってる」（わたしの知るかぎり、ケイシーは一度も高校の授業を受けたことがない）。さらに、「明日仕事の面接なの」だとか、「仕事をすることになった」（実際にはそうではないのに）と言われることもあった。

　当時、彼女がほんとうのところはなにをしていたかは定かではない。おそらくまだセックスワークには手を染めていなかっただろう。いずれにせよ、わたしが勤務中に彼女の姿を見かけることはまだなかった。ケイシーの頭がはっきりしているとき、言われたことがある。薬物に依存した状態で過ごす時間というのは果てしなくつづくように感じられるのだと。朝が来るたびに今日こそ変われると思うのに、夜は挫折感でいっぱいになる。ただひたすら麻薬の注射だけを求める毎日。麻薬を一回打つごとに、落ち込んでいる気分が高揚してまた落ち込むという放物線が描かれる。毎日この波の繰り返しだ。麻薬使用者が総じてどれだけの時間を安らぎと苦しみのうちに過ごしたかは、数日単位でグラフに表せるようになり、やがてそれが数か月単位になる。このリズムを乱すのは時折訪れるしらふの期間だ。ケイシーはときどき進んでしらふになろうとすることがある――そんなときはカークブライド、ガウデンツィア、フェアマウントなどの、心もとない成功率の地元の安いリハビリ施設に入る。そのほかに、有無を言わさずしらふにさせられることがある。なんらかのトラブルに巻き込まれて、刑務所に入れられるような場合だ。そういう時期もパターンに組み込まれている。しらふになっている期間につづいて再発の時期が訪れ、さらに頻繁に薬物を使うようになる大波がやってくる。どんなときもおなじみの場所は〝大通り〟で、そこには家族みたいな仲間がいて、いつも変わらぬ営みがあった。

　ケイシーが愚かな決断をしなかったら、そういうアップダウンが延々とつづいていたかもしれない。二〇一一年にケイシーはボーイフレンドにそそのかされて、彼の両親の家からテレビを盗むのを手伝わされた。息子を刑務所に入れたくなかった両親はすべての罪をケイシーになすりつけた。そして、ケイシーだけが逮捕された。その時点ですでに彼女の記録には逮捕歴がずらりと並んでいたので、裁判官も容赦がなかった。

　ケイシーは一年の刑期をくらい、リバーサイド刑務所に収監された。

　そんなことになって気の毒だと思った人もいたかもしれない。でもわたしはちがった。それどころか、わたしは久しぶりに彼女に期待した。

現在

　感謝祭後の月曜日、先日と同じ若い刑事、デイヴィス・グエンが朝の点呼の時間に集会室に姿を現す。なんだか疲れているようだ。今日のスーツは高級そうで、古いタイプの刑事が着るような、ゆったりとした仕立てのスーツとはまったくちがう。細身で裾が短くなっていて、その先から靴下がほんのわずかにのぞいている。髪型はノーザン・リバティーズやフィッシュタウンの若者によく見られるスタイルだ。両サイドはごく短く刈りあげられていて、頭頂部は一方向に跳ね返っている。いったい何歳なのだろう？　二十代後半？　ひょっとするとわたしと同じぐらいかもしれないが、別の世代の人間のように見える。きっと大学で刑事司法でも学んだのだろう。ボンバーコーヒーのカップが彼の手に握られていることにわたしは気づく。

「少しお伝えすることがあります」グエンが口を開く。「ケンジントン地区で起きた連続殺人の件で進展がありました」

　部屋のなかでひそひそ話す声が聞こえてくる。

彼は身をかがめてパソコンに向かう。メインルームのスクリーンに映像を映し出す。

それはケイティ・コンウェイの遺体が発見された、タイオガ地区にほど近い空き地からそれほど離れていない民家に取りつけられている防犯カメラの映像だ。

粒子の粗い白黒の画像のなかを若い女が歩いて横切る。五秒後に、フードをかぶり両手をポケットに入れた男が同じように横切る。

「これが」グエンは女のところまで映像を巻き戻す。

「ケイティ・コンウェイです」

「これが」男を指さす。「重要参考人です」

　彼は画像を一時停止して拡大する。男の顔は粒子が粗く、たいしたことはわからない。わたしが見たところでは人種も判然としない。でも、大柄な人物のようだ。ただ、女性が小柄なせいでそう見えるだけかもしれないが。

　男のトレーナーのフードは引き上げられて髪の毛も隠れているが、われわれに重要な情報も伝えている。トレーナーの正面には〝Wildwood〟と書いてある。ジッパーの右側には〝Wild〟と、左側には〝wood〟とある。

　ニュージャージー州南部の海辺の町、ワイルドウッドはありふれた観光地で、その情報じたいはそれほど役に立たない。わたしもサイモンと一度行ったことがある。滅多にないふたりでの週末旅行の目的地だったのだ。おそらく、フィラデルフィア市民ならだれもが一度はワイルドウッドに足を運んでいる。それでも、そのトレーナーの特徴がいまのところはわずかな希望の光だ。

「この男に見おぼえは？」グエンが尋ねるが、答えはたいして期待していない口ぶりだ。部屋のあちこちで首が振られる。

「ワイルドウッド警察にはすでに画像を送信済みです。聞き込み捜査をしてもらってます」グエンがつづける。「さしあたり、みなさんの携帯電話をチェックしてください。今日じゅうにこの画像を送信します。よく目を光らせて、だれかを連行することになったら、この人物について尋ねてください」

アハーン巡査部長がグエンに謝意を伝えると、グエンはその場を去ろうと向きを変える。

だが、彼が行ってしまう前に、警官のひとり、ジョー・ゴヴァルチックが「聞きたいことがある」と声をかける。

グエンは振り向く。

「もしあなたが推測しなければならないとしたら、どう考えますか？　人種だとか年齢は？」

グエンは少し考え込む。「言いにくいですね。みなさんには先入観を持ってほしくありません。それに画像も粗いですし」

彼は天井を見つめる。そして、その先をつづける。

「でも、強いて言えば、おそらく白人で四十代。いずれにせよ、それが特徴です。この手のことをするのは、たいていそういう人物です」


今日のケンジントン界隈はいつもより静かだ。厳しい寒波はいまだに居座っている。凍てつくような寒さで、空はどこまでも真っ白だ。パトカーから出るたびに息ができなくなるほどの強風が顔に吹きつける。

今日の屋外は最悪な荒れ模様となっている。

わたしはパトカーで脇道に入り、板が打ちつけられた家屋が六軒並ぶ前を通りすぎる。このあたりでは〝廃屋《アバンドー》〟と呼ばれている家だ。忘れ去られ、立入禁止になってはいるが、まずまちがいなく、そのうちの何軒かはあわれな人々の避難所となっている。家具がそのまま残され、壁には写真が飾られたままの家のなかには、すき間風が入り放題だろう。何十年も前にそこに暮らした家族の痕跡である家財道具を目にする新たな入居者は、多かれ少なかれ人恋しさを感じることになるだろう。かつてそこに暮らしたのは、繊維工場や製鉄所の労働者たち。もっと年季が入っている家なら、漁師が住んでいたとしてもおかしくない。

おととしの冬に近くの廃工場で大きな火事があった。火元は、暖を取りたくてたまらなかったふたりの侵入者が、工場のど真ん中の床の上でブリキ缶のなかに熾《おこ》したたき火だ。このとき消火作業に当たった消防士がひとり亡くなった。この火事がきっかけで、われわれ警官がパトロール中に気をつけるべきことの長々としたリストに最新項目がひとつつけ加えられた。それは、〝出どころ不明の木が燃えるにおい〟だ。

担当地区の無線連絡はここ一時間入っていない。十時になると、わたしはアロンゾの店の近くにパトカーを停め、コーヒーを求めて店内に入る。

カップを手に店から出ると、十六歳か十七歳ぐらいの、見たことのある若い女の子ふたり組がガムを嚙みながらゆっくり歩いてくる。ふたりとも素足にキャンバス地のスニーカーを履いている。同情のあまり、わたしもちょっとぞくっとする。彼女たちが商売をしているかどうかはよくわからない。

ふたりがこちらに向かってくるので、わたしは意外な気持ちになる。このあたりの住人は制服警官に気づくと、ただ無視をするか、無言で挑発的な視線を向けてくるかのどちらかだ。

それなのに、ふたりのうちひとりが話しかけてくる。

「殺人事件のこと、なにかわかった？」

この件について聞かれるのははじめてだ。どうやらうわさが広まっているらしい。

「まだ捜査中よ。進展はあるけど」

公開されている事件について聞かれると、わたしはいつもそう答えるようにしている。自分の知っていることが相手とたいして変わらないとしても、そう言わなければならない気がしている。そうやってときどき仕事中に、トーマス相手に父親のことを説明しているときの気分を味わっている。うそをつくことにたいするかすかな罪悪感と、そういう態度を取ることで結局はトーマスの心を守っているのだという少々誇らしい気持ち。息子のために、この女の子たちのために、わたしはうそという重荷を引き受ける。

そのとき、ふと動画のことを思い出す。

「あの、ちょっとこれを見てくれない？」

わたしは携帯電話の画面にその動画を映し出す。今朝の点呼のあと、刑事課から携帯電話に送られてきたものだ。わたしはそれを再生して、重要参考人が映っている画面で一時停止する。

「この男に見おぼえは？」

ふたりとも食い入るように見つめている。そろって首を振る。「知らない」

その日、わたしはそういうやりとりを二、三度繰り返す。でも、男を見たことのある人はだれもいない。ケイティ・コンウェイが画像を横切ると、なにごとかぶつぶつつぶやく女性もいる。彼女と顔見知りだったのかもしれない。もしくは、おのれの非力さを思い知らされたのかもしれない。下手をすれば、その人が彼女の立場だったとしてもおかしくない。

勤務時間も終わりに近づいた午後四時、わたしはずいぶん久しぶりにポーラ・マルーニーを見かける。もう松葉づえはついておらず、手にタバコを持ち、アロンゾの店の外壁にもたれかかっている。

わたしはパトカーを停め、外に出る。ケイシーがいなくなってから、彼女に面と向かって会うのははじめてだ。ずっと話したかった。

わたしがケイシーと仲たがいしても、ポーラはそれまでと変わらない態度でわたしに接してくれる。「あのことは、あんたたちふたりのあいだのことだから」と、一度わたしにそっと打ち明けてくれたことがある。いつもは、ポーラはわたしの姿を認めると笑みを浮かべ、明るくふざけながら挨拶してくれる。「ほら、疫病神のおでましだよ」が決まり文句だ。

今日の彼女は顔をぴくりとも動かさない。

「こんにちは、ポーラ」

ポーラはなにも言わない。

「ここで会えてよかった。ケイシーがいなくなったって聞いて。あの子がどこにいるか、あなたなら心当たりがあるかもしれないと思ったの」

ポーラは首を振る。タバコを吸い込む。

「さあね、知らない」

「あの子に最後に会ったのはいつ？」

ポーラは鼻をすする。なにも言わない。

わたしは突然わけがわからなくなる。

「ケイシーがいなくなったって、アロンゾに言ったらしいけど、ほんとうなの？　どうして……」

ポーラがたたみかけるように言う。「あのさあ、あたしはサツになんか話さないから」

わたしは面食らう。そんなことを彼女に言われるのははじめてだ。

そこで、別の作戦を試すことにする。

「足の調子はどう？」

「最悪だね」

ポーラはまたタバコを吸い込む。わたしのすぐそばに立っている。

「それはお大事に」

その先どんな言葉をかけたものか、よくわからない。

「病院に連れていってあげようか？」わたしは聞いて

みるが、ポーラは手を振って拒否する。首も横に振っている。

「あのさ、聞きたいことがあるんだけど」わたしはつづける。

「どうぞ」ポーラが答える。でも、とげとげしい声に彼女の本心が表れている。〝なんでも好きなことを聞けばいいさ。あたしは答えないけど〟

わたしは携帯電話を取り出して、動画を再生する。ポーラはがまんできないようだ。どうしても気になるらしい。身を乗り出して、携帯の画面をじっとのぞき込む。

ケイティ・コンウェイが横切る場面で、ポーラはけわしい顔をわたしに向ける。

「そう、この子がケイティ。彼女のこと知ってる」

「そうなの？」

彼女はうなずく。そして、こちらに顔を向け、わたしの顔をにらみつける。

「タイオガの近くで見つかった子でしょ？　この子なら知ってる」

わたしはポーラをまじまじと見返す。どうしてそんなことをわたしに教えてくれるのだろう。

「すごくいい子だった。まだほんの子どもで。ほんとうにいい子だった。この子の母親も知ってる。ひどい女だよ。娘に身体を売らせてたんだから」

ポーラはまだわたしをにらみつけている。責めているような顔つきだ。タバコの煙が彼女の口に吸い込まれる。わたしはポーラと話すたびに、高校時代の彼女の姿を思い浮かべる。堂々と胸を張り、人気のある女の子たちを引き連れて廊下を歩き、だれかが言ったジョークに笑いころげていた。わたしたちの人生がすっかり変わってしまったいまでも、わたしは彼女を前にすると、少々たじろいでしまう。

「この子がどうして死んだのか、なにか心当たりはある？」わたしはポーラに尋ねるが、彼女は口を開く前に、わたしをじっと見つめる。

「それって、あんたたちが説明することでしょ」そっけなく言い放つ。

　わたしはまた言葉につまる。今度はどんな言葉も出てこない。

「あんたサツなんでしょ」

「捜査中なの」わたしは型通りの言葉を言う。

「そりゃそうでしょうよ」そう言って、ポーラは大通りに目を走らせる。動作がせっかちなことや、歯の根が合わないようすから判断すると、薬物の離脱症状が出はじめている。わずかに前かがみになって、身体の真ん中で腕を重ね合わせている。吐き気に襲われているのだ。

「そりゃそうでしょう、ミッキー。まあ、しっかり働いてよね」

　そろそろ彼女を解放する頃合いだということはじゅうぶん承知している。麻薬を打てる場所を探しにいけるように。

　でもその前に、わたしは彼女に聞いてみる。「もう一回見てくれない？　最後のほうに大事な部分があるの」

　ポーラは落ちつきなく、目をぐるりと回すが、それでも顔を画面に向け、目を細める。画面を横切る男の姿を見るやいなや、わたしの手から携帯電話をひったくる。両目を大きく見開き、顔を上げる。

「この男がだれだかわかる？」わたしは尋ねる。

　ふと気づくと、ポーラの手がわなわなとふるえている。

「うそでしょ」ポーラがつぶやく。

「この男のこと、知ってるの？」

　ポーラは笑いはじめる。どこか怒っているような笑い声だ。

「馬鹿にしないでよね。あたし、馬鹿にされるのだけはがまんできない」

わたしは首を振る。「どういうこと？」

ポーラはほんの少し目を閉じる。最後の一服をすると、タバコを地面に投げ捨てる。スニーカーの先でそれを踏みつぶす。

「そいつはあんたらのお仲間だよ、ミック。サツだよそいつは」

過去

わたしが期待したとおり、刑務所に一年収監されてケイシーは変わった。刑務所でのデトックス経験がある人に、それがどんなものか聞いてみて、その人が回想している最中の表情を観察してみるといい。両目を閉じ、眉根を寄せ、口の端を下げて、その当時襲われた吐き気や絶望、こんな人生は生きていたってしかたないと思っていた気持ちを思い出すだろう。ケイシーが教えてくれたのだが、離脱症状がいちばんひどかったときに思ったそうだ——自殺するしかないと。彼女はシーツを歯で切り裂き、長いひも状にした。それをより合わせた。間に合わせの首つり縄を天井の照明器具にかけ、洗面台の上に立って跳ぼうとした。でも、なにかが彼女を押しとどめた。彼女が言うには、なにかエネルギーのようなものが、生きていればこの先いいことがあると彼女に告げたそうだ。

身体をふるわせながら洗面台からおりたケイシーは、ようやくわたしに手紙を書く気になった。

手紙のなかで、彼女ははじめてわたしに謝罪した。約束を破ってばかりだったことを、うそをついたことを、みなをだましたことを、自分を裏切ったことを。わたしに会えないのがさみしいと書いてあった。彼女にとって、わたしは世界で唯一その意見に耳を貸す人間なのだと。そして、わたしのことを手ひどく裏切ったままでいるのは耐えられないということも。

わたしは返事を出した。一か月間、わたしたちは手紙を出しあった。たがいに手紙を書いて、部屋の床下のすき間に忍ばせた子ども時代をわたしは思い出した。

そのうち、わたしはケイシーに会いにいくことにした。面会したとき、すぐに彼女だとはわからなかった。目は澄み切っていて、しらふの状態だった。ここ数年見たことのないような真っ白な顔をしていた。子ども向けの本では健康的だとされているが、いまではわたしには薬物依存の証《あかし》にしか見えない赤いほっぺではなくなっていた。わたしは定期的に面会に通うようになった。訪れるたびに、妹は前回とはちがっていた。身体がしらふの状態に再調整され、こわれかけた脳がぎこちなく動きはじめ、そこにある錆びついた生産ラインが稼働しだして、長年静脈から人工的に注入されていた化学物質をわずかながら自然に生産しだすまでになるのに一年という期間はじゅうぶんだった。

そのあいだわたしは、ケイシーが生気のない状態から、落ち込んだ状態へ、いら立った状態へと変化するのを目の当たりにしたが、最後に訪問したときはひとまずとても前向きになっていた。ケイシーは毅然としていた。自分にもできる仕事があり、自分は仕事をしたいのだとやる気になっていた。

わたしはポートリッチモンドの自宅で計画を練った。目の前にある選択肢を慎重に比較した。ケイシーが出所したときに住む場所を提供することのメリットとデメリットを考え抜いた。それについて、わたしは二の足を踏んでいた。面会に行くたびにおじけづいて心が揺れた。もしケイシーがスポンサーを見つけられたら部屋を貸してあげようだとか、わたしが言わなくても自発的に毎日薬物依存経験者の集会に通うと言わなかったら、やめておこうだとかいろいろと考えた。

万が一に備えて、彼女が来てもいいようにとりあえず家だけは整えようと自分に言い聞かせた。それから、どうなるか見ていればいい。

自宅の裏庭には小さなコンクリートのテラスがあったが、わたしが入居した当時はひび割れ、乾燥しきって、殺伐としていた。ケイシーが刑務所に入っているあいだに、わたしはその場所をよみがえらせた。木製のプランターを用意して、ハーブ、トマト、パプリカを栽培した。中古で買ったアウトドア用のダイニングセットを置き、その上に電球を吊るし、ツタ植物を植えて、裏のフェンスに這わせるようにした。

ほかにも同じ年にケイシーの好みを自分なりに考えて奥の寝室を整えた。心が落ちつくよう壁をブルーのペンキで塗った。ケイシーの大好きな色だ。さらに、ダークブルーのベッドカバーをベッドに掛けた。中古の家具店でかわいらしいドレッサーを見つけ、ケイシーのタロットへの興味と関連する絵を壁に飾った。十代前半に彼女はタロットカード一式を手に入れて占いを独学でおぼえた。わたしがその部屋のために選んだ絵のなかには、〝女教皇〟もあった。そのやさしげでありながら毅然としたまなざしが、ケイシーに彼女自身の品格、かしこさ、自尊心を思い出させてくれるかもしれないと漠然と期待していたのだろう。それ以外にも〝世界〟〝太陽〟〝月〟のイメージを飾った。そういう絵はわたしの好みではない。タロットは信じていないし、星占いや、その手のものには興味がない。それでも、わたしはケイシーがその部屋で暮らすところを思い浮かべた。部屋を整えながら、このすべてを彼女にプレゼントするのだと考えては、ひそかなよろこびにひたった。

刑務所へ最後の面会に行ったとき、ケイシーは落ちつき払って、前向きだった。もうすぐ出所できるのでうれしそうだったが、わたしが見たところでは、外の世界で試練が待ち受けているということもちゃんと理解しており、そのことについて考えているようだった。彼女は自分から、しらふでいること、毎日集会に通うこと、スポンサーを見つけることを誓った。さらに、まだ麻薬を頻繁に使っている友達とは、当面のあいだ距離を置くということも。

わたしはその日、出所したらわたしと一緒に暮らしたいか正式に妹に聞いてみることにした。そして、うれしいことに彼女はそれを受け入れた。

ケイシーはどうだったかわからないが、彼女が出所してからの数か月間はわたしの人生のなかでも最高にしあわせな時期だった。

わたしたちはついに大人になって、息のつまるジーの監視下から解き放たれた。そして、自分たちのしたいようにすることができるようになった。わたしは二十六歳、ケイシーは二十五歳になっていた。そのころのことできまって思い出されるのは、春も終わりに差しかかり、空気は暖かく湿り気を帯びて、上着なしでおそるおそる戸外に出はじめた時期のことだ。数えきれないほどの夜をケイシーと一緒に裏のテラスで過ごし、子ども時代を振り返ったり、これからの計画を話し合ったりした。彼女はうまくやっていた。しらふの状態を保ち、アルコールすら口にしなかった。体重が増えた。髪を伸ばした。以前顔にあった吹き出物の跡は消え、顔色もおだやかになった。膿瘍《のうよう》の跡が傷となり彼女の首や腕の皮膚を台無しにしていたが、それも白く薄くなった。近所にある独立系の映画館で仕事を見つけてきただけでなく、同僚の切符係とつきあいだした。ティモシー・キャリーという名の、内気でどこかぎこちない、決して略称で〝ティム〟とは呼ばれない若者で、ケイシーの過去についてはなにひとつ知らなかった（「もし知りたいのなら、わたしに聞けばいい」とケイシーは言っていた）。

　映画館での仕事はわたしたちには好都合だった。わたしは勤務明けによく映画館に寄って妹の顔を見て、そのときどきでかかっている映画を観た。

　サイモンも一緒に来ることがあった。

　そのころ、ケイシーとサイモンはたがいに気まずい休戦状態となっていた。

　そうするしかなかったのだ。言うまでもなく、そこはわたしの家であり、わたしが維持費を払っているのであって、ふたりはわたしの客だったからだ。

　ケイシーとは何度か腹を割って話した。

「あの人のことは信用できない」一度、ケイシーに言われたことがある。「それに、これからも好きにはなれない。一緒に暮らすことはできるけど」

　それとはまた別のとき、彼女にこう言われた。「ミッキー、あなたはわたしが知っているなかでいちばんやさしい人だよ。だから傷つくのを見ていたくない」

　そして、三度目には、「ミッキー、あなたが大人だってことはわかってる。でも用心して」と言われた。なぜわたしが彼の家に行ったらだめなのかと、ケイシーはしつこく聞いてきた。

「あの人の息子が急に家に来ることがあるの。わたしたちが婚約するまで、サイモンはわたしを息子に会わせたくないみたい」

　彼女は疑わしそうにわたしを見る。

「それってほんとうなの？」

でも、彼女はそれ以上なにも言ってこなかった。いっぽう、わたしもその質問には答えなかった。

もちろん、当時でさえ、わたしはサイモンの行動がどこかおかしいことには気づいていた。でも、そのころのわたしはしあわせをかみしめていて、心が満ち足りておだやかだった。サイモンは週に何度か玄関のドアをノックして（たいていは突然やってきた）、なかに入ると、わたしの顔を両手で包み込み、キスをした。それから夕食をともにすることもあれば、そのままベッドに直行することもあった。寝室ではいつも、彼はわたしの着ているものをすべて脱がせた。最初、わたしはひどく無防備になったように感じていたが、やがてそれまで感じたことのない興奮をおぼえるようになった。見つめられるとわたしの肌はほてった。わたしはサイモンと目を合わせて、彼の瞳に映る自分の姿を想像した。だれかに愛されることをしょっちゅう夢想している少女を思い浮かべた。その子のそばに行って、「ほら見てよ、なにも心配はいらないから」と言ってあげられたらいいのにと思った。

朝から晩まで、ひっきりなしににぶい音が聞こえるような気がしていたが、なんとか聞こえないふりをしていた。警戒心を抱かせる鐘の音。わたしはその警告に耳を貸さなかった。なにも変わってほしくなかった。うそよりも真実のほうを恐れていた。真実はわたしの人生を一変させてしまう。うそには動きがない。うそは平穏だ。わたしは嬉々としてうそを受け入れた。

そんな風にして半年が過ぎた。その秋、わたしは一日だけの特別勤務を引き受けることにした。あるイベントに伴う群衆整理の仕事だ。でも、署に出勤すると、当時上司だったレイノルズ巡査部長に今日は勤務するにはおよばないと告げられた。「勤務を希望した人が多すぎてね」当時、わたしはまだ下っ端だった。

署を出るとき、悪い気はしなかった。外の空気はひんやりとして、さわやかで、心地よい陽気だったので、バスに乗るのはやめて、署からポートリッチモンドまでわざわざ歩いて帰ることにした。わたしは上機嫌だった。途中で寄り道をして花を買った。そんな柄でもないのだが。それまで一度も花など買ったことがなかった。花束を抱えていると、おかしな気分になってきた。制服警官がかれんな花束を抱えている図のちぐはぐさぐらい、わたしにだってわかる。それで、結局、花束を身体の横に下げて持ち、歩きながらそれを乾かしているふりをした。


家に戻ると、玄関ドアが施錠されていないことに気づいた。わたしはどんな場所に住んでいても、戸締まりだけはしっかりするように気をつけている。家主のちょっとした不注意から住居に侵入されるケースがいかに多いかということを目の当たりにしたせいだ。それで、ケイシーと暮らすようになって、彼女が施錠し忘れると、一、二度注意したことがあった。

その日、わたしはため息をついて、家のなかに入りドアに鍵をかけた。あとでまた妹に話をしなければと考えていると、突然二階でなにかが動く音がした。ケイシーは仕事に行っているはず。

わたしはまだ拳銃を装備していたので、銃のそばに手を置き階段をのぼった。もう片方の手にはあの能天気な花束をまだ握りしめていた。

音を出さないようにしようとしたが、なにしろ古い家なので歩くたびに床板がきしんだ。そのまま進んでいくと、二階の音がはっきり聞こえてくる。抽斗を開け閉めする音、低いささやき声。

わたしはとっさに判断した。花束を投げ捨てた。拳銃を引き抜いた。

二階に到達すると奥の寝室のドアを足でそっと開け

て、その向こうにだれがいるのかを確認する間もなく、「動くな。手を上げろ」と叫んだ。

「なんなんだよ」わたしの知らない男だ。

そのとなりにはケイシーがいた。

ふたりは寝室の中央に並んで立っていた。そうやって立つには不自然な場所だ。ベッドのシーツが乱れていることから、彼らがしばらく前からそこにいたとわかった。

ふたりともきちんと服を着ていた。そこで男女の営みをしていたわけではなさそうだ。それに、男はゲイではないかという気がした。でも、ケイシーの表情から、彼女がうしろめたさを感じていることがわかった。

「ミック、仕事に行ったんじゃなかったの?」

わたしはゆっくり銃を下げた。

「それはこっちの質問よ」

「わたし、スケジュールをちょっと勘違いしてたみたいで。彼は友達のルー」力なく手を上げる男のほうを見ながらケイシーが言った。

わたしの気持ちを和ませようとしたのだろうが、無意味だった。

わたしは瞬時にすべてを理解した。ケイシーの間延びした話し方や赤みの差した頬は、麻薬を摂取した証拠だ。

わたしはなにも答えなかった。そのかわり、ドレッサーまで歩いていき、抽斗を開けていった。それは下のほうにあった。注射器、ゴムチューブ、ライター。悪趣味なロゴのついたグラシン紙の小袋。わたしはそろそろと抽斗を閉めた。

振り向くと、友達とやらは姿を消していて、部屋にはわたしとケイシーのふたりきりだった。

現在

ポーラはずっと笑っている。いまでは、信じられないというように、あきれたように、頭まで揺らして。

「だれなのか教えて」わたしはポーラに聞く。

「いつも同じサツがこのあたりにやってきては、自分にサービスしないと連行するぞって女の子たちを脅してるんだ」

ポーラはその先をつづける。「そいつが容疑者だって言ってよね。そいつが、あんたらが追ってるいかれた野郎だって。なんてこと、あんたらがサツを捕まえようとしてるだなんて。そりゃいいわ。完璧だわ」

考えるよりも先にわたしの口から言葉がついて出る。底なしの不穏な疑念がわたしを呑み込む。

「そうじゃないの。この人にただ事情を聞きたいだけで」

ポーラの顔つきが変わる。

「あたしのこと、頭悪いって思ってるでしょう」彼女は静かに言う。「どうしようもない馬鹿だって」

そして、身体の向きを変えると、足を引きずりながら歩いていく。

「その男の特徴は？」わたしはうしろから呼びかける。

「かかわりあいになるのはごめんだね」ポーラはほんの一瞬だけ振り向くが、その目には憎悪の念が浮かんでいる。

そして、そのまま歩きつづける。

「ポーラ」わたしは呼びかける。「調書を取らせてほしいんだけど」

ポーラは笑う。「やなこった」わたしに背を向けたまま、その姿はどんどん小さくなる。「そうだよね、そうしなきゃ。調書をつくる。この終わった街の、いかれたサツのリストを用意しなきゃね」

彼女は角の向こうへと消えていった。そして、わたしは警官になってはじめて——これまでずっとこの仕事に誇りを持ってきたというのに——吐き気に襲われた。なにか大事なことを見逃しているのかもしれない。

署に戻る途中でトルーマンに電話する。彼のアドバイスが必要だ。それに、ポーラが言っていたことについて、彼なら心当たりがあるかもしれない。

「大丈夫か？」開口一番、トルーマンは尋ねる。

「いま忙しい？」

「いや、大丈夫だ。なにがあった」

「〝Wildwood〟って書いてあるトレーナーを着た警官について、なにか知ってることはある？」

彼は少し考え込む。「いいや。わからない。なんでだ」

うしろのほうで、だれかがしゃべっている声が聞こえる。女性だ。「トルーマン？　トルーマン、だれなの」

「いま取り込み中なんじゃない？」わたしはもう一度念押しする。

「いや」トルーマンは答える。

「じゃあ、これはどう。こういう警官の話は聞いたことがある？」（わたしはここで、どんな言葉で表現したものか少し考える）。「うちの所轄で、女性に便宜を図れと要求している警官のうわさは」

トルーマンはしばらくだまったままだ。

「それは」ようやく口を開く。「もちろん聞いたことがあるさ。だれだって知ってると思ったがな」

わたしは知らなかった——今日までは。このことはだまっておこう。

トルーマンの背後でまた声がする。今度はきつい感じだ。「トルーマン」

彼には恋人がいるのだろうか？

「ちょっと失礼」トルーマンが言う。それから、手で受話器を覆っているような、くぐもった話し声が聞こえてくる。それが終わると、彼はまた電話に出る。

「あとでかけ直させてくれ」

「わかった」わたしは答えるが、すでに電話は切れていた。


　署に戻ったが、アハーン巡査部長が見当たらない。それどころか、巡査部長はひとりもいない。それでも、この情報はできるだけ早く伝えなければ。

　作戦室の入口で逡巡していると、シャー巡査長が気づいてくれた。

「アハーン巡査部長を見ませんでしたか」

「いま現場だ」いつもどおりガムを噛みながら、シャー巡査長が答える。彼は現在、十一回目ぐらいの禁煙に挑戦中なので、ここ一週間ずっと機嫌が悪い。

「探してたって伝えようか」

「電話してみます。これを受け取ってもらえますか」

わたしは活動記録を差し出す。

　制服を着替えて、駐車場に停めてある自分の車に乗り込む。携帯電話にアハーン巡査部長の電話番号を表示する。番号を押すと、彼の留守番電話につながる。

「巡査部長、ミカエラ・フィッツパトリックです。今日の勤務中に起こったできごとについて、お話があります。緊急です」

　わたしは自分の電話番号を伝える。彼がすでにその番号を知っているということはわかっている。

　そのまま駐車場から出て、家路につく。


　ドライブウェイに車を入れると、庭には大家が立っている。腰に手を当てて、空を見上げている。わたしの車にはあれこれつんであるので、わたしは運転席から出るときにさっと手を振りミセス・マーンに挨拶をしておいて、後部座席のドアを開け、なかにある荷物を取り出そうとかがみ込む。ミセス・マーンが家に引っ込んでくれたらいいのに。彼女はこのあいだとは別の、季節に合わせた奇抜なトレーナー（立体的な装飾が輪状についている）を着ているが、おそらく会話のきっかけにしたいのだろう。

わたしは両手いっぱいに袋や包装紙をかき集め、フロアから靴を拾い上げる。それから、身を起こし、裏庭に向かって歩きだす。

そうこうしているうちに、ミセス・マーンに話しかけられる。

「雪のこと、お聞きになって？」

わたしは立ち止まり、さっと振り向く。

「雪ってなんのことですか？」

「今晩三十センチもつもるんですって。爆弾低気圧ですよ」

まるで津波がこちらに押し寄せてくると告げるかのように、ミセス・マーンはただならぬようすでメガネの奥からこちらをのぞき込み静かに告げる。きっとわたしがその用語を知らないと思っているのだろう。あいにく、わたしは知っている。

「それはニュースをチェックしないといけないですね」わたしはできるだけ真剣そうに答える。

彼女と調子を合わせているのだ。わたしたちが上階のアパートメントに越してきてからというもの、ミセス・マーンはこの世の終わりと言わんばかりの、天気にまつわる宣告をすでに十回以上はおこなっている。あるときなど、ゴルフボール大の雹《ひょう》が降ると予報されたせいで、窓ガラスをテープで補強させられた（結局そんなに大きな雹は降らなかった）。嵐が来る前の晩に食料品店に押し寄せて、消費しきれないパンや牛乳を買いあさり、バスタブいっぱいに水を張るが、結局四十八時間後にはそれがすべて排水管にゆっくり吸い込まれるのを悲しげに見つめる羽目になるのは、ミセス・マーンのような人たちだろう。

「おやすみなさい、ミセス・マーン」わたしは声をかける。

　ドアを開けると、家のなかがもぬけの殻のように感じられる。少なくとも、リビングは真っ暗でテレビも消えている。

「こんばんは」わたしは呼びかけるが、だれも返事をしない。

　わたしは足早にアパートの奥まで歩いていった。すると、突然バスルームから息子が廊下に飛び出してくる。お気に入りの帽子をかぶって――一年前に父親に買ってもらった、フィリーズの野球帽だ。指を一本立てて唇に当てている。

「しーっ」

「どうしたの」

「ベサニーが寝てるよ」

　トーマスは自分の寝室のドアを指さす。果たして、そこにはベサニーがいる。トーマスのレースカー型ベッドに身を投げ出している。片手を頬の下で丸め、ヘアスタイルとメイクは完璧にきまっている。

　わたしはドアをバタンと閉める。そして、また開ける。ドアの向こうで、ベサニーがゆっくりと起き上がる。天使のような伸びをして、とくにあわてるようすもない。右頬の真ん中に、赤い線がくっきりついている。枕カバーのしわが跡になってついている。

「ああ」ベサニーが平然と言う。携帯電話に目をやる。

　そして、「すみません」と言う。おそらく、不信感をあらわにしたわたしの表情に、遅ればせながら気づいたのだろう。「昨日遅くまで起きていたから。ちょっと仮眠が必要だったんです」ベサニーは弁解する。

　トーマスが年の割に落ちついているからといって、まだ四歳なのだからひとりきりにしてはいけないとべサニーをてみじかに諭すと、彼女はだまり込み、不機嫌な顔つきをして、気分を害したようすで帰っていく。それからわたしは食事の準備をしてテーブルの上に並べる。そこでようやく、まだニュースをチェックしていないことに気づく。

テレビをつけると、ミセス・マーンを甘く見ていたと思い知らされる。彼女は正しかった。気象予報士のセシリー・タイナンによると、今晩だけで十五から三十センチの積雪が予想され、市内の北部と西部ではそれよりも多くなるということだ。

「やめて」わたしはそっと漏らす。警官に雪の日は無用だ。おまけに、これはほぼベサニーのせいなのだが、わたしには病休や有休はもう一日たりとも残されていない。

「ママ」トーマスに話しかけられる。わたしはいろいろと聞かれると思い身構える。トーマスはとても勘が鋭いので、なにかうまくいかないことがあると、まずまちがいなくすぐさま察するのだ。

でも彼はすぐにはなにも言わずに、ソファのわたしのとなりにちょこんと座る。顔は下に向けたままだ。

「どうしたの？　なにがあったの、トーマス？」

わたしは彼の身体に腕を回す。トーマスの肌は温かい。髪の毛はトウモロコシのひげのようだ。彼はわたしにもたれかかってくる。そのまま横になって、彼がもっと小さいときにそうしていたように、身体をぴったりくっつけて、彼の頬がわたしの胸に触れるようにしたらどうかと、わたしはふと思う。胸の上で感じる赤ちゃんの重みのもたらす安心感といったらない。でも、このごろの彼は〝大きくなる〟こと、つまりお兄ちゃんになることにこだわっているので、きっとそうしたら、すぐにもじもじしだすだろう。

「あなたがいるから、わたしはしあわせよ」わたしは彼にささやく。「知ってる？」

そういうことを声に出して言ったり、心のなかでしょっちゅうトーマスに感謝したりするだけでも縁起が悪いのではないかと心配になる――夜更けにやってきて、彼を連れ去る不思議な生き物を招き入れる窓を開け放つようなものではないかと。

「トーマス？」もう一度呼びかけると、彼はようやくこちらを向く。

「ぼくの誕生日はいつだった？」

「答えはわかっているよね。いつだったかな」

「十二月三日」彼は答える。「でも、あと何日なの」

わたしははっとして目をぱちくりさせる。「一週間後ね。どうしてそんなこと聞くの」

トーマスはまた下を向く。「今日、ベサニーと誕生日のことお話ししてたんだ。それで、ぼくの誕生日はいつかって聞かれたの。だから、教えてあげた。そしたら、パーティーはするのって聞かれたから」

これまでは例年、誕生日当日やその前後にサイモンがトーマスをなにか特別なお楽しみのために連れ出してくれていた。四歳の誕生日には、ふたりで映画を観にいった。三歳のときはフランクリン科学博物館。二歳のときのことはもちろんトーマスはおぼえていないが、プリーズ・タッチ・ミュージアムに出かけていた。今年はわたしがその役割を引き受けようと思っていた。同じように、ふたりきりでなにかするのだ。でも、トーマスは期待を込めたまなざしをわたしに向けている。こうなったら、友達を集めて小さなパーティーを開いてやらなければ。

「こういうのはどうかな」わたしはようやく口を開く。「お誕生日パーティーをしたいのなら、一緒にできるよ。前の園からお友達を何人か呼んでもいい」

トーマスはにっこり笑う。

「約束はできないけどね。だれが来られるかによるし」

彼はうなずく。

「だれに来てほしい？」

「カルロッタとリタ」トーマスは即答する。いまや、足を前にまっすぐ伸ばしたまま、ソファの上でぴょんぴょん飛び跳ねている。

「わかった。その子たちの親に連絡するね。なにをして遊びたいの？」

「マクドナルドに行くんだ」トーマスは迷わず答える。

「遊び場があるところにね」

わたしはほんの一瞬たじろぐ。それから、「それは楽しそうね」と言う。

トーマスが言っているのは、サウスフィラデルフィアにある店舗だ。かつてサイモンがよくトーマスを連れていった、屋内に遊べるスペースがある店。トーマスはもう一年以上そこには行っていない。まだあの店のことをおぼえていたとは。

トーマスは両手をしっかり重ね合わせて、あごの下にくっつけている。興奮を抑えられないときによくやるしぐさだ。

「マクドナルド」店の名をもう一度口に出す。「なにを注文してもいいよね？」

「常識の範囲内ならね」わたしは答える。

トーマスはそのままソファで寝入ったので、わたしは彼をベッドまで抱えていき、そこに横たえた。

寝る場所について、わたしはトーマスにたいして厳しい姿勢を貫いている。赤ちゃんのころトーマスは夜泣きがひどく、どんなにあやしても泣きやまないことがよくあった。彼の泣き声を聞いていると、わたしは身が引き裂かれそうだった。わたしのなかには、野性の勘に支配された動物的な部分があって、それはわたしの腹をつきやぶって外に飛び出すチャンスをつねにうかがっていた。そんなわたしの一部はトーマスを求め、肌身離れず一緒にいたいという衝動につき動かされているので、彼が夜中に目を覚ますたびに、それまで子育てのためにしてきたことすべてを台無しにしたっていいという気持ちになった。だが、わたしが読んだ子どもの寝かしつけについての本はどれもある一点を強調していた――親のベッドで子どもを寝かしてはいけないと。添い寝をすることで子どもに身体的な危険が及ぶ可能性もあるが、いったん習慣になるとやめるのがむずかしいうえ、その子は長じて自信や自立心が欠けた子どもに、自分で気持ちを落ちつけられず、社会で自分を律することができない子になるとされていた。

そのため、トーマスは生後数か月から自分の部屋が与えられていて、わたしにも自分の部屋があった。ポートリッチモンドで暮らしていたときは、それでなんの問題もなかった。予想したとおり、トーマスの夜泣きはほどなくおさまり、ぐっすり眠れるようになったので、わたしたちはふたりとも毎朝じゅうぶん休息を取りリフレッシュした状態で目覚めていた。

それなのに、このアパートメントに越してからそうはいかなくなった。最近では、トーマスは頻繁にわたしの寝室で一緒に寝たいとせがむようになった。ときどき、ベッドの足元でトーマスが丸まっているのに気づくこともある。わたしが眠っているあいだにこっそり忍び込んだのだ。そういうことに気づいたり、彼がそうしようとしている現場を目撃したりすると、わたしは毅然とした態度を取る。そして、トーマスを自分のレースカー型ベッドへと運んでいき、心が落ちつくように買ってあげたナイトライトをつけて、大丈夫だからとなだめる。

おおむね、この点について自分はまちがっていないという確信がある。だが、最近起きたあるできごとから、その気持ちが揺らいでいる。それは数週間前のことだった。聞いたことのないような泣き声がして、わたしは夜中に目を覚ました。その声はわたしの足元から聞こえてくるのだが、男の子というよりも子犬が鳴いているような声だった。そのうち、小さな声は何度も同じ言葉を繰り返しはじめた。「パパ、パパ、パパ」

　わたしはそっとベッドから出て、抜き足差し足で端のほうに近寄った。そこには毛布と枕の巣があって、そのなかにわたしの息子がいた。寝言をつぶやいている。起こしたほうがいいのかどうかわからずに、わたしはしばらく彼を見つめた。彼はしきりに手足をばたつかせていた。まるで、夢のなかでウサギを追いかける犬のようだ。薄暗い部屋のなかで彼の表情がかろうじてわかったが、それは目まぐるしく変化した。笑ったかと思うとしかめっ面になり、眉根を寄せてあごに力を入れる。わたしは彼の上にかがみ込み、はじめて彼が寝ながら涙を流しているのに気づいた。枕カバーの、彼の顔があるあたりが濡れている。わたしは彼のおでこに手を当てて、もう片方の手を肩に置いた。

「トーマス」そして、話しかけた。「トーマス、あなたは大丈夫だから」

　それでも彼は目を覚まさなかった。それで、その晩だけは、わたしは彼を自分のベッドに寝かせ、母さんが小さいころわたしにしてくれたように、彼のすべすべしたおでこに手でそっと触れて、彼が落ちつくまでやさしく眉毛をなでた。

　ようやくトーマスが落ちつくと、わたしは彼を彼自身のベッドに戻した。翌朝、夜中にわたしの姿を見た気がすると彼に言われたが、夢を見たのだと告げた。


　夜中に目を覚ますと、わたしたちは雪のなかにいた。

　寝室の窓から外を見ると、ミセス・マーンの家のドライブウェイの入口に立っている街灯が投げかける光の筋のなかに、激しく降りそそぐ雪が浮かび上がる。

　朝が来て、携帯電話のアラームの音に起こされる。ベッドサイドテーブルから電話をひっつかみ、〝キャンセル〟を押す。案の定、携帯の画面にはベサニーからのメッセージが表示されている。送信は朝の六時だ。

〝道がすごいことになってます。今日はいけません(;_;)〟

「そんな」わたしは声に出す。起き上がり、窓のほうへと歩いていく。あらゆるものに分厚い雪が降りつもっている。「そんな」また声に出す。

廊下のほうからトーマスがこちらにやってくる足音が聞こえてくる。ノックの音がしてドアが開く。

「どうしたの？」トーマスが尋ねる。

「ベサニーが今日は来れないって。雪で動けないから」

もしくは、昨日のわたしとのやりとりで、へそを曲げたからということもありえる。

「やったぁ」トーマスが言う。それが、家でわたしといっしょにいられるということだと、わたしが理解するのにしばらく時間がかかる。

「ちがうの。ごめんね、トーマス。もうこれ以上お休みはできないの。仕事に行かなくちゃ」

トーマスの小さな顔がくしゃくしゃになる。わたしはそれを両手で包み込む。

「ごめんね。この埋め合わせはするから。約束する」

わたしはベッドの端に腰かけて、策を練る。

トーマスは小さなあごをわたしの肩に乗せるが、鳥のように軽い。

「ぼくはどこにいればいいの？」

「まだわからない」

「ぼく、一緒にお仕事に行けるよ。うしろの席に座っていればいいでしょ」

わたしはほほえむ。「残念だけど、それはできない決まりなの」

わたしは彼をひざの上に抱きかかえる。ふたりでどうしたらいいか頭を悩ます。

気乗りはしないが、まずはジーに当たってみよう。

これまで、ジーは何度かトーマスの面倒を見てくれたことがある。ほんとうにどうしようもないときだけだったが。でも、わたしはまったく期待していない。思ったとおり、ジーは電話に出ない。

次にカーラに連絡を取る。トーマスの以前のパートタイムのベビーシッターだ。

でも、カーラはいまではセンターシティにある保険会社で働いていて、彼女の会社は今日は営業するのだと、申し訳なさそうに説明する。

「そうだ、アシュリ」わたしはふと思いつく。最後の頼みの綱。彼女の携帯電話にかけてみる。応答はない。メッセージも送っておく。

　アシュリからの返事を待つあいだ、わたしはトーマスに朝食を食べさせ、窓の外をのぞく。まだ雪が降っている。なによりも先に、まずはドライブウェイの雪かきをしなければ。

「ブーツを履いて」わたしは息子に声をかける。

　外に出て作業をしていると、元気が出てきた。ポートリッチモンドに住んでいたときはよく運動していた。短期間だがクロスフィットトレーニングをしていたこともある。男女混合のサッカーチームに参加していたことだってあった。週に三、四回いい汗を流せば、おだやかな気持ちでいられた。最近ではそんな時間は取れない。

　わたしはトーマスにスコップを手渡し、お手伝いをお願いする。彼は二十分ぐらい同じ場所で作業すると気がそれて、雪のお城をつくりはじめる。

　あと一・五メートルほどでドライブウェイの雪かきも終わるというとき、ミセス・マーンが玄関先に姿を現す。

「そんなことしなくていいのよ。あなたたちの仕事じゃないわ」彼女はわたしに呼びかける。

「いいんです」

「チャックにお金を払ってやってもらうからいいの。いつもそうしているのよ」

　チャックというのは隣家のティーンエイジャーの息子だ。ここにやってきてはレーキをかけたり、掃きそうじをしたり、おそらく雪が降れば雪かきもしたりして、ひともうけしている。

　わたしは作業をつづける。

「でもとにかく、ありがとう」ミセス・マーンが言う。

「かまいません」そう言ってから、わたしはふとひらめく。携帯電話をチェックする。アシュリからの返事はまだない。

「ミセス・マーン、今日はなにかご予定はありますか？」

　ミセス・マーンはけげんな顔をする。

「予定なんて、いつだってありませんよ、ミッキー」


　ミセス・マーンの自宅には、これまで一度も足を踏み入れたことがなかった。賃貸契約を交わしたときは上のアパートメントでおこなった。ミセス・マーンがわたしたちのために玄関ドアを開けてくれるが、わたしは意外な気持ちになる。どうやら、ジーの家と似たようなものだろうと思い込んでいたようだ——雑多な装飾品がそこらじゅうに置いてあって、新しいものに替えたほうがいい古ぼけたカーペットが敷きっぱなしの家。ところが、ミセス・マーンの家のなかにはあまり家具はなく、すみずみまできれいになっている。床は小さなラグで覆われている部分以外はすべて堅木張りだ。家具もそのほとんどがしっかりしたつくりのものだ。そこかしこにモダンアートが飾ってある。大型の抽象画で、筆の質感が伝わってくる。趣味は悪くない。ミセス・マーン自身が描いたのだろうか？　彼女に聞いてみることなど考えられないが、わたしは興味を引かれる。

「素敵な絵ですね」ひとまず、そう言っておく。

「ありがとう」ミセス・マーンはそれ以上なにも説明してくれない。

「こんなことになって、すみません」

トーマスはじっと立っている。興味はありながらも、おじけづいていることが伝わってくる。身体をわずかに右に傾けて、階段の上をのぞき込んでいる。二階にはミセス・マーンの寝室があるのだろう。

わたしはポケットを探って財布を引っ張り出す。財布を開けながら、支払いに使える現金が入っていますようにと祈る。でも、全部かき集めても二十ドルしか入っていない。

「これを」わたしはミセス・マーンにお金を差し出す。「受け取ってください。あとでもっとおろしてきますから」

ミセス・マーンはとんでもないというそぶりをする。

「やめてちょうだい」ぶっきらぼうに言う。

「お願いです。こうさせてください。申し訳ないですから」

「どうしてもだめです」ミセス・マーンはしゃんと背筋を伸ばして立っている。折れる気はなさそうだ。

わたしは上のアパートメントから持ってきたバッグを取り出す。「このなかに着替えと絵本とおもちゃが入っています。ランチもつめておきました」

彼女に言わないでいることもある。トーマスはまだ四歳だ。いまでもときどきおもらしをする。ニュース番組など、なにかこわいことを見聞きするとおびえる。トーマスの雰囲気から、そういうことをミセス・マーンに言ってほしくないという気持ちが伝わってくる。

「そんなこと、しなくてもよかったのに」ミセス・マーンが口を開く。「なにかつくってあげられますよ。このお若い人が、ピーナッツバターサンドイッチがきらいでなければね」彼女はトーマスのほうを見る。

「ピーナッツバターサンドイッチは好きかしら?」

彼はこくりとうなずく。

「よかったわ。それならきっと大丈夫ね」

わたしはトーマスのとなりにひざをついて座る。彼の頬にキスをする。「とびきりいい子にしていてね。それってどういうことだか、わかるよね」

トーマスはもう一度うなずく。「わかったよ」そう言って、耳を指さす。

彼はいま、懸命に勇気をふり絞っている。この子は今日ここで一日じゅうどうやって過ごすのだろう?

わたしは自分の携帯電話の番号をミセス・マーンの固定電話のとなりに置いてあるメモ帳に書きつける。彼女がその番号を持っているということはわかっている。

「いつでも電話してください。ほんとうに、どんなことでもいいですから」

わたしはなんとか振り返ってトーマスを見ないようにして、そのまま玄関ドアから出る。お別れのキスをしたとき、彼のあごはかすかにふるえていた。仕事をするあいだずっとそのときの表情がわたしの頭から離れないだろう。

職場に向かうあいだじゅう、わたしは心配でたまらない。なんということをしてしまったのだろう。トーマスをだれに託したというのか。ミセス・マーンのことは、ほとんどなにも知らないにひとしいというのに。彼女の家族の名前はだれひとりとして知らない。以前、彼女がちらっと妹さんのことを話していたことがあったが。健康状態だってわからない。もし倒れでもしたら? わたしは不安な気持ちになる。もしトーマスに意地悪な態度を取ったら?

それから、いつもそうしているように、わたしは自分に言い聞かせる。息子を子ども扱いしてはいけないと。ミカエラ、あの子はもうすぐ五歳なんだから。日々できることが増えているのだから。

今日、外は昨日よりも暖かいぐらいで、雪も降りやんだ。つもった雪はすでに解けはじめ、除雪車が通った轍《わだち》には茶色の水たまりができている。その気さえあれば、ベサニーだってうちまで来られるはず。

今朝の点呼はアハーン巡査部長が取り仕切っている。点呼が終わると、わたしは彼のところへ行って、メッセージを確認したか尋ねる。

「メッセージだって？」巡査部長が言う。

「昨日、留守番電話に入れました」

「ああ、あれか。そういえば入っていたな。どうした、なにか話があるのか？」

わたしは集会室をさっと見回す。わたしたちの声が届く範囲内に少なくとも警官が三人いる。

「話しにくいことなので」わたしは声をひそめて言う。

アハーン巡査部長はため息をつく。「いまからパトカーの同乗があるんだが、その前にオフィスで防弾チョッキを着ないといけない。だから、俺をトイレに連れ込みたくないのなら、ここで話したほうがいいぞ」

わたしはもう一度ほかの警官のようすをうかがう。部屋にいる警官のうちふたりがグエンの指摘した特徴に当てはまる。四十代の白人男性。

「ランチをしながら二十分時間をいただけませんか？」

「いいだろう。スコッティにするか？」

警官行きつけの昔ながらの食堂だ。だから、そこはやめておきたい。同僚と顔を合わせる可能性のあるどんな店も避けたい。

「フロント・ストリートのボンバーコーヒーでお願いします」その店の名がわたしの口をついて出る。

午前中はゆっくりと時間が過ぎる。だが、十時ごろあるものが視界に入って注意を引かれる。ケンジントン大通りとアレゲニー大通りが交差するところにあるエル線の駅の高架下に、オレンジ色のジャケットを着た男が腕を組み、警戒した面持ちで立っている。その片腕からポリ袋がぶら下がっている。

ドックだ。

わたしは半ブロック先にパトカーを停めて、しばらく彼を観察する。

ドックはパトカーに気づいていたとしても、気に留めるそぶりを見せない。いずれにせよ、パトカーにわたしが乗っているとばれないよう、距離は取ってある。サンバイザーを下げて、見晴らしのいい特等席から、人が通りかかるたびに彼の口元がかすかに動くのを眺める。彼はおそらく「注射器、注射器、注射器」とでもつぶやいているのだろう。わずかなお金を出せば清潔な注射器が手に入る。このあたりでは、そうやって小商いをする者も多い。自分をハイにしておくのにじゅうぶんな金を稼ぐためだ。なかには、それ以上のサービスを提供する者もいる。注射を打てる静脈がない場合は、たいていは首に打つのを手助けしてくれる者もいる。滅多にないが、無料診療所が開いていないか、近くにはない場合に感染症の手当てをしたり膿瘍の排出をおこなったりする者もいる——往々にして悲惨な結果に終わるのだが。

わたしは携帯電話を取り出し、トルーマンの電話番号を表示する。少しためらうが、好奇心には勝てない。〝いま忙しい？〟とメッセージを送る。前回彼に電話をかけたときにうしろから聞こえた女性の声を思い出す。迷惑はかけたくない。

間を置かずに返信がくる。〝どうした？〟

〝張り込みをする気はない？〟わたしは尋ねる。

トルーマンが到着するまで三十分かかる。わたしはそのあいだずっとじっと座って、ドックが交差点からいなくなりませんように、ハイになるための道具をドックから買う人がいませんようにと、はらはらしながら祈る。さいわい、だれもドックを相手にしない。彼にしてみれば肩すかしだろう。

ようやくわたしの携帯電話が鳴る。トルーマンだ。

「右を見ろ」

わたしはわずかに身をよじる。通りの向こうに彼の姿を見つけるのに手間取るが、そのうち見えてくる。そこにトルーマンがいる。わたしが先週会ったときとは、まったくちがう格好をしている。今日の彼はだぶだぶのジャージを穿いてリュックを背負い、分厚いジャケットを着て、冬用の帽子をかぶり、口や鼻をマフラーで隠している。サングラスもかけている。彼だということは、ランナーらしい体形からしかわからない。

「どうかな？」彼が電話越しに言う。まっすぐ前を見据えて、わたしが乗るパトカーのほうに目を向けないよう細心の注意を払っている。

「その服、いったいどうしたの？」

「潜入捜査だからな」

まだわたしと知り合う前、トルーマンは二十代のころ十年ほど潜入捜査班にいた。麻薬捜査が大半を占めていたようだ。

「オレンジ色のジャケットの男が見える？」

トルーマンはうなずく。

「あれが彼よ」

トルーマンはしばらくその男を見つめる。「どいつもこいつも、おさかんなようで」

女の子がふたり、トルーマンに目配せしながら通りかかる。

「わかった。協力しよう。あとで電話する」

わたしたちの標的に向かって、トルーマンが一歩を踏み出す。見おぼえのある足取りからは確固とした決意が伝わってくる。わたしたちが一緒に仕事をしていたとき、彼はいつもそんな風に振る舞っていた。

一時間たってもトルーマンから連絡は入らず、アハーン巡査部長との約束の時間になる。

巡査部長が確実に来るよう念押しのメッセージを送る。それから、無線で自分の現在位置を報告して――少々ごまかして、ボンバーコーヒーのとなりにあるコンビニの名を告げ――店内に入る。

アハーン巡査部長は先に来ていた。テーブル席に腰を下ろし、あたりをうさんくさそうに眺めまわしている。その店のだれよりも姿勢がいい。

彼が選んだテーブルはトイレの近くで、ほかの客からは離れている。

巡査部長はわたしを見ると目配せするが、椅子から立ち上がろうとはしない。わたしは彼の真向かいに座る。

「ここにはよく来るのか？」巡査部長に聞かれる。

「そういうわけでもないんです。前に一度来たきりで。ここならだれにも会わないと思ったので」

「そうか」巡査部長は目を見開く。「ずいぶんとあか抜けた店じゃないか」

皮肉たっぷりに言う。椅子の上で身じろぎをする。彼の目の前にはコーヒーが置かれている。それなのに、わたしも注文したらどうかとは言わない。

「それで、用件は？」

わたしはあたりをさっと見回す。近くにはだれもいない。

携帯電話を取り出して、殺人課から配信された動画を表示する。身を乗り出して、再生ボタンを押す。巡査部長に画面を向けながら。

動画を再生しながら、声をひそめて彼に説明する。

「昨日、地区でこれを見せて回ったんです」

「どうしてそんなことをした」わたしが先をつづけようとすると、巡査部長に言われる。

わたしはあっけにとられる。

「どうして、ですか？」

「ああ、どうしてだ」

「グエン刑事の指示です」わたしは答える。

巡査部長は首を横に振っている。

「きみはだれから指示を受ける身だ？　グエン刑事ではないだろう。この男を見つけるのは彼の任務であって、きみには関係ないことだ」

わたしは口を開け、また閉じる。本筋から逸れないよう気をつける。

「わかりました。以後気をつけます。ですが……」

「考えなきゃならんことは毎日山ほどあるだろう」

果たして、彼はわたしに最後まで話をさせてくれるのだろうか。

わたしは一瞬押しだまる。巡査部長も沈黙する。

「わかりました。ですが、この重要参考人を見たことがあるという人がいたんです。大通りの常連です。わたしがよく知っている女性です。彼女が教えてくれました」ここで、わたしはまた肩越しに後方を確認してから、前のめりになる。「この男が警官だと」

巡査部長はコーヒーをすする。

わたしは椅子にもたれて、相手の反応を待つ。だが、巡査部長は平然としている。

「そういう女がしそうなことだ」巡査部長はようやく口を開く。「男の名前は言っていたか？」

「いいえ、そこまでは」

わたしはわけがわからなくなる。

「きっと名前までは知らないのでしょう。彼女から、そのあたりの女たちが彼のことを知っていると聞きました」

巡査部長にだけ聞こえるように、声を落とす。

「彼女によれば、この男は」

そこで、またどう表現したものかわからなくなる。専門用語ではいかにも空疎だ。

「性的サービスを求めたとか。相手が断れば、連行するぞと脅して」

巡査部長は静かにうなずく。

「それで、わたしがグエン刑事にじかに報告しなかったのは、これがある意味、慎重に扱わなければならない情報だからです。まず上司に報告をと思いました」

アハーン巡査部長は笑っているのだろうか？

この件を話したら彼がどんな反応を示すか、あれこれ考えていた。でもこんな反応は想定外だ。巡査部長はコーヒーカップの蓋を取って、そっとテーブルの上に置く。中身をさますために。コーヒーから湯気が立ちのぼる。

「そういうことについては、以前からご存知でしたか？」

アハーン巡査部長はコーヒーカップを口元に運び、ちょっと息を吹きかけてから中身をすする。「まあ」意味ありげに言う。「きみにすべてを明かすことはできないがな。だが、そういう行為に気づいていないわけではない」

「それは、どの程度でしょうか？」

巡査部長はわたしにするどい目つきを向ける。

「そういうことは把握しているという程度にだ。きみはどう思うのかね？」

「それで、そういう警官にたいして、なにか対処しているのですか？」わたしはそれがはじまりつつあるのを感じる。わたしの顔に血が集まって、はからずも本心があらわになる。腹のなかではボイラーがぐらぐらと煮えたぎっている。

「ミッキー」巡査部長が口を開く。両のこめかみに手を当てて、なでさすっている。この先どうつづけたものか思案するかのように。「いいか、ミッキー。たとえば、きみが金のないごろつきだとしよう。きみは大通りで、そういうことをしたいと思っている。それを無料でするにはどうしたらいい？」

わたしはほんの一瞬たじろぐ。

巡査部長はうなずいている。

「そうだろう？　自分は警官だと言えばいいじゃない

か」

　わたしは押しだまる。そして、目をそらす。たしかに、そういうケースは実際にときどきある。でも、ポーラは抜け目がない。そんな風にだまされるとは考えにくい。

「ともかく」巡査部長がつづける。「いいか、この件はグエンと内務監査局に申し送りをしておく。それできみの気が済むのならな。情報源はだれだ？」

「調書は取れていません」

「内輪の話というわけか。そんな匿名の告発では内部監査局は相手にしてくれない。笑われて門前払いされるのがおちだ」

　わたしはまたたじろぐ。

「それとも、俺はなにも言わなくたっていいんだが。すべてはきみ次第だ」

「オフレコにしていただけますか？」

「オフレコにしよう」

「ポーラ・マルーニーです」

　パウエル先生に教えてもらった功利主義の倫理学の定義とは、〝最大多数の最大幸福〟だ。しぶしぶポーラの名を明かしたとき、わたしの心によぎったのはこの言葉だった。

　巡査部長はうなずく。「聞きおぼえのある名前だな。一度か二度、署に引っ張ったことがあっただろう」

「三度かもしれません」わたしは口を開く。「四度だったかも」

　巡査部長はコーヒーカップを持ったまま、立ち上がる。蓋をもとに戻す。のんびりと伸びをして、この面談はもう終わりだと告げる。

「きみの話は伝えておく」

「ありがとうございます」

「それからミッキー」巡査部長がつづける。「いいか、自分の任務に集中しろ。きみがいるのは二十四分署だ。よそごとに気を取られている時間などないはずだが」

わたしはパトカーに戻り、昼食を済ませたことを無線で通信指令室に連絡する。しばらくそのまま座っているが、怒りはおさまらない。

　これまでアハーン巡査部長のことが好きではなかったとすれば、いまではどなり散らしてやりたいぐらいの気持ちだ。わたしにたいする彼の口のきき方は失礼きわまりない。えらそうにふんぞり返って、わたしが言ったことなど全部知っているとばかりにあいづちを打つあの態度。わたしは心のなかで、考えつくかぎりの言い返しの言葉を思い浮かべる。それから無力感にさいなまれ、携帯電話をチェックする。

　トルーマン・ドーズからの留守番電話が一件。

　それを再生する。

「ミック、できるだけ早く電話してくれ」

　とたんに両手がふるえはじめる。トルーマンにかけ直す。彼が電話に出るのを待つあいだ、大通りの方角にパトカーを走らせる。

「出て」わたしはささやく。「出て、出て」

　トルーマンは電話に出ない。わたしはもう一度かけてみる。

　もう切ろうかとあきらめかけたそのとき、彼が電話に出る。

「ミッキー、いまどこだ?」

「フロント・ストリートとコーラル・ストリートが交わるあたり」わたしは答える。「フロント・ストリート方面に北進中」

「エメラルド・ストリートとカンバーランド・ストリートの交差点で落ち合おう」

　エメラルド・ストリートへの分岐点を危うく通りすぎるところだったので、間に合わせようとパトカーの向きをとっさに変える。嚙んでいるバブルガムを思わず吐き出しそうになり、近くを走る車がキーッと音を立てて急停車する。

ここ最近、自分でもなにをしているのかよくわからなくなる。

「ケイシーは無事なの？」わたしはトルーマンに尋ねる。

「わからない」トルーマンは答える。

　わたしがトルーマンを拾ったとき、彼はすでに着替えていた。リュックだけはさきほどと同じだが、おそらくなかには潜入捜査用の衣類がつまっているのだろう。いまでは自分のジーンズを穿いていて、ひざの装具が見えている。マフラーもサングラスも取り、ダウンジャケットも脱いでいる。

　つらそうに身をかがめて、助手席に乗り込む。ドアを閉めるとき、あたりを見回す。

「ここから離れよう」トルーマンが言う。

　それがいいだろう。わたしはフィッシュタウン方面へ、南東の方角へとパトカーを走らせる。

「なにがあったの？」

「あの男から注射器を買った。バックス郡から来たと説明してな。それで、どこでヤクが手に入るかも聞いた」

　わたしはうなずく。おなじみの物語のはじまりだ。この地区で起こる過剰摂取の半数はそうして起こる。麻薬を求めて無謀にも郊外からやってくる者たちがやりとりをするうちに、彼らや彼らの身体が引き受けられる以上の量を摂取する羽目になる。このあたりで売られているヘロインには、強力な致死性のフェンタニル（系鎮痛剤《オピオイド》）が混ざっているせいで、ドラッグに慣れた者ですら命を落とす危険があるのだ。

「やつは〝ついてこい〟と言って、大通りを北に向かって歩きはじめた」

「その男とは話したの？　自分のことはなにか言ってなかった？」

「〝サツじゃないよな〟と言っていたな。俺は〝サッなんてくそくらえだ。あいつらには虫唾が走る〟と言ってやったさ。やつはそれ以外なにも言わなかった」

トルーマンは咳払いをして、わたしを見つめる。その先をつづける。

「マディソンという小さな通りから路地に入っていった。何軒かの廃屋の裏口が並んでいるところから、そこに入っていける。あたりに人気《ひとけ》がなくなると、ドックは自分の商品について説明をはじめた。滅多にお目にかかれないほど純度の高いものだと言っていた。俺にどれぐらい必要かとか、予算はどれぐらいかとか聞いてきた。自分は〝ドクター〟で、追加料金を支払えば注射を打ってやるとも言っていた。俺は〝そいつは結構だ〟と言ったが。

やつは俺のことをじっと見て、〝本気か？　お望みなら、家のなかでできるのに〟と言った。

このあたりで、俺は心細くなってきて、どうやってここから脱出しようかと考えはじめた。俺が警官だと勘づかれたかもしれないと思った。潜入捜査班にいたときは、後方支援部隊がついていた。俺はつねに連携を取っていたうえ、脱出プランがかならず用意されていたからな。

〝やめておくよ〟と俺は言った。

それで、やつに金を支払い、やつはそれを受け取った。俺はそこで待つよう言われた。〝金を持って逃げる気じゃないだろうな？〟と言ってやった。

〝いや、そんなことしたら、俺の商売たちまちあがったりだ〟とやつは言った。それで、ドアを覆っているベニヤ板を横にずらして家のなかへと消えていった」

わたしは話の途中で口をはさむ。

「家の番地はわかる？」

「たしかめようとしたんだが、わからなかった。白い羽目板がある家で、裏の窓をふさいでいる板に〝BBB〟という落書きがある。三文字だ。

とにかく、やつが姿を消してすぐに俺は窓からなかをのぞいた。板と板のすき間からな。でも、真っ暗だった。あまりよく見えなかった。少なくとも四人、もしかしたらそれ以上の人の姿らしきものが見えた。そこにいる全員がヤクを決めてそれぞれ陶酔していた。ひとりは死んでいるみたいだった。ほんとうに死んでいたのかもしれないな」

そういう家をわたしは数えきれないほど見てきた。それは、わたしにとっては地獄絵図以外のなにものでもない。

「俺は耳をそばだてた。なかから、だれかが階段をおりてくるような音が聞こえてきた。そのすぐあとに、ドックがこちらに、家の裏に向かって歩いてくる姿が急に目に飛び込んできた。俺は飛びのき、向きを変えて、なにかに気をとられているふりをした。

〝ほら〟とやつは言った。〝ほんとうに打たなくてもいいんだな？　五ドルだぞ〟

〝いや、いい。自分でやる〟俺は言った。

やつは俺をじっと見た。〝この家の近くでは打つなよ。それと、最初は試し打ちをしろ〟

俺は立ち去ろうとして、やつに礼を言った。もっとなかがのぞけたらいいのにと思いながら。それで、俺がまごまごしているのにやつは気づいたんだろう、こう言ってきた。〝まだなにか入り用なのか？〟と。

〝たとえば？〟俺は聞いた。

〝女とか〟あのクソ野郎はそう言った」

わたしは血の気が引く。トルーマンはその先をつづける前に、わたしをしばらく見つめる。

「俺は〝まあな〟と答えた。

するとやつは〝写真が見たいか？　写真がある〟と言った。

俺は見たいと言った。すると、彼は携帯電話を取り出して、女の子たちの写真を次々にフリップして見せた。それでな、ミック、そこにケイシーがいたんだ」

わたしはうなずく。そうくると思った。

「気に入った子はいたか？」最低野郎が聞いてきた。俺は「まあな」と答えた。でも、まずはヤクを打ちたいからと言っておいた。また今度戻ってくるからと。やつから自分の携帯電話の番号を渡された。〝なにか必要ならいつでも電話してくれ。あんたは俺のお得意さんだからな。俺はドクターだ〟

わたしはまっすぐ正面を見据えている。


「大丈夫か？」トルーマンに聞かれる。

わたしはうなずく。身体の奥底からふつふつと嫌悪感が湧き上がってくる。

「あの子、どんな感じだった？」そう口に出したのだが、だれの耳にも届かない、かすかな声で言っていたことに気づく。

もう一度トルーマンに尋ねる。

「というと？」

「写真のなかでってこと。どんなようすで写ってた？」

トルーマンはぐっと歯を食いしばる。そして、口を開く。「服はあまり着ていなかった。やせていた。髪の毛を真っ赤に染めていた。殴られたような感じだった。片目が腫れていたからな。よく見えなかったが」

それでも、生きている。それでも、おそらくまだあの子は生きている。

「それから」トルーマンがつづける。「俺がそこから立ち去ろうとしたとき、通りかかった男がいた。ごつい感じで、タトゥーだらけの、いかにもドックの友達にいそうなやつだ。その男はドックを見て上機嫌でやつを指さして、〝マクラッチーじゃないか。元気にしてたか？〟と声をかけていた」

「マクラッチー」わたしはその名を復唱する。

「そうだ」

「コナー・マクラッチー」そういえば、フェイスブックの写真の下には〝コナー・ドック・ファミサル〟とあった。

トルーマンはうなずく。それから、センターコンソールにあるモバイル・データ・ターミナルのほうにあごをしゃくる。

「使ってもいいか？」

「どうぞ」昔が戻ってきたみたいだ。かつてはわたしが運転をしている横で、わたしのパートナーは書類仕事にいそしんでいた。

療養休暇中のトルーマンはログインできないので、わたしは自分のログイン情報を彼に伝えた。彼はそれを使って犯罪情報センターのデータベースを検索しはじめる。

わたしは運転しながらそちらを何度ものぞき込もうとして、危うく対向車線にはみ出しそうになる。

「おい、ミック。パトカーをどこかに停めろ」

でも、それは避けたい。トルーマンが乗っていることがばれないように、この地区から遠ざかるまでは。わたしは前方の道路にじっと目をこらす。しょっちゅうバックミラーをのぞいては、いまにも同僚とすれちがうのではないかと気をもむ。アハーン巡査部長にも出くわすかもしれない。

「読み上げてくれればいい」わたしは伝える。

トルーマンはしばらくなにやらつぶやいている。

「わかった。読むぞ。マクラッチー、コナー。生年月日は一九九一年三月三日、フィラデルフィア生まれ。

青年」わたしのほうをちらちら見ながら読み上げる。

「ほかには？」

トルーマンがかすかに口笛を吹く。

「なんなの？　教えてよ」

「わかったよ。武装強盗から暴行から銃器不法所持まで、ありとあらゆる逮捕歴がある。収監されたのは、三回……待てよ、四回、いや五回だな」

ふたたび、言葉を切る。

「それから？」

「売春のあっせんでも告発されているらしい」

ポン引きか。じつは、あまりないケースだ。ケンジントン界隈の女たちはたいてい自力で稼いでいる。それでもルールに例外はつきものだ。

トルーマンはしばらくだまり込む。「逮捕状も出ているな。なにかの役に立つかもしれない」

「そうかもね」

わたしはダッシュボードの時計に目をやる。勤務時間が終わりに近づいている。そろそろ、トーマスをミセス・マーンから、ミセス・マーンをトーマスから解放する頃合いだ。それに、もうずいぶん長いあいだ、わたしは無線に応答していない。

「車はどこに停めてあるの？」トルーマンに尋ねると、彼は場所を教えてくれる。

しばらくのあいだ、わたしはだまったままでいる。それから、ようやく口を開いてトルーマンに尋ねる。

「あの子もその家にいたと思う？」

トルーマンはしばらく考えている。

「わからんな。だが、いてもおかしくない。一階にはいなかったようだが。その家には二階もあって、そこでなにかやっているようだった」

わたしはうなずく。

「ミッキー」トルーマンがわたしに向かって言う。「馬鹿なまねはするなよ」

「わかってる」わたしは答える。「そんなことしない」

トルーマンの携帯電話の着信音が鳴りだす。彼は携帯電話に目をやると、わたしにパトカーを停めるよう言う。ここでおりるからと。

「車が停めてある場所まで送ってあげられるけど」

「いや、いい。そんなに離れていないから」

トルーマンは電話に出たくてうずうずしているようだ。着信音は鳴りやまない。

パトカーからおりるとき、彼はルーフに頭をぶつける。

そのときになってようやく、アハーン巡査部長と昼に会ったことについて、彼になにも話していなかったことに気づく。そういう方面でアドバイスを求めるとしたら、トルーマンしかいない。でも、彼はすでに通話中だ。

わたしは歩き去るトルーマンの姿をしばらく見つめる。

いったいだれと話しているのだろう。

ようやく一日が終わった。家に帰るあいだじゅうずっと、トーマスはどんな一日を過ごしたのだろうと考えて落ちつかない。離ればなれの時間が終わり、彼と再会するときのあの感覚が待ち遠しい。ドーパミンがどっと出て、わたしの肩が下がり、呼吸もおだやかになるあの瞬間が。

家に着くと、まだ五時前だというのにあたりはほとんど真っ暗だった。このところの天気には気が滅入る。いちばん暗くなる時期の冬の暗さは好きになれない。陽の光が差すと、食べてしまえそうだ。甘いお菓子のようにむしゃむしゃ食べて、ずっとつづく寒い冬に備えてため込んでおくのだ。

到着してなによりも先に、ミセス・マーンの家のあかりが消えていることに気づく。胃のあたりにちくっと痛みが走る。わたしは車からおりて、雪の中を玄関ドアまで小走りに駆ける。呼び鈴を鳴らす。待っているのももどかしくて、すぐさまノックする。

なかがのぞけないかと、玄関ドアの脇にある窓ガラスに顔を押しつける。あのふたりはいったいどこにいるのだろう？　ドアを蹴り倒す準備はできている。わたしは仕事モードに戻り、拳銃に手を伸ばす。

もう一度ノックしようとするその瞬間、ドアがさっと開く。ドアの向こうにはミセス・マーンが立っているが、背後の空間は薄暗い。そこにトーマスはいない。ミセス・マーンが大きなメガネの奥で目をしばたたかせて、わたしを見ている。

「トーマスはこちらにいますか？」わたしは尋ねる。

「もちろん、ここにいますよ。あなた、大丈夫？　あんなにドアをたたくなんて。心臓発作を起こすかと思ったわ」

「すみません」わたしはあやまる。「息子はどこですか？」

ちょうどそのとき、ミセス・マーンのとなりにトーマスがひょっこり現れる。唇よりも上の部分に赤い線がついている。なにか甘いものを飲んでいたのだ。トーマスがにやっと笑う。

「この子にクールエイドを飲ませたのだけれど、かまわなかったかしら？」ミセス・マーンが尋ねる。「親戚の子が来たときのために、戸棚に用意してあるの」

わたしたちが越してきてから、このあたりでミセス・マーンの親戚の子を見かけたことは一度もない。

「かまいません。ごちそうになって」わたしは答える。

「ぼくたち、映画館みたいにして映画を観てたんだよ」トーマスが説明する。興奮のあまり、声が上ずっている。

「ポップコーンをつくって、あかりを消したということですよ」ミセス・マーンが補足する。「なかに入っていらっしゃい。冷たい空気が入ってくるから」

家のなかに入って、トーマスが靴を履いて上着を着るのを待つあいだ、わたしは廊下にかけてある写真に気づく。学校の集合写真のようだ。古ぼけた、粒子の粗い写真。幼児から十代前半までの、さまざまな年齢の子どもたちが何列も並んでいる。いちばん前の二列には、カーディガンをはおってスカートを穿き、頭には簡素な頭巾をのせた修道女がいる。わたしとケイシーが通った教区立学校で見かけたような修道女たち。白黒写真で、どれぐらい古いものなのかは判然としない。ミセス・マーンにも子ども時代があっただなんて想像できないが、その写真が動かぬ証拠だ。そこに並ぶ子どもたちのなかに彼女がいないかと、素早く目を走らせて探していると、彼女の手がわたしのひじに触れる。

「あの子の準備が終わる前に、あなたにお伝えしておかなければね。例の男の人がまた来ましたよ」ミセス・マーンが静かに告げる。

わたしの心臓がきゅっと縮む。

「トーマスはその人に会いましたか？」

「いいえ。窓をのぞいて彼だとわかったから、トーマスにはしばらく二階に上がってもらいました。それで、その人には、あなたたちはもうここに住んでいないとお伝えしました。あなたに言われたとおりにね」

わたしはほっと胸をなで下ろす。

「それを聞いて、彼はどんなようすでした？」

「がっかりしていたようね」

「それでいいんです。思う存分がっかりすれば。その人はその話を信じましたか？」

「そのようでしたよ。すごく感じのいいかただったけど」

「そういう風に振る舞えるんです」

ミセス・マーンはぐっと口を閉じて、うなずく。

「とにかく、こうなってよかったわね。殿方なんて、わたしにはあまり用がないのだけれど」

彼女は少し考えてから、言い足す。「ひとりかふたりぐらいだったら、まだがまんできますけどね」

アパートに帰ると、トーマスは堰を切ったように話しはじめる。

「ミセス・マーンがね、〝E.P.〟を見せてくれたんだ」

「〝E.P.〟ってなあに？」

「映画だよ、子どもの自転車に乗る人のお話」

「自転車に乗る人？」

「モンスターだよ」

「ああ、〝E.T.〟のことね」

「それでね、そいつが言うの、〝E.P.は家に電話をする〟って。そしたら、ミセス・マーンがどうやって電話をかけるかぼくに教えてくれたの。こんな風に」

彼が人差し指をわたしに向かって伸ばしてきたので、わたしは自分の指でその先に触れる。

「こうやってね」

「映画はおもしろかった？」

「うん。こわい映画だったけど、ミセス・マーンが見せてくれたんだ」トーマスは映画の影響でテンションが高くなっている。おそらく、砂糖のとりすぎも無関係ではない。

「こわくならなかった？」

「ぜんぜん。こわい映画だったけど、ぼくはこわくなかった」

「よかった。それを聞いてほっとしたわ」

でも、その晩、トーマスを寝かしつけたあとで、小さな足が立てるパタパタという音で目が覚める。そこには、その日観た映画の主人公のように毛布にくるまり、こちらをのぞき込むトーマスがいる。

「ぼく、こわい」思いつめたようすでトーマスが言う。

「大丈夫よ」

「ぼく、うそついたんだ。ほんとうはこわかったの」

「それでも、大丈夫だから」

彼はそこで言葉を切る。唇を嚙み、じっと床を見つめている。わたしには次の展開がお見通しだ。

「トーマス」わたしは警告するように言う。

「ここで寝てもいい？」トーマスはそう言うが、はじめからあきらめたような声の調子だ。答えはわかっているのだ。

わたしはベッドから出て、トーマスのほうへと歩いていく。彼の手を取り、廊下の向こうの部屋まで送り届ける。

「もうすぐ五歳だよね？　もうお兄ちゃんだよね。ママに勇気のあるところを見せてくれる？」

廊下の暗がりのなかで、彼がうなずくのがわかる。

わたしは彼の部屋までつきそい、ナイトランプをつけてやる。トーマスはベッドによじのぼる。わたしは毛布をかけてやり、彼のおでこに手を当てる。

「あのね」わたしは切り出す。「カルロッタとリラのママにお話ししたの。みんなを誕生日パーティーに招待したいって」

トーマスは無言だ。

「トーマス？」

こちらを見ようとしない。わたしは一瞬うろたえる。でもすぐに、強さや自立心を子どもに教えることについて、これまで読みあさってきたことを思い浮かべる。子どもが将来バランス感覚を身につけた市民に成長するためには、まずその子に自信と独立心を教え込むことが大切だというアドバイスを。

「ふたりとも来られるって」

わたしはトーマスのおでこにそっとキスをして、部屋から出る。

その翌日、わたしは証言をするために裁判所に出向かねばならない。先週起きた家庭内暴力の件で審理がおこなわれるのだ。被告人はロバート・マルヴィー・

ジュニア。最初は煮え切らない態度だった妻は一転して夫を告訴することにしたらしい。わたしはグロリア・ピータースとともに、証言台に立つことになっている。

いつもと変わらない日常のなかのありきたりな案件になるはずだった。ただし、マルヴィーが視界に入るたびに、わたしがひどく落ちつかない気持ちになることをのぞいては。彼の視線はひたすらわたしに向けられていて、わたしたちの目が――毎回わたしの意に反して――合うたびに、わたしは彼のことを前から知っているような気になる。何度も相手を威圧しようとするのだが、うまくいかない。

彼が有罪を宣告されるかどうか見届けることなく、わたしは裁判所をあとにする。

パトカーに戻ると、駆り立てられるようにダッシュボードの時計を確認する。

コナー・マクラッチーについてそれほど多くのことを把握しているわけではないが、彼が毎日午後二時半ごろにミスター・ライトの店を訪れ、麻薬を打って暖を取るということはたしかだ。それはつまり、その時間帯に彼は例の家にはいないということだ。

昨日トルーマンに馬鹿なまねはするなよと忠告されたばかりだ。でも、相手を出し抜くのは〝馬鹿なまね〟ではないはずだ。それどころか合理的な判断だといえる。

いまは午前十一時。ということは、その家を安全に偵察できるようになるまで、あと数時間待たなければならない。わたしは努めて時間ばかり気にしないようにする。でも、二度にわたって――だれかの注意を引いたり、警戒心を抱かせたりしない程度に――マディソンという小さな通りにパトカーで乗り入れて、トルーマンの言っていた路地のほうをうかがわずにはいられない。

どこもかしこも直角と対称ばかりのセンターシティの街並みが、フィラデルフィアの都市計画に冷静な理性が反映されたものだとしたら、ケンジントン地区というのは、意図が必要によってゆがめられたときになにが起こるかの好例だ。地区のあちこちに小さな公園が点在しているが、その多くはいびつな形をしている。一直線に揺るぎなく伸びるフロント・ストリートと、斜めに地区を貫くケンジントン大通りをのぞいて、地区の通りはすべて傾斜していたり、センターシティのヴァイン・ストリート、マーケット・ストリート、サウス・ストリートのように横一文字に走る道にくらべるとわずかにゆがんだりしている。ケンジントン地区にある通りは唐突にはじまり唐突に終わる。それらの通りは同じぐらい行き当たりばったりに、ひとつかふたつの小道に通じている。マディソン・ストリートとイースト・マディソンストリートに関連性はなく、イーストカンバーランド・ストリートの南方にはウェストサスケハナ大通りが悪びれずに走っている。ケンジントンの小さな通りの多くは住宅地となっている。レンガ造りで化粧漆喰仕上げの集合住宅が肩をよせ合って建っているが、家が取り壊された部分は空き地になっていて、歯が抜けたみたいに見える。手入れが行き届いた地区では廃屋や封鎖された家はわずか一、二軒だ。そうではない地区は、住民が不運に見舞われたがために荒廃している。そんな界隈では、ほぼすべての家が空き家ではないかと思える。

ケンジントンの脇道の多くが、もっとせまい路地と交わっているが、そういう路地には家の裏口が並んでいる。まるで家が通行人に腹を立て、機嫌を損ねて背を向けているかのように。普通、そういう路地は車で通り抜けることができない。

いまわたしがようすをうかがっているのもそんな路地だ。トルーマンの言っていた、Bが三つ書いてある家はどこにあるのだろう。

でも、そんな家があったとしても、わたしのいるところからは見えない。

時間が近づくと、わたしは乗務しているパトカーを駐車してアロンゾの店に入る。アロンゾは顔を上げ、わたしがコーヒーを買いにきたのではないと的確に察知すると、着替えが保管してあるクローゼットを無言で指さす。

「ありがとう、アロンゾ」わたしは彼にそう言うと、トイレに入る。それから、できるだけの威厳をかき集めて、ぶかぶかの黒いスウェットパンツとTシャツというでたちで出ていく。

わたしはだまっている。うなずいて、制服と制服を入れた袋をもとの棚に戻すと、ドアをすり抜けて消える。今回は無線機と拳銃は店内に残していく。私服の下にそういうものをわからないように隠しておくのはとうてい無理だ。

わたしはマディソン・ストリートまでジョギングする。おかげで身体があたたまる。腕時計をチェックする。二時半ちょうどだ。

マディソン・ストリートへと曲がり、そこに直角に交わる路地にたどり着くころにはペースを落としている。なにげないようすを装っているつもりなのだが、おそらく失敗しているだろう。

路地のどんづまりまで来て、それを見つける。問題の家の裏口だ。白い羽目板。ふたつある裏の窓のひとつを覆う板に三つのBがスプレー書きされている。おそらく本来は裏口のドアがあったとおぼしき場所には、朽ちかけた大きなベニヤ板が立てかけてある。ちょっと力をかけて押せばずらせそうだ。おそらく、仮住まいをしている者たちもそうやって出入りしているのだろう。

わたしは窓をふさいでいる板の端に顔をくっつけて、

すき間からなかをのぞこうと無駄な努力をするが、暗すぎてよく見えない。一瞬ためらったものの、出入り口を覆う板を小刻みにノックしてみる。もしドックが出てこようものなら、自分がなにをしでかすかよくわからない。

　わたしはしばらく待つ。さらにもうしばらく待つ。またノックする。なんの反応もない。

　やがて、わたしはベニヤ板を横にずらして、おそるおそる一歩を踏み出す。

　なかに入ると、そういう場所でかぎなれた臭気と、冬に陽が差し込まない家特有の底冷えの出迎えを受ける。外よりもこちらのほうが寒いぐらいだ。廃屋に陽の光は届かない。こうして板を打ちつけられていては。空気はよどみ、おぞましいにおいがして、まるで冷蔵庫のなかに立っているようだ。

　家のなかに二歩進んだところで目が暗闇に慣れるのを待つ。床板が不気味な音を立てる。床板が朽ちているか、板じたいがない箇所に足を乗せれば、たちまち地下室送りになるだろう。

　ガンベルトをつけてくればよかった。そうすれば懐中電灯が使えたのに。それで、しかたなく携帯電話をてのひらにのせ、懐中電灯アプリを起動する。

　それを振りかざして、自分が立っている部屋の四隅を照らす。人の身体が転がっているかもしれない。死んでいるのか、生きているのかもわからない身体が。でも、そこにはどんな身体もない。床にはマットレスがいくつか置いてあるだけだ。段ボール箱、ゴミ袋、毛布、衣類のような布、そのほか、得体の知れないものがつみ上げられている。どうやらこの空き家は現時点ではほんとうに空っぽのようだ。

　トルーマンがドックと接触したときの話を思い浮かべる。そういえば、どこかの時点でドックが二階に姿を消したと言ってはいなかったか。でも、階段など見えない。どのみち、すぐには確認できない。

　じりじりと歩を進め、入ってきたところとは反対側の、家の正面を照らす。玄関ドアと、玄関ホールの手前までつづいている壁に小さな敷居がついているのが見える。階段はあの壁の裏側だろう。

　ようやく目が慣れてきて、堂々と歩けるようになる。突然あせりを感じて、押し出されるように前に出る。家のなかの偵察を済ませたらすぐにここから出よう。階段を足早にのぼる。ざらざらする手すりを左手でつかみ、途中、腐りかけた板を数段飛ばしながら。

　二階に到達すると、大きく目を見開いた人物がこちらを見ている。

　携帯電話が音を立てて床に落ちた瞬間、それが自分の顔だと気づく。壁にかかっている鏡がこちらを見返しているのだ。

　わたしはふるえる手で携帯電話を拾うと、妹がいないかと戸口からなかをのぞく、おなじみの確認作業をはじめる。

　知らず知らずのうちに、遺体の腐乱臭がしないかと鼻をひくつかせている。一度嗅いだら忘れられないにおいだ。家のなかはひどいにおいが充満しているが、そこにはっきりした人の死臭は混ざっていないとわかり、ほっとする。

　バスルームには浴槽も便器もない。かつてそのふたつがあった場所には、ぽっかりと穴が開いている。

　ある寝室には古びたソファが置いてあり、たくさん雑誌があって、使用済みのコンドームがいくつか床に散らばっている。

　別の寝室にはむきだしのマットレスが置いてあり、壁にかけられた黒板に子どもが描いたような模様がくっきり残っている。二階の窓は板でふさがれていないので、そこに差し込む陽の光のなかに、そのアーティストの手になる作品が浮かび上がる。都市に高層ビルが立ち並ぶようすを描いたもので、無数にある窓がこまかい点で表現されている。わたしはその絵に見とれる。この家が廃屋になる前に描かれたものだろうか？それとも最近どこかの子どもがここで描いたのだろうか。黒板の下にある木のレールには、短くなったチョークが三つのっている。わたしは衝動を抑えられない。チョークをひとつ手に取ると、右隅に小さな印をそっと書き入れる。黒板になにかを書くのはずいぶん久しぶりだ。

チョークをもとに戻そうとすると、だれかが一階に入ってくる音が聞こえる。

わたしはびくっとする。そして、チョークがレールから床へとゆったりとした弧を描き、聞き逃しようのない音を立てて床に落ちる。

「上にいるのはだれだ？」男の声がする。

わたしはあわててすぐそばにある窓を見る。それを開けて二階から飛びおりたとしたら、どれぐらいのけがで済むだろう？

まごまごしているうちに、大きな音を立てて階段をのぼる足音が聞こえてきて、わたしは動けなくなる。

いまここに拳銃があればいいのに。

両手を相手から見えるようにする。咳払いをして、話す準備をする。

男は階段をのぼりきったところで立ち止まる。この寝室に入ったとき、わたしはドアは閉めておいたが、内側から鍵をかけなかった。心臓があまりに激しく打つので、口のなかで味わえそうだ。わたしの身体のなかで異様にせり上がり、のどから飛び出しそうな勢いだ。

寝室のドアがバタンと開く。だれかが蹴り開けたのだ。

最初、わたしはその男がだれなのかわからない。

男はひどく殴られている。右目は腫れあがり、ぴったり閉じられている。その部分は黒と緑に変色している。鼻は曲がっているようだ。耳や上唇も腫れている。だが、髪型には見おぼえがある。オレンジ色のジャケットにも。

「ドックなの?」わたしは口を開く。

ふるえが止まらない。ひざがガクガクする。思わず、はずかしくなる。〝ここは寒くて〟と釈明できたらいいのに。〝寒いからふるえちゃって〟と。

「ここでなにをしていやがる」

「あなたを探しにきたの」

わたしはとっさにうそをつく。

彼はゆっくりと一歩前に踏み出す。

「俺がここにいるとどうしてわかった?」

「いろいろ聞いて回ったの。ほら、わたしこのあたりに知り合いが多いから」

彼は笑うような声を上げるが、痛々しさが伝わってくる。脇に片手を当てている。肋骨が折れているのかもしれない。

「そこになにを隠している?」ドックが尋ねる。

わたしは少したじろぐ。可能性はごくわずかだが、もしかしたら、わたしが武器を携帯していないと彼に信じてもらえるかもしれない。そうすれば、ここから出られるチャンスだ。でも、彼が信じてくれるかどうかはわからない。だから、はったりをかますのは得策ではない。

「なにも」

「両手を上げろ」

言われたとおりにすると、彼はこちらに来て、わたしのシャツをたくし上げる。そして、ズボンのウェストバンドを確認する。わたしの身体のあちこちに手を当てる。わたしは無力感をひしひしと感じながら、ただ突っ立っている。

「あんたをバラさないといけないな」彼は静かに言う。

「なんですって?」

「あんたを殺さなきゃならないって言ったんだ。あんたの親戚が俺にしたことでな」

　わたしはだまり込む。

「なんのことだかわからない」

「〝なんのことだかわからない〟ときたか」あざけるようにドックが言う。わたしの口ぶりをまねて。「あんたがどれだけ頭が切れるか、ケイシーはしょっちゅう話していた。あいつはあんたに腹を立てていたかもしれない。でも、あんたのことは、まるでアルフレッド・アインシュタインかのように話していた」

　わたしは床をじっと見つめる。だまったままでいる。それでも、気を抜くと〝アルバート〟とつい訂正してしまいそうだ。

「だから、あんたのことは信じていいものか。〝わからない〟って言われてもな」

　わたしは視線をじっと床に向けている。できるだけ自分が無害そうに見えるよう振る舞っているのだ。警察学校で教わり、わたしが役に立つと感じていることのひとつが、言葉では伝えられないことを身体で表現するスキルだ。

　ドックは自分の顔を指さす。「こっちを向けよ。俺を見ろ。あれは正々堂々としたけんかじゃなかった。俺の顔を見てもそう言えるか？　ボビー・オブライエンに会うことがあったら、うしろに気をつけろと忠告するんだな」

　ボビー。

　わたしは目を閉じる。感謝祭でドックの名前を耳にした途端に彼の顔によぎった奇妙な表情を思い出す。

「わたしのいとこがそんなことをしたのだとしたら、心からあやまるわ」わたしは口を開く。「でも、ボビーとは滅多に会わないの。わたしたち、疎遠になっているから」

　ドックはせせら笑う。「ああ、そうだろうよ」

「うそじゃない。もし彼がやったのなら、自分で考えてしたんだと思う。わたしとは無関係よ」

ドックは動きを止めて、わたしをじっと見つめる。身じろぎをする。頭を掻く。

「どうして俺があんたのこと信じなきゃならない？」ようやく口を開く。「おかしな話だが、俺はあんたを信じることにする」

「ありがとう」わたしは頭をわずかに上げる。顔を彼に向ける。それから、またうつむく。

「それはそれは」ドックは驚いたとばかりに言う。「それでも」その先をつづける。「やつに会うことがあったら伝えとけよ。大通りには近づくなってな。こっちには俺の味方が大勢いるからな」

「わかった。伝える」

彼はまた笑う。それから、けわしい顔つきに戻る。

「手を下ろしてもいいぞ。腕が疲れるだろ。で、ほんとうのところ、ここでなにしてた？」ドックが切り出す。

「ケイシーを探していたの」わたしは答える。

もう、つけるうそも尽きた。

彼はうなずく。「あいつのこと、大切に思ってるのか？」

わたしは身をこわばらせる。

「あの子はわたしの妹だから」慎重に言葉を選んで答える。「それに、わたしがパトロールしている地区の住民でもある」

ドックがまた少し笑う。「あんた、変わってるな」

そして、つづける。「いいか。ここからうせろ。あいつの居場所は知らない。うそじゃないからな」

「わかった。ありがとう」

ほんとうに彼が知らないかどうかはあやしいものだ。でも、はっきりしているのは、わたしはここから無傷で脱出したいと願っているということ。彼の手の感触がまだ身体に残っている。思い出すだけで気持ち悪い。早くシャワーを浴びたい。

彼の気が変わる前に、わたしはドアのほうへと歩いていき、廊下に出る。だが、階段を下りようとすると、背後から彼の声がする。

「ミッキー」

わたしはそろそろと振り返る。ドックは窓を背にしていて逆光のなかで影だけが見える。どんな表情をしているのかはわからない。

「もっと慎重に行動しろよ。大事なひとり息子がいるんだろ」

わたしの筋肉に緊張が走り、いまにも相手に飛びかかれそうだ。

「なんて言ったの？」わたしはゆっくり聞き返す。

「息子がいるんだろって言ったんだ。たしかトーマスって名前だったよな？」

そう言うと、彼は部屋の隅に置いてあるマットレスに腰を下ろし、大儀そうに身体をかがめ、そこに横になる。

「それだけだ」

彼は目を閉じる。

わたしはその場を立ち去る。

〝トーマス〟——息子の名を口にするドックの声が耳にこびりついて離れない。わたしを脅すつもりだったのなら、効果てきめんだ。

わたしは車のなかに座り、次の一手を考える。ボビーがドック襲撃の犯人だとしたら、あきらかに、感謝祭のときに言っていた以上のことを彼は知っている。にもかかわらず、わたしにはなにも教える気がないということもはっきりしている。

わたしに残された唯一のチャンスは、どうにかしてボビーの裏をかくか、第三者から彼の情報を得ることだ。

あまり期待はせずに、わたしはアシュリにメッセージを送る。

〝ボビーって最近どこに住んでるの？〟

アシュリから返事がくるのを待つあいだ、トルーマンに電話をかける。彼はすぐに電話に出る。

「ミッキー」わたしが話し終えると、トルーマンが言う。「信じられんな。いったいなにを考えているんだ？」

わたしは自分が意地になるのがわかる。

「わたしはただ、手に入れた証拠をもとによく考えてそうしただけよ。ドックが午後二時半に家を空けるという情報はつかんでいた。あの家は、ケイシーの居所につながる手がかりを見つけるために、どのみち捜索しなければならなかった。だからそれに踏み切ったまで」

電話越しに、トルーマンが首を振る音が聞こえてきそうだ。こめかみに手を当てているだろう。

「いや、ちがう、ミック。手順がまちがってる。おまえさんは殺されていてもおかしくなかったんだぞ。わかっているのか？」

強い口調で言われて、わたしはたじろぐ。

「いいか。おまえさんは指揮系統を無視している。俺たちふたりともだ。ケイシーの失踪はもう届けたのか？」

わたしは言葉をにごす。「そうしようとした。アハーン巡査部長に伝えようと。でも巡査部長が忙しすぎて」

「それなら、刑事に言うんだな。本物の刑事に。俺たちみたいなにせ刑事じゃなくて。ディパウロに相談しろ」

トルーマンがそううながすたびに、わたしはその考えに反発したくなる。なぜかわからないが、頭のなかでかすかな鐘の音がひびいている気がする。トルーマンがだまってくれたら、その音をもっとはっきり聞くことができるのに。

「ミッキー、こうなったら慎重にならないといけない。

そいつはトーマスの存在を知っていた。それでトーマスの名前を利用した。これ以上刺激するのはまずい」

　わたしが気が進まない理由がようやく見えてくる。ポーラ・マルーニーが、わたしの頭からずっと離れないあの言葉を口にしたときの、彼女の疑念に満ちた顔つきが思い浮かぶ。彼女は〝そいつはあんたらのお仲間だよ〟と言ったのだ。仲間。仲間。それから、わたしがそのことを伝えたときのアハーン巡査部長の態度を思い出す。彼はいとも簡単にわたしの訴えを退けた。

　ようやくわかった。いままで妹の失踪をなぜ同僚に相談しなかったのか。いまとなっては、だれを信じたらいいのかわからない。

　トルーマンはだまり込む。わたしもだまる。わたしたちのあいだには呼吸の音だけが流れる。

「なあ」トルーマンがついに口を開く。「おまえさんは自分の人生なんてどうなったっていいと考えているかもしれない。でも、トーマスはちがう。俺もだ」

　わたしは思わず顔を赤らめる。こんな風にトルーマンにずばり言われるのには慣れていない。

「聞いているか？」トルーマンが尋ねる。

　わたしはうなずく。それから、電話で話していることに気づき、咳払いをして言う。「聞こえてる」

　通話を終えると、携帯電話が短い着信音を鳴らす。アシュリからの返信だ。

〝知らない〟

　その夜、わたしは家でトーマスとソファに座り、いつもより三十分余分に時間をかけて絵本を読み聞かせる。トーマスがその日一日のささやかな失敗や成功についてわたしに報告する声に耳を傾ける。彼の誕生日まであと何日か、一緒に声を出して数える。彼が人生のなかで心待ちにしていることがあると知って、満ち足りた気分にひたりながら。

「カルロッタとリラ」ふたりが向こう側にあるマクドナルドの店舗にいるのを見るやいなや、トーマスが唱えだす。「カルロッタとリラ、カルロッタとリラ」

わたしたちはここまであわててやってきた。トーマス自身の誕生日パーティーだというのに、十五分の遅刻だ。ベンサレムからサウスフィラデルフィアまでは三十分で到着するのだが、どういうわけか時間はすぐになくなってしまう。

女の子たちがトーマスに駆け寄る。

「こんにちは」わたしが彼女たちの母親と挨拶をすると、それぞれ挨拶が返ってくる。リラの母親にはハグをされるが、わたしは身をこわばらせながらそれに応じる。トーマスがスプリング・ガーデン・ディスクールに通っていた当時、彼女たちのことはなんとなく知っていたが、電話をかける前にファーストネームを確認しなければならなかった。

ふたりの雰囲気はそれぞれちがっている。カルロッタの母親はわたしよりも年上で、おそらく四十代なかば。髪をカールさせて、実用的なジップアップパーカを着て、手編みのように見えるミトンの手袋をしている。

かたや、リラの母親はわたしと同じ年ごろで三十代前半だ。まっすぐ切りそろえた前髪にウェーブのかかった長い髪。ベルトで留めるタイプの青いコートを着ている。とても優美な雰囲気なので、わたしは思わず手を伸ばして触れてみたくなる。どっしりしたヒールのついたブーツを履き、耳元で揺れる精巧なつくりの金のイヤリングがいまにも襟に触れそうだ。まるでファッション業界で働いているようないでたちだ。いいにおいを振りまき、ブログをやっているようなタイプ。

いつものスラックスと白いボタンダウンシャツ姿のわたしは、さしずめウェイトレスといったところだろう。

どちらの母親もちゃんとした家庭の出で、いい大学に通った雰囲気をそれぞれにかもしだしている。

「ここ、すごくいいじゃない」リラの母親のローレンが言う。「子どもたちにとっては天国ね」

いっぽう、カルロッタの母親、ジョージアはどこか落ちつかないようすだ。娘のほうを見るふりをして、遊具に目を走らせている。

「こういう店に室内で遊べる施設があるだなんて、知らなかったわ」彼女はわたしに言う。

「ええ、じつはあるのよ」わたしは答える。「それが客寄せになっているの。市内ではここだけで、トーマスのお気に入りなの。でも、はるばるここまで来させてしまって、申し訳なかったわ」

「そんなの気にしなくていいのよ」ローレンが答える。「道もわかりやすかったし。コロンバス・ブールバードをひたすら南下するだけでよかったから。それに、ちゃんと駐車場もあるしね」さらに彼女はつけ加える。「それってすごく贅沢よね」

「大丈夫よ」一テンポ遅れてジョージアも同意する。

子どもたちが遊ぶ姿を眺めながら、わたしたちはしばらく無言で立っている。リラとトーマスは少し高いところにあるおもちゃの家に通じるはしごをよじのぼっている。カルロッタはボールがたくさん入ったプールに身をひたしてバタバタと手足を動かしている。雪の上に天使の模様をつけるときみたいに。わたしはカルロッタの母親をちらりと見る。ここの遊具はどれぐらいの頻度で清掃がおこなわれるのか気にしているような顔つきだ。

「それで、仕事のほうはどう?」ローレンに聞かれる。トーマスの園ではわたしの仕事についてはだれにも話していなかったのだが、おそらく、着替える余裕がなかったときに警官の制服のままで迎えにいった姿をふたりに見られていたのだろう。

「順調よ」わたしは答える。「まあ、なにかと忙しくて」

　わたしはまごつく。ふたりにも仕事はなにをしているのか聞いてみたいのだが、心のどこかで、もしかしたらふたりとも働いていないかもしれないと思っている。彼女たちが子どもをあそこに預けているのは、子どもの才能を伸ばすことに定評のある園だからであって、そうしなければ生活が回っていかないからではないのかもしれない。

　どうやって聞いたものか、まごまごしているうちに、ジョージアに言われる。「ケンジントンで起きている殺人事件の捜査はどうなっているの？」

「ああ」不意をつかれてわたしは答える。「ええと、進展はある。でも、まだ決め手はないの」

「連続殺人なのかしら？」ジョージアが尋ねる。

「どうやらそのようね」わたしは答える。

「警察には事件を解決してもらいたいわ。子どもたちの園の近くでそんなことが起きているだなんて、心配だわ」

　わたしは言葉を切る。

「まあ、犯人の狙いは幼児じゃないと思うから」

　ふたりがこちらを見る。

「ええと、わたしもそう思う。犯人逮捕には近づいているから。心配しないで」

　いつわりのなぐさめ。さらなる沈黙。わたしは身体の中心で腕を重ね合わせ、脚から脚へと重心を移動させる。

「みんな大丈夫だといいけど」ジョージアが時計を見ながら言う。

「だれが？」質問の意味がわからず、わたしは尋ねる。

「ほかの人たちもこの場所がわかりますようにってことよ。わたしは少し迷ったから」

「ああ」わたしは即座に理解する。「今日はこれだけなの」

「少人数の会にしたのね。かしこいわ」ローレンが言う。

「これだけなの？」ジョージアが手で空中に円を描きながら言う。

　トーマスが注文したいものを決めて、こちらにやってくる。シェイク、チキンナゲット、ハンバーガー、フライドポテト、シェイクをもう一本。リラとカルロッタも注文するものを決めてトーマスのうしろに控えている。あきらかに、三人で話し合ったのだ。

　それなのに、ジョージアはひざをついて座り、娘の肩に手を当てる。「カルロッタ。このことはお話ししたわよね。ちゃんとお弁当を持ってきたでしょう？」

　カルロッタは目を大きく見開く。そして、いままさに起ころうとしている不公平が信じられないとばかりに、前後に首を振りはじめる。

「いや」カルロッタは答える。「いや。わたしもハンバーダーがいい。ハンバーダーとポテトがいいの」

　ジョージアはわたしたちのほうにさっと顔を向けると立ち上がり、泣きだした娘を三メートルぐらい離れた場所に連れていく。そこでまたひざをつくと、娘に向かって低い声でしきりに言い聞かせはじめる。

　わたしは気にしていないふりをして顔をそむける。でも、ジョージアがどんなことをカルロッタに吹き込んでいるのか想像がつく。〝ハニー、ここの食べ物はわたしたちの口には合わないのよ。健康的でもないし、栄養もそんなにないから、食べていいってあなたに言えません〟

　きっと大々的な誕生日パーティーを想像していたのだろう。どこかでこっそり自分たちが持参した健康的で栄養満点の食べ物を口にしても気づかれないぐらいの。

「カルロッタ、どうしちゃったの？」トーマスがわたしに聞いてくる。「わからないわ。そっとしておきましょう」とわたしは答える。

　ジョージアはいまや、泣きわめくカルロッタを引っ張って店の外に連れ出している。わたしたちのほうを見て、指を一本立てる。〝一分だけだから〟

「でも、こっちに戻ってくるよね？」トーマスがわたしに尋ねる。わたしが組んだ腕に両手を乗せて、どうしたらいいかわからずに戸惑っている。

「そう思うわ」わたしはそう答えながらも、ふたりをここに招いたのは失敗だったという気持ちをひしひしと感じる。

両手をパンとたたき、ようやくその場の空気を変えたのは、ローレンだ。

「あなたたちはどうだか知らないけど、わたしお腹ぺっこぺこだから、ビッグマックを注文しようかな」

わたしは彼女を見る。

「わたし、ビッグマック大好きなんだ。ひそかな楽しみってやつね」彼女は真顔でわたしに言う。わたしは彼女に言いたい。〝ありがとう、どうもありがとう〟と。

「ぼくもビッグマック大好き」トーマスが言う。「ひそかな楽しみなんだ」

注文を済ませると、ローレン、リラ、トーマスとわたしの四人は六人掛けのテーブルを見つけて一緒に腰を下ろす。ジョージアとカルロッタは店内に戻ってきたが、ジョージアがこそこそと娘を室内の遊び場へ行くようせきたてている。わたしたちの食事が終わるまで、そこでひとりで遊べるように。

わたしの正面にはローレンが座っているが、わたしははじめ、彼女になにを話したらいいのかわからない。人と話すのは苦手だ。とくに、ローレンのような、これまでの人生でわたしやわたしの家族のような人間と会ったことがないであろう人とは。ローレンのような人は、わたしたちのような人間にたいして、ゴミ《トラッシュ》だとか、こわいだとか、問題の元凶だとか、やっかい者で手に負えないというイメージを持っているのだろう。

そのイメージのなかで、わたしたち全員があまりに多くの問題を抱え込んでいて、一連の問題にははじまりもなければ終わりもない。

　だが、ローレンは一向に気にするそぶりを見せない。気楽な感じで炭酸飲料のカップをゆるく手に持ち、娘がシャツにケチャップを飛ばしたのをからかっている。

「こういうことってよくあるわよね」わたしを見ながら目をぐるっと回して言う。非難の言葉を聞くことになるとは、意外だった。

　彼女については、ほかにも勘ちがいをしていた。ローレンにはちゃんとした仕事がある。そのために毎朝起きて出勤しなければならない仕事が。フィラデルフィアの公共ラジオ局でプロデューサーを務めているのだ。彼女の話では、学生時代は放送コミュニケーションを専攻したということだ。当初はテレビ報道を志望したのだが（たしかに彼女はとてもかわいらしい）、果たせずに、新しいラジオ番組の立ち上げにかかわることになった。

「こっちのほうがいいわ。朝早く起きて顔に化粧をはたかなくてもいいもの」

　わたしたちはすっかりくつろいで、それから十五分ぐらい話に花を咲かせる。となりでは子どもたちが、カルロッタの母親が娘にはふさわしくないと判断した食べ物を満足げにほおばっている。トーマスの小さな顔はうれしさと興奮で輝いている。両手を素早くテーブルの上で動かして、ビッグマック、フライドポテト、シェイクと順に触れている。自分が手に入れたものを数えているのだ。彼はしあわせいっぱいの誕生日を過ごしている。

　その直後、わたしは息子の表情が変わるのを目撃する。

「トーマス？」わたしは声をかける。

　トーマスは勢いよく立ち上がると、わたしが止める間もなく、座っているテーブルとレジとのあいだの空間を駆け抜ける。

　わたしは立ち上がって振り向く。

　それと同時に、ローレンの声が聞こえる。「トーマスはあの男の人を知っているの？」

　ときすでに遅し。トーマスは問題の男性の両脚にしがみついている。わたしにはその男性のうしろ姿しか見えない。

　もちろん、サイモンだ。わたしは振り向く前から、それがサイモンだとわかっていた。これまでのいきさつ、彼が取った態度、わたしと息子にたいする数々の仕打ちにもかかわらず、わたしはほんの一瞬、彼に惹きつけられる。トーマスのあとを追って彼に駆け寄り、その場で彼の犯した罪のすべてを赦したくなる、子どもじみた衝動をなんとか抑えようとする。

　そんな衝動と闘っている最中に、サイモンのかたわらに女性がいるのに気づく。恐ろしいほどまっすぐな黒髪の女性。背は低い。

　わたしの気持ちは即座に怒りへと変わる。わたしは向こう側で展開する場面をじっと見つめる。サイモンが振り向いてトーマスを見下ろすが、しばらくのあいだ呆然として、ただ見つめている。トーマスが、一年顔を合わせていない息子がだれだかわからないのだ。それからようやくサイモンは気づくが、トーマスに顔を向ける前にまずその女性のほうを見る。トーマスの気持ちよりもその女性の気持ちのほうが大切なのだろう。

　トーマスは両腕を上げて背が高くてハンサムな父親に向けて伸ばし、つま先立ちになってピョンピョン跳びはねている。トーマスの表情は、彼が最後に父親に会ったときと同じものだ。そこには、あこがれ、崇拝、誇りに思う気持ちがにじんでいる。トーマスはさっとローレンとリラのほうを向く。わたしには彼がなにを考えているのかお見通しだ。サイモンをふたりに見せびらかしたいのだ。友達に父親を紹介したいのだ。

「パパ」トーマスは連呼する。「パパ、パパ」

父親が自分をびっくりさせるためにやってきたのだとトーマスが考えていることに気づき、わたしはいたたまれない気持ちになる。

トーマスには想像もつかないのだ。父親が自分のことに気づかなかったばかりか、かつてそうしていたように、大きな両手を下ろして、息子を胸に抱き上げてはくれないのだと。

わたしはつかつかとトーマスに歩み寄る。それがわかる前に、引き離さなければ。

その途中でトーマスがようやくわたしに気づき、よろこびに満ちあふれた顔をこちらに向ける。「ママ、パパが誕生日パーティーに来てくれたよ！」

サイモンのかたわらにいる女性も振り向く。

彼女の顔がはっきり見える。ずいぶんと若くて、ティーンエイジャーだとしてもおかしくない。小柄でかわいらしく、頬にあるふたつのピアスが彼女の年齢を物語っている。

それだけでなく、彼女の腕には赤ちゃんが抱かれている。八か月か九か月ぐらいで、ピンクの上着をはおった小さな女の子だ。

サイモンはせわしなく視線を三角形に動かす。トーマスを見て、わたしを見て、となりの女性を見る。

トーマスはようやく抱っこしてもらうのをあきらめた。腕を横に下ろす。顔がくしゃくしゃにゆがんでいる。まだわからないのだ。

「パパ？」最後にトーマスが口に出す。

「パパ？」若い女性がサイモンをにらみながら、おうむ返しに言う。

サイモンはいま、わたしに向き合っている。「ミカエラ。こちらはぼくの妻、ジェニーだ」

その瞬間、ここ一年のわたしの人生に説明がついた。

サイモンがそれ以上なにか言う前に、ジェニーは姿を消している。赤ちゃんも一緒に。サイモンは両腕をだらりと下げ、うつむいたまましばらくそこに立ちつくしている。トーマスはサイモンのそばで動かずにじっとしている。

やがてサイモンは店のガラス張りの出入り口へと歩いていくが、そこで彼の黒いキャディラックが急発進でバックして、駐車場から出ていくのを目の当たりにする。

わたしはようやくトーマスのもとに行ってやらねばということに気づく。身体が大きくなった息子を抱き上げる。彼の頭がわたしの肩に押しつけられる。

このあとどうすべきなのか、わたしにはわからない。大きな声でサイモンにわめき散らして、びしっと一発顔にお見舞いしてやりたい。あんな風にトーマスを無視するなんて。トーマスの気持ちをひどく傷つけるなんて。しかも、よりによって今日は彼の誕生日だというのに。

でも、仕返しをするのはやめておく。それより、トーマスを歩かせて、ローレンとリラが座っているテーブルまで連れていき、ローレンに声をかける。「ちょっとトーマスを見ていてくれない？」

「いいわよ」ローレンが答える。「わたしたちと一緒にいましょ、トーマス」

それから、わたしはサイモンのほうへ歩み寄る。彼は携帯電話を手にして必死にメッセージを入力している。わたしはそっと彼の前に立つ。ようやくサイモンは顔を上げる。携帯電話をしまう。

「あのさ」彼は言いかけるが、わたしはただ首を振る。

「やめて。あなたからはなにも聞きたくない」

サイモンはため息をつく。

「ミカエラ」

「わたしたちに近づかないで。それだけよ。近づかないって約束してくれれば、あなたにはそれ以上なにも望まない」

彼はきょとんとしている。

「ぼくのところに押しかけたのは、きみのほうじゃないか」

「なんですって」

「職場で。押しかけてきただろう。おぼえてないのか」

わたしは首を振る。「わたしたちの住所をどうやって調べたのか知らないけど、来られると迷惑なの」

サイモンは腕を組む。

「ミック、きみたちがどこに住んでいるのか、ぼくにはさっぱりわからないね」

わたしは数年ぶりに、彼の言っていることは真実だと直感した。

サイモンはその場を立ち去る。おそらく、ジェニーに弁解して仲直りするために、新しい人生に集中しなおすために。わたしの望みどおり、彼はトーマスにさよならも言わなかったので、トーマスはめそめそと泣きだす。これでいいのだとわたしは思う。もうこれっきりという別れ。バンドエイドを一気に剝がすような。永遠の別れを先延ばしにしていても意味がない。

パーティーはお開きになる。

「ごめんなさい」わたしはローレンとジョージアにそそくさと言う。ふたりの子どもたちに一ドルショップで買ったおみやげを手渡す。

さきほどの一部始終を見ていなかったジョージアは、きつねにつままれたような顔でわたしを見ている。ローレンはわたしに同情のまなざしを向けている。きっとあとでジョージアになにもかも話すのだろう。うわさ話に興じるのだ。その場の状況は、だれの目にも明らかだった。

家に帰るあいだじゅうずっとトーマスは涙にくれている。

「ごめんね」わたしは話しかける。「ごめんね、トーマス。いますぐにはわからないだろうけど、ほんとうに、こうするのが一番なの」

　でもわたしの言葉には彼をなぐさめる力はないようだ。

　トーマスをなぐさめながらも、心のなかではある疑念からどうしようもない不安が広がり、そちらに気がそれる――わたしたちの家を何度か訪ねてきた男がサイモンでないのなら、いったいだれだろう？

　ぼんやり考えていると、携帯電話が鳴りだしたので、わたしはとっさに車の向きを変え、トーマスが叫び声を上げる。

　わたしは電話に出る。

「フィッツパトリック巡査ですか？」電話の向こうの声が尋ねる。年配の女性らしい。

「はい」

「わたしはフィラデルフィア市警内務監査局のデニス・チェンバースです」

「はい」

「アハーン巡査部長から、こちらで調査をおこないたいと思う情報が提供されました。面会の日時を決めましょう」


　わたしたちは月曜日に会うことにする。わたしは驚くと同時に、ほっとした。意外にも、巡査部長はやるべきことをしっかりやったのだ。

　自宅に着くと、わたしはトーマスをテレビの前に座らせてから急いでミセス・マーンの家の玄関へと向かう。扉をノックする。

　玄関先に出てきたミセス・マーンは、目をしばたたかせている。昼寝していたところを起こされたかのように。

「ミセス・マーン」わたしは切り出す。「気になることがあって。最近わたしたちを訪ねてきたという男の人について、もっとくわしく教えてもらえませんか？」

「教えるって、どんなことを？」ミセス・マーンが尋ねる。

「そうですね、年齢、人種、背丈、体重、瞳の色や髪の毛の色とか。その人の特徴がわかるような情報であれば、とにかくなんでも」

ミセス・マーンはメガネの位置を直す。考えているのだ。

「そうねえ。年齢はよくわからないわ。若い人みたいな格好をしていたけど、顔は老けて見えたわね」

「どれぐらい老けてました？」

「こういうの、苦手なのよ」ミセス・マーンが言う。「年齢を当てるのはね。ちょっとわからないわね。三十代、それとも四十代かしら？　前にも言ったとおり、背は高かったですよ。ハンサムで。整った顔立ちだったわね」

「人種は？」

「白人」

「顔にひげは生えてました？」

「そんなになかったわね。

そういえば」ミセス・マーンが言う。「タトゥーみたいなものがあった気がするわ。首の、耳のすぐ下のあたりに文字が入っていたわね。とてもこまかい文字で。なんて書いてあるのか、そこまではわからなかったけど」

「どんな服装でした？」

「トレーナーよ。フードがついていて、ファスナーで開け閉めするタイプの」

わたしはたじろぐ。そういうトレーナーを着ている人はごまんといる。

パンデミックの危機を描く記念碑的名作の、
五〇年後を舞台とした新たな脅威！

アンドロメダ病原体
―変異―（上・下）

マイクル・クライトン
ダニエル・H・ウィルソン／酒井昭伸訳

eb5月

正体不明の物質アンドロメダ病原体によるパンデミックを封じ込め、人類絶滅の危機を乗り越えた五日間から五〇年。その再来を監視する永続的な警戒システムはアマゾンの密林奥に異常を検出した……人類は再び未曾有の脅威に立ち向かう！　遺族公認の公式続篇

四六判上製　本体各1800円[26日発売]

全米各紙誌絶賛の姉妹の絆を描く警察小説

HPB1955

果てしなき輝きの果てに

リズ・ムーア／竹内要江訳

eb5月

オピオイド危機に揺れる街ケンジントンで起きた女性の連続殺人事件。パトロール警官ミカエラは、ここひと月ほど行方不明の妹ケイシーが次の被害者になるのではと心配し、捜査に乗り出す。かつて仲の良い姉妹だった二人は警官と娼婦として袂を分かっていた……

ポケット判　本体2500円[6日発売]

「二回とも？」

「そうだったと思うけど」

「そのトレーナー、なにか文字が書いてありませんでした？」

「おぼえていないわ」

「たしかに？」

「ええ、たしかですよ」

「わかりました」しばらくして、わたしは言う。「ありがとうございました。もしほかになにか思い出したら、わたしに知らせてください。それから、ミセス・マーン」

「なにかしら？」

「もしその人がまたここに来ることがあったら、伝言を残すよう言ってください。それで、わたしにすぐに電話してください」

ミセス・マーンは推し量るようにわたしを見る。そういうことを頼まれて、彼女が気分を害したのではないかとわたしは心配になる。なにしろ、彼女は〝やっかいごと〟はお断りなのだ。それをことあるごとにわたしにも強調しているではないか。

ところが、彼女はただ「そうするわ」とだけ言う。

それからゆっくりと、扉を閉める。


〝ラウンドハウス〟というのはフィラデルフィア市警本部ビルの正式名称ではないのだが、その建物がその名前以外で呼ばれるのをわたしは聞いたことがない。

その名の通りところどころが丸くカーブしているそのビルは、ブルータリズムという建築様式で、雨が降ると黒ずむ黄色がかった灰色のコンクリートでできている。市警本部がじきにそこから移転するといううわさもある。それもそのはずで、警察本部にしては部屋数が不足している。建物は老朽化が進んでおり、そっけない感じを与える。それでも、わたしはフィラデルフィア市警の本部ではないラウンドハウスなど想像できない。〝線路〟がそこに集まる人たちのたまり場ではなくなるところが想像できないように。先週、所有者のコンレールと市当局がついにそのあたりの埋め立てを開始した。だが、いくらたまり場が撤去されようと、かならずどこかに混沌がはびこるものだ。

　建物に入ると、わたしはロビーで知り合いの警官ふたりに会い、会釈する。でも、彼らはわたしに不可解な表情を向ける。〝いったいここになんの用だ〟とでも言わんばかりに。姿を見られなければよかった。内務監査局と面会したことが知られればきまってうわさの種となり、ときにはそれが不信を招くこともある。

　デニス・チェンバースは人当たりのよいふっくらとした五十代の女性で、髪の毛には白髪がまじり、青いフレームのメガネをかけている。彼女はわたしをオフィスに迎え入れると、真向かいに座るよううながす。

　その新しそうな椅子に腰を下ろすと、わたしは子どもの背丈ほどにおさまる。

「ずいぶん冷えるわね」チェンバースは窓の向こうの冬の冷気にうなずいてみせる。わたしたちがいるのは何階か上がったところだ。そこからフランクリン広場が見下ろせた。回転木馬はいまは動いていないようだ。

「それほどでもありません」わたしは答える。「寒いのは平気ですから」

　わたしはそこで言葉を切る。チェンバースがコンピュータの作業を終わらせているあいだ、じっと待っている。それから、彼女がこちらに向き直る。

「どうしてここに呼ばれたか、わかりますか？」単刀直入に聞かれる。その口ぶりは、わたしたち警官が街頭で容疑者に話しかけるときの口調をかすかに彷彿とさせる。〝どうして拘束されたのかわかりますか？〟〝どうして車を停車するよう誘導されたのかわかりますか？〟

　ここではじめて、わたしの脳裏に一抹の疑念がよぎる。

「アハーン巡査部長からある情報が提供されたとおっしゃっていましたが」わたしは答える。

　チェンバースがこちらをうかがうように見る。わたしがどこまで知っているのか、探るような目つきだ。

「そうよ」彼女はゆっくり言う。

「巡査部長はなんと言っていましたか？」

　チェンバースはため息をつき、デスクの上で両手の指を組み合わせる。

「あのね」そして、切り出す。「わたしの仕事のなかでもここがいちばんやっかいな部分なのだけれど、わたしはあなたに、あなたが内務監査の対象になっていることをお伝えしなければなりません」

　わたしは自分を抑えられない。〝わたしがですか？〟無言で自分の胸を指さし、問いかける。このわたしが内務監査の対象に？

　チェンバースはうなずく。そのとき急に、トルーマンが所轄のなかに味方をつくっておくようわたしに警告していたことを思い出す。〝駆け引きってやつだぜ、ミック〟

「どうしてですか？」

　チェンバースは話しながらチェックを入れるように指を一本ずつ伸ばしていく。

「先週の火曜日、あなたはパトカーに権限のない人物を乗車させました。さらに、担当地区外に出たところも目撃されています。水曜日と木曜日、勤務中に無線機を携帯せず、制服を着ていない姿も目撃されています。金曜日はまるまる二時間、無線連絡に一切応答しませんでした。この秋のあなたの生産性は全体として二十パーセント低下しています。さらに、さしたる理由がないにもかかわらず、あなたは民間人二名について犯罪情報センターのデータベースで何度か調べていますね。最後に、あなたが担当地区の事業主を買収していると信じるに足る根拠がわたしたちにはあります」

　わたしは彼女を見る。

「だれのことです?」愕然として、尋ねる。

「アロンゾ・ヴィラヌエヴァです」彼女は答える。

「あなたが勤務時間中に権限を与えられていない活動をおこなうために、私服を彼の店に保管していると、わたしたちはみています。そして、少なくとも一度、あなたは署から支給された拳銃を無防備な状態でそこに預けましたね」

　わたしは押しだまる。

　チェンバースが話したことのすべては、正確に言えばまちがいではない。それなのに、わたしはショックを受けている。それだけでなく、見張られていたと知って、うろたえている。わたしは先週の記憶を探り、パトカーに乗務しているあいだにどんな発言をして、なにをしたのか思い出そうとする。盗聴器や隠しカメラから情報を収集したのだろうか?　それとも、内務監査局の捜査員が勤務時間中にわたしを見張っていたのだろうか?　どんな可能性もある。

「どうして監査をおこなうことになったのか、聞いてもよろしいでしょうか?」

「それはお伝えできません」

　でも、わたしにはわかっている。

　まちがいなく、アハーン巡査部長の差し金だ。彼はいつだってわたしのことが気に入らないのだ。トルーマンが休暇に入ってからというもの、わたしの生産性が急激に低下したのはほんとうのことで、わたしの活動記録からもそのことはうかがい知れる。それだけでも依頼を出して、内務監査がおこなわれる場合がある。だが、それは別として、巡査部長はわたしをやっかい払いできるチャンスがくるのをここ何年ものあいだ待っていたのだ。

「巡査部長はほかにもなにか言ってませんでしたか?」わたしは尋ねる。「ポーラ・マルーニーのことはお聞きになりましたか？　彼女が少なくともひとりの警官にたいして告発をおこなったことは？」

チェンバースはたじろぐ。「ええ、そういうこともなにか言っていましたよ」

瞬時にわたしはすべてを理解する。アハーン巡査部長は井戸に毒を投げ入れたのだ。わたしの訴えをないがしろにした。わたしが苦情を申し立てているが、わたしのことは信用できないとチェンバースに告げたのだろう。

「その件については、どうするつもりですか？　グエン刑事に情報は伝わっているのでしょうか？」

「ええ、伝わっていますよ。それについては現在彼が調査中です」

「あの」わたしは少し気が大きくなる。「わたしは巡査部長からずっと目の敵《かたき》にされてきました。わたしが彼の仲間ではないから。でも、わたしはうそはつきません。それで、あなたにお伝えしているんです。ここの警官が、少なくともひとりの警官が権力を濫用して、拒否できる立場にない女性たちにセックスを強要していると」

ほんのつかの間、沈黙が流れる。

「それで」そのままの勢いで、わたしはつづける。「その人物が犠牲者のあとをつけている事実が、画像から確認できたんです」

チェンバースの視線がわずかに揺れ動く。ふたりの女性が——ひとりは年配でひとりはまだ若い女性警官が——デスクをはさんで向かい合って座っている、そのジェンダーの共通項が煙のようにはかなく、わたしたちのあいだにつかの間立ちのぼる。

「巡査部長はそのことについて何か言っていましたか？」わたしは尋ねる。「それとも、そういうことは伏せていたとか？」

だが、デニス・チェンバースはそれ以上なにも答えない。

わたしは書類を手にラウンドハウスをあとにする。その書類には、停職期間中のわたしの権利と責務が書かれている。監査の結果が出るのを待つあいだ、わたしは停職処分となった。

少なくとも、これで雪の日にだれがトーマスの面倒を見るか悩まなくていい。それだけは言える。わたしはそんな風に考える。

視線を床に落としたまま、ロビーを横切る。

ほかのだれでもない、トルーマンにいますぐ話を聞いてほしい。

自分の車に乗り込み、携帯電話を取り出す。電話をかけようとするが、あることに気づいて思いとどまる。それが被害妄想なのか、そうでないのかは判然としない。内部監査局はあそこまでくわしくわたしの動向を把握していた。個人の携帯電話や自動車の盗聴許可を得ていたとしてもおかしくない。わたしは天井に目を向ける。室内灯を、後部座席を、その中央に置いてあるトーマスのチャイルドシートを見る。彼らの権限内でどこまで許されるものなのか、わからない。それに、トルーマンをトラブルに巻き込みたくない。彼はすでに多くのことをしてくれた。

わたしは携帯電話をしまうと、車を発進させて、なんとなくマウント・エアリーへと向かう。

事前に連絡もせずにトルーマンを訪ねるのは気まずいが、ほかにどうしたらいいのかわからない。間の悪いときに押しかけて、彼をこまらせなければいいが。以前電話したときに背後から聞こえた女性の声が頭から離れない。〝だれなの？〟その女性はそう言っていた。〝トルーマン、だれなの？〟

ドライブウェイにはトルーマンの愛車、手入れが行き届き光沢を放つニッサン・セントラが停まっている。トルーマンの車はどんなときでも非の打ちどころがない。食べ物やほこり、よごれなど、車内にも車外にもどこにも見当たらない。とくにトーマスが生まれてからというもの、わたしの車はいつだって散らかっている。おもちゃ、食べ物のかけら、レジ袋、食品の包装紙、硬貨やスナックであふれている。

わたしは今回も通りに車を駐車して、トルーマンの家の玄関ポーチまで歩く。ノックをしようとしてためらう。どうしよう、どうしよう。

わたしはその場に立ちつくす。手を空中に上げたままで逡巡していると、玄関ドアが勢いよく開く。その向こうには小柄な女性がいる。一五〇センチもないぐらいだ。

「なにを売りつけるつもり？　なんであれ、うちはお断りよ」女性が言う。

「いいえ、なにも」わたしは面食らって答える。「すみません、トルーマンはいますか？」

女性はうさんくさそうに眉を吊り上げる。だが、じっと動かずに、それ以上なにも言わない。

わたしはどうしたらいいか考える。目の前にいる女性の年齢は六十歳から八十歳のあいだだろう。年老いたヒッピーみたいな格好をしている。頭にはバンダナを巻いて、〝Virginia Is for Lovers〟（ヴァージニア州をPRするキャッチフレーズ）と書かれたTシャツを着ている。もしかしたら、トルーマンのお母さんだろうか？　トルーマンには存命の母親がいて、彼が母親想いだということは知っている。お母さんは小学校の校長を務めたことのある人物だと聞いている。でも、最後に彼女の消息を聞いたときは、退職してポコノ山地に暮らしているということだった。

わたしは彼女の背後、家の奥をのぞこうとするが、女性はわずかにドアを閉める。わたしの視線をさえぎるかのように。

わたしはもう一度言ってみる。

「わたしはトルーマンの友達です。ちょっと彼と話せないかと思って」

「トルーマンねえ」彼女は記憶を探るかのように言う。

「トルーマン」

そのときようやくトルーマンが家の奥から姿を現す。腰にタオルを巻き、ぴょんぴょん跳ねるようにして玄関にやってくる。そんな姿を見られて、さぞ戸惑っていることだろう。トルーマンはきっちりしているので、仕事が終わったあとでさえ、彼が制服以外の服を着ているところをわたしは滅多に見たことがない。

「母さん。友達のミッキーだ」

女性はうさんくさそうにうなずく。わたしたちを交互に見ている。「わかったわ」そう答える。でも、そこをどいてわたしをなかに入れてくれない。

「ちょっと待っててくれ、ミック」トルーマンはそう言うと、母親をそっと動かす。一秒で。そしてドアを閉める。ドアが閉まり切る寸前、彼の目がわたしの目と合う。

五分後、わたしたち三人はリビングでぎこちなく腰を下ろしている。トルーマンはもう服を身につけていて、背筋をまっすぐにして椅子に座り、前に置いてあるオットマンに伸ばした右足を預けている。そこにいる全員がお茶を飲んでいる。トルーマンの母親は両手でカップを持ち、そのなかをのぞき込んでいる。

「母さん、飲めよ」トルーマンが声をかける。「もうさめてるよ」

彼はわたしを見る。「母さんはしばらく前からうちにいるんだ」彼は言いよどむ。母親のほうをちらりとうかがい、聞いているかどうかたしかめる。「転倒してね」と言う。

「それで、いろいろ忘れっぽくなってる」小さな声で、さっと言い添える。

「わたしはここにいますよ」ミセス・ドーズがすると

い目つきを向ける。「あなたと一緒にこの部屋にいるじゃありませんか。なにも忘れてはいませんよ」

「ごめんよ、母さん」トルーマンが言う。

「庭に出ないか？」わたしに声をかける。


先導するトルーマンの広くて頼もしい背中を眺めながら、わたしはあとについていく。この背中を何度こうやって眺めたことだろう。彼は先に立って家の前のステップを上がり、犯罪現場に足を踏み入れ、率先して無線に応答した。まるでわたしを守るかのように。遺体だとか、ひどいけがだとか、醜悪な場面を先に見せまいとするように。そういう過去をつみ重ねてきただけに、わたしは彼の背後を歩いていると不思議と気分が落ちつく。

裏庭は身も凍る寒さだ。季節のせいで茶色くなった低木の茂みが、茶色い木の柵に沿って並んでいる。わたしたちの吐く息が口を開くたびに見える。

「母さんのこと、すまない」トルーマンが口を開く。

「あの人は……」

口ごもる。言葉を探しているのだ。「過保護なんだ」ようやく言う。

「そんなの気にしないで」そうは言ったものの、口には出さないが、わたしは心のどこかで嫉妬している。わたしの人生にもそんな風に過保護になってくれる人がいてくれたらいいのに。


わたしは裏庭でチェンバースとの面会の経緯やその意外な結果についてトルーマンに打ち明ける。わたしが話すあいだ、トルーマンの顔には温かさや心配が浮かぶ。わたしの口から次々と言葉がこぼれ落ちる。

「それ、ほんとうなのか？」トルーマンが言う。

「ほんとうよ。わたしは停職処分になった」

彼は言葉につまる。「ケイシーのことでなにか新しいことはわかったのか？」

「なにも」

トルーマンはしばらくずっとだまったままでいる。唇を嚙んで、なにかを言おうか言うまいか、迷っているようすだ。そして、ついに口を開く。

「クレアとのことはどうなんだ？」

わたしは彼を見る。

「〝クレア〟ってどういうこと？」

トルーマンはしばらくわたしを見つめる。それから口を開く。「なあ、ミック、わかってるだろ」

彼がそう言った瞬間、わたしは自分の周囲でなにかが崩れ落ちるのを感じる。大きくて、不格好な見せかけが――ぶしつけな質問から身を守る手段として、トルーマンの思慮深さと人を尊重する気持ちに頼るだけでは飽き足らず、ずっと前に自分で防御壁を築いたのだが、それががらがらと崩れていく。

わたしは急に声を奪われたかのように感じる。

わたしは滅多に泣かない。サイモンの前でも泣いたりしなかった。たしかにわたしは怒り心頭だった。冷蔵庫を殴った。空気に向かって叫んだ。枕を投げつけた。でも、泣きはしなかった。

いま、わたしはかぶりを振っている。熱い涙が一粒、頰を流れ落ち、それを腹立たしい気持ちでぬぐう。

「くそっ」と声に出す。

トルーマンの前で毒づくなんて、これまでありえないことだった。

「なあ」トルーマンがそっけなく言う。どうしたらいいのかわからないのだ。わたしたちはこれまでたがいに触れあうことはなかった。容疑者を力ずくで押し倒すときをのぞいては。

「なあ」彼はもう一度そう言うと、片手を伸ばしてわたしの肩に触れる。でも、わたしを抱きしめたりはしない。そんな態度がありがたい。これだけで、すでにじゅうぶん屈辱的なのだから。

「大丈夫か？」

「大丈夫」わたしはぶっきらぼうに答える。

「サイモンのこと、どうしてわかったの？」

「すまない、ミック。公然の秘密ってやつさ。知ってるやつは大勢いる。フィラデルフィア市警はせまい世界だからな」

「そう」わたしは言う。

　それから、気を取り直そうとする。涙が凍りつくまで冷たい灰色の空を見上げる。それから鼻をすすり、手袋をはめた手でごしごしと鼻水をぬぐう。

「そもそものはじまりは、わたしがまだティーンエイジャーのころだった」説明とも言いわけともとれるような口ぶりで話しはじめる。

「そんな、まさか」トルーマンが言う。

　わたしは顔をそらす。顔が赤らむ。過去のひどい話。わたしがこの仕事につくことになった顛末《てんまつ》。

「なあ」トルーマンが話しかける。「なあ、なにを恥じることがある？　最低なのはあいつのほうだ。おまえさんはまだ子どもだった」

　だが、彼の言葉を聞いて、わたしの心はいっそう沈む。どんな言葉で表現されようと、わたしは自分が〝犠牲者〟だとみなされることがいやなのだ。それで注目を浴びたり、同情されたり、ひそひそ話をされたりするのがいやなのだ。だれにも、どんな風にも話題にされたくないと普段は思っている。それなのに、フィラデルフィア市警の同僚警官が、あきれたように目をぐるっと回し、にやついてひじでつつき合いながら、コーヒー片手にわたしとサイモンのうわさ話に興じていただなんて。トルーマンの裏庭の固い土のなかに消えてしまいたい気分だ。

　トルーマンはまだわたしを見つめている。言葉を吟味して、わたしにどう声をかけたものか考えているのだろう。両手を腰に当てている。視線を地面に向けている。

「あいつにはよくない評判があった」彼はためらいがちに言う。

「サイモンに？」

トルーマンはうなずく。

「気を悪くしてほしくないんだが」彼は話しはじめる。「それに、俺は自分に言う権利のないことを話すつもりもない。でも、おまえさんだけじゃないんだ。うわさによると、運動協会のほかの子たちも標的になっていたらしい。どうもパターンがあるみたいなんだが、その事実を打ち明けたり、苦情を申し立てたりする者はひとりもいなかった。あまりにうわさが広まって、あいつはいっとき停職処分になったが、確たる証拠はだれにもつかめずに、結局おとがめなしとなった」

わたしは口を開ける。そして、ためらう。それだけじゃないのだと言ってやりたい。あなたの知らないことがあるのだと。でもわたしはだまったままでいる。気まずいだけだろう。彼がわたしの息子の父親なのだと言われても。

わたしたちはたがいに見つめ合う。

「被害者の年齢は？」トルーマンが口を開く。「ケンジントンの」

「最初の被害者はわからない。ふたり目は十七歳、三人目は十八歳、四人目は二十歳」

「ミッキー、例の動画はまだ携帯電話に入っているか？」

わたしはうなずく。いまは見たくない。胃がきゅっと痛む。

トルーマンがそっと手を差し出す。そして、わたしはようやくそれを画面に映し出す。

わたしたちは一緒にその動画に見入る。目の錯覚なのか、前にも増して粒子が粗く感じられる。画面を横切る人物は、最初はどんな人にも見える。顔もよくわからない。それでも、その人物の背丈や歩きかたから、サイモンのようにも見える。

「どう思う？」自分で審判を下す気にはなれなくて、わたしは尋ねる。

　トルーマンは肩をすくめる。「なんとも言えんな。おまえさんのほうが俺よりあいつのことをよく知っているだろう。俺はいつだってあいつとは距離を置いてきた。くわせ者だからな。

　悪く思わないでくれよ」トルーマンはわたしのほうをちらっと見る。

　わたしたちは何度も動画を見る。

　それが済むと、トルーマンはようやくわたしたちが集めた証拠の検証に着手する。

「いいか。さいわい、おまえさんは明日は自由に動ける。俺もだ。現時点での手がかりは？　容疑者はだれだ？」

「コナー・マクラッチー。それに、多分サイモンも」

「二手に別れよう。マクラッチーは俺にまかせとけ。あいつがあんなことを言ったとあっては、おまえさんをあいつに近づかせるわけにはいかない。おまえさんはサイモンを追うんだ」

　わたしたちは車を交換することにした。サイモンはわたしの車を知っている。わたしは自分の車をこのままマウント・エアリーに置いていき、ベンサレムまでトルーマンの車を運転して帰る。わたしは先に、迷惑をかけて申し訳ないとトルーマンにあやまる。

　わたしが帰る前に、トルーマンはもう一度わたしの肩に手を置く。

「ケイシーは俺たちで見つけるんだ。なあ、かならず見つかるって俺は信じているぜ」

　停職初日なのに警察官の仕事をして過ごすだなんて、おかしな気分だ。

　朝起きると地味な色のセーターを着てなんの変哲もない野球帽をかぶる。トーマスはわたしを見て、けげんそうにしている。

「どうして今日はそんな服着てるの？　ママの持ち物はどうしたの？」

「持ち物って？」

「かばんとか、ガンベルトとか」

「今日は非番なの」

わたしは今回のことをどうやってトーマスに説明したらいいか、決めかねている。だから時間かせぎをしなくてはならない。停職処分がいつまでつづくかわからないので、休暇中だとは言えない。

「今日はベサニーじゃないんだ！」トーマスは言う。だが、内心そうではないとわかっている。

「ベサニーよ」わたしは告げる。

ベサニーがいつもどおり十五分遅れでやってきて、トーマスを引き受けると、わたしはサウスフィラデルフィアへと車を走らせる。

人生の一時期、わたしはサイモンが所有する車の助手席にたびたび乗っていた。そうしようと思えば、いまでもそこに座っていたときのことをありありと思い出せる。車内は革のにおいがして、かすかにタバコ臭も混じっていた。サイモンはごくたまに、たいていウィンドウを開けておける天気のいい日にタバコを吸うことがあった。車はいつでもきれいにして、毎週末せっせと磨き上げていた。車のことをいとおしげに〝キャディ〟と呼んでいた。彼は車好きだった。父親が死ぬ前に車についてあれこれ教えてくれたのだそうだ。

いま、南刑事課本部の外側に駐車してあるその車を眺めながら、わたしははからずも、そのなかでサイモンと何度も親密なときを過ごしたことを思い出す。そんな考えはすぐさま振り払う。

彼の車からそれほど離れていない場所にトルーマンの車を停めた。サンバイザーは両側とも下ろす。たえず注意を向けていなければならないので、オーディオブックを持ち込んだ。こうすれば、建物の出入り口をずっと見張っていられる。さらに、食べ物や水を用意した。だが、トイレに行きたくならないように水分は慎重に摂取しなければ。

午前中ずっと、正面の出入り口が開閉するたびに、いろいろな職員が通り抜ける。その多くは知らない顔だ。一度か二度、サイモンを見たような気がしたが、よく似た別人だった。

だが、午前十一時にわたしはとうとう彼を見つける。彼は建物から出てくると、左を見て、右に曲がり、自分の車へと向かう。趣味のいいオーバーコートを着ている。コートの下からグレーのスラックスと光沢のある黒い靴がのぞく。髪の毛はオールバックにしている。刑事に昇進して以来のお決まりのスタイルだ。

わたしはとっさに身構える。わたしたちがいるのは、わりと閑静な通りなので、サイモンが車を出すまでトルーマンの車のエンジンをかけるのは控えなければならない。

わたしはサイモンを尾行する。なにか任務についているのかもしれない。南地区のだれか、重要参考人や被害者や目撃者に事情聴取をしに向かっているのかもしれない。それとも、早めの昼食を取るために外出しただけかもしれない。サイモンは最初、二十四番ストリートを北上する。でも、ジャクソンに差しかかると、急にＵターンして南に進路を変える。

パッシャンクまで来ると右折する。気づくとわたしは彼を追って高速道路に入っている。

彼がどこに向かっているのか、お見通しだ。だが、ものごとが予想どおりに展開して、その瞬間が避けられないとわかると、かえってひるむ。

サイモンは州間高速六七六号線の東方面に向かい、州間高速九五号線のアレゲニー出口でおりる。そこから先はわたしは目をつぶっていても運転できる。

その地区は今日、人であふれかえっている。それで、月はじめだということにわたしは気づく。給料が出たばかりだ。客が外をうろついている。わたしの右手では、取り乱した若い女がバッグを地面に投げつけて、それからしゃがみ込んで泣きだす。

大通りから一ブロック離れたところでサイモンは急に車を脇に寄せて停める。彼に勘づかれないように、わたしはそのまま追い越さなくてはならない。バックミラーをずっと見ているが、右側の小道から出てきた車に危うく車体の横側をぶつけられそうになる。わたしは右折して大通りに入り、駐車スペースを見つけるとすぐに車を停める。そこはスープキッチンの正面で、今日は三十人から四十人が列に並び、ドアが開くのを待っている。わたしは車からおりる。そして、目の前にある建物の角から、サイモンがこちらに向かって歩いてこないかたしかめる。

彼はそこにはいない。

その場所から、彼のキャディラックが空っぽになっていることが確認できる。ということは、彼は三方向のいずれかに歩いて向かったのだ。そのいずれもわたしのいる場所からは離れている。

わたしは彼の車に小走りで駆け寄る。

こんな時間にサイモンはケンジントンになんの用だろう？ 彼の職場はサウスフィラデルフィアだ。彼が担当する事件はすべてその地区にある。可能性は低いが、潜入捜査をしているということはありえる。だが、もしそうだとしても、もっと目立たない格好で来るはずだ。

わたしはサイモンの車が停めてある場所まで行くと、すぐそばの脇道をのぞき込む。それから、半ブロック離れたところにある別の脇道まで走っていく。だが、どちらにもサイモンの姿はない。わたしはそのままスピードを上げて走りつづけ、現れるせまい脇道すべてをのぞき込み、彼のグレーのオーバーコートが見えないか、ドアが開いている家がないか探す。五分が経過する。

　サイモンを見失ってしまった。

　クレメンタインという通りまで来ると、わたしはついに走るのをやめる。そのあたりはケンジントン地区のなかでも比較的整っていて、廃屋もあまりなく、家々はきちんと手入れされている。その真ん中で、わたしは腰に手を当てて、ぜいぜい息つぎをする。せっかくのチャンスだったのに無駄にしてしまった。トルーマンなら見失わなかっただろう。何年も潜入捜査に携わった彼なら、尾行はお手のものだ。

　顔を上げると、目の前に一軒の家がある。なぜか見おぼえがあるような気がする。

　ここでだれかを逮捕したことがあっただろうか？　それとも、安否確認をしに来たのだろうか？

　そのうち、わたしはフィラデルフィアのこのあたりの家の防風ドアによくついているような、馬車と馬をかたどった鉄製の黒い飾りに目が釘付けになる。馬の前脚が欠けている。わたしはすぐさま十七歳の自分に戻る。この扉の前で、わたしはポーラ・マルーニーと一緒になかに入ろうとして待っていた。妹のところに行こうとして。

　わたしはほんのいっとき、目を閉じる。自分をあの瞬間に連れ戻すにはじゅうぶんな時間だ。あのとき、ケイシーが生きているかどうか、わたしはまだ知らなかったが、その後生きているとわかる。そのときのわたしは知るよしもなかったが、その後妹を発見して家に連れて帰ることになる。

玄関ドアが内側に開く音がして、わたしは目を開ける。

女がひとり、こちらを見つめている。あのときドアを開けた女と同一人物なのか、よく思い出せない。わたしの記憶のなかで彼女は黒髪だったが、この女の髪はすっかり灰色になっている。でも、あれから十年以上たっているのだ。彼女だったとしてもおかしくない。

「あなた、大丈夫？」女が言う。

わたしはうなずく。

「なにか必要？」

わたしは無駄にお金を使いたくない。最近は余裕がない。でも、ここでお金を出し渋れば、相手に不審がられるだろう。この人からなにか有益な情報を聞き出せるかもしれない。

彼女はケイシーのことを、まだなにか知っているかもしれない。

それで、わたしは「ええ」と答える。すると、女は鉄製の飾りがついた防風ドアを開ける。そして、わたしはたちまち妹が最初に死んだ家に舞い戻る。

前にここに来たときは、家のなかに家具はほとんどなかった。どこに目を向けても、暗がりのなかに人がいた。

今日、室内はとても暖かく、意外にもきちんと整えられている。パスタを茹でたようなにおいがする。壁には絵が飾ってある。キリスト、キリスト、そして聖母マリア。だれのものなのか判読できないサインが書いてある、フィラデルフィア・イーグルスのポスター。床には小ぎれいなラグが敷いてあり、安物に見えるがまだ新しい家具がそこらじゅうに置いてある。

「座って」女は椅子をすすめるしぐさをする。

わたしは一瞬わけがわからなくなる。すでに心のなかで、なにを注文するかでっち上げていた。ポケットに入っている二十ドル札で買えるだけのパーコセット（オピオイド系鎮痛剤）。用量にもよるが、三錠ぐらいは買えるだろう。わたしが初心者だと判断されれば、一錠。この家の外に出たら、すぐさま側溝に捨てよう。基本的に、この二十ドルは彼女から聞き出せる情報に支払うつもりだ。

　わたしはずっと両手をポケットに突っ込み、温めている。そのあいだ、女はふらりとキッチンに消えたかと思うと、水の入ったグラスを手にまた出てくる。彼女はそれをわたしに手渡す。

「これを飲んで。顔色が悪いわ」

　わたしは言われたとおりにする。そして、待つ。どうやらなにか誤解があるようだ。

「わたしのことはどこで聞いたの？」女が尋ねる。

　わたしは少し間を置いてから答える。「友達に聞いて」

「友達って、だれ？」

　わたしはたじろぐ。どうやって答えよう。「マット」

　このあたりではごくありふれた無難な名前だ。

「あなた、マティ・Bの友達なの？」女が言う。「マティ・Bは大好きよ」

　わたしはうなずく。

「それを飲んで」彼女はまたすすめる。わたしは素直に水をすする。

「今日はしらふなのね？」

「はい」わたしは答える。ここに来てからはじめて、ほんとうのことを口にする。なんだか気まずい。

　それを聞いて彼女はこちらに腕を伸ばし、わたしの肩に手を置く。

「がんばっているのね、ハニー。あなたのこと、誇りに思うわ」

「ありがとうございます」

「やめてからどれぐらいたつの？」

そのときはじめて、わたしは彼女の頭のうしろの壁に、〝依存症から抜け出す十二ステップ〟が額に入れて掲げられていることに気づく。とても小さいので、意識して探さないかぎり、気づかないだろう。そのとなりにある絵のなかのイエス・キリストの頭がそちら側にわずかに傾いていて、まるで見る者と一緒になってそのステップについて考えているようだ。わざとそういう配置にしてあるのだろうか。

わたしは口に手を当てて咳き込む。「ええと、三日です」

女性は真剣な表情でうなずく。「それは素晴らしいわ」そう言って、わたしを見る。「きっと、断薬するのははじめてなんでしょう？」

「どうしてわかったんですか？」

「あなたはくたびれた感じじゃないから。長年麻薬を使っていると、疲れ切ったように見えるものなの。わたしみたいにね」彼女はそう言って笑う。

そんなことを言われても、わたしだってくたびれている。トーマスが生まれてからずっとそうだ。ベンサレムに引っ越して以降は圧倒されっぱなしだ。それに、ケイシーがいなくなってからは消耗がひどい。でも、彼女の言わんとすることもわかる。彼女が言っているのと、まさに同じ人たちの姿をわたしはずっと見てきた。薬をやめたり、またはじめたりを十年、二十年、それ以上の期間にわたって繰り返す人たち。そんな人たちがしらふになると、とにかく眠りをむさぼって、しばらくそこにとどまっていたいという顔つきをするものだ。

「それはそうと」女が口を開く。「あなた、集会には出ている？ 住む場所はあるの？」

彼女は階段のほうにちらりと目をやる。

「いま、この家にはわたしのほかに六人住んでいるの。そうじゃなかったら、あなたにもベッドを提供できるのだけど。そういえば、ちょっと考えさせて。ここで待っていてくれる?」

女は階段の下までつかつかと歩いていくと、上の階に向かって「テディ」と叫ぶ。「テッド」

「いいんです。行く当てならありますから」

女は首を振る。「だめよ。ここにいさせてあげられるわ」

返事をする男性の声が二階から聞こえてくる。「どうしたの、リタ?」

「ほんとうにいいんです。ちょうどいい場所がありますから。祖母の家です。いまはだれも使っていないから」

リタという名のその女が疑わしそうにこちらを見る。

わたしから目を離さずに、彼女は二階に向かって大声で尋ねる。「あなた、ウェストチェスターに行くのはいつだった?」

「ええと」姿の見えないテッドが言う。「金曜日かな」

リタがわたしに言う。「ほらね。金曜日からなら大丈夫よ。ソファで寝るのでもかまわなければ、木曜日から来てもいいわ」

わたしが首を振りはじめるのを見て、リタが言う。

「わかった、わかったわ。住む場所はあるのね。でも一応心に留めておいてほしいの」そこまで言うと、彼女の表情が変わる。「あなたにお金は一切請求しないわ、ハニー。そういうことを心配しているの? あらやだ、これはわたし自身のためにやっていることでもあるの。わたしも人に助けてもらったから、恩送りのようなものね。ただ、できるときに食べものだとか、トイレットペーパー、キッチンタオルなんか、みんなで使えるものを提供するようお願いしているわ。それから、あなたがまた麻薬をやっているとわたしが判断すれば、ここから追い出します」

「わかりました」わたしは答える。

この女性を勘違いさせてしまって、わたしはいたたまれない気持ちになる。

彼女がこちらを見る。

「あなた、ちょっと変わった話し方をするのね。このあたりの出身？」

わたしはうなずく。

「どこ？」

「フィッシュタウンです」

「そう」

わたしは心のなかで、どうやってあとくされなくここを立ち去れるかということばかり考えている。でも、まだ彼女にケイシーのことを尋ねるきっかけがつかめていない。

「そうだ」リタが言う。「あなたにわたしの電話番号を教えておくわね。携帯電話は持っている？」

わたしは電話を取り出す。リタが声に出して伝える電話番号をそこに入力する。画面にトルーマンからのメッセージが届く。

〝いまどこだ？〟

〝ケンジントンとアレゲニーの近く〟わたしは返信する。

それからケイシーの写真を画面に表示して、リタに携帯電話を向ける。

「なあに？」

「彼女のことを知らないか、このあたりで聞いて回っているんです」わたしは説明する。「わたしの妹なんです。しばらく行方がわからなくて」

「まあ、ハニー。それは心配ね」

彼女はわたしの手から携帯電話を受け取ると、そのまま腕を伸ばして自分の顔から離す。焦点を合わせようとしているのだ。それからもう少し近づける。眉間にしわが寄る。

「この子、あなたの妹なの？」わたしのほうを見る。

「ええ。彼女のこと知ってますか？」

その瞬間、女の顔がさっとくもる。彼女はなにやら考えていて、わたしには理解できないことを関連づけ、なにかに気づいたようすだ。

「この家から出ていきな」突然、わたしに向かって言う。ドアを指さしている。「うせろ」


それ以上、なにも言われない。わたしが玄関のステップを下っていると、背後でドアが大きな音を立てて閉まる。わたしは一度だけ振り向いて馬と馬車の飾りを見ると、足早にトルーマンの車が停めてある場所に戻る。

自分の吐く息が見える。わたしは上着のなかに頬を引っ込める。目に涙がにじむ。

サイモンの姿が見えないか、あたりをうかがう。でも、今日は運に見放されているようだ。

トルーマンからまたメッセージが届く。

〝ケンジントンとサマセットの交差点までどれぐらいで来られる？〟

〝二分〟わたしは返信する。

ほどなく、またメッセージが入る。

〝いまはケンジントンとリーハイの交差点にいる〟

トルーマンは移動しつづけている。止まりたくないのだ。だれかに尾行されていて、巻きたいのだろう。


車に乗り込んでそこまで行くより、わたしなら歩いたほうが早い。トルーマンより先に着いて、そこでしばらく待っている。温かい飲みものがあればいいのに。寒さがわたしの身体に爪を突き立てるので、ふるえが止まらない。

トルーマンに名前を呼ばれて、わたしは飛び上がる。

「こっちだ。このあたりに停めてある。おまえさんの車のなかで話そう」

わたしは車に乗り込んでハンドルを握り、トルーマンに話すよううながす。

彼が知り得たことを聞きたい気もするし、そうでない気もする。わたしは目の端から彼のほうをうかがう。硬い表情をしている。わたしにどうやって伝えようか思案しているのだ。わたしにはわかる。

「トルーマン」わたしは声をかける。「話して」

「マディソン・ストリートの奥にある例の家に行ってきた」トルーマンは話しはじめる。「Bが三つ書いてある家に。裏口を覆っているベニヤ板をたたいた。一分後、マクラッチーが出てきた。相当ラリっているみたいで、具合が悪そうだった。かすかに頭を揺らしている感じだ。そういう状態ならこちらには有利じゃないかと俺は思った。やつも油断するだろうと。

〝おまえ、だれだ〟やつが聞いてきた。

〝女のことでメールしたんだが〟俺はそう言った。

俺は相手がやたらと背が高いことに気づいた。そこで背を伸ばして頭を上げていられないぐらいにな。

〝わかった〟やつは答えた。

俺は待った。〝それで、どうなってるんだ。女は手配してくれただろうな〟

やつは〝ああ。なかに入れ〟と言った。

それで、俺は彼につづいて、板が打ちつけられた家のなかに入った。室内にはラリってる連中がたくさんいて、ヤクを打っている最中の者も何人かいた。だれも俺にはなにも言わなかった。

マクラッチーはぼんやりして壁にもたれかかり、ほとんど眠りかけていた。俺は寒くてたまらんし、その家はひどいにおいがするし、おまけにこいつは俺がそこにいることを忘れかけているときた。だから、声をかけた。〝おい、おい〟

やつはわずかに目を覚ました。

〝あんたの携帯電話はどこだ? また女を見せてくれよ〟俺は言った。

やつはようやくポケットから電話を取り出し、写真を何枚か表示して俺に手渡した。俺は写真をフリップしはじめたが、そのほとんどは前回見たときと同じ女性だとわかった。でもそこにケイシーはいなかった。

俺はやつを見る。その瞬間、もしここでケイシーのことを聞いたら、やつは俺の正体を見破るだろうと悟った。俺とおまえさんを結びつけるだろうと。

でも、俺には失うものなんてなにもないと思い直した。それに、麻薬でもうろうとした頭では、ひょっとするとそんな簡単なことも見抜けないかもしれないからな。

それで、言ったんだ。〝赤毛はどこだ？　この前は赤毛がいたのに〟

マクラッチーからずいぶんゆっくりな口調で〝ああ……そいつはコニーだ〟と返事が返ってきた。

〝その女がいい〟俺は言った。

するとやつは〝コニーはいま使いものにならねえ〟と言った。

それから顔を上げて俺を見た。まるでなにかに狙いを定めたタカのような目つきだったぜ。それまでとは表情がうって変わった。俺をじろりとにらみつけた。目の焦点をちゃんと合わせてな。

部屋の奥で死んだようになっていたふたりの男が生き返り、頭を床から持ち上げて俺のほうを見た。俺が疫病神だと言わんばかりにな。それで、その場の雰囲気がさっと変わった。

〝なんでその女にこだわる？〟マクラッチーが聞いてきた。

〝理由なんてないさ。俺は赤毛が好きなんだ〟

そのときすでに俺はあとずさって家から出かかっていた。だが、やつに背を向けてはいなかった。こっちにつめ寄ってくるかもしれないからな。

やつは俺に近づく。正気に返って。さっきよりも警戒していた。〝だれの差し金だ？〟と聞かれた。〝あいつの姉さんか？　あんたもサツなのか？〟

その瞬間、俺はさっと向きを変えてそこからずらかった。最近じゃあ、ひざもよく動くようになったからな。

だが、ブロックの先までやつの叫ぶ声が背後に聞こえていた。

〝あんたサツか？　サツなのか？〟」

トルーマンは頬を掻きながら、わたしのほうを見る。

わたしは静脈と動脈のなかを氷水が駆け巡っているような心地になる。

「〝使いものにならない〟ってどういうことなの？」

わたしたちのどちらも、その問いに答えられなかった。

今度はわたしがサイモンのことを彼に話す番だ。

「まっすぐケンジントンに向かった」わたしは話しはじめる。「ためらいもせずに。自分の車に乗り込んで、それからまっすぐここまで。彼が車からおりたときに、見失って」

「まさか」トルーマンが言う。

「彼がこのあたりに来る理由はない。彼の担当は南地区だから」わたしは説明する。

わたしは唐突に駐車スペースに車を停める。目の前には、こぢんまりした商店がわびしく軒を連ねている。中華料理店、コインランドリー、シャッターを下ろした金物屋、ダンキンドーナツ。店から出てくる人に見られたくなくて、わたしはサンバイザーを下ろす。だれかがとなりに停めてある車に乗り込む。わたしはずっとうつむいている。

「そろそろ潮時だな」トルーマンが言う。

「なんの？」

「この件をマイク・ディパウロのところに持ち込むんだ」

だが、わたしはもうすでに首を振りはじめている。

「いや」

「なあ、ミッキー。あいつはいいやつだ。俺はあいつを子どものころから知ってる」

「どうしてわかるの？」

彼はわたしを見る。

「ほかに選択肢はあるか？」

「このまま、わたしたちなりのやり方でつづければいい」

「それで、どうする？ 仮に殺人犯がわかったとしよう。そのあとどうするんだ？ 自分でやっつけるのか？ 残りの一生を刑務所で過ごすのか？ ちがうだろう。いつかはな、ミッキー」

トルーマンの声は尻すぼみになる。

「ほんとうに信頼できる人なの？」

トルーマンは考え込む。それから、口を開く。「あいつはスポーツでずるをしたことがない」

「なんですって？」

「俺たちが子どものころの話だ。あいつはぜったいに得点をごまかさなかった」トルーマンは説明する。「俺はあいつを信頼している」と、きっぱりした口調でつけ足す。

「あなたのことはどうなの？ この件にかかわりあいになってもいいの？ 職を失う可能性だってある。わたしたちは規則に従っていないから」

「ミッキー、俺はもう復帰しないことにした」

やっぱり。わたしはずっとどうするかと思っていたのだ。

「どうして」

「戻りたくないからさ」トルーマンは平然と言い放つ。「なあ、俺はいままわりの人たちとうまくやっている。目立たないようにして。みなに好かれている。簡単なことなんだ。世の中の仕組みがまちがってるということを忘れるのはな。フィラデルフィアのことだけじゃない。この連続殺人事件のことだけじゃない。なんでもそうだ。世の中の仕組み全体の話だ。おかしなやつのところに権力が集中しすぎている。すべてが狂っちまっている」

彼はそこで言葉を切る。そして、息継ぎをする。

「眠れないんだ。俺の言ってること、わかるか？　人が死んでいく。女性だけじゃなくて。罪のない人たちが。無防備な人たちが。俺は眠れない」

トルーマンがここまで赤裸々に本心を明かしたのは、はじめてだ。

わたしはしばらくだまったままでいる。

「いまなら抜け出せる」トルーマンが口を開く。「年金を受け取って。望めばほかの仕事にだって就ける。それで、夜寝るときはもっとおだやかな気持ちでいられる。

人が死んでるんだ」彼はその先をつづける。「そこらじゅうで人が死んでる」

「あなたの言ってること、わかる」

話を聞けば聞くほど、トルーマンの言うことに賛同せずにはいられない。

わたしが車を走らせてトルーマンの車が停めてある場所に向かうあいだ、トルーマンはマイク・ディパウロに電話する。

「ちょっと聞きたいことがあってな。職場だと話しにくい。今夜デュークスで会えるか？」

デュークスとは、ふたりが育った場所にほど近い、ジュニアタにあるバーだ。昔からその地区にある店で、トルーマンの行きつけだ。彼はそこのバーテンダー全員を知っている。わたしはそこに一度だけ入ったことがある。トルーマンの誕生日のお祝いでほかの警官と一緒だった。でも、それ以来行っていない。そこは警官のたまり場にはなっていないから、仕事にかかわる情報交換をするにはうってつけなのだ。

ディパウロの返事は聞こえないが、明らかにその話に乗ったようだ。

「八時でいいか？」トルーマンが聞いている。そして、「よし」と言って電話を切る。

「その時間に来れないか？」彼に聞かれる。「なんとかしてみる」わたしはそう答える。


　意外だが、ありがたいことに、ベサニーはすんなり応じてくれる。夜まで残ってもいいと言うではないか。これで一件落着だ。

　デュークスに着くと、店内はひっそりとして、客はまばらだ。店内の壁は板張りで、照明は薄暗く、奥にはビリヤード台がある。フィラデルフィアでは数少なくなった、喫煙できる店だが、この時間はだれもタバコを吸っていない。にもかかわらず、店内にはほのかにタバコのにおいがしみついている。

　トルーマンはほかの客から離れた、隅のボックス席に陣取っている。ディパウロはまだ来ていない。トルーマンの目の前のテーブルの上にコロナビールが一本置いてある。それは唯一、彼が口にするのをわたしが見たことのあるアルコールだ。彼のただひとつの俗っぽい好み。瓶はすでに空だ。わたしは彼におかわりするか尋ねる。

「ああ」彼は答える。わたしはバーで二本注文する。一本は彼に、一本は自分用。わたしは普段、酒は飲まない。サイモンと過ごしていたときは、たまにつきあうことぐらいあったかもしれない。最後にアルコールを摂取したのはいつだっただろうか。多分一年ぐらい前だ。今夜のビールはじつに素晴らしい味わいだ。

　ディパウロが店に入ってくる。トルーマンと同年代で、五十代前半。だが、トルーマンは実年齢よりも十歳年下と言っても通るが、ディパウロはつみ重ねた年齢を感じさせ、足も引きずるように歩いている。身体は膨れ上がり、くたびれた感じで、基本的にはひねくれ者だが根はやさしく、たまにとことんはじけることとがある。この店でおこなわれたトルーマンの誕生日パーティーで彼は酔っぱらい、ジュークボックスでボン・ジョヴィの〈リヴィン・オン・ア・プレイヤー〉をかけて、周囲に歌うようけしかけた。わたしは彼に好感を持っている。

「酒を飲まないとやってられないようだな」ディパウロはビールを飲むしぐさをしながらわたしに声をかける。挨拶もせずに。

「そんなところです。一本いかがですか？」わたしは尋ねる。

「ご冗談を」彼は応じる。「ビーチにいるんじゃあるまいし。ジェイムソンをオンザロックで」彼はバーテンダーに声をかける。「それから、彼女にコロナをもう一本。最近調子はどうだ、ピート」

わたしたち三人は席に収まる。ボックス席のいっぽうにはわたしとトルーマンが並び、反対側にディパウロが腰を下ろす。トルーマンがディパウロに店まで来てくれた礼を言うが、どこか堅苦しい。ディパウロはにやりと笑う。

「これはおもしろいことになりそうだと思ったからな」彼は口を開く。「で、あんたたちふたりはいったいどんなやっかいごとに首を突っ込んでいる？」

トルーマンはわたしに視線を投げかけ、わたしはディパウロをじっと見つめる。しばらくずっと。ディパウロの顔から笑顔が消える。

「なんだ？」

「サイモン・クレアをご存知ですか」わたしは尋ねる。

彼はわたしの顔を探るように見てからジェイムソンをのぞき込み、一口すする。顔をしかめることなしに。

「ああ、知ってる」

「どれぐらい？」

ディパウロは肩をすくめる。「ちょっとはな。全署合同会議で見かけたことがある。でも、あいつは南刑事課所属だから、毎日顔を合わせるわけじゃない」

　わたしは慎重に言葉を選ぶ。ここは落ちついてことを進めなければ。

「彼が勤務時間中にケンジントンに足を運ぶ理由はありますか？　あなたのわかる範囲で」

　ディパウロはわたしの顔をまじまじと見る。

「どうして」

　わたしは座りなおす。「今日、そこで彼を見かけたんです。真っ昼間に」

　ディパウロはため息をつく。トルーマンのほうを見て、視線を合わせようとするが、トルーマンはそれに応じない。ディパウロはわたしに向き直る。

「もしこれがいわゆる……」彼は両手を上げて、弧を描く。「いわゆる恋人どうしの痴話げんかってやつなら、かかわりあいになるのは遠慮しておく」

　わたしはたじろぐ。

「それ、どういうことですか」

「なあ」ディパウロは話しはじめる。「俺は無神経にはなりたくない。でも、あんたとサイモン・クレアのことはみんな知ってる。とにかく、かかわりあいになるのはごめんだ」

　彼は言葉をにごす。ため息をつく。

「あいつがなんでケンジントンにいたのかは、わからない。でも、それなりの理由があってのことかもしれないだろう？」

　わたしは高ぶった気が静まるのを待ってから、話しはじめる。

「これは個人的なことじゃありません。ケンジントン地区で起きている殺人事件にかんする情報を提供しようとしているんです。ほかにはだれもまともに聞いてくれませんから」

「それはどういうことだ」

「この件については、どこまでご存知かはわかりませんが」わたしはそう言うと、ビールをぐっとあおってから話しはじめる。

ポーラー・マルーニーのことや、彼女の告発についてディパウロに説明する。ポーラの発言は記録には残らないと告げる。ケイシーのことや、彼女の行方がわからなくなっていることも話す。自分が脈絡なく話しているように思えて、時折ディパウロの表情を確認するが、そこからなにかを読み取るのはむずかしい。

「最初はアハーン巡査部長のところに行ったんです」わたしは話しつづける。「まっすぐ署に戻って、巡査部長に会って話さなければならないことがありますと伝えたんです。当然、彼の耳にまず入れておくべき情報だと思いました。それに、きちんとした手順を踏みたかったから。巡査部長はそういう告発があることは知っていて、しかるべき人物に情報を回しておくと言っていました」

わたしは言葉を切る。

「でも、彼がほんとうにそうしたかどうかはわかりません。わたしが巡査部長に自分が聞いたことを伝えてから数日後に、内部監査局からわたしに会いたいと電話がかかってきました。そこに出向くと、わたしが内務監査の対象になっていると告げられました。停職処分になったと」

そういう経緯をはじめて一気に口に出して説明しているうちに、突然、すべてがあまりに理不尽だと気づき、愕然とする。

ディパウロはあいかわらず無表情だ。この件について、どれだけのことを事前に知っていたのだろう。彼はあくまでプロに徹している。

「そうか」ようやく口を開く。

わたしはしばらくだまっている。

「つまり、わたしが言いたいのは、市警のだれかが被害者の女性を殺した可能性があるということです。サイモンも市警の一員です。それに、今日わたしはこの目で、彼がきらいだと言ってはばからない地区で本人の姿を見たんです」

ディパウロはなにも言わない。どうやら話が突飛すぎたようだ。わたしにはわかる。

「ほかには？」

「サイモンは若い子が好きなんです。それに彼は道理をわきまえていません――こと異性関係となると」

ディパウロは硬い表情を崩さない。

わたしは急に、さもすべてが馬鹿げたように聞こえているのではないかと思えてくる。事実はわたしに有利なものではない。自分の行動が、直感や疑い、自分以外にはうまく説明できない虫の知らせにもとづいているということは承知している。それでも、そうやって口に出して説明するうちに、わたしの確信はますます深まる。

わたしはテーブルの天板に視線を落とす。でも、視界の隅で、ディパウロがトルーマンをうかがっているのがわかる。トルーマンがどう考えているかをいま一度たしかめようとしているのだ。ディパウロは咳払いをする。わたしは彼の目に自分がどう映っているかわかる。はっきりしない理由で停職処分になった女が、まともな根拠もないのに、昔の恋人にたいして深刻な告発をおこなおうとしている。きっと、頭がどうかしていると思われているだろう。いかれた元恋人だと。

「わたしはおかしくなってません」そう言っても無駄だと思いながら、言う。わたしはトルーマンのほうを向く。「この人にわたしはいかれてないって、言ってくれる？」

わたしはその瞬間、酔いが回っていることに気づく。二本目のビールが空になっている。

「ミック、そんなことだれも言ってない」トルーマンが言う。彼はわたしに向かって目立たないように首を振っている。〝それ以上話すな〟

ディパウロはテーブルの上に両手を置く。

「なあ、ミッキー。あんたの訴えはちゃんと聞いてる。だが、この件からは手を引け。いいか？」

わたしは思わず、あまり礼儀正しくない声を漏らしてしまう。「はああ？」

ディパウロは表情ひとつ変えず、わたしを見ている。

「この件にかんしては、あんたのあずかり知らないところがある」

「というと？」

「勝手に話すことはできない。でも、信じてくれ」

彼は立ち上がる。そこから去ろうとして。

「報道機関にタレこんでやる」気がつくと、わたしはそう言っている。「地元のラジオ局で働いているジャーナリストの友達がいるの。彼女なら、ケンジントンで起きている警官の不祥事に興味を示すはず」

わたしの頭に浮かんだのは、ローレン・スプライトだ。わたしが彼女のことを〝友達〟と呼んだと知ったら、彼女はどんな顔をするだろう。きっと笑い飛ばすだろう。

ディパウロの表情は変わらない。テーブルの下で、トルーマンがわたしのひざに手を置いて、一度だけつねる。〝やめろ〟

「それはそれは」ディパウロが言う。

「本気よ」わたしがそう言うのと同時に、トルーマンが「ミック」と言う。

「どうぞご自由に。タレこめばいい。彼女になんと言われるかな？」

わたしはだまり込む。

「警察が犯人を捕まえたと言われるさ。それもそのはず、今日の午後四時三十五分、われわれは実際に犯人を逮捕した。それで……」ここでディパウロは腕時計を確認する。「十分前には報道発表がおこなわれて、そのことを伝えるニュースが地元と全国のメディアの支局に届いている」

わたしは、自分の口がぽかんと開いているのに気づく。

「それでも警察の不祥事をタレこみたいと言うのなら、どうぞご勝手に。自分が停職処分になった理由から説明するんだな」

　彼はジェイムソンを一気に飲み干す。今度は顔をしかめる。

　わたしは質問することで相手に優越感を抱かせたくない。でも、聞かずにはいられない。

「犯人はだれ？」

「ロバート・マルヴィー・ジュニアだ。そういえば、あんたの知ってるやつじゃなかったか」

　ディパウロがいなくなるとわたしはすぐさま携帯電話を取り出す。トルーマンをまともに見られない。彼もなにも言わない。わたしの振る舞いに戸惑っているにちがいない。

　わたしは地元のニュースメディアのウェブサイトを次から次へと表示する。何度も再読み込みをする。

　数分後にその記事が表れる。

　〝ケンジントン地区連続殺人事件の容疑者逮捕〟見出しにはそう書いてある。

　携帯の画面からロバート・マルヴィー・ジュニアが見つめてくる。彼の顔写真は、わたしが最後に彼を法廷で見たときの表情と変わらず、こちらを威嚇している。

　記事によれば、彼を最初の事件現場で見たという匿名の目撃情報が寄せられ、彼は殺人事件とのかかわりを疑われて今日逮捕された。現場付近の商店の防犯カメラの映像からも、彼がその場にいたことが裏付けられた。さらに、州警察のＤＮＡデータベースの情報から、二番目と三番目の被害者とのかかわりが明らかになった。

　わたしはさっと顔を上げる。

「そういうことだったんだ」

「どういうことだ」

ずっとだまったままだったトルーマンがはじめて口を開く。

「あの男に見おぼえがあると思ったのは」わたしは説明する。「どこかで見た顔だと思った。わたしたちが最初の遺体を発見したガーニー・ストリートの線路脇で見かけたんだ。ここに入ったらいけないって、警告もした。無視されたけど」

その男のことを思い出す。平然としていて薄気味悪く、顔には奇妙な表情を浮かべ、茂みのなかへと消えていった。

わたしはようやくトルーマンを見る。彼の表情は真剣そのものだ。

「わたし、どうしちゃったんだろう。なんてことしたの？」

トルーマンはおもむろに息を吐く。「あのな、ミック」わたしに話しかける。「俺にはわかる。ほんとうにな。おまえさんの妹がいなくなった。そりゃあ心配だろう。それで、まともに考えられなくなってるんだ」

「あの子、きっとわたしのこと笑ってる。ケイシーは。新しいボーイフレンドと一緒にいるにきまってる。いまごろ、わたしのことを笑ってるんだ。わたしが探してると思って、せせら笑ってる」

わたしはかぶりを振る。かつてないほど自分に自信を失っている。マルヴィーのことを事件と結びつけて考えられなかったなんて。彼はわたしがだれだかわかって、面と向かって挑発していたのに、わたしは気づけなかった。確たる証拠が目の前にあったというのに、気持ちが乱れていたせいで見逃した。

自分には刑事になれる素質があると、ずっと思っていた。でも、ここ数週間のできごとから、その点については見当違いをしていたということがはっきりした。

わたしはコロナビールをもう一本頼む。それからディパウロのことを思い出して、ジェイムソンを一ショット注文する。それから、二杯目、三杯目と進む。

「あなたも一杯どう？」トルーマンに聞くが、断られる。

「ペースを落とせ、ミッキー」トルーマンに言われるが、わたしはペースを落としたくはない。このまま飲むスピードを上げて、人生のいまこの瞬間を駆け抜けて、向こう側に行ってしまいたい。

「わかった」わたしはしおらしく答える。口のなかで舌が重たく感じる。ここまでは自分の車で来たが、それに乗って家に帰れないことぐらいわかる。このままテーブルに突っ伏して、寝てしまえたらいいのに。

トルーマンはしばらくためらっている。

「俺が悪かったんだ」ようやく口を開く。「おまえさんにああいう考えを吹き込んだのは俺だ。あの男が気に入らなかったからな。それに、あいつにはうわさがつきまとっていたからてっきり……」

彼は口ごもる。

「そう思うのも無理もないじゃないか？」トルーマンが言う。「あいつがおまえさんにしたことを考えるとな。俺はあいつが気に入らない」もう一度言う。

わたしたちは、ふたりともしばらくだまり込む。

「それでも、サイモンがあそこでなにをしていたかまでは説明できていない」わたしはようやく口を開く。

トルーマンは肩をすくめる。「潜入捜査をしていたとか。今回の事件は注目を集めていた。だから、人出がいる。このあたりでは新顔だと判断されて、送り込まれたのかもしれない」

わたしは首を振る。「彼は刑事よ。潜入捜査員じゃない」

「そんなのわかるもんか。いまじゃ、おまえさんも俺も、内部事情には通じていないんだ」

席の上に鎖で吊るされたランプのぼんやりとした光

のなかで、わたしはトルーマンを見る。これはティファニーのランプだ。興味深いことに、ルイス・コンフォート・ティファニーは、ウェストチェスターの士官学校に在学中、ペンシルベニアのこの地でしばらく暮らした。だが、わたしたちの頭上のランプは、ちゃんとしたものではないようだ。古い刑事映画に出てくる、尋問室の照明を思わせる。そのときふと、わたしは人生のすべてが仕事に呑み込まれていることに気づく。わたしの行動や振る舞い、視点がすべて、警官という仕事のレンズを通したものになっている。ディパウロがわたしの動きを内務監査局に伝えていたとしたら、もうすでに失っているかもしれない仕事。わたしは笑いだす。

「わたしたち、もう逃げられない。ぜったいに逃げられない」

トルーマンはわたしがなにを言っているのかわからないようだ。心配そうにこちらを見ている。やさしく見つめていると言ってもいい。まるで、いまにもこちらに手を伸ばして、わたしの顔に触れそうなほどに。

「大丈夫か、ミッキー？　おまえさんのことが心配だ」

「絶好調よ」

わたしはいまではやけになって、笑いつづけている。

トルーマンが言う。「行こう。家まで送るから」

わたしは出口に向かおうとして、少しだけよろめく。トルーマンが腰のあたりを支えてくれる。歩道を歩いて車に向かうあいだずっと、彼の腕がわたしを支える。わたしの身体に触れる彼の力強さが伝わってくる。わたしはその部分の筋肉をこわばらせる。彼が使っているとおぼしき洗濯洗剤のにおいがかすかに漂う。トルーマンとこんなに接近したのははじめてだが、不快ではない。それどころか、心地よい。だれか支えてくれる人がいるということは、いいものだ。わたしも腕を彼の身体に回し、頭を彼の頭にもたせかける。

　トルーマンが車を停めたのは、デュークスから一ブロック離れた道路沿いだ。彼はわたしを車の助手席側まで連れていき、わたしはドアの前に立って、車のキーをダブルクリックしている彼と向き合う形になる。車がビッ、ビッと音を立てる。その音が静まり返った地区にこだまする。

　彼はわたしの身体ごしにドアのハンドルを握る。わたしは動かない。

「ミック、いまドアを開けてやるからな」

　わたしは彼の顔を見る。すると突然、世界がそれまでとはちがって見え、トルーマンとわたしとの関係も一変する。その瞬間、あまりにはっきりわかったので、わたしはほんの少し笑ってしまう。彼はずっとここに、わたしのそばに十年近くいたではないか。どうしていままで気づかなかったのだろう？　トルーマンの呼吸とわたしの呼吸がシンクロする。ふたりの息がそろって速くなる。

　わたしは彼の頬にキスをする。

「ミック」トルーマンはわたしの肩に手を置く。

　わたしは彼の顔に手を添える。少し前に彼がそうするところを想像したように。

「なあ」トルーマンはそう言うが、そこから動こうとしない。

　わたしは彼の口に唇を重ね合わせる。彼はそのあいだ、身じろぎせずにじっとしている。わたしのキスに応じて。でも、それから身を引く。

「だめだ。ミッキー、こんなのまちがってる」

　彼は二、三歩あとずさって、わたしと距離を取る。

「まちがってる、ミック」もう一度言う。

「まちがってない」わたしは言う。「まちがってなんかない」

　彼は歯をくいしばる。「なあ、俺にはつきあっている人がいる」

「だれ?」わたしは思わず尋ねる。

でも、彼が口を開く前から答えはわかっている。トルーマンの家のサイドテーブルに置いてあった幸福な家族写真を思い浮かべる。彼の美しい娘たち。彼の美しい妻。わたしはトルーマンの母親を思い浮かべる。ドアを開けたとき、うさんくさそうにしていた。〝過保護なんだ〟トルーマンはそう言っていた。

トルーマンは口ごもる。

「シーラだよ、ミッキー」ようやく白状する。「俺たち、よりを戻そうとしているんだ。なんとかうまくやっていけるように」

家に向かう車中、わたしたちはふたりともだまっている。車をおりるときも、わたしは無言だ。

アパートメントに入るわたしに、ベサニーは値踏みするかのような視線を向ける。わたしはなるべく彼女に近づかないようにするが、料金を支払うときに、彼女はわたしの吐息のにおいに気づくだろう。

翌朝目が覚めると、これまで経験したことがないほどのはずかしさに襲われる。記憶がよみがえる——最初はゆっくりと、それから一気に。わたしは両手で顔を覆う。

「だめ」と声に出す。「だめ、だめ、だめ、だめ、だめ」

どうやら昨夜のうちにわたしの部屋に忍び込んだらしいトーマスが、ベッドの足元で目を覚ます。「どうしたの、ママ?」

わたしは彼を見下ろす。

「忘れてたことがあったの」

ベサニーはいつもどおり遅刻だ。彼女を待つあいだ、わたしは愉快な妄想にひたる。彼女がドアを開けて入ってくるなりその場でクビにしてしまおう。どのみち、わたしは停職中なのだ。いまのところ彼女に来てもらう必要はない。でも、ふたつの事実がわたしを思いとどまらせる。ひとつは、わたしは今日ジュニアタまで自分の車を取りにいかなくてはならないが、そもそもどうして車がそこにあるのか、トーマスに説明したくないということ。さらに、この先もし仕事に復帰すれば、また保育が必要となる——ベサニーのように融通がきく人を見つけ出すのは不可能とまではいかないが、骨が折れるだろう。

それで、ようやく彼女が姿を現すと、わたしは仕事に出かけるふりをする。すると、彼女は遅れてきたことをあやまるではないか。彼女と知り合って以来、はじめてのことだ。今日の彼女は化粧をしておらず、そのせいでいつもより幼く見える。

彼女の素直さにわたしの態度も和らぐ。

「まあいいわ。気にしないで」わたしは彼女に声をかける。

「それから、トーマスは今日はテレビ番組をひとつ見ていいわ。いつ見るかはあなたが決めてちょうだい」

とつけ加える。

ベンサレムのアパートメントからジュニアタまでタクシーで向かうと、チップ抜きで三十八ドル二セントかかることが判明する。知らなくてもよかった事実だ。わたしはタクシーからおりると自分の車に乗り込み、エンジンをかける。

今日一日、自分のしたいことをして自由に過ごせるということに気づく。こんな贅沢な時間とは、ずっとご無沙汰だった。仕事もなく、目が離せない子どももおらず、自分に課した責務もなく、ただ気ままに過ごせるなんて、ずいぶん久しぶりだ。

わたしは二十三番ストリートを通り、ケンジントン地区を車で流す。仕事をしていないので、勤務中には気づけない地区のようすに気づく余裕がある。小さな空き地が地域の人の手によって急ごしらえの公園になっている。その片隅では寄付されたらしい古ぼけた滑り台が錆びつき、金網のフェンスにはバスケットボールのリンクがおざなりに取り付けられている。中古家電店が歩道に並べた、困惑しているように見える、ところどころへこみのある洗濯機や冷蔵庫などの商品が直立した兵士のように整列している。

今日はパトカーに乗っていないので、路上の女たちを追い越しても見向きもされない。信号で三輪自動車に乗った若い男の子がわたしの車のとなりに止まり、信号が変わると、わたしを追い抜いていく。

ふと、以前住んでいたポートリッチモンドの家がどうしても見たくなり、ハンドルを切る。いま、その家は、いいところの二十代の青年のものとなっている（より正確には、わたしがサインした書類によれば家の所有者は彼の両親だが）。それからフィッシュタウンに向かい、ジーの家を、わたしたちが育った家の前を通る。今日、そこにはだれも住んでいないように見える。家のなかは真っ暗だ。

そろそろアパートメントに引き返す時間だ。でも、ボンバーコーヒーの前を通りかかると、わたしはとっさに寄ることにする。今日は制服を着ていないので、わたしが店に入っても、じっと見る者はだれもいない。

わたしとトーマスがもし別の人生を送っていたら、と少しだけ想像してみる。週末はふたりでここに来て、新聞を読む。彼が興味を示したことは、時間をかけてなんでも説明してあげよう。それで、気楽でおだやかな時間を過ごすのだ。目の前のガラスケースのなかに入っている、どっしりとした五ドルのマフィンを買ってあげてもいい。それとも、カウンターの若者がいままさに客に手渡している、陶器のボウルに入った、新鮮なフルーツをのせたヨーグルトでもいいかもしれない。この若者や、ここで働いているスタッフ全員と親しげに言葉を交わすところを想像する。休みの日には、ほかにもいろいろなレストランに出かけて、そこでゆったり過ごそう。スケッチブックを持ち込んで、周囲のようすをスケッチしてもいい。わたしは昔、絵を描くことが好きだったのだ。

　列に並び、なにを注文しようか考えていると、だれかがうしろからわたしの名前を呼ぶ。

「ミッキー？」だれかが呼んでいる。女性の声だ。「あなたでしょう？」

　すぐさま、わたしの身体に緊張が走る。こちらが気づいていないのに、他人に呼び止められるのは苦手だ。人に見られていると思いもせずに気を抜いた姿を見られるのは。

　さっと振り向き、声の主がリラの母親、ローレン・スプライトだと気づく。今日の彼女はざっくり編んだニット帽をかぶり、星柄のトレーナーを着ている。

「こんにちは」ローレンが言う。「あなたに会えるなんて、うれしいわ。あなたたち、どうしているかなって思っていたの。あれから」

　彼女はそこで言葉を切り、どう言ったものか考えている。「あのパーティーのときからね」

「ああ」わたしは言う。身体の重心を前後に移動させる。ズボンのポケットに両手を突っ込む。「あのときはごめんなさい。あんなところをお見せして」

「トーマスはどうしてる？」

「元気よ」わたしはそっけなく答える。ほんとうは〝そんなの余計なお世話〟と言いたい。でも、ローレンの態度からは誠実さが伝わってくる。うわべだけでも、興味本位でもない誠実さが。

「よかったわ」ローレンが言う。心から。

「ねえ」彼女がつづける。「あなたたち、今度うちに遊びにこない？　リラったら毎日トーマスのことばかり話しているの。また一緒に遊べたらうれしいわ」

「ご注文は」カウンターの向こうにいる若者がしびれを切らして聞いてくる。列の先頭まで来ていたことに、わたしは気づいていなかった。

「ええ、ぜひ」わたしはローレンに答える。「楽しそうね」

ローレンはわたしが注文できるように、そこから離れる。「また電話するわね」と言って。

わたしはコーヒーをお供に車を運転して、フランクフォード大通りを南に向かい、それからデラウェア大通りを北上する。そして、自分でも驚いたことに、かつてサイモンと待ち合わせた桟橋に隣接する駐車場に入る。デラウェア川沿いのこのあたりは昔とはすっかり変わってしまった。南側にはシュガーハウス・カジノがそびえ立っている。近くには新しい駐車場が増え、最近できたマンションが川を見下ろしている。

でも、わたしたちが通った桟橋は変わらずそこにある。老朽化しているのはあいかわらずで、ゴミが散らばり、使われていない。並木もそのままで、冬なので葉のない木々が、いまでも川の眺めをさえぎっている。

わたしは車を停めて外に出る。葉を落とした木々のあいだを歩く。枝を押しのけ、雑草を踏みしめながら。木製の桟橋に到着すると、腰に手を当てる。サイモンのことを考える。自分のことを考える。いまの年齢の約半分、十八歳のわたしはここに座っていた。いったいどんな男が、どんな人間が、子どもの気を引こうと躍起になるというのか。結局、わたしはその子どもだったのだ。

午後一時になるころには疲れが出る。おそらく二日酔いなのだろう、気分も悪い。ベサニーには早めに帰ってもらおう。午後を休みにしてあげよう。わたしは駐車場から車を出すと、州間高速九五号線に入り北を目指す。

アパートメントのドアを開けると、なかはしんとしている。この時間帯、トーマスはまだ昼寝をすることがある。その回数はだんだん少なくなってきてはいるが。

わたしは上着を脱ぎ、フックにかける。通りがかりにキッチンに目をやる。朝食や昼食で使った食器が汚れたままになっていて、ベサニーはどこにも見当たらない。わたしは深く息を吸う。それから吐き出す。いつもこう言えたらいいのにと思っている。〝ここにいるあいだに片づけもしてくれたら〟と。

それから自分に言い聞かせる。「無駄な争いはしない」と。

わたしは廊下の奥まで歩いていく。トーマスの部屋のドアは閉まっている。もし彼が眠っているのなら、起こしたくない。

バスルームのドアも閉まっている。わたしはその前でしばらく立ちどまり、耳をそばだてる。三十秒たっても、水を流す音や、ほかのどんな音も聞こえない。

それからドアをそっとノックする。

「ベサニー？」わたしはささやく。

ようやくドアの取手に手をかけて、少しだけ開く。

「ベサニー？」もう一度呼ぶ。

しまいにはドアを大きく開く。なかにはだれもいない。

わたしはくるりと向きを変える。廊下の奥にあるドアを開ける。トーマスの部屋だ。ベッドは乱れているが、もぬけの殻だ。

わたしは大きな声で「ねえ？」と呼びかける。「トーマス？　ベサニー？」

それでもアパートメントは静まり返っている。

わたしは自分の寝室に駆け込む。それからアパートメントの玄関にとって返す。メモが残されていないか、ふたりの居場所にかんする手がかりがないか、必死になって探す。

ベサニーの車はドライブウェイに停まっている。それに、今日は外は寒いので、ふたりが散歩に出たはずもない。天気がよくても散歩には行かないベサニーならなおさらだ。

わたしは上着も着ないで外に飛び出して、裏の階段を駆け下りる。踊り場を飛び越え、階段の下まで来るとUターンして、家のまわりをさっと回る。セーターのすき間から冷気がしみ込んでくる。

ベサニーの車のところまで来ると、なかをのぞく。でも、空っぽだ。わたしがトーマスのために買ったチャイルドシートはまだ取り付けられていない。

わたしはミセス・マーンの家の玄関ドアをドンドンたたく。それから、ドアベルも鳴らす。

不吉な、縁起でもないことばかりが頭に浮かぶ。手足を広げた息子の死体を思い浮かべる。仕事で見た何人もの犠牲者の姿と重ね合わせる。子どもの死体はどうにか一度見ただけだが、スプリング・ガーデンで車にひかれた六歳の女の子だった。わたしはそのとき泣かずにはいられなかった。以来、あの子の姿が頭から離れない。

わたしはもう一度ドアベルを鳴らす。

ようやくミセス・マーンが応答する。けばだった茶色のバスローブとスリッパといういでたちで、大きなメガネの奥で目をぱちくりさせている。

「大丈夫なの、ミッキー？」わたしの顔色に気づいて、彼女が尋ねる。

「トーマスがどこにもいないんです」わたしは説明する。「今朝、ベビーシッターに預けて出たんですが、ふたりともどこにもいないんです。書き置きもありません」

ミセス・マーンは青ざめる。「なんてこと。今日はあのふたりを見かけていませんよ」

彼女は玄関ドアから外を見渡す。「彼女の車、まだそこにあるんじゃない？」

でも、わたしはすでにそこにいない。また家の外側をぐるっと回り、階段を駆けのぼってアパートメントに戻り、携帯電話を握りしめてベサニーに電話をかけるが、ベサニーは電話に出ない。それで、メッセージを送信する。

〝どこにいるの？　電話して。家にいます〟

そのとき、コナー・マクラッチーの言葉が心のなかで火災報知器の警告音のように響き渡る。〝息子がいるんだろ〟彼はわたしにそう言った。〝たしかトーマスって名前だったよな？〟

十秒でどうすべきか考える。

そして、九一一番に通報する。

これまでベンサレム警察とかかわることはなかった。小規模な組織ながら、プロ意識は高いようだ。数分後、わが家は犯罪現場へとさま変わりした。最初にやってきたパトロール警官ふたりは、若い男性と年配の女性だが、すぐさまわたしへの事情聴取を開始する。

階下では、ミセス・マーンが別に事情を聞かれている。

フィラデルフィアではない場所で警察機関とやりとりするのは妙な気分だ。こんな事態になって、自分が警官だということが役に立ち、心強く思う反面、だれに電話をかけたらいいのかわからない。マイク・ディパウロ、アハーン巡査部長、サイモン、そしていまやトルーマンもそこに入るのだが、わたしの築いたコネはすべて、それぞれの事情で使えなくなってしまった。こんなときに頼る家族もいない。電話をかける相手をひとりも思い浮かべられず、底知れない孤独が急にリアルなものに感じられる。まわりの世界がじわじわとせばまり、わたしの呼吸は浅く、速くなる。

「落ちついて」わたしのようすに気づいた女性警官が

声をかけてくれる。「落ちついて。深く息を吸って」

事情聴取を受ける側になるのは、生まれてはじめての経験だ。わたしは彼女に言われたとおりにする。

「このベビーシッターについて知っていることは？」彼女が尋ねる。

「名前はベサニー・サーノウ」わたしは答える。「年齢はたしか二十一歳。空いた時間にメイクの仕事をしています。ときどきコミュニティカレッジで授業を取っているみたいです。オンラインの講座だと思いますが」

その警官はうなずく。「わかりました。彼女の住所はわかりますか？」

わたしははっとする。「いえ。じつは知らないんです」

ベサニーにはベビーシッター代を現金で支払っている。ちゃんとした手続きを取らずに。月に二回。

「わかりました。彼女の友達や家族はだれかご存知ですか。連絡を取れる人は」

わたしはまたもや首を振る。心のなかで自分を責めながら。ベサニーの推薦状は、メイクアップ学校で彼女を教えたという講師から一通だけ受け取っているが、正直なところ、熱のこもった文面ではなかった。

「心配していることがあって」わたしは口を開く。のどの奥がひっかかる。「あることを」

「どんなことです？」女性警官が尋ねる。彼女のパートナーである若い男性警官が、アパートメント内の検分をざっと終えて彼女のとなりに戻ってくる。彼の目にわが家がどんなふうに映ったか、わたしにはわかる。安っぽくて、すさんでいて、散らかり放題。とても客を迎えられるような状態ではない。

「わたしの妹も行方がわからなくなっているんです」わたしは話しはじめる。「とにかく、彼女がいまどこにいるのか、わたしにはわかりません。わたしが妹を探していることに気づいている人物がいるんですが、不快に思っているようです。それで、わたしはフィラデルフィア市警二十四分署所属のパトロール警官なんですが、いま監査対象になってます。でも、それは行き違いがあったせいで。もしかしたら、はめられたのかも」

　ふたりの警官は素早く視線を交わすが、わたしは見逃さない。この人たちの気持ちはよくわかる。わたしの言葉がどんなふうに聞こえるのか。

「いえ、ちがいます」わたしはつづける。「そうじゃなくて、わたしは巡査です。警官なんです。でも、いまは停職中で、その理由は」

　わたしはしどろもどろになる。口を閉じないと。トルーマンの〝それ以上話すな〟と言う声が聞こえてくるようだ。

「その理由は？」と若い男性警官が尋ねる。鼻をこすりながら。

「なんでもありません。ささいなことです。ただ、息子が誘拐されたんじゃないかと気が気じゃなくて」

　女性警官がまた身じろぎする。「どうして息子さんが誘拐されたと思うのですか。そういうことをしそうな人に心当たりでも？」

「はい」わたしは答える。「コナー・マクラッチーです。でも、もっと別の可能性もあります」

　男性警官が廊下の奥のほうに歩いていき、そこで通信指令室に無線連絡を入れる。彼の声はよく聞き取れない。女性警官は引きつづき、わたしに事情を聞く。そして、少しずつ現場に人が集まりはじめる。

　ちょうどそのとき、ドアを激しくたたく音が聞こえる。

　窓ガラスからミセス・マーンの顔がのぞく。髪の毛を振り乱しているが、どんな表情をしているかまではわからない。

「入れてちょうだい」ドアの向こうで彼女が言っている。

「戻ってきましたよ」ドアを開けるやいなや、ミセス・マーンが言う。彼女はその場にいるほかのだれにも目をくれずに、わたしだけをまっすぐ見据えている。

わたしはなんとか踏ん張らないと、その場にがくっと崩れ落ちて、両手に顔をうずめて泣きだしてしまいそうだ。

「ふたりはどこに？」わたしは尋ねる。

「ドライブウェイにいますよ。男の人と一緒に」

わたしはドアに突進する。男性警官が止めようとするのを振り切って。「マーム、ちょっと待ってください」

わたしが階段を飛ぶように駆け下りるうしろに、悠然とした足取りのミセス・マーンがつづく。建物をぐるっと回るとそこにトーマスがいる。真剣な顔つきで、すぐそばでしゃがみ込んでいる刑事と向き合っている。彼女は自分の顔をトーマスの顔に近づけて話しかけている。

わたしはトーマスに駆け寄る。腕に抱き上げる。彼はわたしの首に顔をうずめる。

わたしはドライブウェイのほうを見る。

ベサニーが泣きじゃくっている。そのとなりには、わたしの知らない若い男がいる。男の手には手錠がかけられている。顔を真っ赤にして、憤慨しているようだ。

その後わたしは知ることになるのだが、その男はベサニーのボーイフレンドだ。ふたりでショッピングモールに行こうという話になったそうだ。トーマスをそのボーイフレンドの、チャイルドシートがついていないのはおろか、後部座席には使えるシートベルトがひとつもない車に乗せて。書き置きを残したり、携帯電話にメッセージを入れるなどして連絡しなくても大丈夫だと思ったらしい（ベサニーはあとから〝あなたはきっと怒ると思ったから〟と白状するのだが、わたしはそれにたいして、〝よくわかってるじゃない〟と答える）。三十分後にわたしはベサニーをクビにするのだが、ベサニーは皮肉でもなんでもなく、悪びれずに推薦状を出してほしいと頼んでくる。

それはさておき、いましばらくは、わたしはただ目を閉じていたい。周囲の人たちがわたしのことを話しているのはわかっているが、彼らの声は耳に入らない。わたしの耳に届くのは息子が息をする音だけ。感じるのは自分の心臓が脈打つ音のみ。周囲の、冬のきりっとした空気のにおいだけをかいでいる。

夜になって、わが家のドアをノックする音がまた聞こえたので、わたしは飛び上がる。

窓にかけられたレースカーテンのすき間から、こちらをのぞき込んでいるミセス・マーンの顔が見える。顔を近づけすぎているので、彼女の吐く息で窓ガラスがくもっている。

わたしは疲れ切っている。いまはただ、トーマスと一緒にソファで丸くなって、テレビを見ていたい。

でも、トーマスはミセス・マーンだとわかると、ぱっと飛び起きる。

「やあ！」と大きな声で呼びかける。彼女と一緒に過ごしたあの雪の日以来、トーマスはすっかりミセス・マーンになついたようで、彼女と道ですれちがうたびに、さかんに手を振るようになった。

彼はドアに駆け寄ってさっと開け、「入ってよ」と言っている。

冷たい風がびゅうっと室内に吹き込み、そのせいでふたりのうしろでドアがひとりでに閉まる。

ミセス・マーンは両手にふたつの荷物を抱えている。ひとつは茶色い紙でくるまれた瓶で、もうひとつはクリスマスの包装紙がかけられた四角い品物。その品物のまんなかあたりがわずかに盛り上がっている。

「あなたたちがどうしているかと気になりました」彼女は説明する。「あんな大変なことがあったあとでね。それで、これを持ってきました」

　ミセス・マーンはぎこちない感じで瓶をわたしに差し出し、プレゼントをトーマスに手渡す。彼女の話し方はどこか堅苦しく、緊張しているようだ。

「ご親切にありがとうございます。でもこんなことまでしなくてもよかったのに」

　わたしはそう言いながらも瓶を受け取る。

「ただのレモネードですよ」とミセス・マーンが言う。「まだ開けていないものがあったから。自分用につくっているの。瓶づめにして、冷蔵庫に保存してね。もし酸っぱいようならお砂糖を加えるといいわ。わたしは酸っぱいほうが好みですけどね」

「わたしもです。ありがとうございます」

　今度はトーマスが包みを開ける番だ。包装紙の下から出てきたのは、チェス盤とビニール袋に入った駒だ。わたしはその瞬間、たじろぐ。

　トーマスはミセス・マーンではなく、わたしを見上げる。

「これはなに？」

「チェスよ」わたしは小さな声で答える。

「チェスト？」

「チェスですよ」ミセス・マーンが説明する。「ゲームです。最高におもしろいの」

　トーマスは大きさ順にすべての駒をそっと袋から取り出そうとしている。キングの駒からはじまって、クイーン、ビショップ、ナイト、ルーク、ポーンの順に。駒が出てくるたびに、ミセス・マーンがその名前を教える。その言葉の響きにわたしは身をこわばらせる。だれかがチェスの駒の名前を口にするのを聞くのは十代のとき以来、サイモン以来だ。

　トーマスはビショップの駒を拾い上げて、ミセス・

マーンのほうに持ち上げてみせる。

「これって悪者なの？」

たしかにビショップの駒は威圧的だ。のっぺりとしていて、目はなく、頭部に入っている切れ込みは顔をしかめているようだ。

「悪者でもあるし、味方でもあるの。どの駒もそうですよ。状況によってね」ミセス・マーンが説明する。

トーマスがミセス・マーンを見て、それからわたしを見る。「ママ、ミセス・マーンはうちで夕食を食べていってもいいよね？」

わたしは息子とふたりきりで過ごす静かな夜を楽しみにしていた。

もちろん、そんな風に頼まれたら「だめ」とは言えないではないか。

「もちろんよ」わたしは言う。「ミセス・マーン、ご一緒にいかがです？」

「よろこんで」ミセス・マーンが答える。

それから「ところで、わたしはベジタリアンですからね」とつけ加える。

ミセス・マーンは謎に満ちている。

わたしは戸棚、冷蔵庫、冷凍庫をのぞきこむ。彼女に出せるようなものは、ほとんどなにもない。ようやく、スパゲティと消費期限を少し過ぎた瓶づめのトマトソースだったら大丈夫だと思う。仕上げに冷凍ブロッコリーを添えれば完璧だ。

あいにく、会話がはずまないので、わたしは早々に夕食の準備に取りかかる。

わたしたちは三人で小さなテーブルを囲む。わたしはミセス・マーンを上座に座らせて、パスタが入ったボウルを最初に出す。トーマスとわたしは向かい合って座る。三人とも、ミセス・マーンが持ってきたレモネードのグラスを口にする。そのなかには生のミントの葉が入っているのだが、これはミセス・マーンが家のなかで育てたものだという。すっかり忘れていたが、夏という季節があると思い出させてくれるような味がする。トーマスはそれを三口で飲みきる。

食べたり飲んだりしている合間は沈黙が支配する。トーマスがそわそわしているようだ。彼はその場にいる大人に打ち解けてほしいと思っているのだ。

わたしは咳払いをする。

「ミセス・マーン」わたしはようやく口を開く。「ベンサレムには生まれてからずっとお住まいですか？」

「あら、そんな。ちがいますよ。わたしはニュージャージー州の出です」

「そうですか。ニュージャージーはいいところですよね」

「ええ、いいところですよ」ミセス・マーンは同意する。「わたしは農場育ちでね。ニュージャージーといえば、農場を連想する人はあまりいませんけど。でも、わたしは農場を思い出します」

それから、わたしたちはまた食事に戻る。ミセス・マーンの着ているトナカイがついたトレーナーの前の部分にパスタソースの染みがついているので、わたしはなんだか責任を感じる。いまでもこのあとでも、ミセス・マーンが染みに気づきませんように。気まずい思いをしませんように。

トーマスがこちらを見る。わたしはトーマスを見る。

「それが、どうしてこちらに？」わたしはミセス・マーンに話しかける。

ミセス・マーンが答える。「セント・ジョセフのシスターですよ」

わたしはうなずく。そういえば、雪の日の終わりにトーマスを迎えにいったとき、ミセス・マーンの家の壁には学校の集合写真が飾られていた。

「教会が運営する学校に通われたのですか？」

「いいえ。わたしがシスターだったのです」

「あなたがシスター」わたしは繰り返す。

「ええ」

「修道女だった」

「二十年間ね」

なぜ教会を去ったのか、聞いてみたい。でも、そんなことを聞くのは失礼だという気がする。

食事が済むと、トーマスはミセス・マーンに買ってもらったチェスセットのところにそっと行って、盤の上に駒を並べはじめる。

「こちらにいらっしゃい」ミセス・マーンがソファをポンポンたたきながら呼びかけて、彼に駒を置く位置や動かし方を説明する。

ふたりがチェスで遊んでいるあいだ、わたしはテーブルの片づけや皿洗いをゆったりと、自分の手でおこなう。肩の力が抜けている。わたしはふと、ここ数か月間ずっと肩をいからせていたことに気づく。だれか別の大人が子どもの相手をしてくれているとわかっているから、ほっとひと息つける。罪悪感に邪魔されることなく、心がすっきりと落ちつくひとときを味わっている。

その後、わたしはチェスのルールを知らないふりをして、トーマスに習ったことを教えてもらう。それから、トーマスとミセス・マーンは一戦まじえる。ミセス・マーンはトーマスが一手を打つたびに、「ほんとにその手でいいの」だとか、「その駒は戻して」だとか、「ちょっと待って、もうちょっと考えてみたら」などと声をかけて指導している。そうやって気づかないようにうまく乗せられて、トーマスはしまいには「チェックメイト」と宣言している。

彼は小さな両手を宙に突き出し、以前父親に教えてもらったタッチダウンのポーズをとって、よろこびを表現する。

「ぼく、勝ったよ！」

「手加減してもらってね」わたしは言う。

「正々堂々とした勝負でしたよ」ミセス・マーンが言う。

その後、わたしはトーマスを寝かしつけに行き、そのあいだミセス・マーンはソファに座って待っている。わたしはトーマスにお願いされて、寝室の隅の薄暗く光るライトをつけたままにして、去年の誕生日にわたしがプレゼントしたスーパーヒーロー大集合の本を手渡す。

「ママ、愛してる」トーマスが言う。

わたしはぎくりとする。普段そういうことをわたしは口にしない。トーマスの面倒を見たり、彼自身のことや彼のしあわせを考えて行動したりするようすから、わたしがどれだけ彼を愛しているかは伝わっているはずだ。わたしは言葉というものを信用しない。とくに、人が心のなかで感じる気持ちを表す言葉は。きれいごとのように聞こえるのだ。うさんくさく思えてしまう。おぼえているかぎり、これまでの人生でわたしに向かってその言葉を口にした唯一の人物はサイモンだった。それで、結局どうなったことか。

「それ、どこでおぼえたの？」わたしは尋ねる。

「テレビで」トーマスが答える。

「あなたのこと、わたしもいっぱい愛してるわ」

「ぼくも、ママのこと、いっぱい、いっぱい愛してる」

「わかったわ。もうじゅうぶんよ。おやすみ」そう言いながら、わたしはほほえんでいる。

リビングに戻ると、ミセス・マーンはうたた寝している。わたしが何度か咳払いをすると、彼女ははっとして上半身を起こす。

「あら、いやだ。今日は長い一日だったわね」

ひざに手を置いて立ち上がるようなしぐさをするが、それから思い直してわたしのほうを見る。

「ミッキー、あなたに言おうと思っていたのだけれど。

トーマスをときどき預かりますよ、よろこんでね。あの子はいい子だから。あなたがいま大変だということ、わかっていますよ」

　わたしは首を振る。「そんな、結構です」

　だが、ミセス・マーンは動じずに、ただじっとわたしを見つめている。彼女は本気でそう考えているのであって、どんな言い訳も聞きたくないという気持ちが伝わってくる。わたしはふと、最初に通った小学校にいたシスターたちを思い出す。

「あの子には落ちついた暮らしが必要でしょう。いまのところ、あまりそうなっているようには思えませんね」

　その夜はじめて、わたしはいらっとする。そらきた。わたしが思っていたとおりの、食料品を袋につめる方法だとか、子育てに口出しするミセス・マーンのおでましだ。

　ミセス・マーンはその先をつづけようとするが、わたしはそれをさえぎる。

「間に合ってますから。ありがとうございます。わたしたち、大丈夫です」

　その場に沈黙がおりる。ミセス・マーンがチェス盤に目を落とす。彼女は難儀そうに立ち上がると、ズボンを手で払う。

「あなたたちのこと、いまはそっとしておきましょう。夕食をごちそうさまでした」

　ミセス・マーンはドアを開けるが、わたしは彼女に向かって思いがけないことを聞いてしまう。

「どうして修道会をやめたのですか」彼女がそのことを口にしてからずっと気になっていたのだ。それに、いまやわたしたちは明らかにたがいの個人的領域に踏み込みつつある。

「恋に落ちました」ミセス・マーンはそっけなく答える。

「だれと?」わたしは尋ねる。

彼女は開けかけたドアをそっと閉める。

「パトリック・マーンと。ソーシャルワーカーの。とても善良な人でした」

「ミセス・マーンになる前はどんなお名前だったのですか？」

彼女はほほえむ。そして、うつむく。ソファのところまで戻って、またなんとか腰を下ろす。わたしは彼女のかたわらに座る。

「わたしはセシリア・ケニーとして生まれました。それから、シスター・キャサリン・カリタスになりました。その後、セシリア・マーンという名前になったのですよ」

「ご主人とはどうやって出会われたのですか」

「あの人はセント・ジョセフ病院に勤めていました」ミセス・マーンは話しはじめる。「わたしたちの修道会はその病院の運営にかかわっていました。彼は具合の悪い子どもを連れて病院にやってくる家族のケアをしていました。あなたも知ってのとおり、貧しい家族ばかりです。英語が話せない人たちや虐待や育児放棄が疑われる親にも対応していました。そういうのは、いちばん大変なケースですけどね。彼はその病院で昼も夜もなく働いていましたよ。わたしはあるとき新生児集中治療室に配属されて赤ちゃんのお世話を任されたのですが、そこで彼と知り合ったのです。わたしは正看護師としてのトレーニングを受けていました。看護師になるシスターは多いのですよ」

彼女はそこで言葉を切る。

「わたしたちは恋に落ちました」また話しはじめる。「その後、わたしは修道会を去りました。結婚したのです。わたしは四十歳でした」

「いさぎよい決断ですね」ひと呼吸置いて、わたしは言う。

でも、ミセス・マーンは首を振る。「いさぎよいだなんて。それどころか、びくびくしていましたよ。でも後悔はしていません」

彼がどうなったか聞いたらまずいだろうか。パトリックが。

「主人は五年前に亡くなりました」ミセス・マーンが口を開く。「もしお知りになりたいのならね。わたしたちは二十五年間、ふたりで暮らしました。あなたたちが住んでいる、ここの下の家で。ここは」彼女はアパートメントを身振りで示す。「あの人のアトリエでした。彼は絵を描きましたからね。絵を描いたり、彫刻を彫ったりしていました」

「残念ですね」わたしは口を開く。「ご主人が亡くなられて」

ミセス・マーンは肩をすくめる。「しかたのないことです」

「下の家にある絵は彼の作品ですか？」

彼女はうなずく。ルークの駒をつまみ上げて二マス進める。それから二マス戻す。メガネの上からのぞき込むようにわたしを見る。

「とても素敵な絵ですよね。わたし、好きです」わたしは言う。

「ミッキー、あなたご家族はいらっしゃるの？」ミセス・マーンが尋ねる。

「ええ、まあいちおう」

「それはどういうことかしら？」

それで、わたしは彼女に打ち明ける。彼女にだったら話してもいいような気がする。ケイシーやサイモンのことを話す。ジーのことを話す。母さんと父さんのことも。このあたりや遠くにいる親戚のこと。わたしのことを知っている親戚も、そうでない親戚も全部ひっくるめて。だれかに話したら引かれるんじゃないかと、普段なら不安に思うこともすべて伝える。他人にはとうてい耐えられない、わたしの肩にのしかかる重荷のことを。

わたしが話すあいだ、ミセス・マーンはみじろぎもせずに目の焦点を合わせ、わたしに注意を向けている。わたしはかつてないほどに、自分の話をしっかり聞いてもらっているという気持ちになる。

六歳のとき、初聖体拝領の前にはじめて告解をしたときのことをおぼえている。恐ろしい体験だった。ジーからは、静かに落ちついて、なにかでっち上げればいいと言われた。その後、小部屋に押し込まれて、身体を持たない、声だけの存在に向かって、ありもしない自分の罪を告白した。それがいかにつらかったかを、どれだけはずかしかったかをおぼえている。

いまわたしがしているような、こういう形での告白こそ、ああいう場にはふさわしい。どんな六歳児も、くつろげるソファに座って、ミセス・マーンに話を聞いてもらったらいいのだ。

話し終わるころには、肩の力がすっかり抜けて、自分のことが相手によくわかってもらえたという気持ちになる。まるで別の次元に入ったみたいだ。もう何年ものあいだ、こんなに心がすっきりしたことはなかった。

「ミセス・マーン」わたしは口を開く。「まだ神さまを信じていますか？」

くだらない愚問だ。子どものころ、ケイシーにこういうたぐいの質問はしていたし、サイモンにも聞いたことがあったが、それ以外の人にはぜったいに聞かない質問。

だが、ミセス・マーンはゆっくりとうなずく。

「ええ、信じていますよ。いまでも心から信じています。シスターたちの働きにたいしても、同じ気持ちです。女子修道会を去らなければならなかったのは、人生最大の悲劇でした。でも、パトリックと結婚するという、最大のよろこびでもあったのですけどね」

ミセス・マーンは手を揺らして、はじめにてのひらを、次に手の甲を見つめる。

「同じ物語でも、見方を変えたら別のものになるのです」

　わたしも彼女のまねをして、自分の手を見る。手の甲は冬の寒さでごわつき、乾燥して、ガサガサになっている。外で働いているとこの季節には毎年こうなる。てのひらはすべすべしていてやわらかい。

「あのね」ミセス・マーンが口を開く。「わたしはもう看護師ではないけど、パトリックが亡くなってからずっと、セント・ジョセフ病院でボランティアをしています。毎週、週に二回通っています。赤ちゃんを抱っこしに」

「どういうことですか？」

「依存症の母親から生まれた赤ちゃんをね。この街では、どうしても薬をやめられない母親から生まれる赤ちゃんがどんどん増えているのです。それで、だれも姿を現しません。赤ちゃんの母親や父親が、ということですけど。親は赤ちゃんを産み落とすとすぐにまた路上に戻ってしまうのです。なかには赤ちゃんに近づくのを禁じられているケースもあるけれど。それで、赤ちゃんに離脱症状が起こると、だれかが抱いてやらないといけないのです。痛みを和らげてあげるために」

　わたしがずっとだまったままでいるので、ミセス・マーンがわたしの肩に手を置く。

「大丈夫？」

　わたしはうなずく。

「あなたがときどき手伝いに来てくれたらうれしいけど。興味はないかしら」

　わたしは答えられない。

　母さんのことを考えている。まだ赤ちゃんだったケイシーのことを考えている。

「わたしにはできそうにありません」

　ミセス・マーンがさぐるような目つきでわたしを見る。

「わかったわ。いつか気が変わったら教えてちょうだい」

わたしは一週間ずっと、来る日も来る日もトーマスとふたりで家にいる。こんなに長いあいだトーマスのそばにいるのは、育児休業を取っていたとき以来だ。こういう時間を過ごせるのはうれしい。丸一日彼と向き合うのは、ずいぶん久しぶりだ。トーマスは生き生きとするようになった。わたしはトーマスと一緒に本を読み、ゲームに興じる。カムデンにある水族館やフランクリン科学博物館に彼を連れていく。フィラデルフィアの街についてわたしが知っている、どんなに小さなことでも彼に教える。

さらに、わたしは最近考え方を変えた。いまではトーマスが夜中にわたしの寝室にやってきても、追い返さないようにしている。彼がわたしのベッドにもぐり込んでも、気づかないふりをしてそのままにしておく。朝、わたしは目を覚ますとトーマスの姿を眺める。外から差し込む陽の光に照らされた、男の子らしい顔を。毎日変化する顔つきを。寝ぐせがついて、くしゃくしゃになった髪の毛を。彼の小さな両手はまくらの下に埋もれていたり、胸の上で重ねられていたり、降参のポーズをするように頭上に置かれている。

もうすぐクリスマスなので、わたしはトーマスと農場に出かけてクリスマスツリーを二本買い求める。小ぶりな一本はわたしたちに、それよりも少し大きな一本はミセス・マーンに。わたしはそれを彼女の家のドアに立てかけて、助けが必要ならわたしたちは上の階にいるから知らせてほしいというメモを添えておく。

その後、彼女はそのとおりにする。

わたしは毎日トルーマンにあやまらなければと考えている。でも、はずかしくて電話を取ることができない。そのため、警察関連の情報は一切入ってこない。

トルーマンからもディパウロからも一切連絡はない。わたしが最新情報を仕入れる相手はだれもいない。

毎朝、今日こそはデニス・チェンバースから電話がかかってきて、話があると切り出されるのではないかと思う。どうせクビになるのだろう。だが、なにごともなく日々が過ぎていく。

クリスマス当日は冷え込むが、よく晴れている。車のフロントガラスに氷がうねうねと模様をつけているので、わたしはトーマスを後部座席に座らせておいて、スクレイパーを手に事態に対処する。今日、ミセス・マーンは妹のところに行っている。

トーマスが後部座席から話しかける。「ぼくたち、どこに行くの？」

「ジーの家よ」

「どうして？」

「クリスマスにはいつもジーの家に行っているじゃない」

正確には、ちょっとちがう。わたしたちは例年、クリスマス前後にジーに会いにいっている。というのも、これまではたいていクリスマス当日にわたしの仕事が入っていたので、トーマスは以前のベビーシッター、カーラに預けられていた。まだ幼いトーマスにはわからないと、自分に言い聞かせていた。でも、去年あたりから、そうとも言い切れなくなっていた。都合がいいことに、今年はいつ解かれるとも知れない停職中の身なので、出勤しなくてもいい。それならジーの家に行けばいいではないか。トーマスとふたりでキング・オブ・プルシアモールに出かけて、ジーのために選んだささやかなプレゼントをふたつ携えて。

なにもジーの顔を見たいというわけではない。おそらく、わたしは人並みに〝家族〟というものを味わってみたいのだろう。トーマスがいなくなったあの日、電話をかけて頼る相手がだれもいないということに気づき、愕然とした。それ以来自分に言い聞かせている。〝ミカエラ、友達や家族のネットワークをいま以上に広げておくのは、あなたの務め〟だと。自分自身のためではなくても、せめてトーマスのために。

　それで昨日、わたしはジーに電話をかけて、わたしたちが行くことを伝えた。最初、ジーは気乗りしないようだった。家が散らかっているし、クリスマス前に仕事をつめ込んだせいでトーマスのためのプレゼントを買いにいくひまもなかったのだと抵抗した。それから、ようやく観念した。

「ジー、そんなこと気にしなくていいよ。トーマスが会いたいって。それだけだから」

　わたしがそう言うと、彼女はだまり込む。

「あの子がそう言っているのかい？」

　ジーの声はどこか笑っているようだった。

「まあ、そういうことなら、しかたがないね」

「午後はどう。四時ぐらいとか」わたしは尋ねる。

「その時間なら大丈夫」ジーはそう言うと、別れの挨拶もせずに電話を切った。彼女にしてみれば、いつものことだが。

　今朝、わたしはトーマスと静かな時間を過ごした。彼にワッフルを焼いてあげた。彼の大好物なのだ。包装紙に包んだプレゼントを四つあげた。トーマスの腰の高さぐらいある、トランスフォーマーのフィギュア、ウクレレ（ギターを習いたいと彼にずっとせがまれていた）、わたしが子どものころ愛読していたものと同じグリム童話集、そして、スパイダーマンがついた光るスニーカー。

　トーマスはさっそくそのスニーカーを履き、いま後部座席からは、左右のかかとの部分をトントン打ちつけて、どうなるか試している音が聞こえてくる。バックミラーをのぞき込むと、冬のぼんやりとした日の光のせいで青白い顔をしたトーマスが窓の外を眺めているのが見える。

ジラードで高速道路をおりてフィッシュタウンに向かう。街は静まり返っている。クリスマス当日、このあたりの住民は郊外に出かけているか、家に引きこもっているかのどちらかだ。

子ども時代を過ごしたベルグレード・ストリートに入り、慣れた動作で車を停める。トーマスを車から降ろして、手をつないで歩く。

ドアベルを鳴らして、待つ。聞こえる音は三十年間変わらない。短く鳴ったかと思うと、そのあとしばらくあえぐような音がつづく。一度も修理されたことがない。

いつまでたっても反応がないので、わたしは自分の鍵を取り出して、鍵穴に差し込む。ケイシーが盗みに入るのを警戒して、ジーはこれまでに何度か鍵を変えているのだが、わたしはそのつど最新の合鍵を渡されている。

鍵を回そうとすると、ジーがさっとドアを開けて、太陽の光を受けてまぶしそうに目をしばたたかせている。今日の彼女は外見にもいくらか気をつかっているようだ。茶色に染めたショートヘアはきちんと梳かしてあり、いつものトレーナーとレギンスではなくて、赤いセーターを着てブルージーンズを穿いている。耳には赤と青の、クリスマスの丸い飾りのようなイヤリングをしている。わたしがおぼえているかぎり、ショッピングモールのピアス店で九歳のときにつけてもらうような、シンプルなシルバーのピアス以外のものをつけているジーをこれまで見たことがない。

「すまないね」わたしたちがなかに入れるよう、脇によけながらジーが言う。「トイレに入ってたもんだから」

室内は寒い。燃料費を節約するために、ジーはいまでも室内温度を低く設定しているのだ。トーマスががたがたふるえはじめる。彼の歯がかち合う音が聞こえる。

それでも、ジーがその場を整えようと努力した跡がそこかしこに見える。部屋の隅には、小ぶりでひょろっとしたクリスマスツリーが飾ってある（〝昨日すぐそこまで買いにいったんだ〟とジーが説明する。〝最後の一本だった〟）。さらに、一度も火が入れられたことのない暖炉のマントルピースの上にオルゴールが三つ並べられている。オルゴールの上の部分には踊る熊、くるみ割り人形、それに台座をくるくる回りながら腕と脚をV字型に曲げるサンタクロースの人形がついている。ケイシーとわたしはオルゴールが大好きで、毎日人形を回して遊び、よく三つのオルゴールを一気に作動させたので、すごい音がして、ジーに小言をくらっていた。トーマスもオルゴールが気になるようで、そちらへ近づいていくと、熊のオルゴールを手に取り、上からのぞき込んで、歯車のようすを眺めている。いつの間にマントルピースの上に手が届くほど背が伸びたのだろう。

「つけてもいい？」わたしは電飾のスイッチのそばに立ってジーに尋ねる。

「ああ。どっちみち、あとでつけようと思っていたからね」

スイッチを入れると、クリスマスツリーにかけられたひも状の電飾が光りだす。

思わず、設定温度をもうちょっと上げてもいいかと聞いてしまいそうになるが、そうせずに、コートを着たままでいることにする。トーマスも上着を着せたままにする。

昨日ベンサレムのベーカリーで買ったクランベリーブレッドをジーに手渡す。彼女はそれを無言で受け取って、キッチンへと持っていく。冷蔵庫のドアが開いて、また閉まる音が聞こえる。わたしがものごころついたときからずっと、ジーは時期がくるとこの家に出没するネズミと終わりのない攻防を繰り広げている。それはつまり、この家ではカウンターの上に食べものをぜったいに出しっぱなしにしてはいけないということだ。

彼女はリビングに戻ってくる。そのとき、わたしはふと、彼女がここ数年でずいぶん小さくなったことに気づく。もともと小柄ではあったが（ケイシーとわたしは十歳ごろには彼女の背丈をとうに追い抜いていた）、それにしてもいまのジーは子どもみたいで、とてもやせている。やせすぎと言ってもいいほどだ。あいかわらず、彼女の動作はせっかちで落ちつきがなく、その両手はつねに、わたしにはよくわからないなにかを探し求めている。あごを触ったかと思うと、腰に手をやり、それから、ポケットに手を突っ込み、また出すといった具合に。ジーはクリスマスツリーのほうへと歩いていき、そこからおざなりにラッピングされた包みをふたつ引っ張り出してくる。トーマスとわたしへのプレゼントだ。

「ほら」とジーが言う。

「座ったほうがいいんじゃない？」わたしは提案する。

「なんでも好きなようにするがいいさ」

トーマスとわたしはソファに腰を下ろす（わたしたちが子どものころから変わらないそのソファの縫い目は、ほつれてぼろぼろになっている）。わたしはトーマスにプレゼントを先に開けるよううながす。その箱は大きくて持ちづらいので、彼が包装紙を破るあいだ、わたしが支えてやらなければならない。

中身はスーパーソーカーだった。ポンプをスライドさせて水を飛ばすタイプの、蛍光色の水鉄砲だ。季節はずれでセールになっていたものだろう。わたしはそういうものを彼に与えたことはない。どんなものでも、銃の形のおもちゃは使わせないようにしている。わたしは淡々とした表情を崩さないようにする。

トーマスはだまりこくって、その水鉄砲を熱心に眺めている。

「あんたは子どものころ、そういうのが好きだったから」だしぬけに、ジーがわたしに向かって言う。

そんなはずはない。水鉄砲を使った記憶はない。

「わたしが？」

ジーはうなずく。「近所の家にあったのさ。毎年夏になると、子どもたちが一日じゅう水鉄砲で遊んでた。あんたときたら、それに触りたくてたまらなかったのさ。窓のそばで、ずっと眺めてた。そこから引き離せなかった」

ジーがなんのことを言っているか、ようやくわかった。でも、わたしが見ていたのは水鉄砲ではなく、子どもたちだった。彼らをよく観察して、他愛のないしぐさややりとり、立ち居振る舞いのすべてを頭に焼きつけていた。それらを自分のものにして、使えるようにしようと。

「なんて言うの？」わたしはトーマスに声をかける。

「ありがとう、ジーおばあちゃん」トーマスが言う。

「ありがとう」ひと呼吸遅れて、わたしも言う。

わたしからジーへのプレゼントは、〝Family〟という文字がついた写真フレームで、そのなかにいちばん最近（と言っても一年前のものだが）のトーマスの園での写真が入れてある。トーマスからジーへのプレゼントは、蝶々の形をしたブローチだ。ジーはわたしに薄い水色のセーターをプレゼントしてくれた。ジーによると、リサイクルショップで見かけて、わたしによく似合うと思ったそうだ。

「それ、ずいぶんと値が張ってね」とジーが言う。

「あたしの割引を使ってもね。カシミアだよ」

それからジーはテレビをつけて、トーマスが好みそうな番組にチャンネルを合わせる。わたしは彼女についてキッチンに入り、食事の準備を手伝う。

そのとき、裏口のドアについている窓ガラスの一部が破損しているのに気づく。その上からサランラップが適当に張られているが、そこからすき間風が吹き込んでいる。

わたしは近寄って、そのあたりをよく調べる。床にガラスの破片は落ちていない。それが最近のできごとだと示すものはなにもない。それでも、うち破られたガラスの入っていた枠が、ドアノブにいちばん近い位置にあるという事実に不審なものを感じる。

「ジー、これどうしたの？」

彼女はわたしを見て、それからドアを見る。

「なんでもないさ。ほうきの柄をぶつけちまってね」

わたしはだまり込む。サランラップに指で触れる。そのふちをなぞる。

「ほんとうに？　あのさ」わたしは言うが、ジーがそれをさえぎる。

「ほんとうだよ。ほら、こっちを手伝っとくれ」

ジーはうそをついている。わたしにはわかる。強い口調で態度もぎこちなく、話題を変えたがっているのがその証拠だ。どうしてうそなんかつくのだろう。でも、いっぽうで、これ以上問いつめないほうがいいということもわかっている。いまはだめだ。

それで、わたしはジーがチーズとクラッカーを並べ、クレセントロールのインスタント生地にペパロニとチーズを巻き込むのを手伝う。それから、車に忘れものをしたからと言ってその場を離れる。

「すぐに戻ってくるから」通りしなにトーマスに声をかける。

テレビの画面には《ルドルフ　赤鼻のトナカイ》のクレイアニメが静かに映し出されている。

外に出ると、わたしは家を正面からじっと観察する。ジーの家と隣家のあいだには、共用の通路があって、そこからゴミが出せるようになっている。その通路はそれぞれの家の裏にある小さなコンクリートのテラスにつながっている。そのテラスには両家の裏口ドアがある。

青いペンキで塗られた、通路の入口についている扉は通常は内側から錠がかけられており、外からだれも入れないようになっている。だが、扉は古くてガタついており、木の板には割れ目がある。わたしは手で扉に触れて、力をかける。

その扉はあっけなく開く。わたしはその裏側に回り込む。最初からしっかりしたものではなかった差し錠は、ねじが取れてぶら下がっている。だれかが扉を蹴り開けたようだ。

これからなにか重大なことが暴かれようとしている、ひりひりするような感覚をわたしはのど元に感じはじめる。アドレナリンが放出されて、鼻息が荒くなる。

わたしは家のなかに戻る。キッチンに入る。

「ジー、ちょっと気づいたことがあるんだけど」

彼女がこちらを振り向く。ふてぶてしい表情に罪悪感が混ざっている。

「なんだい」

「通路の扉だけど」

「ああ、あれ。昨日あんたの電話のあとで、近所の人に直してもらおうとしたんだ。でも、だれも引き受けてくれなかった。なんせクリスマスイブだからね」

「扉を蹴破ったのは、だれ？」

ジーはため息をつく。「わかったよ。わかった、わかったから」

「ひと悶着あったのさ」ジーは話しはじめる。「あたしとケイシーのあいだにね。けんかになった。あの子がここに来て、金をせびったから。あたしはきっぱり言ってやった。あんたにやる金なんかないってね。それであの子は怒り狂った」

「それはいつのこと？」

ジーは天井を見つめる。「二か月ぐらい前だね。もしかしたら、もっと前かも。よくわからないね」

「どうしてうそをついたの？　最近ケイシーと会わなかったかわたしが聞いたときに」

ジーはわたしを指さす。

「あんたは心配ごとを山ほど抱えてる。それに、あんたがおせっかいだってことは百も承知さ。あたしとはちがって、妹には甘いからね。あたしみたいにきっぱり断れやしない」

わたしはかぶりを振る。

「ジー、わたしがどれだけ心配したか、わからない？　例の殺人事件のうわさは耳に入っていたでしょう。わたしがケイシーの身を案じていることぐらい、わかっていたはず」

ジーは肩をすくめる。

「いまちょっと心配になるぐらい、なにさ。あとですごく心配するよりもいいじゃないか」

わたしは彼女から顔をそむける。

「とにかく」ジーはつづける。「次の日、家に帰ってみたら、だれかに侵入された形跡があった。これが偶然だとは、あたしには思えないね。そうじゃないか？」

「警察には通報したの？」わたしが聞くと、ジーは皮肉な感じで笑う。

「なんでそんなことしなくちゃならないのさ。あんたが警官だってのに」

彼女はそこで言葉を切る。「それに、あの子がなにを盗《と》っていったのかもわからない。まったくね。通報するにしても、なにを届け出るっていうんだい」

わたしは心のなかで、ふとあることに思い当たる。

「家じゅうよく調べたさ」ジーが言う。「全部そのままだった。現金、テレビ、宝石、貴金属」

　わたしがキッチンをあとにして階段へと向かっても、ジーはまだわずかばかりの財産目録を思い出しては品物を数え上げている。

「ちょっと、どこ行くんだい？」ジーがうしろから呼びかけるが、わたしにはもう彼女の姿は見えない。

「トイレ」わたしは答える。

　だが、階段をのぼりきると、わたしはまっすぐ子ども時代の部屋に向かう。ケイシーと一緒に使っていた部屋。そこにはもう何年も足を踏み入れていない。ジーに会いにきても、その部屋に入る理由はなかった。この家への訪問はいつも表面的なもので、さっさと切り上げていたし、たいてい一階で過ごして、どうしてもそこの洗面所を使わなければならないときだけ二階に上がっていた。

　どうやらジーはこの部屋からわたしたちの気配を徹底的に消し去ったようだ。いま、部屋にはわたしたちが子どものころ使っていたフルサイズのベッドが置いてあるだけだが、それすらも、ポリエステル製とおぼしき平織のベッドカバーが掛けられていて、昔とは別ものになっている。そのベッド以外、部屋に家具は置かれていない。クローゼットひとつ、電気スタンドひとつない。

　わたしは部屋の隅で四つんばいになり、床全体に敷きつめられたカーペットの端を持ち上げる。その下から、ゆるくなった床板が現れる。その下は、わたしたちの子ども時代の秘密の場所だ。手紙や大切な宝物を入れていた場所。わたしたちの神聖な場所——のちに、ケイシーの人生にはじめて闇が入り込んだとき、彼女はそこに麻薬を吸引するための器具を隠した。

　おそらく、ケイシーはなにかを盗むためにこの家に侵入したのではない。きっとなにかを残していったのだ。

わたしは息を止めて、床板を持ち上げる。

そのなかに手を伸ばす。手が紙に触れる。わたしはその一部を引き出す。

最初は自分の目の前にあるものがいったいなんなのか、さっぱりわからない。ペンシルベニア州政府発行の五百八十三ドルの小切手で、日付は一九九一年二月一日。残りの小切手にも目を通す。およそ十年にわたって月に一度振り出されており、金額はだんだん増えている。

それだけではない。ペンシルベニア州福祉局発行の三通の書類には、〝ダニエル・フィッツパトリックの代理で〟とある——父さんだ。そこには合意にもとづく受益者が明記されている。ミカエラとケイシー・フィッツパトリック。ナンシー・オブライエンが養育費の受取人として指定されている。わたしたちの保護者。わたしたちの祖母、ジーのことだ。

ジーはいつも私書箱を使っていたから、この家に郵便物が届くことはなかった。いまやっと、なぜそうしていたのかがわかった。

わたしは再度くぼみに手を差し入れる。まだなにかある。クリスマスや誕生日のお祝いのカードの束。たくさんの手紙。ハロウィンのカード。バレンタインのカード。そのすべてに、〝愛している。パパより〟とある。なかには、同封された現金についての記述もあるが、おそらく金はジーが抜き取っていたのだろう。

確認できるなかで、いちばん最近のものは二〇〇六年に送られている。わたしが二十一歳、ケイシーが十九歳のときのものだ。

あることに気づき、みぞおちに衝撃が走る。当時、父さんはとっくに死んだものとわたしは思い込んでいた。

わたしは書類やカードを手にしたまま、階段を下りる。リビングでトーマスのそばを通りすぎるとき、彼は顔を上げてわたしを見る。

「ここにいて」わたしは彼に話しかける。

キッチンでは、ジーがビール片手にカウンターにもたれかかっている。こちらを向くが、その顔は青ざめ、諦観している。わたしがなにか新事実をつかんだことが、彼女にはわかるのだ。ジーのいでたちを最初に目にしたとき、わたしはうれしくなったのだが、いまではあわれだと思う。長年の悪行を取りつくろうための、あわれな試み。

わたしはしばらくだまったままでいる。でも、口を開く前から、かき集めた証拠を持つ手がわなわなとふるえはじめる。

「そりゃなんだい」ジーが聞いてくる。「そこになにを持っているんだい」

ジーは書類を見ている。

わたしはジーが立っているところまで歩いていって、カウンターに書類の束を打ちつけるように置く。彼女のすぐそばまで来て、わたしはまたもや自分が彼女を見下ろしていることに気づく。そのまま待つが、ジーは書類を拾い上げようとはしない。

「これを見つけたの」わたしは口を開く。

「妹探しなんかであんたの時間を無駄にするんじゃないよ」ジーが言う。「ケイシーが姿をくらましてるんなら、あの子はそうしたいのさ。あんたの時間を無駄にするようなことじゃない」ジーは繰り返す。

「これを見てよ」わたしは言う。

「それがなんだかわかっているさ。ちゃんと見えてるよ」

「どうしてわたしたちにうそをついたの？」

「あんたたちにうそをついたことなんて、ないね」

わたしは笑う。「どう考えたら、そういうことになるの。毎日のように養育費のことで文句を言っていたくせに」

　ジーはわたしをきっとにらむ。

「あいつはあんたたちを置いて出ていったんだ」ジーはそっけなく言い放つ。「あたしの娘を悪の道に誘い込んだくせに、そのせいであの子が死ぬと、さっさと出ていった。あんたたちを育てたのはこのあたしだよ。だれもがあんたたちに背を向けたとき、その役目を引き受けたのはあたしなんだ。月に数百ドルもらったところで、その事実は変わらないね」

「彼は生きているの？」わたしは尋ねる。

「そんなの知ったことかい」

「ジー」わたしは口を開く。「あなたの人生がめちゃくちゃになったのは、わたしたちのせい？」

　ジーは一笑に付す。「なにを大げさな」

「大げさじゃない」わたしは言う。「真剣に聞いているの。わたしたちがあなたの人生をめちゃくちゃにしたの？」

　ジーは肩をすくめる。「娘が死んだときに、あたしの人生はめちゃくちゃになったんだろうよ。たったひとりの娘が死んだんだ。そのせいだろうね」

「でもわたしたちはまだ子どもだった」わたしは言う。「ケイシーなんか、まだ赤ちゃんだった。母さんが死んだのは、わたしたちのせいじゃない」

　ジーはさっと顔をそむける。「そんなことぐらい、わかっているさ。なんだい、あたしにはそんなこともわからないとでも思っていたのかい？」

　ジーが突然冷蔵庫を指さす。「あれを見てごらん。あそこにはなにがある？　とにかく見て」

　長年、冷蔵庫の扉はコラージュのようになっている。黄ばんで、丸まった紙があちこちに貼られている。先生からのコメント、ケイシーが一度だけ取った素晴らしい成績表、学校の集合写真。それに、去年のクリスマスにトーマスがジーのためにつくったカード。

「あたしはあんたたちのこと、いつも気にかけていた。あんたのことも、ケイシーのことも。わたしの家族だからね」

「でも、わたしたちのこと、愛していなかったじゃない」

「もちろん、愛していたさ」ジーが声を荒らげんばかりに言う。それから、落ちつきを取り戻す。「口先だけならなんとでも言えるさ。あたしは精いっぱいあんたたちの面倒を見た。自分の人生を捧げて。給料をもらうたびに、それをあんたたちのために使った」

わたしはなにも言わずにだまっている。

「わたしはおとなしい子どもだった。でも、あなたのせいで、つらい人生を送らないといけなくなった」

ジーはうなずく。「そりゃあよかったじゃないか。世のなかってのは、つらいものと相場がきまってる。そういうことも、あんたたちに教えてやらなきゃと思っていたんだ」

「じゅうぶんそうしてるよ」わたしは言う。

ジーは顔をそむける。「そりゃあよかった。それがあたしの望みだったからね」

わたしはこれ以上なにも言うことがない。

「ジー」わたしは声色を変える。子どものころ、こうやって少し甘えた声を出すと、ジーはたまに応じてくれることがあった。「お願いだから。ケイシーがどこに行ったのか、ほんとうに心当たりはない？」

「あの子のことはほっときな」ジーの顔はこわばり、そこからなにも読み取ることができない。「自分のことが大切なら、あの子はほっとくんだ」

「わたしは自分のしたいようにする」

これまでジーにこんな口をきいたことはなかった。

ジーはまるで平手打ちをくらったみたいに、しばらくずっとだまっている。

それから、わたしをけわしい目つきでにらむ。

「あの子はおめでたなのさ」ようやく口を開く。

その言葉がいかにも古風なので、わたしはしばらくそれがなにかほかのことを意味しているのではないかと疑う。なんでもいいから、なにかちがうことを。〝めでたいって、なにが？〟と聞いてみたい衝動に駆られる。

「それでけんかになったのさ」ジーが言う。「これでわかったろう？　あたしの口から聞いたほうがよかったんだ」

ジーはわたしがどんな反応を示すかうかがっている。わたしは顔色を変えない。

それから彼女はわたしのうしろに視線を移す。わたしは彼女の視線を追う。背後では、トーマスがそっとキッチンに入ってきている。心配そうな顔をして、そこにじっと立っている。

「あんたのベイビーのおでましだよ」ジーが言う。

過去

これだけは言わせてほしい。わたしはこれまでずっと、自分のできる範囲で精いっぱい、はずかしくない人生を送ろうとしてきた。

はずかしくない人生を送るという考えが、公私にわたってわたしの行動を支配している。これは自信を持って言えるが、わたしはこれまで、自分なりの正義だとか公平さの感覚をないがしろにすることはほとんどなかった。

それでも、だれだってそうだが、いまにして思えば別の考え方があったのではないかと思える過去の決断のひとつやふたつはある。

その最初のきっかけは、ポートリッチモンドでケイシーがわたしと同居していたとき、彼女がまたしても道を誤ったことだ。

わたしはすぐさま彼女に出ていくよう告げた。ケイシーとの同居は彼女がしらふの状態を保てるかどうかにかかっていた。彼女がわたしの家の玄関先に到着したときに、二度目のチャンスはないと申し渡してあった。わたしが本気だと思わせるために、わたしもほんとうにそうする覚悟でいなくてはならないということは、つねづね承知していた。

そのため、わたしが家に戻ると彼女が麻薬を使っていて、ドレッサーの抽斗から動かぬ証拠も出てきたとき、彼女はなにも言わず、わたしもなにも言わなかった。彼女は無言のまま荷物をまとめはじめたが、わたしはそのあいだ地下室に行って泣いた。泣き声が彼女に聞こえませんようにと思いながら。

ケイシーと一緒に暮らせて、どれだけうれしかったことか。

彼女はなにも言わずに出ていった。

妹が商売している姿をはじめて目撃したとき、それが彼女の意思によるものなのか、はっきりとわからなかった。

それは、彼女が出ていってからまだ日が浅い、ある朝のことだった。パトロール中に優先呼び出しが入ったため地区外に駆けつけることになり、北東のフランクフォード方面に向かう途中だった。その日、わたしはトルーマンとペアを組んでいて、彼がパトカーのハンドルを握っていた。わたしは助手席に座っていた。

ケンジントン大通りを北に向かっていると、すれちがいざまに、ショートパンツとTシャツ姿で、肩ひものついたハンドバッグを肩から下げ、歩道に立っている女の姿が目に留まった。一瞬間を置いて、気づいた。ケイシーだ。しかし、あまりにも急なことだったので、見まちがえたのかもしれないと思った。ほんとうにケイシーだったのだろうか？　自信はない。振り返ってよく見ようと、助手席で身をよじらせるが、すでにその女は視界から消えていた。

「大丈夫か？」トルーマンにそう聞かれて、わたしは大丈夫だと答える。

「知ってる人を見かけたと思ったから」と説明する。

　当時、トルーマンはまだ一度もケイシーと会ったことはなかった。

　呼び出し先からの帰り道、わたしはトルーマンに頼んでパトカーを運転させてもらい、先ほどと同じ交差点をわざと通りかかった。

　やっぱり。そこにケイシーがいた。上機嫌だ。彼女はひざを曲げて身をかがめていた。車のウィンドウによりかかっていた。運転手はパトカーに気づくと、なんでもないふりを装って走り去ったが、その際ケイシーの腕が危うく車のなかに引き込まれそうになった。ケイシーはさっと身体を伸ばし、よろめきながら二、三歩あとずさる。面食らったようだ。ハンドバッグの肩ひもを上げる。がっかりしたようすで、身体の中心で腕を重ね合わせる。

　パトカーの速度があまりに落ちていたので、トルーマンに大丈夫かとまた聞かれた。

　今度は、わたしは返事をしなかった。

　そうするつもりはなかったのだが、妹が立っている場所の正面まで来ると、パトカーをゆっくりと停止させた。道のどまんなかで。クラクションを鳴らす者はだれもいなかった。警察のパトカーだからだ。

「ミッキー？　どうした」トルーマンが声をかける。

　わたしたちのうしろには、車が長蛇の列をなした。何台かはバックして去ったが、渋滞の原因がわからずに、クラクションを鳴らす者もいた。

　その音に気づいたケイシーが、ようやく顔を上げた。

わたしを見た。そして、背筋をすっと伸ばした。

わたしたちはしばらくじっと見つめ合った。時の流れがゆっくりになって、ついには止まってしまったかのようだった。その瞬間わたしたちのあいだに流れたのは、やりきれない悲しさだ——子どものころ、将来はたがいによりよい人生を送ろうと計画していたことのすべてが灰燼《かいじん》に帰し、なにもかもが以前とは変わってしまったと悟ったがゆえの悲哀。

わたしはパトカーのなかで、手を上げて彼女をウィンドウ越しに指さした。トルーマンは身を乗り出してわたしの向こう側を見ようとした。

その日、ケイシーの外見はひどいものだった。わたしがこれまで見たこともないほどのみじめな姿をさらしていた。もうすでにずいぶんやせていて、肌には赤い斑点が散らばり見苦しくなっている。掻きむしったのだろう。髪の毛はしばらく洗っていないようで、化粧も崩れている。

「知っている人なのか?」トルーマンが尋ねた。彼の声には侮蔑や嫌悪の響きが一切なかった。それどころか、彼の口調から、もし彼女がわたしの友達や親戚だったら、彼女を抱きしめることもいとわないというやさしさが伝わってくるような気がした。そうよ、トルーマン、わたしは彼女を知っている。

「妹よ」わたしはそう言った。

その夜、わたしはとにかく悲しくてしかたがなかった。サイモンに何度も電話をかけたが、つながらなかった。

ようやくサイモンが電話に出たが、むっとしているのが口調から伝わってきた。連絡されたくないときは、いつもこうなのだ。

「どんな緊急事態だよ」

わたしはサイモンにたいしてなにかを求めるということが、ほとんどなかった。自分がなにかをせがんだり、必死になったりしているように思われたくなかったのだ。でもその晩、わたしは自分を見失っていた。

「あなたが必要なの」そう訴えた。

すぐに行くからと彼は言った。


一時間後に彼が現れると、わたしはその日目にしたことを打ち明けた。

立派なことに、彼はわたしの話にたいそう親身に耳を傾け、アドバイスを惜しみなく与えてくれた。

「それはやめておいたほうがいい」わたしがケイシーとは金輪際縁を切ると伝えたら、彼はそう言った。

それでも、わたしはそうするのだと、そうしなければならないのだと彼に訴えた。

彼は首を振った。「きみはそんなことできないさ。本気じゃないだろう」

「ぼくから彼女に話をさせてくれ」サイモンが言った。

わたしたちはソファに並んで座っていた。彼は脚を組み、くるぶしをひざの上に乗せていたので、上から眺めたら身体が数字の4のような形になっていたことだろう。彼はふくらはぎのXの文字が彫り込まれた場所をなにげなくさわっていた。

「最後に一度だけ試してみるんだ。きみにとって、彼女はそうするだけの価値があるだろう。きみ自身のためにも。やらなければ、きみは後悔するぞ。ぼくが手を貸そう」

疲れ果てていたわたしは、その提案をとうとう受け入れた。

「ぼくも通ってきた道だから」サイモンがつづける。「ぼくが経験者だってこと、忘れないでくれよ。経験者の話にはときどき耳を傾けるべきだね」


それから一週間もたたないうちに、ケイシーが仲間とともに勝手に入り込んだ廃屋で暮らしているということをサイモンは突き止めた。刑事の仕事術を駆使したのだと、わたしに説明した。つまりは現地の情報提供者に協力を求めたのだ。

「ケイシーははじめ抵抗した」サイモンはそう言った。だが、彼はそこであきらめなかった。

サイモンは毎日ケイシーと接触をはかり、わたしに報告した。今日は具合が悪そうだったとか、今日は調子がよさそうだったとか、ケイシーをランチに連れ出したとか、彼女が確実になにか食べられるよう配慮しただとか。

一か月のあいだずっと、どんな風にしてケイシーを見つけ出したのか、サイモンから話を聞かされつづけた。彼の話を聞いているうちに、わたしの心はおだやかになり、自分が大切にされていると感じた。この世のなかに、わたし以外にケイシーのことを気にかけてくれる人がいるなんて。四歳のときに背負わされた重荷を一緒に背負ってくれる人がいるだなんて。当時、まだわたしはサイモンにたいして、有能で、頼りがいがあり、分別があるという、数値化することのできない印象を抱いていた。

「どうしてここまでしてくれるの？」彼の協力的な態度を不思議に思い、一度聞いてみた。

彼はこう答えた。「ぼくは人助けが好きなのさ」

それから二か月ぐらいたったある日、サイモンから電話がかかってきた。「ミッキー、話がある」

悪い知らせだとわたしはすぐにピンときた。

「いま話して」わたしは言った。

だが、彼は渋った。

サイモンはポートリッチモンドの家までやってきた。ソファのわたしのとなりに腰を下ろした。そして、わたしの手を取って言った。「ミッキー、よく聞いてほしい。きみをこわがらせたくはないんだが、ケイシーの状態がよくない。ちょっとおかしくなっているみたいだ。ぼくには理解できないことをわめき散らすようになった。麻薬の影響でそうなるのか、なにか別の原因があるのか、よくわからない。いずれにしろ、心配な事態だ」

わたしは眉間にしわを寄せる。

「あの子はなんと言っているの？」

サイモンはため息をついた。「それすらもわからない。なにかに怒っているみたいだが、でもそれがなんなのか、ぼくにはさっぱりわからない」

彼の言葉のどこかにわたしはひっかかりを感じた。

「それで、あの子は具体的になんと言っているの？」

それはもっともな質問だとわたしには思えた。だが、サイモンはこまったような表情を浮かべるばかりだった。

「とにかくぼくのことを信じてくれ」サイモンはそう言った。「彼女は正気じゃない」

「わかったわ」わたしは答えた。「これからどうしたらいい？」

「なんとかして、彼女が支援を受けられるようにしよう。彼女が精神病だとか、そういうたぐいの疾患を持っていると診断されれば、彼女の力になってくれるソーシャルサービス関係の知り合いが何人かいる。まず手はじめに彼女をその人たちに会わせることだ」

サイモンがわたしを見る。「どうする？」

「わかったわ」わたしはもう一度そう言った。


その晩、わたしは寝つけなかった。まんじりともせずベッドに横たわり、翌朝の勤務がはじまる時間まであとどれぐらいかを数えていた。ふと、サイモンがケイシーのようすを知らせてくれていた期間中は彼女を街頭で見かけなくなっていたことに気づいた。わたしはそれが、状況が改善しているサインだと思っていた。

午前一時になっていた。八時には勤務を開始しなければならない。でも、どれだけがんばってみたところで眠れそうにないとわかると、わたしは無駄な努力をするのはやめて、ベッドから起き上がった。

服を着た。わたしが持っているなかではいちばん最近のケイシーの写真を探し出した。

家の外に出て、車に乗り込み、ケンジントンへと向かった。

サイモンの話をつなぎあわせて、ケイシーの居場所の見当はなんとなくついた。それで、その場所にいちばん近い交差点に行って、いろいろな人に聞いて回った。

ケンジントンは通常、夜じゅうにぎわいを見せる——とくに、その晩のように夏至の前の暖かくてさわやかな夜は。それは五月上旬のことで、ケンジントンには数少ない、花をつける木が満開を迎えており、重たげな白い枝が風に揺れていた。街頭に照らされた並木は幻想的な雰囲気をたたえていた。そこに咲き誇る花は、真夜中の闇のなかで太陽の光を求めている。

わたしは沈痛な面持ちで、あたりにいた何人かにケイシーの写真を差し出して見せた。

ケイシーを見たことのある人物はすぐに見つかった。その男はケイシーの客なのかもしれないと、わたしは疑いの目を向けた。「ああ、彼女なら知ってる」男は言った。それからわたしに尋ねた。「それで、彼女になんの用だ」

わたしはその男に必要以上のことをしゃべる気はなかったので、ただ「友達なの」とだけ伝えた。「最近どこに住んでいるか、知ってますか？」

男はためらっているようだった。

いくらケンジントンでは住人どうしがたがいのことや仕事内容を熟知していることが多いとはいえ、口を割らせるのは至難のわざだ。というのも、だまっているほうがなにかと都合がいいからだ。必要もないのにどうして口を出す？　なぜやっかいごとにわざわざ首を突っ込む？　このあたりでは、〝かかわりあいになるのはごめんだ〟という言葉を頻繁に耳にするのだが、もしケンジントンに紋章があるとしたら、この言葉はまちがいなくそこに刻まれるだろう。それに、この男が以前この界隈で制服姿のわたしを見かけたことがあって、わたしの顔に見おぼえがある可能性も否定できなかった。わたしが逮捕令状を持った潜入捜査員だとあやしまれても不思議ではなかった。

　ところが、ありがたいことに、あっさりと口を割らせる方法がある——現金だ。

　ヘロインがひと包み買える五ドル紙幣一枚あれば、たいていこと足りる。でも、わたしはあらかじめ二十ドルを用意してあった。男に彼女のところに案内してもらえたら、渡せるように。

　さらに、現金だけ奪われないように、わたしは背中に、シャツのなかに拳銃を忍ばせていた。このことは男には言わなかった。

　その男は左右に目を走らせた。わたしは彼の態度に嫌悪感を抱いた。きっと麻薬を注射したくてたまらないのだ。そのためだったらなんでもするだろう。そういう状態に陥っている人間というのは、はじける寸前のばねのようなものだ。そういう状態でなければ持ち合わせていたかもしれない、生まれながらの倫理観が失われてしまっている。

　男はわたしを先導して通りから通りへと進んでいった。偶然だろうが、だんだん人気《ひとけ》がなくなる。わたしは身をこわばらせて警戒した。必要とあらば、いつでも拳銃を抜けるように。男から目を離さないで周囲のようすをうかがえるように、彼から数歩遅れてついていった。

　一軒の家の前でようやく彼は止まった。

　その家は廃屋のようには見えなかった。板で覆われた窓はひとつもない。外壁にも落書きはない。それどころか、プランターがふたつ外に出ている。よく手入れされているようで、そのなかの土から赤いゼラニウムが茎を伸ばしている。

「彼女はここにいる」案内人はそう言うと、金を受け取ろうと手を伸ばしてきた。

わたしは首を振った。

「どうしたらあの子がここにいるってわかる？　ちゃんと確認できるまで、支払いはできない」

「なんだよ、まったく」男が言う。「本気かよ？　こんな夜更けにノックするのは気が引けるぜ」

だが、彼はため息をついて、あきらめた。わたしは彼を見くびっていたことに、なんだか申し訳ない気持ちになる。

男はドアを二度ノックした。最初はそっと、それからしっかりと。

ノックをしてから五分ほどで姿を現した女はケイシーではなかった。眠そうにまぶたをしばたたかせ、迷惑そうにしていたが、体調はよさそうで、ラリっているようには見えなかった。パジャマのズボンを穿き、Tシャツを着ていた。

「いったいなんなのよ、ジェレミー」女が男に話しかける。「なんの騒ぎ？」

男は親指を突き出してわたしに向けた。「彼女がコニーを探してるって言うから」

そこから家のなかが見えた。室内はよく手入れされていて、整っており、床には清潔なカーペットが敷いてある。だれかがそこでついさっきまで健康的な食事をつくっていたかのような、新鮮なにんにくとたまねぎのにおいがする。

しばらくして、わたしはその女がいらだたしげにわたしをにらみつけているのに気づいた。わたしの前で指をパチンと鳴らした。「ちょっと。一体なんの用？」

わたしは彼女に背を向けた。できるだけこっそりとジェレミーに金を渡した。彼は立ち去った。それから、わたしはもう一度彼女と向き合った。

「わたしの妹なんです」わたしは言った。「ここにいますか?」

女はしぶしぶ脇へ寄った。


ケイシーはきちんと片づけられた部屋のツインベッドで寝ていた。かすかに呼吸をしていた。わたしたちが一台のベッドを共有していた子ども時代からずっと、彼女はぐっすり眠るタイプなのだ。ジェレミーがドアをノックしても彼女が起きなかったことは、わたしには不思議でもなんでもなかった。

「ありがとう」わたしは女に言った。どこかに行ってくれるだろうと思って。ところが、彼女は片方の眉を上げて、そこから動かずにじっとしている。きっとわたしが来たことでケイシーがどんな反応を示すのかを見届けるためにそこに居座っているのだろう。わたしが歓迎される存在なのかどうか、見極めたいのだ。もしそうでなかった場合は、わたしたちのあいだに割って入るつもりなのだ。彼女は毅然とした、けわしい表情を浮かべている。わたしが幼いころから、周囲の女の多くがそういう表情をしていた。ケイシーしかり、ジーしかり。ここ何年か、わたしは仕事でそういう表情をまねしようとしてきたのだが、わたしがすると、まだどこかぎこちない感じになる。

わたしはケイシーの肩に手を置いて、最初はそっと、次にもっと強くゆすった。

「ケイシー、起きて。ミッキーよ」

ようやく目を開けた彼女の表情は、わけがわからないようすから、混乱、そして驚きへと、めまぐるしく変わった。

そして、彼女はたちまち目に涙を溜めた。

「彼が話したのね」ケイシーは言った。

わたしは返す言葉がなかった。そのときはまだ、彼女がなにを言っているのか、わからなかったのだ。

ケイシーは身を起こし、両手で顔を覆った。わたしの視界の隅で、彼女の同居人がわずかに身じろぎした。

「ごめんなさい、ミッキー」ケイシーが何度も繰り返す。「ごめんなさい、ごめんなさい」

その時点ですでに、わたしたち姉妹が岐路に差しかかっているということはわかっていた。わたしたちの前にはふたりの人生の地図が広がっていて、これからわたしが選択できる道筋や、その選択が妹の人生に与える影響をそこからはっきりと読み取ることができた。

もちろん、いまにして思えば、わたしはまちがった道を選んでしまったのだが。

それは恥ずべき決断だったとすら言える。

「妊娠してるの」ケイシーが言った。

「サイモンの子よ。

わたしが最悪の状態だったときにそうなって。自分でもなにをしているかわかっていなかった。あの人はそこにつけこんだ。

それからずっとクリーンな状態でいるようにしてる」

「うそ」わたしはそう言っていた。

その言葉が真っ先にわたしの口をついて出た。子どものころよく感じていた、身体がふわふわする感覚に見舞われた。それを止めたくて、もう一度「うそ」と言った。

その言葉を口にしながら、心のなかである決意が湧き上がってくるのを感じた。そして、そこから引くに引けなくなった。できることなら、両手で耳をふさいでしまいたかった。

その部屋から出ていけばよかったのに。時間をかけてもっとよく考えてみればよかったのに。

「ミッキー」ケイシーが口を開いた。

わたしは顔をさっとそむけた。

「ミック、ごめんなさい。ほんとうに。なかったことにできたら、どれだけいいか」

いま、ケイシーにたいする、わたしの過去の最悪な言動のリストを思い浮かべると、その一番上にくるのは、わたしが怒りにまかせて口にした、母さんについてのうそだ。母さんがケイシーよりもわたしのほうが好きだと言っていたと、わたしはうそをついた。それは子どもじみた空想であり、わたしが振るうことのできる研ぎすまされた刃《やいば》でもあった。よくある姉妹どうしのいさかいが、その瞬間とてつもなく残酷なものとなった。そう言われたケイシーが、聞くに堪えない声を上げて泣きだしたので、わたしはひどく後悔して、こんな意地悪なことは二度と言うもんかと心のなかで誓った。

それなのに、その晩またやってしまった。

「そんなのうそにきまってる」わたしは静かに言った。

ケイシーは一瞬、わたしがなにを言っているのかわからないという顔をした。

「うそじゃない」

「どっちにしろ、どうしたらわかるの」

「どういうこと？」

「だれが父親かってこと。どうしたらあなたにわかるわけ？」

その瞬間、殴られるのではないかと思った。彼女がこぶしをぎゅっと握り、腕に力を入れたのがわかった。けんかに明け暮れた子ども時代によくそうしていたように。だが、彼女はこぶしを振り上げずに、わたしの言葉がもたらした衝撃を無言のまま吸収すると、わたしから顔をそむけた。

「出てって」ケイシーはそう言った。

わたしがその日はじめて会った彼女の同居人がその言葉をわたしに向かって繰り返し、ドアを指さした。この得体の知れない女性、わたしが知らないこの女性が、その場ではわたし以上に妹を大切にしていることにそのとき気づいた。

サイモンには淡々とした態度で接した。申し開きをするよう求めたりもしなかった。だが、翌日彼がわたしに会いにやってきたときに、彼の見立てにはわたしも賛成で、ケイシーには支援が必要だと思うと伝えた。

「あの子、妊娠してるって言っていた。あなたの子だって」

サイモンは押しだまった。

「そんなの信じられる？」

「だから言っただろう」

「ほんとうに妊娠してるの？」

「しているかもな。これからどうなるか、なりゆきを見守るしかない」

その春から夏にかけて、わたしはケイシーをよく見かけた。彼女は堂々と路上に舞い戻った。わたしはパトロール中に稼業にいそしむ彼女の姿を見かけるようになった。

いずれ彼女のお腹が目立つようになるということはわかっていた。

ゼラニウムのプランターが外に出してあるあの家で会ったときの彼女がクリーンな状態だったとしても、そのときの彼女が麻薬におぼれていることは一目瞭然だった。彼女の目はどんよりとして血走っていた。肌には赤い斑点が浮いていた。身体のなかで唯一腹だけが突き出ていて、ほかの部分はがりがりに痩せていた。残念なことに、そんな姿を見ても彼女の客はひるまなかった。彼女に声をかけようと車を停める客の姿をよく見かけた。なかにはわざわざ引き返してくる者もいた。

「こんなの見ていられない」一度か二度、わたしはサイモンにそう言った。

お腹の胎児のことや、その身の安全が心配だった。

それに、母さんのことも頭に浮かんだ。母さんが昔下した決断について思いをめぐらせた。

わたしは弁護士を探しはじめた。

最初に話を聞いた弁護士は、第三者が親権を取るのは不可能ではないと説明した。片親もしくは両親とも麻薬依存の場合によくあるそうだ。彼女はその年だけで、そういう案件をいくつも抱えていた。ところが、親権を母親から取り上げることができたとしても、子どもの父親がだれなのかわからないと、その母親が証言しなければならないということだった。もし母親が子の父親の名をあげることができるのなら、今度は、子どもへの権利を放棄するという内容の書類にその父親のサインが必要になるという。

「もしその母親が勘ちがいをしていたらどうなりますか?」わたしは質問した。「ほんとうは父親ではないのに、その人が父親だとしていたら?」

「そうですね」サラ・ジメネスという名の弁護士は言った。「その場合は、おそらく裁判所から父子鑑定検査を勧めるでしょう」

わたしがこのことをサイモンに告げると、彼はだまりこくった。

それどころか、その一年のあいだずっと、ケイシーの話題が出ると、彼は妙に押しだまるようになっていた。彼はケイシーに会いにいくのをやめた。彼女に救いの手を差し伸べるのをやめた。わたしが彼女のことを持ち出すと、別の話題に切り替えた。

それでも、ケイシーの主張を覆《くつがえ》すために父子鑑定検査が必要になるのだと、わたしはようやく彼に告げることができた。それにたいして彼が見せた唯一の反応がさらなる沈黙だったので、わたしはとうとう、もうずっと前から気づいていたことを彼にぶちまけた。

その時点で、わたしが妹に言ったことを撤回するにはすでに手遅れだった。

トーマス・ホルム・フィッツパトリックは二〇一二年十二月三日、アインシュタイン医療センターで生まれた。彼の最初の名前はもちろん〝トーマス〟ではない。ケイシーは父さんにちなんで彼を〝ダニエル〟と呼んだ。でも、わたしはその名前はこの子にはふさわしくないと即座に却下した。

わたしは出産には立ち会っていない。だが、あとで聞いた話によると、ケイシーは病院にやってきたとき、麻薬でラリって意識がもうろうとしており、明らかにハイになっている状態だったという。そして、トーマスは出生から数分後に母親から引き離されて新生児集中治療室の看護師の手にゆだねられた。離脱症状の兆候を監視するためだが、実際に数時間後にその兆候が現れはじめた。

ポートリッチモンドの家では、彼を迎える準備が整っていた。彼をよりよい人生に迎え入れるために、わたしは何か月もかかってあれこれ計画した。寝室のひとつを（以前ケイシーが使っていた部屋だ）落ちついた雰囲気の子ども部屋に改装した。その部屋の内装を淡い黄色の色調でまとめたのも、太陽のような明るい色がわたしの新しい息子が送る楽しい人生の前触れとなるよう願ってのことだ。わたしの愛読書から抜粋したお気に入りの文章を額に入れて壁に飾った。書店に出向いて彼のために本を買い込んだが、わたしが子どものころ読んだことのない本ばかりだった。これを全部、彼に読んでやるのだ。彼が読んでもらいたがるだけ、いくらでも。決して「だめ」とは言うまいと心に誓った。

そのころ、サイモンとは口もきかなくなっていた。それでも、わたしたちのあいだには、ある合意が成立していた。彼はトーマスにかんするすべての権利を放棄しても、息子の人生にかかわりたいという意向を示した(「どうして?」とわたしが聞くと、「はじめたことはきちんと終わらせる人間であることに誇りを持っているから」という返事が返ってきた)。トーマスの教育費を出してくれるのなら、そうしてもいいとわたしは彼に申し渡した。ほかのものはいらない。わたしが必要としていたのは、トーマスにまともな教育を確実に受けさせることのできる資金だ。

こういう取り決めはすべて、書面に残さなかった。

わたしたちの合意は、ふたつの暗黙の脅しの上に成立していた。わたしたちは慎重にバランスを取り、均衡を崩さないようにしていた。わたしはサイモンの上司にわたしたちの関係のきっかけをばらすことだってできた。いっぽうサイモンはトーマスの親権を要求することだってできた。

わたしたちはたがいに愛想よく接してはいたが、ほとんどしゃべらなかった。トーマスが生まれてから月に一度、彼宛てに小切手が届くようになった。スプリング・ガーデン・ディスクールに支払う料金ぴったりの金額が。

それと引き換えに、月に一度、サイモンはトーマスを連れて出かけた——最初、トーマスはこの外出をいやがったが、大きくなるにつれてだんだんと楽しみにするようになり、数週間前から指折り数えて、それが終わるとその後数週間はそのときのことばかり話していた。

この取り決めから除外されていたのは、言うまでもなく、ケイシーだ。

ケイシーはなにも好き好んでトーマスのことをあきらめたわけではない。それどころか、自分で育てたいと思っていた。クリーンな状態でいつづけるからと病院で繰り返し訴えた。ところが、トーマスの場合、新生児薬物離脱症候群の度合いを示すNASスコアが極めて高い数値を示し、母体の血中を流れていたさまざまな薬物成分によって引き起こされる離脱症状は深刻なものだった。わたしと弁護士が予想したとおり、赤ちゃんはフィラデルフィア市福祉局の保護下に置かれ、そこにひと晩留め置かれた。そのあいだに福祉局は彼の状況を把握して、親近者を特定した。翌日、ジーのところに電話がかかってきた。そして、わたしのところにもかかってきた。

かかわりあいになるなんて、正気の沙汰ではないとジーには言われた。「あんたは自分がなにをしてるのか、わかっちゃいないんだ」彼女はわたしに言った。「ひとりで子育てをするのがどれほど大変なのか、わかってないね」

でも、わたしの決意は固かった。

「はい、彼に住む場所を提供できます」わたしはソーシャルワーカーにそう答えていた。

わたしは単独親権を取るつもりでいた。だが、弁護士と話し合って、ケイシーの親権の完全停止は求めないことにした。彼女が回復したあかつきには、トーマスに会いにこられるように、可能性は残しておきたかったのだ。それでも、わたしの意向で、弁護士はある条件を付けるよう要求した。その条件とは、裁判所が命じた薬物検査にケイシーが合格しなければ、トーマスとの面会は許されないというものだった。

ケイシーはその検査に一度たりとも合格できなかった。彼女はこれを不服として、訪問権を取り戻そうとあれこれ試みたが、検査を受けるたびに失敗した。

このため、ケイシーはこれまでに一度もトーマスとの面会を許されたことがなく、わたしは単独親権を持ちつづけている。裁判所はこの取り決めが子の利益にもっともかなったものだと認めている。まともな裁判官であれば、そういう結論にわけなく達するだろう。

わたしが提供できるのは、そういうことなのだ。きちんとした暮らし、良識、しらふでいること、安定した家庭、将来の選択。そしてなによりも、ケイシーの息子——いまではわたしの息子——が教育を受けるチャンス。

わたしは職場やトルーマンに子どもを引き取ったことを伝えた。

詮索は一切されなかった。

当時すでに五年間ペアを組んでいたトルーマンですら、「おめでとう」としか言わなかった。彼はお祝いを買ってきてくれた。本や服がつまったギフトバッグで、選りすぐりの品ばかり入っていたから、それだけそろえるには相当時間がかかっただろう。わたしはお礼の手紙をしたためて、それを彼の家に郵送した。

フィラデルフィア市警の育児休業制度はお粗末なものだった。まず、期間中は無給。だが、新たに親になった職員には六か月間の休みが保証されており、なにもないよりはましだった。これまでにためたささやかな貯金で、三か月と一週間は持ちこたえられるとわたしは計算した。そのあとは保育園に預ければいい。

トーマスが生まれてからの最初の数か月間は、わたしの人生のなかでももっとも大変な期間となった。ほかの家族の協力や資金援助など、なんの助けもなしに赤ちゃんの世話をひとりで何か月も引き受けるのは他人にはおすすめできない。まして、ケイシーのような母親が毎日せっせと薬物を摂取したせいで離脱症状に苦しむ赤ちゃんは。

病院にいるあいだ、トーマスにはモルヒネが投与されていた。

退院時に鎮痛剤のフェノバルビタールが処方された。

そのどちらの薬も、離脱症状の痛みを完全には取りのぞいてくれなかったので、わたしは彼の小さな身体がふるえ、ときに身もだえするのを不憫に思いながら見守り、彼の胸に手を置いて、それがたまにありえない速さで上下するのを感じ、延々と泣きつづける彼の声に、こちらもいたたまれない気持ちになりながら耳を傾けることしかできなかった。ミルクをあげてもほとんど吐き出してしまうので、わずかでも体重が増えれば彼にとってはささやかな勝利だった。彼をいくらあやしても、どうにもならないことがよくあった。

それでも、わたしは彼を抱くのをやめなかった。そして、もうこれ以上は無理だとあきらめかけたとき、わずかばかりの平穏な時間がオアシスのように出現して、わたしはこの赤ちゃんと恋に落ちた。トーマスがそのきらきらした丸い目をゆっくり見開いて、びっくりしたように周囲の世界を見回したのだが、その目に心をとらえられたのだ。身体を使ってできることが増えると、そのたびに彼を励ました。彼の口から母音がこぼれ落ちたり、新たに子音が発音できたりするようになるたびに。

わが子を腕に抱いていると身体のなかから湧き出てくるやさしい気持ちを言葉で言い表せる人などいるだろうか？　赤ちゃんのやわらかな口と鼻、みずみずしい肌（そのせいで自分の肌のくたびれ加減にいやでも気づかされる）、自分の顔に向かって伸ばされる、家族を探している小さな手――これらを目にしたときの動物的とも言える感情。自分の頬や胸に小さなてのひらが羽虫のように軽やかに打ちつけられるときの、あの気持ちを。

ある昼下がり、トーマスにミルクをあげていたわたしは、これまでの人生で感じたことのないほどの深い悲しみに襲われた。わたしはトーマスを腕に抱き、ベッドに座っていた。わたしは息子をのぞき込み、頭部のやわらかな産毛の束や、手首とひじのところで区切られた、バルーンアートの動物のようなむっちりとした腕を眺めているうちに、突如として、信じられないという気持ちと悲しさの嵐がわたしに向かって吹き荒れたので、わたしはあんぐりと口を開けて――これを認めるのは気はずかしいのだが――おいおいと泣いた。

　なぜなら、このときわたしははじめて、わたしたち姉妹を残して去るという母さんの決断の意味が理解できたからだ。故意ではなかったにせよ、彼女の行動、うかつさ、無謀さが彼女に麻薬を求めさせ、そのような決断に達するにいたったのだ。母さんもわたしを――わたしたちを――腕に抱き、そのときのわたしがトーマスを見つめたように、わたしたちを見つめていたことがあったのだということが理解できた。そうやってわたしたちを腕のなかに抱いていたにもかかわらず、いずれにせよ母さんはわたしを、わたしたち姉妹を置き去りにした。

　その瞬間、心のなかにある決意が芽生えたのだが、それはその後のわたしの人生の指針となった。ケイシーとわたしにふりかかった運命から、わたしは自分の息子を守ってみせる。

　トーマスは結局、生後一年近く苦しんだ。彼を見守るうちに、妹にたいする怒りがのど元まで込み上げてきた。よくもこんなことができたものだと思った。だれだって、赤ちゃんにこんな仕打ちをできる人間などいるだろうか。

　夜が昼に溶け、そしてまた夜になった。わたしは食べたり、トイレに行ったりするのを忘れがちになった。わたしたちの取り決めについて、サイモン以外でわたしがくわしく説明した唯一の人物はジーだった。最初こそジーも頻繁に手伝いに来てくれたが、すぐに彼女の訪問は間《ま》遠《どお》になった。

　トーマスが生まれてからわたしがどれだけ大変な思いをしているか、一度彼女にこぼしたところ、彼女はわたしを見つめて言った。「それがふたりになったところを想像してごらんよ」

　それをきっかけに、わたしは彼女に愚痴をこぼすのをやめた。

　そんな数か月を過ごすうちに、わたしはあることを固く誓うようになった。トーマスの生まれてすぐの経験を彼の足かせにするわけにはいかない。彼がこの先、自分の過去を言いわけとして使うことがあってはならない。それどころか、ほんとうのことを教えても、そのせいで彼の自己像が揺るがなくなるそのときまで、わたしは彼に一切なにも明かさないことにした。

　そんなわけで、トーマスはいまでもわたしが彼の生みの母親だと思い込んでいる。

　ケイシーは路上に戻り、いずれ忘れてしまうだろうと思っていた。

　わたしに腹を立ててはいても、さっさと前に進むだろうと。麻薬をほしがり、手に入れ、そしてまたほしがるようになるという一連のサイクルは、身動きが取れなくなる泥沼のようなもので、そのあいだまともに頭も働かない。そこから抜け出して、しばらくのあいだ頭をすっきりさせて子どものことを気にするようになるとは考えにくかった。

　ところが、育児休業期間中にわたしが二階の窓から外をのぞくと、そこにケイシーがいることが何度かあった。通りをはさんで向かいにある家の玄関前の階段だとか、歩道の縁石に腰かけ、両脚を前に伸ばして悄然としていた。顔を上げ、わたしの家の正面を目を細めながら見て、窓から窓へと視線をすばやく動かしていた。自分が産んだ息子の姿を——つまりは、わたしの息子の姿を——ひと目でも見ようとしていたのだろう。

　一度か二度、ドアベルを鳴らしさえした。

　わたしはそれを無視した。

　そういうときは、室内のあかりをかならず消すようにして、トーマスが泣きださないように哺乳瓶でミルクをあげて、玄関ドアからいちばん離れた場所へと避難した。そのあいだケイシーは何度もドアをたたいたり、ドアベルを鳴らしたりして、赤ちゃんに会わせてと泣き叫んだ。

育児休業も終わりに近づいたある日、わたしは当時使っていた、身体に装着して使うタイプのベビーキャリアにトーマスを入れて家の外に出た。すぐそこの店まで歩いていくつもりだったのだ。いつものように、外出する前に窓からあたりを見回して、妹がそこにいないか確認済みだった。

ところが、玄関から十メートルほど歩いたところで、だれかが足早に近づいてくる音が聞こえてきたので、トーマスの頭を守るように手で覆って振り向くと、すごい形相で髪の毛を振り乱し、逆上した亡霊さながらのケイシーがいた。どこかにずっと身をひそめていたのだろう。

「ミック、お願いだから」彼女は訴えた。「その子を見せて。元気かどうか確認するだけだから。もう二度とこんなこと頼まないから」

そのときのわたしはどうかしていたのだ。きっぱり「ノー」と言うべきだった。

だが、そうせずに少しためらってから、わたしは無言で彼女のほうに向き直り、トーマスの小さな顔を見せてやった。彼は眠っていた。頬をわたしの胸に押しつけて。そのときの彼は——いまでもそうだが——それは美しい子どもだった。

ケイシーはうっすらと笑みを浮かべた。それから泣きだして、彼女の容貌はますます鬼気迫るものとなった。彼女は手の甲で鼻をぬぐった。通りかかった近所の人が、ぎょっとしてわたしたちのほうを見た。そして、問題ないか確認するために、わたしと目を合わせようとした。あやしい不審者にいやがらせを受けているのではないかと心配したのだろう。わたしはそのほうを見なかった。

　ケイシーはトーマスのひたいに触れようとするかのように、おずおずと片手を伸ばした——祝福を授けるかのごとく——が、わたしは本能的にさっと身を引いた。

「お願いだから」ケイシーがもう一度言った。

　それが、たまに仕事でかかわりを持ったときは別として、それから五年のあいだに彼女がわたしに向かって言った最後の言葉となった。

　わたしは首を振った。そして、そこから歩き去った。彼女はわたしのうしろでひとり突っ立っていた。廃屋のようにひっそりと、みすぼらしく。

　いまでもなお、ケイシーが戻ってきてトーマスを返せと要求する悪夢にうなされることがある。

　その夢に出てくるケイシーは、子ども時代のようにはつらつとしていて健康そのもので、身のこなしも軽く、にこやかにしていてとても美しい姿をしている。

　トーマスはケイシーめがけて雑踏から——たいていはどこかの店や学校、まれに教会のような場所から——飛び出していく。ケイシーに向かって、〝会えなくてさみしかった〟だとか、〝ずっと待ってたよ〟だとか、ただ〝お母さん〟と呼びかけている。たったそれだけの言葉で。簡潔に。彼もまた、自分はあなたの息子なのだと訴えている。その存在の名を呼び、ただ事実を口にする。〝お母さん〟と。

現在

「あんたのベイビーのおでましだよ」キッチンでジーが言う。どこか責めているような口調だ。

「あんたにはもうこの子がいるじゃないか。別の子の心配なんか、しなくたっていいんだ」

「うるさい」わたしは言う。

背後でトーマスがそっと息をのんだのがわかる。彼は生まれてこのかた、わたしのこんな乱暴な言葉づかいは聞いたことがないのだ。

わたしはあたりを見回して、急に信じがたい気持ちになる。ここで人生の最初の二十一年間を過ごしただなんて。こんなに冷え冷えとした、人を寄せつけない家で。この家に子どもの居場所などない。わたしの身体のすみずみから一斉に警告が送られてくる。ここから出て。ここから出て。ここから出て。トーマスを連れ出さなくては。この家に、この人のもとに戻ってきたらいけない。

わたしはなにも言わずにトーマスの肩に手を置いて、もう行かなければならないと合図する。トーマスはスーパーソーカーを拾い上げる。それは置いていきなさいと言いそうになるが、すんでのところで思いとどまる。

玄関ドアから出ていくあいだ、頭のなかでジーの言葉がぐるぐる回っている。〝世のなかってのは、つらいもの。世のなかってのは、つらいもの〟子どものころ、ジーはわたしたちに向かってしょっちゅうそう言っていた。そして、ふと、わたしもそれとまったく同じことをトーマスに言っていることに気づいた。この一年のあいだに大変な思いをしている彼にたいして、その言葉を使って説明していたのだ。

わたしたちの背後から、ジーが呼びかける。

「あの子のことはほっときな。念を押しとくよ。自分のことが大切なら、あの子にはかかわらないことだね」

わたしはトーマスと車のなかでしばらく座ったままでいる。彼はしょんぼりして、不安そうにしている。なにかおかしなことが起こっているということは理解しているようだ。

わたしの右手には、父さんが送ってくれたバースデーカードが握られている。出てくる前に、それだけは持ってきたのだ。ケイシー宛のカード。封筒の左上には、デラウェア州ウィルミントンの住所が書いてある。

しばらくだれかにトーマスのことを見ていてもらわないと。いまのところ、信頼して彼を預けられるのは、ミセス・マーンだけだ。

わたしは車に乗り込むと、彼女の家に電話をかける。妹さんのところから戻っていますようにと祈りながら。

まるで電話のそばで待ち構えていたかのように、ミセス・マーンはすぐに電話口に出る。

「ミッキーです」

わたしはそう言うと、助けてくれるという彼女の言葉に甘えてもいいかと尋ね、くわしくは今夜説明するからと約束した。「もちろんですよ」ミセス・マーンは言う。「家に着いたら、ノックしてちょうだい」

電話を終えると、トーマスがだまりこくっていることに気づく。後部座席のほうを見ると、彼は泣きだしている。

「どうしたの」わたしは声をかける。「トーマス、どうしちゃったの？」

「ぼくはまたミセス・マーンとお留守番なの？」

「ほんのちょっとのあいだだけよ」

　わたしは運転席で身をよじらせ、彼を見つめる。トーマスは大人びて見えるが、同時に幼くも見える。このところ、彼はあまりにも多くのことを目にしている。

「でも今日はクリスマスでしょ」彼が言う。「ママに手伝ってもらって新しいおもちゃで遊びたい」

「ミセス・マーンが手伝ってくれるから」

「いやだ。ママがいい」

　わたしは運転席からうしろに手を伸ばして、彼のスニーカーに触れ、ぎゅっとつかむ。わたしの手のなかで、それはぴかぴか光りだす。彼の顔に少しだけ笑顔が浮かぶ。

「トーマス。明日はあなたのそばにいるって約束する。そのあとも毎日。いい？　この冬はあなたにとって大変なことばかりだったって、わかってる。もうすぐいろんなことがうまくいくようになるから」

　彼はわたしのほうを見ようとしない。

「今度リラと一緒に楽しいことをしようよ」わたしは言う。「それって素敵じゃない？　リラのお母さんにお話ししといてあげる」

　ようやくトーマスがにっこり笑う。頬についた涙をぬぐう。

「わかった」トーマスが言う。

「それって素敵じゃない？」わたしはもう一度言う。

　彼はしっかりとうなずく。


　わたしが最後に父さんと会ってからの期間は、父さんと交流があった期間よりもすでに長くなっている。彼がわたしたちの人生から姿を消したのは、わたしが十歳のときだ。ケイシーは八歳だった。

　ミセス・マーンの家にトーマスを送り届けてから、手に入れた父さんの住所をGPSに入力して車を運転しはじめる。

助手席に置いてある封筒は十年以上も前のものだ。父さんが差出人住所にいまはもう住んでいないことだってありえる。それでも、ほかになにも手がかりがない状況では、この住所だけが頼みの綱なのだ。

記憶のなかの父さんは背が高くて、やせている。わたしみたいに。低い声でゆっくりと話す。だぶだぶのジーンズを穿き、バスケットボール選手のアレン・アイヴァーソンの名前入りシャツを着て、野球帽をうしろ向きにかぶっている。あのころ父さんは二十九歳だった——わたしがおぼえている父さんは、いまのわたしよりも若い。

わたしは断然母さんの味方だったから、母さんが死んだのは父さんのせいだと、ジーがしょっちゅうほのめかしていたせいで、父さんのことは好きになれなかった。彼とハグをすることもなかった。信用できなかったのだ。

だが、ケイシーはちがった。他人やわたしが父さんのことでなにを言っても、信じようとはしなかった。父さんが約束をすっぽかすことがあると、わたしよりもがっかりしていた。ようやく父さんが姿を現すと、ケイシーは彼にまとわりつき、部屋から部屋へとついて回り、三十センチと離れることがなかった。息せき切って、ところどころつかえながら、まくしたてるようないつもの話し方でずっと父さんに話しかけて注意を引こうとしていた。わたしはケイシーほどしゃべらなかった。ようすをうかがっていた。

最後に会ったとき、父さんはわたしたちをフィラデルフィア動物園に連れていった。それは楽しいお出かけになるはずだった。なにしろ、わたしたちは動物園に一度も行ったことがなかったのだ。父さんがそこに連れていってくれるということは、何週間も前からわかっていた。わたしはケイシーにあまり期待しすぎないよう釘を刺しておいた。

父さんはちゃんとやってきた。だが、その日にかんしてわたしがおぼえているのは、父さんが持ってきたポケベルがずっと鳴りっぱなしで、それが鳴るたびに父さんがそわそわしていたことだ。わたしたちはまずキリンを見て、それからゴリラを見た。そこで父さんがもう帰らないといけないと言った。

「だって、まだ来たばっかりじゃない」ケイシーがぷりぷり怒りながら言った。「カメだって見てないよ」

父さんはわけがわからないという顔をした。

ケイシーがカメを見たがる理由が、わたしにはわかった。近所に住むジミー・ドナヒーが、ケイシーが一度もカメを見たことがないと茶化したことがあったのだ。なんの気なしにひどいことを言って、ケイシーをからかってやろうという魂胆だったのだろう。そのあと、彼とケイシーのあいだでどういうやりとりになったのか、わたしはよくおぼえていないのだが、とにかく、そういうことなのだ。ケイシーがカメを見にいきたがったのは、そうすればジミー・ドナヒーに自分だってカメぐらい見たことがあると言い返せるようになるからだ。

「ああ、ケース」父さんが口を開いた。「ここにカメがいるかどうかなんて、わからないよ」

「いるって」ケイシーは言い張った。「ぜったいにいる」

父さんはあたりを見回した。「なあ、どこにいるのか全然わからないよ。それにもう帰らないといけないんだ」

父さんのポケベルは鳴りやまない。父さんはポケベルのほうを見た。

家に帰るあいだ、車のなかは静まり返っていた。わたしはそのときだけはケイシーを助手席に座らせてやった。父さんがわたしたちをジーの家で降ろすと、ジーが玄関のドアを開けてくれた。まるで、こうなることがお見通しだったかのように、口を真一文字に結んで。

「ずいぶん早く帰ってきたんだね」いやみったらしく、そう言った。

一週間後、玄関先に小包が届けられた。そのなかにはぬいぐるみがふたつ入っていた。カメのぬいぐるみはケイシーに、ゴリラのぬいぐるみはわたしに。わたしは自分の分はぞんざいに扱って、すぐにどこかにやってしまった。いっぽう、ケイシーはぬいぐるみをかたときも手放さず、どこへ行くにも一緒で、学校にまで持っていった。もしかしたら、いまでもとってあるかもしれない。

それ以来、父さんからの連絡は途絶えた。ジーもなにも聞いていないというふりをしていた。ジーはわたしたちに向かって、養育費のことで父さんを裁判所に連れていかなければならないが、自分にはそうする時間もお金もないのだと、ことあるごとにこぼしていた。日々食いつなぐために必死に働かなければならないから、支払えるはずのお金をめぐって、甲斐性なしの父さんを追い回しているひまはないのだと。

父さんが姿を消してからというもの、わたしとケイシーは十代のころはたがいに彼の話題を避けた。ジーが父さんとやりあうのは望んでいなかった。養育費の件がその後どうなったのかも聞かなかった。一度か二度、近所の人や親戚の口から父さんの居場所についてのうわさを聞くことがあった。デラウェア州ウィルミントンに住んでいるのではないかというのが、大方の意見だった。そこで別の女性を妊娠させただとか、さらにふたり妊娠させただとか、一度などは六人子どもがいると聞いた。刑務所にいるといううわさは頻繁に耳に入ってきた。

しばらくして、父さんは死んだと聞かされた。

そう言われて、わたしはネットで検索した。すると、たしかにそれらしき情報があった。父さんと同じ年に生まれた、フィラデルフィア出身のダニエル・フィッツパトリックの死亡記録を見つけたのだ。父さんの誕生日がいつなのかわからなかったのだが、ジーに聞いたりはしなかった。どうせジーにもわからないと思ったのだ。

それでも、わたしはそれが父さんだとわかった。

そのことはケイシーにはだまっていた。何度か言いかけたが、伝える勇気が出なかった。父さんの存在というのは、ある意味、ケイシーの人生のなかでは数少ない、熾火《おきび》さながらに赤々と燃えつづける善《よ》きことの象徴で、姿が見えなくてもつねにそこにあることがわかっている、ひそやかな希望なのだと、わたしは見ていた。彼女はそのために生きていると言っても過言ではない。心から誇りに思えるだれか。そんな存在を奪うことなどできなかった。小さな灯《ともしび》を吹き消すようなまねはしたくなかった。

GPSの案内に従って、こぢんまりした家の前に到着する。リバビュー墓地の向かいにある、レンガ造りの二戸連住宅の右側の家。堅牢な造りだということがうかがえる、形の整った家だった。どちらの家もクリスマスの飾りつけがしてある。右側の家では、窓辺で電気キャンドルがともり、玄関ポーチにはプラスチック製のクリスマスツリーが置いてある。すでに夜の七時になっていて、数時間前からすっかり暗くなっていた。

その家から五メートルぐらい離れた道の脇に車を停めて、エンジンを切る。ヘッドライトを消すと、あたりは闇に包まれた。唯一のあかりはその家の窓から漏れる、クリスマスの飾りつけの光だ。

わたしはしばらくそのまま座っている。問題の家を見ようとうしろを振り向く。その家の正面のようすをうかがって、また前を向く。

ほんとうに父さんはあの家に住んでいるのだろう

か？　わたしが最後におぼえている父さんの姿と、リバビュードライブ1025Bの住人のイメージがどうしても重ならない。

五分後、わたしは車からおりて、派手な音を立てないよう注意しながらドアを閉める。ところどころ氷の張った道を歩いていくうちに一度足を滑らせる。暗闇が迫ってきて、わたしはふとすぐそばに墓地があるのを思い出し、歩くスピードを速める。

四段あるその家の玄関ステップをのぼっていく。ドアベルを鳴らし、数歩うしろに下がって、そのまま玄関ポーチで待つ。これまでの人生や警官として勤務中に、わたしの来訪を予期していない人の家を何度ノックしたことだろう。ついくせで、両手を脇に伸ばしてしまう。ドアを開けた人からよく見えるように。

わたしの右手の窓のほうから、かすかな音が聞こえる。カーテンが少し動いて、またさっともとに戻る。その直後に女の子が出てくる。まだ十代前半だろう。やせていて、髪の毛は黒い巻き毛で、メガネをかけている。おとなしくて勉強好きだが、知らない人と接するのはあまり得意ではないタイプだという印象をとっさに受ける。彼女がわたしを見上げている。なにも言わずに。わたしがなにか言うのを待っている。

急にばかばかしい気持ちになる。ずっと前に父さんがここに住んでいたことがあるからといって、まだ同じ場所に住んでいると考えるなんて。わたしの経験上、ジーの世代の人間だったら、土地に根を下ろして人生を送り、子どものころ住んでいた家にずっと住んでいたとしてもおかしくない。だが、わたしたちの親の世代は根なし草なのだ。

そのため、わたしは気まずい思いで話しはじめる。

「こんばんは」わたしは少女に挨拶する。「お邪魔してごめんなさい。もしかしたら、こちらにダニエル・フィッツパトリックという人が住んでいませんか？」

少女はかすかに顔をしかめる。戸惑っているようだ。心配そうな顔つきになる。

「いいのよ」わたしは彼女に話しかける。

女の子はおそらく十三歳か十四歳といったところだろう。

「別に大事な用事じゃないから。ただ、彼と少し話せないかと思って。もしここに住んでいるのなら」

〝もし生きているのなら〟と心のなかで思ったが、それは口に出さないでおく。

「ちょっと待っていてください」女の子はそう言って、ドアを開けっぱなしにしたままで家の奥に引っ込む。

あの子が父さんの娘だということは、ありえるだろうか？　母親のちがう、わたしの妹だということは？　あの子の口元にはどことなくケイシーを思わせるところがある。

わたしは少しだけ身を乗り出して、家のなかをのぞいてさっと目を走らせる。どこもかしこも片づいている。わたしの目の前には階段があり、右側はリビングになっている。家具は年季が入っているが、よく手入れされている。テリアの一種だと思われる小型犬がやってきて、わたしの足のにおいをクンクンかぎ、一、二度うなる。わたしはその犬を足で軽く押し戻して、外に出ていかないようにする。別の部屋ではラジオがかかっている。そこから軽快なクリスマスの歌が流れてくる。

女の子が行ってしまってから、ずいぶん時間がたつ。あまりに戻ってこないので、もしかしたら彼女のあとについて行くということだったのかもしれないと、不安をおぼえる。あいかわらず冷気が家のなかにどんどん入り込んでいる。両手に息を吹きかけて温めていると、だれかが目の前の階段から下りてくる。まず、はだしの足の先が見え、それからグレーのジャージのズボンに包まれた脚が見える。

五十歳前後の、黒い髪の男。

父さんだ。

「ミカエラなのか?」その男が言う。「おまえなのか?」

わたしはうなずく。

「俺を見つけてくれて、うれしいよ」彼は言う。「おまえのことをずっと探していたんだ」

彼は背後にちらりと目をやると、足を靴に滑り込ませて、玄関ドアの脇に置いてあるテーブルから鍵をつかむ。玄関ポーチに出て、振り返ってドアを閉める。

「ドライブに行こう」彼は言う。

わたしは一瞬たじろぐ。ジーの家から出てきた書類や手紙のおかげで、わたしは心のなかでは、父さんはほんとうは悪くなかったのだといまではわかっている。とはいえ、彼の真意が読めない。それに、ケイシーがどこにいるかもまだわからない。おそらく、わたしがまごついていることに、父さんも気づいたのだろう。

「それとも、おまえが運転するか? 決めてくれ。車はあるのか?」

「わたしが運転する」わたしはそう答える。

わたしたちは車に乗り込む。

「あなたは死んだと思っていた」彼がシートベルトをまだ締め終わらないうちから、わたしは打ち明ける。

これを聞いて、彼は少しだけ笑う。「俺は死んではいないと思うがな」そう言いながら、手の甲にもういっぽうの手の指を一本突き立てる。「いいや、俺はまだ死んじゃいない」

どういうわけか、わたしは彼のそばにいると自意識過剰になる。これだけ長いあいだ離れていて、彼の目にいまのわたしがどう映っているのか、急に気になりだす。彼によく思われたいと思ういっぽうで、そんなことを気にする自分が腹立たしくなる。

父さんから話しはじめるまで、なにも言わないでおこうと、自分に言い聞かせる。

彼はようやく口を開く。


父さんは長いあいだずっと、わたしたち姉妹を、わたしとケイシーを探していたそうだ。

完全に麻薬と縁が切れたのは二〇〇五年だったと、彼は説明した。

そのときすでにわたしたちはふたりとも成人しており、これまでいくら手紙やカードを送っても返事がなかったので、てっきり自分はきらわれていると思っていたらしい。

何年ものあいだそれを言いわけにして、わたしたちを探すこともなかった。

「それから娘のジェシーが」父さんはそこで言葉を切る。「俺のもうひとりの娘だ。ジェシーという名前だ。十二歳になる。今年に入って、あの子がおまえたちのことを聞いてくるようになった。なぜ会わないのかと言われた。おおかた、母親のちがう姉さんたちに会いたくなったんだろう。それで、俺もはっとしたんだ。あれからずいぶん時間がたっているから、いまならおまえたちと話ができるかもしれないと。俺がいろいろなことをめちゃくちゃにしたということは、わかっている。俺が悪いんだ。でも、いまはもう薬も断っているから、試してみる価値はあるんじゃないかと思った。おまえたち姉妹の置かれた境遇については、いつも申し訳ないと思っていた。だが、その時点でいったいどこから探したものか、見当もつかなかった。それで、知り合いの男に依頼した。元刑事で、いまは私立探偵をしている男だ。知ってのとおり、普段は夫や妻の浮気の現場を押さえる依頼が大半を占めるようだがな。それで、そいつが調べてくれたんだ。彼はおまえたちを見つけ出した」父さんは言う。

「しかも、あっさりと。ケイシーがケンジントンに住んでいて、おまえがベンサレムにいるとわかった。彼は俺のところにやってきて、調査結果を報告した。おまえたちの住所を教えてくれた。どうするかは俺次第だと言ってな」

父さんはひじをアームレストにのせている。彼の緊張がわたしに伝わってくる。父さんは何度かつづけて咳払いをする。丁寧に片手を口に当てて、咳き込む。そして、その先をつづける。

「まずはケイシーに会いにいった。その男が彼女の状態があまりよくないと教えてくれたからな。心配になった。それが三、四か月前のことだ。俺は彼女が身を寄せている廃屋まで出向いた。ケイシーがかすかに俺のことに気づいた。そうでなかったら、俺にはケイシーがわからなかった。

俺はケイシーと長いこと話し込んだ。彼女を俺の家に引き取る計画を立てた。ケイシーはもう一日だけ待ってほしいと言った。〝いいか〟と俺は言った。〝俺も薬物依存の経験者だ。それがどういうことなのか、ちゃんとわかってるぞ〟とな。いやな予感がしたんだ。案の定、翌日彼女を迎えにいったら、どこにもいなかった。

そうこうしているあいだにも、俺は知り合いに教えてもらったベンサレムの住所におまえを訪ねていった。上品なばあさんが玄関に出てきて、おまえは家にはいないと言ったきり、それ以外のことはなにも教えてくれなかった。伝言を残したいかすら聞いてくれなかった」

わたしは助手席に身を沈める父さんのほうをちらりと見る。ベンサレムに二度訪ねてきた人物について、ミセス・マーンがどんな風に説明していたか思い浮かべる。そうだ、父さんはおおざっぱに言えば、サイモンに似ていなくもない。同じ言葉で説明できる。サイモンと同じく背が高い。髪の毛の色も濃い。ミセス・マーンが言ったとおり、左耳のすぐ下にタトゥーが入っている。暗すぎて、なんと書いてあるのかはわからないが。

　彼は話をつづける。

「それで、俺は万事休すと思ったね。とにかく、俺はやってみるだけやってみた。ふたりの娘のためにな。おまえのことは、またすぐに探してみようと思っていたんだが、生きているといろいろあってな。あっという間に一か月たっちまった。

　そしたら、だしぬけにケイシーがうちの玄関先にふらっと現れたんだ。いままでどこにいたのか、どうやってそこまでたどり着いたのかは教えてくれなかった。手首を骨折していたが、どうしてそんなことになったのかも口を閉ざしていた。

　そのうえ、妊娠していると言うじゃないか。赤ちゃんを手元で育てたいと言っていた。そのために、クリーンになりたいと」

　わたしは適当に右や左に曲がりながら、どこに向かっているかもわからずに、あてどなく運転をつづけている。どれだけお金をつまれても、さきほどの家への戻り方はわかりっこない。

　父さんは咳払いをする。

「おまえにもわかると思うが、彼女を受け入れるには覚悟がいった。それでも、俺は思ったんだ。これは俺の過去のあやまちをつぐなうチャンスだと。それに、俺もひととおり経験していることだからな。俺には薬を断つということがどういうことだか、わかっている。クリーンでいつづける努力をするということがどういうことかも。俺はいまでも週に二、三回は集会に顔を出している。俺なら彼女の面倒を見られると思うんだ。スポンサーを見つけてやったり、いろいろとな。彼女のそばにいてやりたいと思っている。

　それに、いまではちゃんとした仕事についている」

父さんはさらにつづける。「しばらく前にITテクニカルインスティテュートを卒業した。いまじゃ、IT関連の仕事をしている。収入もそれなりにある。ケイシーと生まれてくる子どもを健康保険に入れてやれる」

　視界の隅で、父さんがわたしのほうをちらりと見たのがわかる。わたしがどんな反応を示すのか探っているのだ。わたしに誇らしく思ってもらいたいのだろうか。あいにく、わたしはまだそんな気持ちにはなれない。

「とにかく、ケイシーはすでに薬を減らしはじめたと言っていた。サボキソンが手に入るときは、それを使っているということだった。俺は彼女を医者に診せた。その医者は、妊娠していてまだ麻薬がやめられないのなら、メタドンに切り替えて、ずっと使いつづけるほうがいいとアドバイスしてくれた。それで、その医者の力添えで、ケイシーはメタドン維持療法プログラムに参加できることになった。それ以来ずっと彼女はそのプログラムをつづけている」

「ということは、ケイシーはあなたと一緒にいるのね」わたしはようやく口を開く。

「彼女は俺のそばにいる」父さんが答える。「いまもあの家にいる」

「あの子は生きている」

「生きているさ」

　わたしはしばらくだまったままでいる。

「彼女に会える？」ようやく口を開く。

　今度は父さんが静かになる番だ。

「それがな、ケイシーがおまえに会いたいかどうか、俺にはわからんのだ。あいつは自分の息子のことを教えてくれた」父さんの言葉に、わたしはたじろぐ。

わたしの息子よ。心のなかでそう思う。あの子はわたしの子。

「俺の家に来るなり、彼女は俺にそのいきさつを説明して、おまえとはかかわりあいになりたくないと言った。

だが、おかしなことだが、しらふでいる時間が長くなればなるほど、おまえのことをよく話すようになった」

「それって、しらふだとはわたしは思わないけど」わたしは言う。

ずいぶんと辛辣なもの言いだ。

彼はうなずく。わたしは彼の顔を見る。車のウィンドウの外のぼんやりとした光が逆光となり、黒いシルエットだけが浮かび上がっている。彼のうしろでは、街灯がチカチカ光っている。

「言いたいことはわかる」彼はおだやかに言う。「まだメタドンを服用しているのなら、しらふじゃないって考える人は大勢いる」

彼はそれだけ言う。

「でも、あなたはそれでもしらふだって思うのね」わたしはようやく口を開く。

彼は肩をすくめる。「わからないな。どう考えたらいいのか。俺はメタドンをやめてからしばらくたつから。でも、最初はその薬が必要だったということはわかっている。それがなかったら、回復できなかっただろう」

それから、わたしたちふたりはどちらもだまりこくる。

わたしは運転しつづけている。いまは大きな道路をまっすぐに進んでいる。どこにも曲がらずに。すると突然、前方にきらめく水面《みなも》が見え、またデラウェア川に近づいていることに気づく。生まれてからずっとわたしにつきまとう暗い川が目の前にある。

「このあたりで右折したほうがいい。でなきゃ、水のなかに沈んじまうぞ」

わたしはそうせずに、車を脇に寄せて停める。ヘッドライトの光が漆黒の闇を照らす。ライトも切る。

「このところ、彼女はますますおまえのことばかり話すようになった」父さんが口を開く。「おまえと会えなくてさみしいんだろう。あいつには家族が必要だ」

「はっ」わたしは言う。

落ちつかなくなると、わたしはいつもそういう声を出す。深刻なことを茶化すかのように。

「ケイシーがうちに来てから、俺はもう一度おまえに会えないかとベンサレムに向かった」父さんは言う。「だがそのときは同じばあさんにおまえたちは引っ越したと言われた」

わたしはうなずく。

「またおまえを見失っちまったと思った」

「わたしがそう伝えるように頼んだの。だれか別の人と勘ちがいしていたから」

わたしはふいに室内灯をつけて、父さんを見る。

「どうした？」急に明るくなったので目をしばたたかせながら、彼はわたしのほうを向く。

彼をじっくり見つめて、耳の下のタトゥーがなんと書いてあるのか読み取ろうとする。

そこにはうずまき形の文字で〝L.O.F.〟とある。

その意味するところはすぐに理解できた。母さんの名前のイニシャルだ。

父さんはわたしの視線の先になにがあるのか察すると、そこに指を当てて、それが小さな傷であるかのようにやさしくなでる。それから、顔をそらす。

「母さんのこと、忘れられないんだろう」父さんが言う。「俺もだよ」

父さんを家まで送ると、九時を回っていた。わたしたちは先のことはまったくなにも決めていない。でも、いまでは父さんはわたしの携帯番号を知っているし、わたしも彼の番号を知っている。ケイシーとわたしが、将来また顔を合わせるかどうか、たがいに腹を決めるそのときまでは、さしあたりはそれでじゅうぶんだ。

父さんがケイシーに話しておこうと言ってくれる。彼女を説得してみると。

「おまえたち姉妹には、おたがいが必要だからな」

「説得なんかしてくれなくてもいいのに」わたしはそっけなく言う。「あの子がわたしに会いたくないのなら、それでかまわない」

「わかったよ」父さんが言う。「わかった。おまえの気持ちはよくわかったから」

だが、彼の口調から、わたしの発言を本気だとは思っていないことが伝わってくる。

彼を降ろしたあとも、わたしはしばらくそのままそこにいて、彼が玄関ステップをのぼっていく姿を眺めている。窓のシェードが上がっているから、家のなかがよく見える。ケイシーがどの窓を横切ってもおかしくない。

だが、いつまでたっても彼女の姿は見えない。わたしはようやくそこから離れる。

ずっと外出していたせいで携帯電話の充電がなくなりかけていて、よけい不安に駆られる。トーマスと連絡が取れない状態になると、落ちつかない。

路上に人影は見当たらない。雪がちらついている。空には丸々とした黄色い月が出ている。トーマスとミセス・マーンはどうしているだろう。ふたりはいまごろなにかにくるまって暖かくして、テレビでクリスマスの番組でも見ているのだろう。もしかしたら、わたしが家に着くころ、トーマスはまだ起きているかもしれない。おやすみだけでも直接トーマスに言うことができれば、わたしも気が楽になる。ひとりで外出したことの罪悪感も減るだろう。

車を停めて裏の階段をのぼりはじめると、玄関ドアのそばの窓から、薄暗い光がチラチラと漏れている。トーマスがもう寝ているかもしれないので、わたしはできるだけそっと鍵を回す。だが、敷居から数センチ奥に押したところで、ドアが動かなくなる。わたしはうろたえてもう一度押してみる。なにかが邪魔をしている。

ドア上部についている窓から、ミセス・マーンのふっくらとした心配顔がのぞく。さらに、彼女は一瞬わたしの背後をうかがうようなそぶりをする。だれかがわたしのあとをつけていないか確認するかのように。

「ミッキー？」ドアの向こう側から、ミセス・マーンの声がする。「あなたなのね」

「なにがあったんですか？」わたしは尋ねる。「わたしです。大丈夫ですか？　トーマスはどこですか？」

「待っていてちょうだい」彼女は言う。「ちょっと待っていてね」

彼女がなにかをズルズルと引きずる音が聞こえてくる。

ようやくドアが奥まで開くようになる。わたしはアパートメントに入るやいなや、そこに息子がいないかと、さっと室内を見渡す。

「トーマスはどこですか？」もう一度尋ねる。

「ベッドで寝ていますよ」ミセス・マーンが答える。それから、さらにつづける。「帰ってきてくれてよかったわ。あなたのことを探している人がいたの」

「だれですか?」わたしは尋ねる。

「警察の人よ。一時間ぐらい前にやってきて、あなたの家のドアベルを鳴らしたの。かわいそうに、トーマスがおびえてしまって。わたしもこわかったわ、ミッキー。あの人たちが玄関先に姿を現したのを見て、てっきりあなたが死んだって言われるかと思いましたよ。その人たちは、あなたに電話をしているけどつながらないと言っていたわ。それで、家までようすを見にきたのだと」

「携帯電話の充電が切れてしまって」わたしは説明する。「だれが来たんですか? どんな警官でした?」

ミセス・マーンはごそごそとポケットを探り、名刺を取り出す。それをわたしに手渡す。そこには〝ディヴィス・グエン刑事〟とある。

「もうひとりいたわ」ミセス・マーンが言う。「男の方が。名前が思い出せなくて」

「ディパウロじゃありませんか?」

「その人よ」

「どんな用件でした?」

わたしは部屋の隅まで歩いていき、サイドテーブルの上に置いてある充電器に携帯電話をつなぐ。

「それは教えてくれなかったの。ただ、あなたが戻ったら電話するよう伝えてほしいと言っていたわ」

「わかりました。ありがとうございます」

「もしかしたら、例のニュースと関係があるんじゃないかと思うけど」

「どのニュースです?」

ミセス・マーンは顔をテレビに向ける。わたしは彼女の視線を追う。そこに映し出されているのはクリスマスの映画ではない。カンバーランド・ストリートにレポーターが立っていて、そのすぐそばの空き地にテープが張られている。ベンサレムでちらついている雪が、そこでも同じように降っている。

〝クリスマス当日の殺人事件〟レポーターの青白い顔

の下に出ているキャプションがそう伝えている。女性レポーターは紫色のフード付きジャケットに身を包んでいる。彼女がマイクに向かってしゃべる。「今月はじめ、フィラデルフィア市警は容疑者を勾留したと市民に発表しました。ところが、一連の事件との関連を疑われる殺人事件が今日発生しました」

ミセス・マーンは非難がましいことをつぶやきながら、首を振っている。「かわいそうな子ね」

「だれだろう。被害者の名前は出ましたか？」

「いいえ、まだですよ。女性だとしか」

「ほかにはなにも？」

「今日のお昼ごろ見つかったそうですよ。殺されて間もない状態で」

わたしはまだ携帯電話から手を離していない。ようやく少し充電できたので、電源を入れると、復帰する。

「ミセス・マーン」わたしは口を開く。「わたしが電話をかけるあいだ、もうしばらくここにいていただいてもかまいませんか？　もしかしたら署のほうに来てほしいと言われるかもしれないので、まだ帰らないでほしいのです」

「わたしも同じことを考えていたわ」ミセス・マーンは答える。「大丈夫ですよ」

電話番号はグエンではなく、ディパウロのものだった。ディパウロならわたしはグエンよりもまだよく知っている。

彼はすぐに電話に出る。緊迫した口調だ。どこか屋外にいるようだ。うしろから車が行き交う騒音が聞こえてくる。

「ミッキー・フィッツパトリックです。うちにいらっしゃったと聞いたので」

「よく電話してくれた。いまどこにいる？」

「自宅です」

「それで、きみの息子はどこに？」

わたしは答えようとして、思いとどまる。「どうしてですか？」

「きみたちふたりの安全を確認しておきたい」

「あの子なら大丈夫です。もう寝ています」

だが、急にこの目で確認しなくてはという気持ちになる。ディパウロと話しながら、さっとトーマスの部屋に向かい、ドアを開ける。

彼はそこにいる。

ベッドの真ん中に毛布がつみ重なって巣のようになっている。彼はそれにしっかり抱きついている。口を閉じて。わたしはそっとドアを閉める。

「わかった」ディパウロが言う。

「なにがあったんです？」わたしは尋ねる。「マルヴィーはまだ勾留中ですか？」

ディパウロが少し息を吸い込む。

「勾留されていた――今日まではな」

「なにがあったんですか？」

「あいつにはアリバイがあった」ディパウロがようやく説明しだす。「クリスティーナ・ウォーカーが殺された時間帯に、あいつと二晩連続で一緒にいたと、薬物常用者ではない友人が証言した。さらに、ふたりの女性から自分のＤＮＡが出たのは、自分が彼女たちの客だったからだとあいつは主張した。それだけのことだと。あいつも友人もどちらも、あいつは彼女たちを殺していないと言い張っている。マルヴィーは弁護士を雇った。それで釈放せざるをえなくなった」

「釈放は何時ごろでしたか？」わたしは尋ねる。「今日の殺人が起こった時間帯にまだ彼は勾留されていましたか？」

どんな答えを期待しているのか、自分でもよくわからない。

「ああ、勾留されていた」ディパウロが答える。

彼の口調から、さらにまだなにかあるということが伝わってくる。

「聞いてくれ。パトカーを一台そちらに向かわせた。第九分署の新人が乗っている。今日のところは、きみの家のドライブウェイに彼が待機する。いいか？　パトカーが停まっているのを見ても驚かないでほしい」

「どうしてです？」わたしは尋ねる。

ディパウロは口ごもる。うしろのほうで、サイレンが鳴り響いている。ディパウロは二度咳き込む。

「マイク、どうしてそんなことを？」

「念のためだ。おそらく取り越し苦労だろうが。だが、なんと言ったかな、デュークスで会ったときにきみが口にした名前は――フィラデルフィア市警の警官にたいして告発をおこなった女性というのは」

「ポーラです。ポーラ・マルーニー」

ディパウロがだまり込む。わたしが点と点をつないで理解するのを待っている。

「今日殺されたのは彼女だ」彼はようやく口を開く。

わたしはミセス・マーンに今晩はわたしのベッドで寝てくれないかとお願いする。わたし自身は玄関のすぐそばの部屋にあるソファで寝るつもりだ。そうすれば、だれかが侵入しても、まずわたしと鉢合わせすることになる。

全員をひとところに集めておきたい。

雪がつもったドライブウェイにゆっくり入ってきて停車したパトカーについて、わたしはミセス・マーンに、わたしがある情報を提供したので、同僚が念のために寄こしたものだと説明する。

「なにも心配しなくてもいいですよ」そうミセス・マーンに言うと、「わたしがそんなに心配しているように見えるかしら？」という返事が返ってくる。

だが、わたしと同じく、彼女が平静を装っているだけだということは、わかっている。ミセス・マーンがバスルームを使っているあいだに、わたしはそっと廊下の奥まで行き、保管箱から自分の拳銃を取り出す。

眠れない。ドライブウェイに停まっているパトカーのことが頭から離れない。ポーラが口封じのために殺されたのではないかとディパウロが疑っているのなら、なぜよりによってフィラデルフィア市警の警官がわたしたちの警護に当たっているのだろう。州警察の警官なら部外者だから安心できるのに。だが、担当者は別の分署所属の新人警官だとディパウロは強調していた——つまり、二十四分署とはつながりがなさそうな警官ということだ。それでも、わたしはソファで横になったまま四時までずっと眠れない。外から入ってくる街灯のぼんやりとした光のなかで、壁にかけてある時計の秒針が進むのをひたすら眺めている。ブラインドの横板がそこに影を投げかけて、しま模様をつけている。トーマスを起こしてしまう心配さえなければ、彼のベッドにもぐり込みたいぐらいだ。彼と一緒にいたい。彼のことをしっかり守っているのだと思いたい。この世界で、彼がわたしのすぐとなりにいるとわかっていたい。

それとはまた別の感情がじわじわとわたしに押し寄せ、さらに不安をあおる。それは悲しみだ。ポーラにたいして感じる、とてつもない悲しみ。わたしはいまでも、毒舌で、すぐに笑いころげる十八歳のころの彼女を思い浮かべることができる。彼女はどんなときもケイシーの味方になってくれた。ケイシーがわたしにたいしてそうしてくれたように。ポーラがいつもそこにいて、妹のお目付け役となり、ケンジントンの女たち全員に目配りしているとわかっていたから、わたしも安心していられたのだ。

そして最後に襲ってきた最悪の感情は、罪の意識。わたしたちの追っている人物がフィラデルフィア市警の関係者だとしたら。そして、ポーラ・マルーニーの名を最初はアハーン巡査部長に、それからチェンバースに、そしてディパウロにと、関係者に明かしたのがわたしだとしたら、そういうことだ。彼女が死んだのは、間接的にはわたしのせいだといえる。

わたしは目を閉じる。両手で顔を覆う。

「オフレコにしていただけますか？」あのときわたしはアハーン巡査部長にそう言った。

「オフレコにしよう」彼はそう答えた。

翌朝になっても、ポーラの名前はまだマスコミに公表されていない。

わたしはしばらくのあいだ、ネット上で彼女について検索する。すぐに、彼女の友人が立ち上げた、追悼のためのフェイスブックページが見つかる。

そのページには葬儀のミサの情報もあった。今週木曜日にホーリー・リディーマー教会でおこなわれることになっている。

故人と対面することはできない。その意味するところが、わたしに暗くのしかかる。

葬儀には参列しよう。

一日ずっと、わたしはポーラの死についての詳細が明かされるのを待っている。ニュース番組を見て、容疑者が逮捕されたかどうか知りたいのだが、トーマスをこわがらせたくない。それで、クローゼットにしまってある箱から昔のヘッドフォンを引っ張り出してきて携帯電話につなぎ、地元のラジオ局の番組を聴くことにする。わたしはそのふたつを身につけて、洗濯をしたり、そうじをしたりして、アパートじゅうを行ったり来たりする。そのあいだトーマスは木のレールを組み合わせて複雑な迷路をつくっている。

「なにを聴いているの？」何度かトーマスに聞かれる。

「ニュースよ」わたしは答える。

ドライブウェイに停まっているパトカーはすでに出ていったが、新しいパトカーがときどき家のまわりにやってきて、通りをゆっくりとパトロールしている。

そのようすをわたしの寝室の窓から眺めることができる。それを見てほっとすることもあれば、ものものしさを感じたり、なにか不吉なことの前触れではないかと思ったり、かえって狙われているように感じることすらある。なるべくトーマスをそういう光景に近づけたくないのだが、彼は目ざといので、なにかが起きていると気づいている。

　いま聴いているのはローレン・スプライトの勤務先の地元公共ラジオ局の番組だ。一時間つづいた番組が終わりに差しかかり、司会者が彼女の名前を口にする。

　わたしはふと、以前彼女とボンバーコーヒーでばったり会ったときに、リラとトーマスを遊ばせようと言われたことを思い出す。木曜日のポーラの葬儀にわたしが出席しているあいだ、ローレンにトーマスを遊ばせてくれるよう頼めないだろうか。スプリング・ガーデン・デイスクールはクリスマスから新年が始まるまでのあいだは冬休みになる。ということは、もしかしたらローレンも家にいるかもしれない。

　わたしはまた寝室に戻り、彼女に電話をかけて、わたしが葬儀に参列する予定があるのだが、そのあいだトーマスが遊びにいってもいいかと尋ねるメッセージを残す。一分後、彼女のほうから電話がかかってくる。

「ごめんなさい。あなたの電話番号だとわからなくて。ちょうどよかったわ。リラになにをさせようか悩んでいたところなの。冬休みが永遠に終わらないような気がするわ」

　ローレンはちょっと笑うが、すぐにやめる。「お友達は残念だったわね」

「ありがとう。でも彼女はそういうのではなくて。親しい間柄じゃないの。どちらかというと、妹の友達で」

「それでも、家族の友達ってことよね。だれだって、若くして亡くなるのは悲しいわ」

「ええ、ほんとうにそうね」

フィラデルフィア市警がようやく名前を公表したにもかかわらず、ポーラの葬儀の参列者はまばらだ。わたしは葬儀のミサがはじまる十分前に教会に入り、いつものくせで片ひざをついて礼をしてから信徒席に腰を下ろす。

わたしがここに来た理由はふたつある。ひとつは、弔意を表するため。死後の世界の存在については自分でも半信半疑だが、生きているあいだは正しいおこないをするよう努めるべきだと思っている。わたしがポーラの名前を市警に伝えたことと彼女の死とのあいだの因果関係はまだわからないにしても、彼女の信頼を裏切る行為をしたのはまちがいない。だから、彼女に詫びたいのだ。

別の理由もある。ここに来れば、なにか役に立つ情報を集められるかもしれない。彼女の死のくわしい経緯について、なんらかの臆測が耳に入ってくるかもしれない。

今朝、黒いズボンと黒いシャツに着替えてみたら、自分が調理の仕事の制服を着たジーにそっくりだということに、ふと気づいた。それで、シャツをグレーのものに替えて、髪の毛や化粧もなるべく地味で目立たないようにまとめた。

後方の信徒席に座って見渡してみると、前方の何列かは左右どちらも人で埋まっているが、そこからうしろにはだれもいない。教会のなかにいる参列者の大半は、二十四分署の勤務中や高校時代に見知った顔だ。参列者は全員が程度の差こそあれ、今日はしらふの状態のようだ。数少ない男性陣はかたまって座っているが、盛大に咳き込んでいる者がひとり、ぼんやりしている者がひとりいる。十人ほどいる女性たちのなかには、わたしが過去に署に連行したことのある者が何人かいる。

ホーリー・リディーマー教会はわたしたちが子ども

のころ通った教会であり、最初に入学した小学校の母体でもあった。大きな石造りの教会で、夏はエアコンなしでも涼しいが、冬は今日のように底冷えがする。この教会には思い出がつまっている。わたしの初聖体拝領の儀式はここでおこなわれ、その二年後に、わたしのときと同じドレスを着てケイシーもつづいた。いまでもそのときの彼女の姿を思い浮かべることができる。ドレスを身にまとった小さな花嫁のようなケイシーが気をつけながらゆっくり歩いている。

　彼女が今日この場に姿を現さないともかぎらない。ポーラの死の知らせはいまごろ彼女の耳にも入っているだろうから、もしかしたら葬儀に来るかもしれないと思っていた。でも、ケイシーの姿はどこにもない。いまのところは。わたしはときどき振り返っては扉のほうを確認する。

　葬儀がはじまる。司祭は昔からここの教会にいて、母さんの葬儀も執りおこなったスティーヴン神父だ。典礼を早口で唱えている。きっと、この二十年のあいだにこの地区の葬儀の数もずいぶん増えたことだろう。そう考えると憂鬱な気分になる。スティーヴン神父は慣れたようすで式を進めていく。

　わたしのいるところから、わたしとは反対側の席の最前列に座っているポーラの母親の横顔が見える。ジーンズにスニーカーという格好だ。分厚いジャケットを脱ぎもせずに、それで身を守るかのように、しっかりと身体に巻きつけている。身体の中心で、おかしな感じで腕を重ね合わせ、てのひらを天井に向けている。まるで、娘の記憶をそっと抱《いだ》き、ポーラが赤ちゃんだったときの重みとぬくもりを思い出そうとしているかのように。いったいどこでまちがってしまったのか、考えているのだろう。

　ポーラの兄のフラン・マルーニーが弔辞を述べるが、犯人への怒りをそこかしこであらわにしている。頭を前後に揺すり、教会という場で精いっぱいすごんでみせながら、「だれがやったにせよ」という言葉を頻繁に口にする。スティーヴン神父がゴホンと咳払いをする。終盤、フランはポーラがそんな状況に身を置いたことも暗に非難しだす。ポーラのユーモアのセンスや、子どものころの愛らしい姿が忘れられないと述べる。「なにが起きたのかわかりません」と何度も言っている。

「もっとましな選択をしてくれたらよかったのにと思っています」周囲の者に、やがては身の破滅につながる薬物の手引きをしておいて、よく言えたものだ。

葬儀のミサが終わる。後方で見送りの列ができる。フラン・マルーニーと、母親と、もうひとりだれか——おそらく祖父だろう——が、正面扉のすぐそばで、列の先頭に立っている。

ケイシーは姿を現さない。

わたしはそっと側廊に出て、この地区での勤務中に見たことのある女たちの一団のうしろにつづく。彼女たちはポーラの仲間であり、ケイシーの仲間でもある。

だれかが振り返ってこちらを見てもいいように、わたしは携帯電話に目を落として、さりげないふりを装う。今日は警官の制服を着ていないとはいえ、彼女たちの多くはわたしの正体を見破るだろう。

女たちはひそひそ声で会話に興じているが、話の内容がとぎれとぎれに伝わってくる。聞こえてくる言葉から、彼女たちがなにを考えているのかわかる。

「あのクソ野郎」ひとりが言えば、もうひとりもまねをする。「あのクソ野郎」

最初はフランのことだろうと思った。少なくとも、彼女たちの視線は彼に向けられている。でも、そこで会話の流れが若干変わる。聞いているうちに、はっきりと「サツ」という言葉が飛び出す。「関係ない男」だとか、「釈放」という言葉も聞こえてくる。ここからだと彼女たちの後頭部しか見えない。でも、ときどきだれかがもうひとりのほうを向いて、なにかをささやこうと首を傾けるので、彼女たちの顔や表情をわずかながら垣間見ることができる。

急に、一番前にいる女が仲間の言っていることをよく聞こうと振り向きざまにわたしに気づいてぎょっとした表情になる。

「ちょっと」女は相手に言う。「ちょっと、だまって」

そこにいる四人全員が彼女の視線を追ってこちらを振り向く。わたしは気づかないふりをして、携帯の画面を見つめつづけている。でも、視界の隅で彼女たちが目をそらさずにこちらをじっと見ていることがわかる。

わたしのすぐそばにいる女は背が低くて、がっしりとした身体つきだ。紫のジーンズを穿いている。わたしの胸すれすれに、彼女がまっすぐ指を突き出したので、わたしは顔を上げざるをえない。

「あんた、よくものこのこと出てこられたもんだね」

女は髪の毛をうしろでまとめて低い位置でポニーテールにしている。耳元のイヤリングが襟につきそうだ。

「なんですって?」わたしは言う。

「あんたは来るべきだね」別の女が言う。

四人全員がこちらにじりじりと迫ってくる。ポケットに手を入れて、あごを突き出し、威嚇するように。

「ここから出ていきやがれ」紫のジーンズの女が言う。

「どういうことなのかわからない」わたしは言う。

女に鼻で笑われる。

「あんた、なによ。ばっかじゃないの?」

聞き捨てならない言葉だ。わたしは顔をしかめる。

女はわたしの目の前で指を鳴らす。「いい? 聞こえてる? 帰るんだよ。とっととうせろ」

わたしを挑発している女の背後でなにかがさっと動

く。だれかが教会に入ってきて、出ていこうとする人の流れに逆らっている。

はじめ、わたしは彼女がだれなのか、わからない。髪の毛は明るい茶色で、子どものころから見慣れている彼女の生まれつきの髪の色に近い。顔色は真っ白だ。メガネをかけている。彼女のメガネ姿ははじめてだ。

ケイシー。わたしの妹だ。

遅れてやってきたケイシーは健康そうに見えるが、疲れているようだ。前が開いたままのジャケットから、お腹が突き出ている。上着の下に白いシャツを着てグレーのジャージのズボンを穿いている。いまはそれぐらいしか入るズボンがないのだろう。彼女は見送りの列を縫うようにして進んでいる。

紫のジーンズの女がうしろを振り向き仲間に目配せすると、ふたりの女が無言でわたしに近づき、ひじをつかむ。

「なにも言うんじゃないよ」そのうちのひとりがわたしの耳元でささやく。「礼儀をわきまえな。ここは葬儀の場なんだから」

ところが、警官の訓練でたたき込まれたとおりにとっさに激しく身をよじったので、女のひとりが倒れ込んで四つんばいになる。もうひとりはわたしから離れる。

「なにすんだよ」まだ立っているほうの女が言う。

「彼女はなにもしてないじゃないか」

わたしは両手を上げる。「聞いてちょうだい。なにか誤解があるみたいなんだけど」

突然、ケイシーがわたしのそばに来る。

「ねえ」彼女はわたしではなく、四人の女たちを見る。

「ねえ。なにがあったの？」

「このクソ女が手を出してきたんだ」床に倒れ込んだ女が言う。どうやらだれが先に手を出してきたのか、お忘れらしい。

　ケイシーはわたしのほうを見ようとしない。

「彼女、あやまるから」ケイシーがわたしのことを言っている。「ミッキー、この人たちにあやまって」

「わたしは」そう言いかけると、ケイシーにひじでつつかれる。「ちゃんと言って、ミッキー。ごめんなさいって」

「ごめんなさい」わたしはあやまる。

　紫のジーンズの女はわたしの目ではなく、ひたいをじっと見ている。まるでそこに標的のしるしでもついているように。

　女はケイシーのほうを向く。そして、首を振る。

「あんたに無礼なことをするつもりはなかったんだ、ケイシー。ほんとうに。この女が姉さんだってことはわかってる。でも、あんたも気をつけたほうがいい。彼女のことで、あんたが知らないことがあるんだから」

　ケイシーは一瞬だまり込み、わたしと女を交互に見てから、ふとなにかをひらめいたようにその女に向かって中指を立てると、わたしの肩をつかみ、教会の出口へと誘導する。フランと母親がわたしたちの姿を見てあっけにとられている。ふと、子どものころケイシーが、だれかがわたしにけんかを売るのを待ち構えていて、わたしを守るために何度でも立ち上がってくれたことを思い出す。

　教会正面の階段を下りて、通りに出ても、やじの合唱がわたしたちを追いかけてくる。

　教会のなかから、あの女がケイシーに向かってもう一度叫ぶ。「あんたも気をつけな」

　妹はしばらくなにも話しかけてこない。わたしはすぐ近くの、車を停めた場所に向かう。ケイシーはわたしと並んで歩いている。彼女の息づかいは荒い。

　彼女になんと声をかけたらいいのか、わたしもわからない。

「ケイシー」わたしはようやく口を開く。「ありがとう」

「いいって」ケイシーは早口で言う。「そんなの」

もうわたしの車のところまで来てしまった。この先どうしたらいいのかわからずに、わたしはうろたえる。

ケイシーがはじめてわたしの目をしっかり見据える。

「わたしを探しにきたってパパに聞いた」

「わたしは探してな……」否定しようとして、そう言いかける。〝わたしはあなたのことなんか探してない〟と。

だが、その言葉を引っ込めて、「心配だったから」とだけ言う。

ケイシーはお腹を守るようにその上で腕を重ねる。なにも言わない。

「ミッキー」ようやく口を開く。「いったいなにを言っていたの？　あの連中は」

「さっぱりわからない」

「ほんとうに？　なにか言いたいことはないの？」

　わたしは息をのむ。ポーラのことを考える。調書を取らせてほしいとお願いしたとき、かかわりあいになりたくないと態度で示した彼女をわたしは裏切った。

〝やなこった〟ポーラはそう言っていた。〝この終わった街の、いかれたサツのリストを用意しなきゃね〟

「わからない」わたしは言う。「ケイシー、彼女たちがなんの話をしていたのか、わたしにはまったくわからない」

　ケイシーはこちらをうかがうように見ながら、うなずく。わたしたちはずっとだまったままでいる。道路では子どもたちが集団で小型バイクの前輪を浮かせながら、猛スピードで乗り回している。ケイシーはその騒音が遠ざかるまで、口を開かない。

「あなたのこと、信じるから」彼女はようやくそれだけ言う。

ケイシーはわたしの車に乗るのを断る。

「パパの車を借りてきたから。パパが家で待ってる」

それで、わたしは彼女が彼の車を停めた場所まで歩いて送り、道路脇で別れの挨拶をするが、うしろめたい気持ちでいっぱいになり、お腹がキリキリ痛む。


ノーザン・リバティーズ地区にあるローレン・スプライトの家に、そろそろトーマスを迎えにいかなくては。わたしは彼女の家のなかに招き入れられる。大きくてモダンなその家は、わたしが子どものころは不良のたまり場となっていた公園の真向かいにある。当時、この地区はまだわたしたちのものだった。

料理番組を撮影するために備えつけられたかのようなキッチンが一階にある。ガラスの引き戸で仕切られたひとつづきの大空間が外のテラスまでつづいている。白い光を放つ電飾で飾られた本物のクリスマスツリーがテラスに置いてある。そんな光景は見たことがない。クリスマスツリーが裏のテラスに置いてあるだなんて。なかなか悪くない。


「子どもたちは二階よ」ローレンが言う。「なにか飲む？　コーヒーでもどう？」

「お願いするわ」わたしは言う。ポーラの葬儀で起こったできごとのせいで、わたしはまだ動揺している。小さくて温かいものを握っていられたら、少しはほっとするだろう。

「お葬式はどうだった？」ローレンが尋ねる。

わたしはまごつく。

「ちょっと変な感じだった」

「どうして？」

細長いガラスの筒のなかに挽いたコーヒー豆が入っていて、ローレンはそこに直接熱湯を注いでいる。そして、最上部に柄のようなものがついているフタをかぶせる。こんな風にしてコーヒーを淹れるところをはじめて見た。でも、わたしはなにも聞かない。

「話すと長くなるから」わたしは言う。

「時間はあるわ」ローレンが言う。

二階ではなにかがぶつかる音がして、それから間を置いてくぐもった笑い声が聞こえてくる。

「多分ね」ローレンがつけ足す。

わたしは彼女をしげしげと眺める。ローレンみたいに、聞き上手で、しあわせでまっとうな人生を送っているような人に、わたしの心のなかにあるものをぶちまけてしまいたい衝動に駆られる。ローレン・スプライトや彼女のような人はあらゆることを手際よく解決しているように見える。そんな彼女を目の前にして、〝わたしだってそういう人生を送るはずだった〟と思ってしまう自分がいる。わたしにも別の仕事、別の家、別の人生があったかもしれない。サイモンとつきあいだした当初は、彼の息子のガブリエルが大きくなったら、一緒に人生を築いていこうとよく語り合ったものだ。わたしが計画していたことをすべてローレンに打ち明けられたら。学校では優秀だったのだと知ってもらいたい。わたしの人生にまつわるあれやこれやを、気さくに接してくれるローレン・スプライトという器にどんどん流し込めたらいいのに。幅広でかわいらしい彼女の顔は、すべてを受け入れると言わんばかりにこちらに向けられている。彼女の名前そのものから、汚れを知らない不思議な魅力が伝わってくる。

でも、わたしはそんなことはしない。〝あいつらを信じるんじゃないよ〟と言っているジーの声が耳元に響く。〝あいつら〟とはだれのことなのか、一度も教えてもらったことはないが、ローレン・スプライトがそのなかに入ることはたしかだ。そのほかのことではジーはまちがっていたが、わたしはほとんど、いやおそらく心から、この点では彼女と同意見だ。


その夜、トーマスを寝かしつけたと思ったら、携帯電話が鳴りだす。

　わたしは携帯電話の画面を見る。

　そこには〝ダン・フィッツパトリックの携帯〟と表示されている。父さんが電話番号を教えてくれたとき、わたしはどうしても〝パパ〟として登録することができなかった。それでは親密すぎるから。

　電話に出る。

　最初、父さんはなにも言わない。でも、それからかすかな息づかいが聞こえてきて、父さんではないと気づく。

「ケイシーなの？」わたしは尋ねる。

「こんばんは」ケイシーが返事をする。

「あなた、大丈夫なの？」

　少し間を置いてからケイシーが「聞いてほしいことがあって」と言う。「今から重大なことを伝えるから。わたしを信じるか、信じないかはあなたに任せる」

「わかった」わたしは答える。

「いままで、わたしが信じられないときもあったでしょう」ケイシーが言う。

　わたしは目を閉じる。

「今日、いろんな人に聞いたの」ケイシーが話しはじめる。「友達に電話して。あなたがなんと言われているか、たしかめようとした」

「わかった」わたしは繰り返す。

　そして、次の言葉を待つ。

「トルーマン・ドーズとは一緒なの？」

「どういうこと？」

　唐突にその名前が出てきたので、わたしは戸惑う。ぎこちなく彼にキスをしたあの日以来、トルーマンとは連絡を取っていない。罪悪感ときまり悪さから、彼のことはできるだけ考えないようにしてきた。

「いまそこで、ってこと」ケイシーが答える。「車のなかとか、部屋のなかで一緒にいるかってこと」

「いいえ。わたしはいま家にいる」

ケイシーは沈黙する。

「ケイシー、どうして？」

「あの子たち、彼が犯人だと思ってる」ケイシーが口を開く。「ポーラや他の子たちを殺したのは彼だって。それで、あなたもそのことを知っていると思われている」

わたしの身体じゅうが、その発言に異をとなえる。

まさか。

そんなはずはない。ありえない。トルーマンの人となりについて、わたしが基本的に理解していることからすれば、いま耳にしたばかりの情報はとうてい信じることができない。

わたしは口を開き、それから閉じる。息を吸う。

電話の向こうでケイシーも息をしている。わたしの返事を待っているのだ。わたしが彼女のことを信じているかどうか、長い沈黙のなかに推し量っているのだ。

わたしは最後にケイシーを疑ったときのことを思い出す。そのときわたしは彼女の言葉ではなく、サイモンの言葉を信じた。わたしは完全にまちがっていた。わたしの発した「うそ」というひとことが、その後のわたしたちの人生を変えた。

それで、わたしは彼女に「ありがとう」と言う。

「ありがとう？」ケイシーが言う。

「教えてくれて」

そう言って、わたしは電話を切る。

おだやかならぬ、耳障りな不協和音が心のなかに広がる。自分の直感を信頼する気持ちとケイシーを信じたい気持ちとがせめぎ合う。解決策がひとつだけあるとすれば、ケイシーの主張を証拠によって証明すべき――もしくは否定すべき――ひとつの仮説として受け入れることだろう。

わたしは急いで階下に向かい、ミセス・マーンの家の玄関ドアをノックする。

ミセス・マーンがドアを開ける。わたしはすでにジャケットを着て、手にはハンドバッグを握っている。

「わかっていますよ」わたしが口を開く前に、ミセス・マーンはそう言う。「しなくてはならないことをしていらっしゃい。わたしがトーマスと一緒にいますから。もしそうする必要があるのなら、上で寝たっていいわ」

「すみません」わたしは言う。「すみません、ミセス・マーン。あとでお金をお支払いしますから」

「ミッキー」彼女がさえぎる。「パトリックが死んでから、最近ようやく自分もだれかの役に立てるんだと思えるようになったのよ」

「わかりました」わたしは言う。「ありがとう。ありがとうございます」

それから、わたしは遠慮がちに彼女にもうひとつお願いをする。これまで生きてきて、こんなに人に頼みごとをするのははじめての経験だ。

「車を交換するというのはどうでしょうか?」わたしは切り出す。「しばらく車をお借りしても?」

いまや、ミセス・マーンは笑っている。「必要ならどうぞ、ミッキー」彼女はそう言うと、玄関口のフックから車のキーを取ってくる。わたしは彼女に自分のキーを手渡す。

「加速は抜群の車ですからね。言っておきますけど」

「ありがとうございます」わたしはもう一度言う。すると、ミセス・マーンはそんなことはいいからとでも言うように、手を振る。

それから、彼女はわたしのあとについて階段をのぼる。ソファに腰を下ろして、ハンドバッグから本を一冊取り出す。

わたしはクローゼットのところまで行って、一番上の棚にある、拳銃がしまってある保管箱に手を伸ばす。市警から支給された、銃把が五インチ幅のグロック。

自分用にこれとは別の拳銃が欲しいと思ったことはこれまで一度たりともない。でも、もっと小さくて、コンパクトで、目立たずに携帯しやすいものだったらいいのにと、いまは思う。

しかたがないので、ガンベルトを装着して、そこにこのいかつい拳銃を入れていくことにする。全部覆い隠せるほど大きなジャケットを持っているとはいえ、それでもまだかさばる気がする。

リビングに戻ると、ミセス・マーンが読んでいる本から顔を上げる。

「ミセス・マーン、だれが来てもドアは開けないでくださいね」

「開けませんよ」

「警察の人が来てもです」

急にミセス・マーンが不安そうな顔になる。「いったいなにが起きているの？」

「これからそれを突き止めに行くんです」わたしは答える。

ドライブウェイで車を急発進させたので、ミセス・マーンの車、キアのタイヤがキーッときしむ。たしかに加速の性能は抜群だ。いまは勤務中ではない、パトカーに乗っているのではないのだと、わたしは自分に言い聞かせなければならない。警察に止められてはこまる。わたしは常識的なスピードまで速度を落とす。

夜もこんなに遅い時間なら、制限速度をわずかに上回るぐらいのスピードで走れば、トルーマンの家があるマウント・エアリーまで三十分ほどで到着する。

わたしは彼の自宅がある通りまで来ると、彼の家から半ブロックのところに駐車して、そっと車からおりる。

十一時になっている。あたりの家はほとんど真っ暗だ。だが、トルーマンの家はまだこうこうとあかりがともり、本棚とそこにぎっしりつまった彼の蔵書が通りから見える。トルーマンの姿は見えない。わたしは姿を見られないようにして、玄関ポーチまで歩いていく。

足音をしのばせ、そっと玄関ステップを上がり、窓から家のなかをのぞく。リビングに照明がついていて、トルーマンも母親もそこにいる。トルーマンは読書中で、母親はひじ掛け椅子に座ってうとうとしている。

わたしは目をこらして彼のようすをうかがう。読書に没頭しているようだ。なにを読んでいるかまではわからない。ソファに座って前のめりになっている。足ははだしだ。片方の足でもう片方の足を掻いている。

なにやら母親に話しかけている。〝もう寝ろよ、母さん〟だとか、〝起きろよ。寝る時間だぞ〟とでも言っているのだろう。

それから、彼の視線が母親から窓へと移る。ほんの一瞬、彼がわたしをまっすぐ見据えている気がする。

わたしはしゃがむ。背中を家の外壁にくっつけて、そこでじっとしている。だが、玄関ドアが開く気配はなく、ようやくわたしの呼吸も落ちつく。

それから、わたしは身をかがめたまま玄関ステップをおりていく。ミセス・マーンの車へと向かう。そのなかに乗り込む。

ここからなら、トルーマンの家を見張っていられる。

それから五分、十分と過ぎる。トルーマンはようやくソファから立ち上がる。彼の背後にある電気スタンドの光を受けて、窓に映るトルーマンは黒いシルエットだけの存在になっている。彼は部屋を出ていく。まだわずかに足を引きずっている。

そのときはじめて、疑念がわたしの心をよぎる。そして、ある疑問が湧く。もっと早く気づくべきだった。トルーマンが身体の自由を奪われることになったあの襲撃は、通り魔的犯行だったのだろうか？　彼は周囲にそう信じこませようとしていたが。

犯人になにか動機があったとしたら？

　さらに、次から次へと疑問が湧いてくる。

　ドックのところへ行ったというのも、ほんとうだろうか？　トルーマンは二度彼を探しにいき、いずれもその日のできごとをわたしに報告した。とはいえ、彼が実際にそこまで行ったという証拠はなにもない。

　トルーマンはほんとうにドックに会ったのだろうか？

　ふいに、トルーマンの家のあかりが消える。

　その瞬間、最後の疑問が浮かんで、わたしの心は重く沈む。どうしてもその疑問を振り払うことができない。そもそも、サイモンが犯人かもしれないと最初にほのめかしたのはほかでもない、トルーマンではないか。あの家の向こう側にある裏庭に立って、彼はわたしがサイモンを疑うよう仕向けた。さらに、マイク・ディパウロにわたしがおかしなやつだと思われたあのとき、トルーマンはわたしがその疑惑についてべらべらしゃべるのをだまって傍観していた。

　だんだん冷えてくる。自分の吐く息が見える。ときどきわたしはエンジンをかけて、温風を送るとまたエンジンを切る。ラジオをつける。

　トルーマンがあの家を出るまで起きていなくては。それから、彼のあとをつけるのだ。トルーマンにそそのかされて、以前サイモンを尾行したときのように。

　翌朝七時半に、ガクッとなって目が覚める。身体がすっかり冷え切って、両手足の指の感覚がない。すばやく両手をこすり合わせる。こり固まった関節をなんとかほぐさなくては。イグニッションにキーを差し込んで回し、しばらくそのままにしてエンジンが温まるのを待つ。

　よかった、トルーマンの車はまだドライブウェイに停まっている。

血の流れがゆっくりと手足に戻ってきて、脈打ちはじめる。温風を送り出せるぐらい車が温まったので、暖房をつける。

携帯電話をチェックする。メッセージも不在着信もない。

すぐにお腹がすくのは目に見えている。それに、トイレにだって行きたくなるだろう。トルーマンの家のほうを見て、計算する。ここからわずか五分のところにコンビニがある。もしそこまで出かけたら、彼を見失わないともかぎらないが、今日は長い一日になりそうだし、それに耐えられる自信がない。

衝動的に、車を出してコンビニへと向かう。今度も制限速度よりも少し速いぐらいのスピードで。

膀胱が落ちつき、水とコーヒーと朝食と昼食を買い込んだ状態で、八時ちょっと前にトルーマンの家がある通りに戻ると、ちょうど彼の車がバックしてドライブウェイから出ようとしているところだ。わたしは車を脇に寄せるが、彼がすぐ横を通って、わたしが車のなかにいるのがばれやしないかと、ひやひやする。だが、彼の車は反対方向に走り去る。少し遅れてわたしも車を出し、彼のあとを追う。

ミセス・マーンのキアはなんの変哲もない白いセダンだから、トルーマンも気づかないはずだ。潜入捜査の訓練を受けていればよかったのにと、わたしはまたもや思う。経験がないなかで、直感に従い、できるだけのことをして車を運転する。二、三台分の車間を空けて、信号が変わりませんようにと祈りながら彼についていく。一度、彼と離れてしまわないように赤信号を突っ切る。近くにいたドライバーが信じられないとばかりにクラクションを鳴らし、わたしに向けて中指を立てる。わたしは〝ごめんなさい〟と口パクであやまる。

トルーマンはジャーマンタウン大通りを南東方面に何キロも進む。どうやらすべての道はケンジントンに通じているらしい。目的地がどこなのかはわかりきっている。それじたいは意外でもなんでもないが、わたしはだんだんこわくなる。

真実を知りたくない。

彼はどこにも寄らない。まったく急いでいないようで、遅めのスピードでのんびり運転している。彼を追い越してしまわないように、わたしも同じように運転しようとするのだが、全神経を集中しないとむずかしい。昔、一緒にパトカーに乗っているとき、わたしはスピード狂で、無謀運転をするとよくトルーマンに茶化されたものだ。

アレゲニー大通りまで来ると、彼は左折する。わたしも同じように曲がる。彼はそのまま東に進み、ケンジントン大通りのすぐ手前で急に止まる。

わたしは彼を追い越して、少し先に車を停める。うしろを振り向かなくてもいいように、彼のようすをまずバックミラーで、それからサイドミラーでうかがう。トルーマンは車からおりる。

おそらくひざのせいだろう、ゆっくり歩いている。角を曲がってケンジントン大通りへと入っていく。

彼の姿が見えなくなるやいなや、わたしはミセス・マーンの車からさっと飛び出して、大通りのほうへと走る。彼を見失いたくない。

彼が曲がったのと同じ角を曲がると、トルーマンのうしろ姿が見えたのでほっとするが、今度は彼と距離が近すぎる。わたしのジャケットにはフードがついているので、それをかぶり、少しだけ壁にもたれかかる。挙動不審だと思われずに、ふたりの距離を空ける作戦だ。おそらく失敗しているだろうが。

横目でトルーマンがゆっくりと遠ざかるのを確認する。わたしのいるところから三十メートルほど進んだ地点で、彼は左を向いて店のドアを開ける。入る前に左右を確認して、それから店のなかへと姿を消す。それで、ようやくわたしたちがいまどこにいるのか、トルーマンの目的地がどこなのか、わたしにもわかる。

　ミスター・ライトの店の正面ディスプレイは、わたしたちがはじめて一緒にそこに入ったときからちっとも変わっていない。〝日用品〟と書いてある小さな札はあいかわらず傾いたままだ。あのときと同じプラスチックの人形がうつろな目をわたしに向ける。ほこりをかぶった皿、ボウル、フォーク類が同じ棚に同じように並べられている。商品がところせましと並べられているせいで、店のなかがのぞけない。それで、わたしは途方に暮れて、そのまま外で突っ立っている。

　トルーマンについてなかに入っていけば、あまりにも性急に手の内を明かすことになる。どうしてケンジントンにいるのか、トルーマンに口実を考えるすきを与えてしまうだろう。

　彼が出てくるまで待っていれば、なにか重要な情報を見落とす可能性がある。気づかなければならない取引がおこなわれている現場を見逃すかもしれない。

　わたしは自分のなかで線を引く。十分間はこのまま待とう。十分たっても彼が戻ってこなかったら、わたしもなかに入ろう。

　わたしは店の入口から十メートルほどの場所に陣取り、携帯電話で時間を確認する。そして、それをポケットにしまう。時間を数えはじめる。

　自分で決めた時間の半分もたたないうちに、トルーマンが出てくる。うしろになにかを引きずっている。キャスターのついた大きなスーツケースだ。

　それを運ぶ彼のようすから察するに、なかには重いものが入っているようだ。

　大通りを南に向かって歩きはじめたトルーマンのあ

とをわたしはつける。今度は、彼はカンブリア・ストリートで左に曲がり、そのまま数十メートル進むと、わたしがこれまで入ったことのない路地へと消える。そういうせまい道には普通、通りすがりの歩行者はいない。トルーマンが振り向いて、わたしが数十メートルうしろにいると気づくのではないかとひやひやする。わたしはできるだけ静かに歩くようにする。足音を立てないように、そっと足を運ぶ。

トルーマンが曲がった路地に入ってみるが、彼の姿はどこにもない。でも、どこかで物音がする。ドアがバタンと閉まる音。

わたしの目の前には建物が六軒あるだけだが、そのうちの二軒は骨組みだけで、屋根がない。残り四軒はどうやら廃屋のようだが、目立った損傷はない。

わたしはそのうちの一軒の家の側面に近づく。だれかが出てきたら、いつでも空き地に逃げ込めるようにして。トルーマンの居場所を示すような物音が聞こえてこないか、しばらくのあいだ耳をそばだてる。だが、聞こえてくるのは、自分が息をする音か、耳に流れ込む血流の音ぐらいだ。ほかには、大通りから交通騒音が聞こえてくる。エル線の電車が高架線路を走る音がここまで届く。

わたしは先に進む。板の打ちつけられた窓のすき間から一軒一軒のぞき込む。手はじめに、わたしの左側にある二軒の家を確認するが、なにも見えない。三番目の家で窓をふさいでいる二枚の板のすき間からのぞき込むと、家のなかでなにかが動いたのがわかる。人影が部屋を横切る。わたしは目のまわりを手で覆ってあたりの光をさえぎり、なにが起こっているのかよく見えるようにする。

家のなかはどこもかしこもひっそりとしている。

しばらくすると、人の声が聞こえてくる。トルーマンのくぐもった声。

なにを話しているのか、はっきりとは聞き取れないが、床にいる人物に向かって話しているようだ。トルーマンがかがみ込んだので、彼の姿が見えなくなり、なにをしているかわからなくなる。

わたしはケイシーを思い浮かべる。この界隈で、彼女がここ十年どんなことに耐えてきたのかを考える。そして、ポーラを思い浮かべる。気持ちが変わらないうちに、わたしは拳銃を引き出して、鍵のかかっていないその家のドアを開ける。

わたしは教えられたとおり、標的となる部分を小さくするために、身体を斜めにしてドア枠からそっとなかへ入る。

いつものことだが、室内の暗さに目が慣れるのに時間がかかる。人影が――トルーマンが――さっと顔を上げる。

「動くな」わたしは拳銃の狙いを彼の胸に定める。

「動くな。手を上げろ」

トルーマンは言われたとおりにする。黒い人影が両腕を上に伸ばす。

わたしは猛然とあたりを見渡す。部屋のなかにはもうひとりいる。暗闇のなかではどんな特徴も見分けられない。その女はトルーマンの両脚のあいだで、床に横たわっている。

閉じられたままのスーツケースがトルーマンのすぐそばの床に横たわっている。

わたしは拳銃を彼に突きつけたままにする。

「床にいるのはだれ？」

「ミッキー」

「だれ？　けがをしているの？　教えなさい」

だが、自分の声がだんだん小さくなって、威勢がなくなるのがわかる。

トルーマンがようやく口を開く。「おまえさん、ここでいったいなにをしている？」彼は静かにそう言う。

「わたしはただ」わたしはそう言いかけるが、しどろもどろになって、最後まで言い終わることができない。

「銃をしまえ、ミッキー」トルーマンが言う。

わたしはグロックでスーツケースを指し示す。「そこになにが入っている？」

「見せるから」トルーマンが言う。「いまから開けて見せる」

トルーマンの足元の女はぴくりとも動かない。

トルーマンはスーツケースのそばにしゃがみ込む。

「携帯電話を取り出すが、いいか？」

彼はゆっくりと胸ポケットに手を伸ばし、携帯電話を取り出す。携帯電話のライトでスーツケースを照らし、チャックを開ける。ふたをはね開ける。

はじめ、なかになにが入っているのか、わたしのいるところからはよく見えない。それで、二歩前に進んで、のぞき込む。トレーナー、手袋、帽子、毛糸の靴下が見える。手や足を温めるための、八時間や十時間はもつ使い捨てカイロ。エナジーバー。チョコレートバー。ミネラルウォーターのペットボトル。スーツケースの裏側の網状になっている部分には、ナロキソンの点鼻スプレーがぎっしりつまっている。

「なんなの、これは」わたしは言う。

視界の隅で、床に横たわっている人物がわずかに身体を動かす。わたしは身をひるがえし、銃をしばらく彼女のほうへ向けてからもう一度トルーマンに向ける。

「彼はまだ意識がある」トルーマンが言う。「だが、もうあまり待てない」

「どういうこと」わたしは尋ねる。「〝彼〟って？」

トルーマンは携帯電話でその人物を照らす。わたしはたちまち勘ちがいに気づく。

「この人はだれ？」

「たしかカーターという名前だ。とにかく、こいつは俺にそう名乗った」トルーマンが答える。

恥の感覚がじわじわと湧いてくるのを感じながら、

わたしは床に寝そべっている人物のほうへと近づく。ちがう、女ではない。まだ若い、十六歳かそこらの少年。こういう状態になっているのをわたしが最初に発見したときのケイシーと同じ年ごろだ。アフリカ系アメリカ人のその少年はやせていて、どことなくパンク風の格好をして、目のまわりにアイライナーを引き、実年齢よりも上に見せようと躍起になっているようだ。だが、彼のきゃしゃな骨格が、そのくわだてを台無しにしている。

　少年はふたたびまったく動かなくなる。

「だめ」わたしは言う。

　トルーマンはなにも言わない。

「だめ」わたしはもう一度言う。

「おまえさんが彼に投薬するか、それとも俺か、どうする？」スーツケースの点鼻スプレーを指さしながら、トルーマンが淡々とした口調で尋ねる。

　その後、トルーマンとわたしは通りに出て、救急車の到着を待つ。

　当事者のカーターは意識を取り戻して地面に座り込み、動転してさめざめと泣いている。「救急車なんか呼ばなくたっていい」と泣きわめきながら無駄な訴えをしている。「もう行かなくちゃ」着ている服の袖口を手の指でぎゅっと握りしめている。わたしは彼の肩に手を置こうとするが、振り払われる。

「おとなしく座ってろ」トルーマンがぴしゃりと言うと、少年は言うことを聞き、ようやく静かになる。

　わたしとは反対側に立っているトルーマンは、こちらを見ようとはしない。

　わたしは何度か彼に話しかけようとする。どうしたらちゃんとあやまれるのか、ずっと考えている。今日のことをあやまりたい。デュークスでのできごとも。すべてひっくるめて。でも、どんな言葉も思い浮かばない。

「ここでなにをしているの？」ようやくそれだけ言える。

　トルーマンはすぐには答えずにわたしをじっと見つめる。わたしが説明を聞かせるのに値する人間なのか、見極めるかのように。

　しばらくしてトルーマンが口を開く。ここ最近はミスター・ライトのもとでボランティア活動をしていると説明する。ケンジントンに来られる日は毎日彼の店に立ち寄り、物資でいっぱいになったスーツケースを受け取ってから地区を巡回して、手助けできることがあればする。食べ物や日用品を配り、必要があればナロキソンの投与もする。息子たちが死んで以来、長年ミスター・ライト本人がやってきたことなのだという。だが、高齢になり身体も思うように動かなくなったので、だれかが彼の役目を引き継がなくてはならない。

「それは素晴らしい活動ね」わたしはおざなりにそう言う。か細い声で。だが、わたしの心は重く沈んでいる。〝あやまらなきゃ〟と心のなかで思う。〝あやまらなきゃ、ミッキー〟

　でも、ふと別のことが気になってそちらに注意がそれる。

「あの襲撃は」わたしは憂鬱な気持ちのまま口を開く。

「あなたを襲った男は」

「それがどうした？」

「あれは通りすがりの犯行ではなかった。そうでしょう？」

　彼は足元に視線を落とす。

「俺がこのあたりをうろつくのが気に食わない連中も多い」

「あの男のこと、知っていたのね？」

「あの一日か二日前に、俺はあいつをガールフレンドから引き離した。彼女をめちゃくちゃに殴っているところを見かけたからな。それで、引き離した」

「どうしてわたしにそのことを言ってくれなかった

の?」

彼はいらだたしげにわたしを見る。「どうして俺が非番の日に廃屋でしていることを話さなくちゃならないんだ? おまえさんにも、ほかのだれにも」

わたしは答えにつまる。

そして、顔をそらす。

「どうだ?」しばらくしてトルーマンが言う。「どうなんだ?」

「今度はおまえさんが説明する番だ」トルーマンの口はまっすぐ結ばれている。彼の声からは温かみが完全に消えている。

「あなたをつけていたの」わたしは口を開く。

わたしは無力感に襲われ、あきらめの境地に達する。いまとなっては、なにかをでっち上げる気力もなく、ただ事実を伝えるしかない。わたしの目は舗道の割れ目に引きつけられる。割れ目のなかの雑草や小石に目をやる。

「なぜそんなことを」トルーマンが静かに尋ねる。

わたしは息を吸う。「あなたが犯人だと言っている人がいた」

「だれがそんなことを言った?」

「ケイシーの仲間が」

トルーマンはうなずく。

「それで、おまえさんはそいつらのことを信じたというわけだな」

「そうじゃない」

トルーマンは笑いだすが、彼の声はとげとげしい。

「そういうことか。それでこんなところまでのこのこやってきたというわけか」

わたしはなにも言い返せない。しばらくずっと地面を眺めている。

「それは〝不運なめぐりあわせ〟というもので」わたしはそう言いかけるが、トルーマンがさえぎる。

「どうしてそんな話し方をする。ミッキー、どうしてそんな言葉を使うんだ」

そう言われてみると、たしかになぜだろう。わたしは少し考えてみる。昔、人は話し方で判断されるのだとパウエル先生に教えてもらった。〝そういうのはフェアとは言えないけど〟先生はそう言っていた。〝それが現実だから。話し方や言葉づかいは大切なの。自分が世の中にどう受け止められたいのか、よく考えてみなさい〟

「昔、先生がいて」わたしは口を開く。すると、トルーマンが「パウエル先生だろう。俺にはわかっている」と言う。

「ミッキー」彼はその先をつづける。「おまえさんは三十三歳じゃなかったのか」

「それで？」わたしは尋ねる。

彼は答えない。

「それで？」わたしは顔を上げて、もう一度問いかける。そのときになってようやく、トルーマンがすでにそこにいないことに気づく。右を向くと、彼のうしろ姿だけが見える。宙に浮いた彼のかかとがちょうど、ブロックの先の曲がり角に消えていくところだ。

そのときふと、しばらくずっと携帯電話をチェックしていなかったことに気づく。携帯電話を取り出すと、不在着信が三件ある。

いずれもわが家の固定電話からかかってきたものだ。さらに、留守番電話も一件。

それは聞かずに、わたしは直接家の電話にかける。

「ミッキーです。ミセス・マーン、大丈夫ですか？　トーマスはどうしていますか？」

「あらまあ、いまは落ちついていますよ」ミセス・マーンが答える。「ただ、ちょっと調子が悪いようだから」

「どんなようすですか？」

「それがね、あいにく吐いてしまったのよ」

「そんな。ミセス・マーン、ご迷惑をおかけしてすみません」

「そんなことはいいのよ。看護の学位を活かすことができましたからね。少し気分がよくなったみたいよ。いまクラッカーを食べています。家に戻る途中で、なにか水けのあるものを買ってくるといいかもしれないわ」

「四十五分でそちらに戻ります」わたしは伝える。

家に戻る途中で、わたしは父さんに電話する。

「ケイシーと話したい」わたしは言う。

妹はすぐに電話口に出る。

「ちょっと待って」ケイシーはそう言う。

彼女がどこかに歩いていく足音が電話の向こうから聞こえてくる。だれかに聞かれる心配のない場所を探しているのだろう。

ドアがバタンと閉まる。

「もういいよ」ケイシーが言う。

わたしは今日のできごとをざっと伝える。

「トルーマンだとは思えないの」最後はそうしめくくる。「あなたの友達がなんと言っているにせよ」

ケイシーは押しだまり、なにやら考えているようだ。

「あの子たち、どうしてこんなことでうそをつくのかな？」ケイシーが言う。「どうしてこんなことで？わけわかんない。あのあたりにいるみんなが同じ考えだった」

わたしのなかで、ある感覚が生まれつつある。ぴったりはまることがわかっているパズルのピースを手にしたときの、あのおなじみのぞくぞくする感覚。

「ケイシー」わたしは口を開く。「ケイシー、その人たち、正確にはなんと言っていたの？」

「やだ、ミック、わかんないよ」

「お願い、思い出して。なにかおぼえていない？」

ケイシーは息を吸い込む。

「たしか」それから、口を開く。「たしか、〝ケンジントンの連中はあんたの姉さんのパートナーのことを知ってる。あんたの姉さんも気づいてないと思うわけ？〟って言ってた」

わたしはだまり込む。

「どうしたの」ケイシーが言う。

「トルーマンはこの春からわたしのパートナーじゃない」

「そうなの？」ケイシーが言う。「じゃあ、だれが？」

エディ・ラファティについて、わたしがこれまでに知りえた膨大な情報が、いまとなっては、ありがたい恩恵のように思える。

わたしたちがパートナーを組んでいたのは一か月間だが、わたしはそのあいだほぼずっと、助手席に座った彼の自分語りに耳を傾けていた。

でも、このところの彼の動向はまったくわからない。アハーン巡査部長にパートナー解消を願い出てからというもの、わたしは彼のことはそれとなく避けていた。わたしが停職処分になってからは、まったく接点もなかった。

この件について、世界でいちばん相談したい相手はトルーマンだ。でもあいにくいまは、その選択肢はない。

そこでそのかわりに、わたしはケイシーにエディ・ラファティの名前を伝える。すると、彼女はしばらくだまり込む。

「その名前、知ってる気がする」ケイシーが口を開く。「前にどこかで聞いたことがあるような。

ちょっと考えさせて」彼女が言う。「ちょっとでいいから」

だが、わたしがなにか言おうとすると、すでに電話は切れている。

帰宅すると、トーマスはソファに横になり、その前にあるテーブルに水が一杯置いてある。テレビでお気に入りの番組を見ている。顔色は悪いものの、それ以外は問題なさそうだ。

「吐いちゃったの」彼はそう告げる。

「聞いたわ」

熱がどれぐらいあるか確認するために、ひたいに手を当てる。ひんやりしている。

「何回吐いたの？」わたしは尋ねる。

彼は片手をおずおずと差し出すが、五本の指をすべて立てている。それから、もう片方の手も差し出す。合わせると十回だ。

部屋の向こう側で、ミセス・マーンがかすかに首を振っている。

「もう気分はいいみたいですよ」彼女は言う。「そうよね、トーマス？」

「ううん」トーマスは否定する。

彼は不安な面持ちでわたしのほうを見る。

「まだ気持ち悪いよ」

ミセス・マーンは口を開ける。そして、閉じる。それから、アパートメントの奥のほうにうなずいてみせる。

わたしは彼女についていく。

ミセス・マーンはわたしの寝室に入り、そっとドアを閉める。

「差し出がましいことはしたくないのだけど。でも、ほかにどう言えばいいのかわからなくて。トーマスはきっとあなたのことが心配なんだと思いますよ」

「それはどういうことですか？」

ミセス・マーンはためらう。「あの子はほんとうは元気だと思いますよ。たしかに今朝、一度戻しましたけどね。でも、そのあとのことは、そういうふりをしているだけじゃないかしら。バスルームに駆け込んで、水を流したり、音を立てたり、トイレの水を流したりしていましたよ。それから出てきて、気持ち悪いと訴えて。何度かそういうことがあって、わたしもようやく気づきました。多分、かまってほしいのではないかしら」

「今週はずっとあの子と一緒にいました」わたしは反論する。「昨日まで一週間ずっと」

「子どもは敏感ですからね」ミセス・マーンは言う。「なにかよくないことがあなたに起こっていると察しているんじゃないかしら。あなたに危険が迫っていると思っているのかもしれないわね」

「はっ」わたしは言う。

「彼はきっと大丈夫ですよ。いい子ですもの。礼儀正しいし」

「ありがとうございます」

ミセス・マーンはにっこり笑う。

「それでは、わたしはそろそろおいとましましょうね。あとはふたりでごゆっくり」

「ありがとうございます」わたしはもう一度言う。

わたしはミセス・マーンのアドバイスに従う。それからひたすらソファで丸くなり、トーマスと一緒に過ごす。トーマスはうれしそうにわたしにもたれかかってくる。わたしはケイシーから電話がかかってくるのを待つ。でも、なかなかかかってこない。

就寝時間になって、トーマスがわたしにもたれかかったまま眠ってしまっても、わたしは彼をそのまま抱きしめている。傷口をしっかりふさぐかのように。彼の身体から血があふれ出さないように。トーマスの小さな身体から力が抜け、ぐったりする。このままにはしておけない。ラファティのことを調べないと。だれかに電話しないと。やるべき仕事をしなければ。でもそうせずに、わたしは息子を抱いて、奇跡のような彼の顔を眺めている。ケイシーの顔をそのまま小さくしたその顔には、各パーツが完璧に並んでいる。

「どこにも行かないで」トーマスが急にはっと目を覚まして、そう言う。

「どこにも行かないわ」わたしは答える。「約束する」


夜の九時に、ドライブウェイから車の音がはっきりと聞こえる。ミセス・マーンが階下に戻ったあと外出したとは思えないし、わたしを訪ねてくる人もいないはず。

トーマスを起こさないように気をつけて、わたしは彼の身体の下でそっと身をよじらせて抜け出し、立ち上がる。

室内の照明をすべて消す。でも、外灯だけはつけたままにする。そうすれば、だれが来たか確認しやすい。チェーンロックを所定の位置にかける。

それから、ソファでぐっすり寝入っているトーマスのほうを見る。玄関ドアの近くにはいてほしくない。わたしはとっさに彼を抱き上げて、そのまま彼の部屋に運び、ベッドに横たえる。

彼の姿が目に入らないほうがいい。

わたしは真っ暗なリビングに戻り、直立不動で聞き耳を立てる。そのうち、木の階段をゆっくりのぼる足音が聞こえてくる。わが家の玄関ドアの向こうで、その人物は立ち止まる。ノックの音はしない。

いまここに拳銃があったらよかったのに。リネンクローゼットまで行って、保管箱から取り出してこようか。

だが、そうせずに、わたしは床に四つんばいになり、玄関ドアまで這っていき、それからドアの脇にしゃがみ込む。窓のほうに顔を上げて、レースカーテンの裾をわずかに動かす。

ケイシーだ。

わたしは立ち上がって鍵を開ける。勢いよくドアを開く。外の冷気がわたしの顔に吹きつける。

〝そこでなにしてるの〟わたしは小声でささやく。

「見せたいものがあって」彼女は言う。「いますぐに」

わたしはぎこちなく脇に寄り、あかりをつけて、彼女をアパートメントに招き入れる。

彼女は室内をじっくり見渡す。

「いいところじゃない」と愛想よく言う。

「そうね」わたしは答える。

わたしはだまり込む。ケイシーもなにも言わない。

「どうしてここがわかったの？」

「パパが住所を教えてくれた」

わたしは彼女を見つめる。「なにが起きているか、彼に説明したの？」

彼女は真剣な表情でうなずく。「父さんに全部話した。それが、わたしが知ってる、しらふでいられるたったひとつの方法だから。とにかく正直でいることが。そうでないと、ささいなことをごまかしはじめて、それから」

彼女は言葉をにごす。そして、飛行機に見立てた手を急降下させる。

「そういえば、パパに電話していいかな？　ここに着いたら電話するって約束したから」

ケイシーは電話し終えると、わたしのほうを向く。

「パソコンある？」

寝室のベッドの上で、わたしたちはとなり合って座る。ケイシーはわたしのノートパソコンを抱えている。

彼女は慣れた手つきで操作する。フェイスブックを開いて、〝エドワード・ラファティ〟と打ち込み、検索する。

ふたりで画面を見つめる。検索結果には七人の〝エドワード・ラファティ〟が表示されているが、そのうちのひとりが目当てのラファティらしい。サングラスをかけて、はげあがった頭をさらしている。にっこり笑って、ピットブルの雑種とおぼしき犬に腕を回している。その犬のことは、彼から聞いたおぼえがある。

わたしが指さすよりも先に、ケイシーが画面上で彼の顔に指先で触れる。

「これが彼」

それは質問ではない。

わたしはうなずく。そう、それが彼だ。

「コナーの友達で、わたしも前に会ったことがある」

〝コナー〟その名前を聞いて、だれなのか理解するのにしばらく時間がかかる。

「ドックのこと？」わたしは思わず聞いてしまう。すると、ケイシーに「どうしてその名前を知っているの？」と聞かれる。

「あなたの行方を探していたら、その名前が出てきたから。それに、彼と鉢合わせしたこともある。あいにくね」

ケイシーはうなずく。

「そうね」彼女は口を開く。「わかるよ。あいつはタフだからね」

「タフですって？　まあ、そうとも言えるけど」

その瞬間、ケイシーが急にびくっとして、ベッドの上で身体を起こし、両手をお腹に当てる。「あっ」とささやく。

「どうしたの」

「彼女、いま蹴ってる」

「彼女なの」

ケイシーは肩をすくめる。口に出したことを後悔しているような顔をして。またお腹を抱える。しっかりと守るように。

「はじめから話したほうがいいよね」

「この男とつきあいだしたのは」ケイシーが話しはじめる。「この前の夏だった。コナー。それが彼の名前。まわりからはドックと呼ばれていたけど、わたしはそう呼んだことはない。彼はわたしにはやさしかった。わたしも、だれかとつきあうのは久しぶりだった。彼にはちゃんとした家族がいる。その人たちに会ったことはないけど、彼がよく話してくれた。家族に会えなくてさみしいと彼は言っていた。一緒に麻薬をやめようと彼に言われた。わたしもそうしたかった。

　でも、もちろん、そんなのは無理な話だった。ふたりで断薬しても、しばらくするとどちらかが誘惑に負けて、もうひとりを道連れにする」

「だれだってひとりになりたくないってことなの。麻薬を断っていても、しらふでも、どちらの状態でいても、愛する人のそばにいたいと思うもの。だから、麻薬をやめても長続きしなかった」

「九月に入って、わたしはしばらく生理が来ていないことに気づいた。どれぐらいのあいだ生理がなかったのか、いまでもよくわからない。記録なんかつけてなかったし。コナーとつきあいだすまでは避妊に気をつけていたけど、わたしたちはそんなことおかまいなしだった。だから、妊娠もありえる。それで、しばらく生理がないってことに急に気づいて、無料クリニックに駆け込んで、妊娠しているか検査した。超音波検査も受けた。わたしの身体のなかには小さな形があって、わたしも画面で確認できた。そういうのを見るのは人生で二度目だった。〝これがあなたの赤ちゃんよ〟って言われた」

　そこまで話してケイシーは泣き声になる。袖で鼻水をぬぐう。子どものときそうしていたように、両手で髪の毛を耳にかける。わたしは思わず彼女をなぐさめてやりたくなる。でも行動には移さない。

「妊娠十一週目だって言われた」ケイシーはその先をつづける。「それが九月のことだった。飲酒してたり、麻薬をやってたりしないか聞かれた。わたしはやってるって正直に答えた。ヘロインや、ほかのクスリを使っていて、酒も飲むと伝えた。そういうことはひととおりしていると。

　それで、その看護師はすごくいい人だったから、メタドン療法クリニックを紹介してくれると言った。いきなり麻薬をやめると赤ちゃんに悪影響が出る場合があるから、メタドンを服用したほうがいいって言われた。よくあるよね。そういうことは、わたしも前に聞いたことがあった。大通りの友達で、麻薬をやってるのに妊娠しちゃった子が何人かいたから、まったく知らないことでもなかった。ミック、それでもわたしは最悪な気分だった。だって、もしまた妊娠できるのなら、早いうちがいいってずっと思っていたから。麻薬をやめられたら子どもを持とうって、コナーともときどき話していた。そう考えるだけで、わくわくした。でも、今度も赤ちゃんを連れていかれるのはぜったいにいやだった」ケイシーはそう言って、わたしのほうを見る。

「そんなことされたら、もう生きていけないから」

「わたしはコナーに妊娠してると知らせた。彼はおおよろこびした。紹介されたクリニックにわたしが通いだすと、彼もついてきた。わたしたち、はじめて本気になった。

　二週間は毎日欠かさずクリニックに通った。コナーも一緒に。ふたりで住むために、ちゃんとした場所も見つけた。廃屋だったけど、きれいな家で、まだ外の気温も高かったから、夜そこで寝ても平気だった。寒くなったら別の場所を探さなきゃいけないとわかっていたけど、とりあえずはそこで満足してた。

ある日、わたしはいつもの時間にクリニックに行った。コナーと待ち合わせをしていたのに、彼は姿を現さなかった。それで、わたしは自分の分を服用して、住んでいた家に戻った。彼は家のなかでハイになっていた。

そのとき、このままじゃだめだって思った。だから祈った。わたしは信心深いわけじゃないけど、その晩神さまに助けてくださいって祈った」

「次の日、パパが玄関に姿を現した。まるで神のつかいのように。神さまが応えてくれたみたいだった。こんなの、どうかしてるって思うよね。コナーはちょうど外出中だった。パパはわたしをすぐにウィルミントンに連れていってくれると言った。なにも聞かずに。でも、わたしはコナーにそんな仕打ちはできなかった。あいつはわたしが出会ったなかで、いちばんやさしい人だったから。頭がおかしいって思われるかもしれないけど、そのときは心底そう思ってた。

パパに一日待ってほしいと伝えた。一日でいいからと。明日もう一度来てくれれば、そのときまでに準備をしておくからと。パパはその言葉を信じてないみたいだった」

「どこかに行っていたコナーが戻ってきた。わたしは彼の意識がはっきりして、わたしと話せる状態になるまで待ってから、しばらくよそへ行くと告げた。赤ちゃんのために、身体の状態を整えて、麻薬を断つために彼と離れていたいと言った。どこに行くかは言わなかった。コナーはそれが気に入らなかった。それで、ひどいけんかになった。あいつはわたしを殴り、首を絞めて、殺してやると言った。わたしは乱暴に突き飛ばされて、手首を折った。

わたしはその家を出た。その晩は公園で眠り、次の晩もそうした。パパとは会わなかった。薬の服用も二回サボった。殴られたってわかる顔を見られるのがはずかしくて、クリニックにも行かなかった。どうせいろいろ質問されて、ソーシャルワーカーに相談するよう言われるだけだし。

身体がガタガタふるえはじめて、離脱症状がはじまっているのがわかった。それで、もし街でクスリを調達できたら、しばらくはそれでしのいで、それから徐々にやめればいいって思った」


ケイシーはそこまで話すと、しばらくだまり込む。うつむいている。あんまり長いことだまっているから、わたしは彼女が眠っているんじゃないかと疑う。でも、しばらくして彼女はまた話しはじめる。

「わたしはまたもとの状態に戻った。あっさりと。どうしてもそこから抜け出せないみたいに。ぐでんぐでんに酔っぱらって、いつも路上で寝た。大通りで客をひっかけた。

何日かそうやって過ごして、もうたくさんだって思った。急にわれに返った」

ケイシーはまた静かになる。

「それでどうしたの？」わたしは尋ねる。「どこに行ったの？」

「アシュリとはずっと連絡を取っていた」ケイシーが口を開く。「そのこと、あなたも知ってるよね？アシュリはいつもわたしのことを気にかけてくれて、どうしているか聞いてくれた。ときどきお金をくれることもあった。

だから、わたしはアシュリを探した。彼女の家に行ったら、迎え入れてくれた」

わたしは首を振る。まさか、信じられない。

「アシュリは知ってたってこと？　彼女はあなたに会ったの？　それで、あなたが生きているって、わかっていたのね。それなのに、わたしにはだまっていたということ？」

ケイシーが顔をしかめる。

「それはわたしのせいなの。アシュリに約束してもらったから。あなたにはぜったいにばらさないって」

「じゃあ、彼女はわたしにうそをついたのね？」

「アシュリは恩人なんだよ、ミッキー」ケイシーが言う。「食べさせてくれて、シャワーも使わせてくれた。家のベッドも使っていいって言ってくれた。彼女かロンのどちらかが、一日に二回、メタドン療法クリニックに車で送ってくれた。ふたりはわたしを気づかってくれた。アシュリが妊娠期間中のことをいろいろと教えてくれたおかげで、わたしも赤ちゃんと会えるのが楽しみになった。

　知ってると思うけど、アシュリは信仰に目覚めて教会に通うようになった。ロンとふたりで。子どもたちも教会とかかわりながら育てている。わたしのことも励ましてくれて、毎週日曜日にアシュリの家族と一緒に教会に連れていってくれた。そこでわたしは仕事を与えられて、地下室や洗面所のそうじをした。働いた分は食べものでもらって、わたしはそれをアシュリの家に持ち帰った。教会の人たちはみんなやさしかった。すごく居心地がよかった。みんながわたしの赤ちゃんのことを知っていて、わたしのことをすごいと思っているだとか、わたしは正しいことをしていると、しょっちゅう言われた。まわりから大切にされてるって気持ちになった。教会にいると気分がよかった。みんなのヒーローになった気がして。

　でも、わたしはこわかったの、ミック。毎晩眠りに落ちる前に、生まれてくる赤ちゃんのことを考えた。

いままで、この子になんてひどいことをしてきたんだろうって。この子を傷つけてしまったんじゃないかと考えたらこわくなった。はずかしかった。心底自分を呪った。メタドンを服用するたびに、自分のことがどんどんきらいになった。離脱症状がどんなものかってことは身にしみてわかっている。十五年間そういう世界にいて、ようやく成長できた」

　ケイシーはさっと息を吸う。

「トーマスのことも考えた。あの子のことを考えだしたら、止まらなくなった」

　わたしの記憶がまちがっていなければ、ケイシーがわたしがつけた名を口にしたのはそれがはじめてだ。

　ケイシーはいま、甲高い声をふるわせて、泣きじゃくっている。わたしはその場から動かずにじっとして、妹を見守る。

　ようやく、ケイシーが少し落ちつく。その先を話しはじめる。

「リンおばさんの誕生日パーティーが十一月にあった」

「まさか、そのパーティーに出たんじゃないでしょうね」

　ケイシーはわけがわからないという顔をしている。眉をひそめている。「どうして？」

「その二週間後に、わたしはあの人たちと会ってる。感謝祭で。みんな、わたしがあなたを探しているってわかっていた。オブライエン一族はみんな。どうしてわたしにうそなんかつくの？」

ケイシーが深く息を吸い込む。言葉を選んでいる。なにかを言うか言うまいか迷っている。わたしはいまでも彼女の表情が読めるのだ。

「あのさ」ケイシーが口を開く。「あの人たち、あなたのことを信用してないじゃない」

わたしは一度だけ、とげとげしい笑い声を上げる。

「わたしが？　信用されてないのは、わたしのほう？そんなこと考えもしなかった」

「あなたは一族に寄りつかないじゃない」ケイシーが言う。「サツだし。それに」そう言いかけて、やめる。手加減するかのように。

「それに、なによ？」

「言ってちょうだい」

「それに、みんなあなたがトーマスを奪ったって思ってる」

わたしは笑いだす。

「そんな風に言われているの？」

「ほんとうのことだから」ケイシーが答える。「どんな事情があったにせよ。みんな、あなたがトーマスを奪ったと思っている」

アシュリの家を訪ねたあの日、そこにいた人たちがどんな顔をしていたか、わたしは思い浮かべる。オブライエン一族の面々を。目をそらし、よそよそしい態度で、なんだかおかしかった。わたしが近づくと、きまり悪そうにした。そこにいた人たちはひとり残らずケイシーのことを知っていたのだ。それなのに、だれも教えてくれなかったとは。屈辱感が胸の奥に芽生え、そこからゆっくり広がっていく。子どものころ、よくこういう感情の波に襲われた。いま、その波のあまりの勢いに、わたしは泣きだしてしまいそうだ。オブライエン一族に近づくと、こういう気持ちを味わうことになる。自分がよそ者の、もらわれっ子で、親族の一員ではないのだと思えてくる。

わたしはとっさに立ち上がって部屋の隅に歩いていく。妹から顔をそむける。

「わたしだって、一族の者なのに」ようやくそれだけ言う。

ケイシーの息づかいが聞こえてくる。どう声をかけようか、考えているのだろう。ケイシーの気づかうような声が聞こえてくる。

「あなたがそんなことを気にしているなんて、だれも思ってないんじゃないかな」

わたしは咳払いをする。こんなのはもうたくさん。うんざりだ。

「ボビーもそこにいたの？」わたしは尋ねる。

「どこに？」

「リンおばさんのパーティーに」

わたしはケイシーに向き直る。彼女はうなずく。

「ボビーもいた」

「それで、あなたの顔はどんなだったの？」

ケイシーがたじろぐ。ちょっと露骨な言い方だったかもしれない。

「それって、殴られた跡が残っていたかってこと？　ええ。そういう顔をしていた。ボビーには元カレにやられたって説明した。だれとは言わなかったけど」

「そういうことだったのね」

「なにが？」

「あなたがドックという名の男とつきあっていたって、わたしがボビーに言ったの。ボビーはそれでピンときたのね。そのあとで、自分で制裁を加えたらしいから」

ケイシーは笑いそうになるのをこらえている。「うそでしょ。ボビーがわたしのために、そんなことを？」

わたしは肩をすくめる。彼女のうれしそうな態度は受け入れがたい。

「ボビーのこと、昔から好きだったんだ」ケイシーが言う。

「わたしはちがうけど」

わたしたちはずっとベッドの上に座ってしゃべっていた。だが、ケイシーはいま、遠慮がちに身体を横たえている。頭を枕にのせて。疲れているのだ。

「パーティーでなにがあったの?」わたしは尋ねる。
「リンおばさんの誕生日パーティーで」

「ジーを呼んだらどう思うかってアシュリに聞かれた」ケイシーは口を開く。「リンとジーはいまでも会っている。わたしはジーとはもう何年も顔を合わせていなかったけど、かまわないって答えた。つぐないをすることが大切だと思っていたから。わたしにはたくさんつぐなわないといけないことがあるけど、まずはジーからはじめようって思ったの。

その夜、リンおばさんのパーティーでのジーは絶好調だった。あいかわらずへそ曲がりで、ありのままのジーだったけど、上機嫌でね。わたしのこと、調子がよさそうじゃないかって言ってくれた。近況も聞いてくれた。メタドン療法を受けているけど、それ以外はクリーンな状態だってジーに説明した。そしたら、よくやってるってほめられた。そのままがんばるよう励ましてくれた。〝めちゃくちゃにぶっこわすんじゃないよ〟と、いつもの調子で言っていた。

その夜、パーティーがお開きになるころに、ジーに赤ちゃんのことを打ち明けようと決心した。いずれどこかから耳に入るだろうから。それなら、知らせておいたほうがいいって思った。わたしは彼女を外まで送り、一緒にバスを待った。

〝ジー、言わなきゃいけないことがある〟わたしはそう切り出した。

こちらを振り向いたジーの顔には、心底おびえた表情が浮かんでいた。

〝そんな、お願いだから、あんたがこれから口にするってあたしが思っていることを言わないでおくれよ〟と言った。

わたしはとたんに不安になった。両手がふるえ、汗も出てきた。

〝わたしがなにを言うって思うの？〟とわたしは聞いた。ジーは目を閉じていた。それで、ただ〝やめとくれ、やめとくれ〟と言うばかりだった。

〝妊娠してるの〟わたしは言った。

　そしたら、ジーはいきなり泣きだした。ミッキー、あの人が泣いているところ、一度でも見たことある？　わたしはジーのそんな姿を見るのは生まれてはじめてだった。両手に顔を埋めていた。わたしはどうしたらいいか、わからなかった。ジーの背中に手を置いた。でも、身体に触れたとたんに、ジーが振り返ってわたしの手を払いのけた。ジーは正気じゃなかった。大声でわめき散らしていた。わたしは殴られるんじゃないかと思った。もうわたしとは一切縁を切るって言われた。〝あんたがまたあのクソいまいましい麻薬に手を出したら、だれがその子のママになるっていうんだい〟とジーは言った。他人の赤ちゃんの世話をするのは、もううんざりだって、わたしに言った。それから、ミッキー、あなたもそうだって言ってた。あなたはただでさえ大変なことを抱えているんだから、これ以上わたしの〝クソガキ〟なんか受け入れられないって。あの人そう言ったの。〝クソガキ〟って」

　ケイシーはそこでしばらく言葉を切って、わたしの反応をうかがう。それから先をつづける。

「ジーに言われたの。〝あんたの母親があんたにしたことを、今度はあんたがその子にするところをあたしは見ていられない〟って」

「ねえ、聞いてる？」ケイシーがわたしに声をかける。

　わたしはうなずく。

「ちがう。そうじゃなくてさ。意味がわかってるかってこと」

「意味ってなにが？」わたしは言う。


「ミック、やっぱり気づいてなかったね。でも、わたしは気になった。ジーは〝あんたに〟って言ったの。〝あんたとミッキーに〟でもなく、〝あんたたちに〟でもない。わたしたちふたりじゃないの。わたしだけなの。

わたしはジーに聞いた。〝わたしにって、どういうことなの？〟って。そしたら、わたしを妊娠中にママは麻薬でハイになっていたと言われた。

〝でもミッキーのときはちがうんでしょう？〟って、わたしは聞いた。

ミック、誓ってもいいけど、そしたらジーは笑顔になった。

〝ミッキーはちがう〟って、それをわたしに言えてせいせいしたって感じで、ジーはわたしに言ったの。

〝リサが麻薬に手を出すようになったのは、ミッキーが生まれたあとだったからね〟と」


わたしはしばらくなにも言わずに、頭のなかで情報を整理する。

それから口を開く。「ねえ、ケイシー。ジーはうそをついているかもよ。あなたをこわがらせようとしたんじゃないかな。あの人ならやりかねない」

それでも、わたしたちのあいだには疑念が漂いつづけている。

ケイシーは首を振る。


「わたしだってそう思いたかった。ジーがうそをついているって。

わたしはジーから離れながら、そのことを考えていた。ジーはまだわたしに向かって大声でわめいていた。

〝あたしゃ、赤ちゃんが気の毒だよ。その子がかわいそうだ〟って言っていた。

わたしはひと晩じゅうそのことを考えて、眠れなかった。

アシュリはわたしとジーのあいだでなにがあったのか、知らない。このことについては、なにも知らないの。夜が明けると、アシュリにわたしは大丈夫だからと伝える書き置きを残した。それから、みんなが起きてくる前に、そっと家を抜け出した。

フィッシュタウンに向かうバスに乗った。ジーの家まで歩いていった。きっと仕事でいないだろうと思った。わたしの読みは当たっていた。何度かノックしたけど、応答はなかった。

もうずっと家の鍵は持っていなかったけど、通路のドアを強くたたけばゆるくなるってことはわかっていた。それで、わたしは力ずくで鍵をこじ開けて、通路から家の裏に回った。裏口は施錠されていた。だから、ガラスを割ってなかに入った。

よくないことをしたとは思っている。でも、そんなことはどうでもいい。

わたしは地下室におりていった。ジーの言ったことがほんとうかどうかたしかめたかった。それは、どうしてもはっきりさせておかないといけない、大切なことだったから。

ジーの書類整理棚が地下室にあるのは知ってるよね。一番下の抽斗に〝ガールズ〟って書いてある書類ばさみが入ってた。

わたしはそれを引っ張り出した。なかには書類がぎっしりつまっていた。あなたの、ミカエラ・フィッツパトリックの出生証明書がそこにあった。病院で撮られたあなたの写真、出生時の体重や身長なんかの記録、赤ちゃんが健康だと太鼓判を押す書類が出てきた。それだけだった。

でも、わたしのはちがってた。あなたと同じように、出生証明書はあった。でも、退院するにあたっての書類は、まるで取扱説明書みたいだった。そこには〝薬物依存の新生児のケア〟とあった。ほかの新生児とくらべて、わたしは過敏になる可能性があると書かれていた。つまり、ぐずりやすいということ。フェノバルビタールの処方箋もあった。わたし、どうやら生まれたときからヤクをやってたみたいだね」

　そういう書類のことなら、わたしだって知っているとケイシーに言ってやりたい。トーマスを引き取ったときに同じような書類の束を受け取っている。

　でも、わたしはだまっている。

　ケイシーは話をつづける。

「書類整理棚をさらに探した。そしたら、ほかにも出てきた。〝ダン・フィッツパトリック〟って書いてある書類ばさみ一式が」

　わたしはうなずく。

「それについては知っているよね」

　わたしはまたうなずく。

「見つけたんでしょう。カードだとか、小切手やなんかを」

「見つけた」

「それはよかった」

　ケイシーは言葉を切る。なにかを考えているようだ。

「多分、あのときわたしはわざとあそこに隠したんだと思う。もしあなたがわたしを探してるなら、きっと見つけてくれると思ったから」

「わたしはもう行かなくちゃならなかった」ケイシー

がつづける。「ジーの家から出ていかないといけなかった。わたしが生まれた病院から出された書類すべてと、パパが送ってくれたカードを一枚抜き取った。わたしの十六歳の誕生日に送ってくれたカードだった。

　ジーの家を荒らしておいた。彼女の持ち物を物色したことを隠しだてする気はなかったから。そんなことはどうでもよかった。わたしは通路から外に出て、その家から離れた。ジラードまでひたすら歩いて、州間高速道路の南方面の合流地点に立って、親指を突き立て、ヒッチハイクをして持ってきたカードの差出人住所に向かった。パパがまだそこに住んでいる保証なんてどこにもないのに。わたしはやけになっていた。

　それが十一月のはじめのことだった。それ以来ずっと、パパの家で世話になってる。パパはわたしの面倒を見てくれている。必要なものを手配して、この子をまともな家庭に迎え入れる準備をしてくれている」


　ケイシーがわたしのほうを見る。わたしははじめて、彼女がおびえたような表情をしているのに気づく。

「必要なものはすべて整うから」とケイシーが言う。

　わたしは彼女に言う。「ケイシー、あなたのことを信じてる」

　別にケイシーがそうせがんだわけではない。それでも、ふと、わたしは彼女をトーマスに会わせなければという気持ちになる。

　ふたりでトーマスの部屋まで抜き足さし足で歩いていく。わたしは彼の部屋のドアをそっと開ける。廊下のぼんやりとしたあかりが部屋のなかに流れ込む。その光のなかに、ベッドで寝ているトーマスの姿が浮かび上がる。ベッドカバー、シーツ、枕が折り重なるなかに、わたしの息子がまるくなって寝ている。

　ケイシーはわたしのほうを見て、許可を求める。わたしはうなずく。

彼女はベッドの足元まで歩いていき、その前でひざをつく。両ひざに手を置いて、トーマスの寝顔をのぞき込む。そうやってしばらくじっとしている。

わたしたちが幼いころ、ジーの家には本が五冊あった。聖書が一冊。フィラデルフィアの歴史の本が一冊。ジーが子どものころ読んでいた少女探偵ナンシー・ドルーの本が二冊。そして、魔女や深い森を描いたおぞましい挿絵がふんだんに入った、古ぼけたグリム童話集が一冊。今年のクリスマスに、わたしは同じものをトーマスにプレゼントした。

その童話集のなかでは、ハーメルンの笛吹き男のお話がわたしのいちばんのお気に入りだった。すごく気味の悪い話だと思った。どこからともなく男が現れて、子どもたちを夢中にさせて連れていってしまうなんて。なすすべのない親の姿や、そんな親にたいして町がなにもできなかったこと、それに、町から子どもが消えてしまったことも恐ろしかった。

子どもたちはどこへ行ったのだろう？　気になってしかたなかった。町を出たあとで、どんな人生を送ったのだろう？　痛い目に遭ったのだろうか？　寒さにこごえなかっただろうか？　家族が恋しくならなかっただろうか？

警官になってから、勤務中にこの物語を毎日のように思い出すようになった。麻薬というのは笛吹き男のようなものだ。麻薬がもたらす恍惚状態を思い浮かべる。警官として働いていると、毎日そういう状態になっている人を見かける。だれもが魔法をかけられたみたいに、うっとりといい気分になって、あたりをうろついている。子どもも、音楽も、笛吹き男もすべて消えてしまったハーメルンの町を想像してみる。恐ろしいほどに静まり返った町のようすがありありと思い浮かぶ。

いま、わたしの目の前では、心を入れ替えたケイシーがベッドの足元でひざまずいている。その姿を見ていると、わずかではあっても、彼女がまた戻ってくる可能性があるような気がする。

それからトーマスに視線を移す。彼がどこかに行ってしまい、永遠の別れをすることになるのではないかという、おなじみの不安に駆られる。子どもにしか聞こえない、不吉な甲高い旋律がかすかにあたりに流れているようだ。

ケイシーとふたりで寝室に戻り、ベッドの上でノートパソコンに向かう。

ケイシーはもう一度エディ・ラファティを指さす。

「この人、わたしがコナーと一緒にいたとき、よく来てた。しらふになる前のことだったから、記憶がぼんやりとしてるけど。でも、話しかけられたからおぼえてる。なれなれしかった。話しながら、こっちに色目を使っているみたいだった。デートの相手を物色してるような雰囲気だったけど、わたしは誘われなかった。コナーとつるんでしょっちゅうどこかに出かけていた。ふたりでなにをしていたのかはわからない。麻薬でハイになりたくて来たんだろうって思ってた。コナーは麻薬の密売をしてたからね。いまでもしてるはずだけど」

「もっと思い出して」

ケイシーは天井をあおぎ見て、それから床に目を落とす。

「思い出せない」

「がんばってみてよ」

「わたしの人生には思い出せないことがたくさんあるんだから」

わたしたちはふたりとも、しばらくだまり込む。

「彼に直接聞いてみたらいいんじゃないかな」突然ケ

イシーがそんなことを言いだす。

　わたしはあきれて彼女を見る。

「コナーにってこと？　つまり、ドックに？　あなた、あんなことされたのに、まだドックに頼る気なの？」

「そうよ。こういうの、信じらんないだろうね。でも、あいつはすごくいいやつなの。とにかく、ほかのどんな男よりもわたしを大切にしてくれたことはたしかだから」

「ケイシー、彼はあなたに暴力を振るったのよ」

　ケイシーは口を閉じる。そのことについて考えているようだ。

「でも、あいつなら話してくれると思うんだよね」しばらくして、ようやくそう言う。

　わたしは首を振る。

「ぜったいだめ」

　ケイシーはそっぽを向く。

「朝になったら、考えましょう」わたしは提案する。

「いまはふたりとも寝ておかなきゃ」

　ケイシーはうなずく。

「わかった。わたしはそろそろ失礼するよ」

　でも、彼女はそこから動かない。わたしも動かない。

「ここでちょっとだけ寝てもいいかな？」ケイシーが尋ねる。


　わたしは部屋のあかりを消す。わたしたちはぎこちなくベッドの上で並んで寝る。沈黙があたりを包む。

「ミッキー」突然ケイシーに呼ばれてわたしはびくっとする。

「なに」ぶっきらぼうに返事をする。「なんなの」

「トーマスの面倒を見ていてくれて、ありがとう」ケイシーの口からそんな言葉が出る。「いままで、言ったことなかったよね」

　わたしは言葉が出ない。うろたえている。

「そんなの、気にしなくたっていいよ」

「おかしいよね」

「なにが？」

「あなたはわたしを探してばっかで、わたしはあなたに見つからないように隠れてばっかだから」

「おかしいとは、よく言ったよね」しばしの沈黙ののちに、わたしはそう答える。でも彼女の息づかいが聞こえてきて、もう眠りに落ちたことがわかる。


　ジーの家の奥の部屋でわたしたちが一緒に寝ていたあのころから、すでにこれまでの人生の半分、十六年の歳月が流れた。当時、まだ子どもだったわたしたちのようすを思い浮かべる。眠りにつくまで、たがいに話をしたり、本を読んだり、なかの電球が切れていることがほとんどだった丸いシーリングライトを見上げたりしていた。階下から、わたしたちの祖母、ジーのだみ声が響いてくる。電話で愚痴をこぼしたり、だれかの悪行に腹を立ててひとりごとを言ったりする声が。

　〝背中に手を乗せて〟ケイシーによくそうせがまれた。肌に触れる母さんのてのひらの感触を思い出してやさしい気持ちになりながら、わたしは彼女の願いをかなえてやった。いま振り返ると、あのときわたしはそうすることで、自分には価値があるとケイシーが思えるようにしてやりたいと思っていた。わたしという器をとおして死んでしまった母さんの愛をそそいでやり、つらい世の中を渡っていけるだけの力をつけてやろうと思っていた。わたしがケイシーの背中に手を置いた姿勢のままで、ふたりして眠りについた。わたしたちの頭上には、いいかげんなつくりのために冬の寒さをしっかりしのげないコールタール塗りの平屋根がかかっていた。その屋根の上には、フィラデルフィアの夜空が広がっていた。その空の向こうになにがあるのかは、わからなかった。

目が覚めると、外はすでに明るくなっていて、わたしの携帯電話が鳴っている。

となりにケイシーの姿はない。

わたしは起き上がる。

携帯電話を手に取る。父さんからだ。

「ミカエラ、ケイシーはそこにいるか？」

わたしはあたりを見回す。ケイシーはどこにもいない。窓から外を見る。彼女が乗ってきた車はドライブウェイから消えている。

「多分、そっちに向かっていると思う」わたしは電話越しに伝える。

でも、ふたりともだまり込む。なにかがおかしい。

「わたしが探してみる。あの子が行きそうな場所に心あたりがあるから」

そう言っておいて、わたしはトーマスのことを思い出す。

息子と約束した。昨晩、そばにいるからと話したばかりだ。昨日のミセス・マーンの、彼のようすを伝える言葉を思い出す。母親に家にいてほしいばかりに、バスルームや洗面台に走っていき、気分が悪いふりをするという見当はずれな行動に走った。わたしの胸は張り裂けそうになる。

それから、妹のことを考える。彼女の命はいまこの瞬間にも危険にさらされているかもしれない。他人を守るために、まだ生まれぬわが子の命すら危険にさらしているかもしれない。そして、彼女が守ろうとしている、ケンジントンの路上にいるおびただしい数の女たちのことを考える。エディ・ラファティが野放しになっているかぎり、彼女たちの命もまた危うい。

驚いたことに、そんなことを考えていると、急にジーにたいする奇妙な共感がさっと心をよぎる。わたしたちふたりをちゃんと育てようと、彼女がどれだけ奮闘したかに思いを馳せる。学校の下校時間をつねに気にしながら、あれだけ身を粉にして働く生活は彼女にとってどんなものだったのだろう。

そういうことを考えていたら、止まらなくなる。

そして、今日これから起こることは、わたしたち姉妹や、ちっぽけな一家族の問題を超えたものだという結論に達する。危険にさらされている命があるのだと、自分に言い聞かせる。そして、心を鬼にしてミセス・マーンに電話する。

ミセス・マーンがやってくるとすぐに、わたしはトーマスの部屋に行って、息子に別れを告げる。

トーマスはまだ眠っている。わたしはしばらくそのまま彼を見つめる。それから、寝ている彼のそばに座る。トーマスが目を開ける。それからまた、ぎゅっと閉じる。

「トーマス」わたしが声をかけると、「行かないで」と返ってくる。

「トーマス。しなくてはならないことがあるの。ミセス・マーンがそばにいてくれるから」

トーマスは泣きだす。目はぎゅっと閉じたままだ。

「いやだよ」そう言って、首を振る。

「ぼく病気だよ。まだ気持ち悪いんだ。吐いちゃうよ」

「ごめんね。行かなきゃならないの。大切な用事じゃなかったら、こんな風にあなたを置いていかないわ。わかるよね？」

彼はなにも言わない。だまりこくって、軽く息を立てている。寝ているふりをしているようだ。

「すぐに帰ってくるって約束する。今日のことはいつか説明するって約束するから。どうしてこんなに出かけてばかりなのかを。あなたが大きくなったらね。かならず説明する」

トーマスは身体を動かす。わたしに背を向ける。こちらを見ようとしない。

　わたしは彼にキスをする。手で彼の髪に触れて、しばらくそのままでいる。それから、立ち上がる。まちがっていたら、どうしよう？　もしこれがまちがった選択だったら？

「愛しているわ」わたしは言う。

　そして、部屋から出ていく。


　わたしはケンジントンに到着すると、コナー・マクラッチーの隠れ家にほど近い裏通りに車を停める。マディソン・ストリートを足早に東に向かう。それから、Ｂが三つ書いてある家の裏に通じる路地へと入っていく。

　角を曲がると、わたしがいる場所と路地のつきあたりとの中間地点に何人か集まっているのに気づく。男が三人いる。そのうちのふたりは作業服を着て、作業用ブーツを履き、ヘルメットをかぶっている。もうひとりは丈の長いオーバーコートにジーンズといういでたちだ。

　彼らの前にある家が目に入る。コナー・マクラッチーがいる家だ。

　そこでなにをしているのだろう。わたしは男たちに近づくが、ますますわからなくなる。

　男たちがわたしに気づく。会話を中断して、こちらを見る。

「なにかご用ですか？」オーバーコートの男が言う。男はにこやかな態度だ。フィラデルフィアなまりがきついから、きっとこのあたりの出身なのだろう。それにしては、最近成り上がったような雰囲気を漂わせている。

「ええ」わたしは答えるが、その先をどうつづけたらいいのかわからない。「妹を探してるんです。この家にいるかもしれないと思って」

　彼らの目の前にある白い家に向かってあごをしゃくる。

「妹さんはここにはいませんよ」男が愛想よく言う。わたしがこれまでに何度もその言葉を聞かされていることを、この男は知らない。「どっちみち、ここにはいないほうがいい」男がつづける。「明日、ここの取り壊し作業をはじめるんでね。いま最後の確認をしているところで」

たしかに、家のドアが開け放たれたままになっている。

「あんた、大丈夫かい？」わたしがそのまま突っ立っているので、作業員のひとりが声をかける。

「ええ」わたしは消え入るような声で答える。きびすを返して、もう一度マディソン・ストリートのほうを向く。腰に手を当てて、これからどうしたらいいか途方に暮れる。背後で男たちが打ち合わせを再開する。どうやらここにマンションが建つらしい。きっと、そのうちローレン・スプライトみたいな人たちがこぞって押し寄せてくるのだろう。ボンバーコーヒーにいりびたるような若い世代が。この街が変化する勢いはとどまるところを知らない。居場所を失ったジャンキーの群れは、ここから出ていき、新たな場所に落ちつくだろう。麻薬を打って暮らして、めったに正気に返ることのない場所に。

そのとき、携帯電話が短い着信音を立てる。

ポケットから取り出して確認する。

画面にメッセージが表示されている。〝オンタリオ・ストリートの大聖堂〟

メッセージの送信元は、ミスター・ライトの店で十一月にはじめて会ったときに教えてもらって登録して以来使うことのなかったドックの電話番号だ。コナー・マクラッチーからだ。

オンタリオ・ストリートにある大聖堂は正式には〝なぐさめの聖母教会〟という。だが、わたしが子どものころから、その威容と壮麗さから、だれもがただ〝大聖堂〟と呼んでいた。十二歳ぐらいのときに一度だけなかに入ったことがある。ケイシーの友達の家に泊まった翌日、連れていかれたのだ。とにかく大きな聖堂だった。建築資材はヨーロッパから運ばれたのだと、ことあるごとに聞かされた。神の存在を知らしめる聖堂内の天井はどこまでも高く、内側には装飾がほどこされている。大聖堂は数年前に閉鎖された。そのことは新聞で知ったが、当時はなんの感慨もなかった。近年フィラデルフィアで閉鎖が相次いでいる教会のひとつにすぎなかった。

大聖堂なら、車を置いてきた場所から運転すればすぐだ。わたしは車に乗り込み、大聖堂を目指す。

車を停めると、久しぶりに大聖堂をまじまじと眺める。本来、ここは二十五分署の管内だからパトロールで巡回するさしたる理由もない。聖堂の最盛期のおもかげはどこにもない。窓はほぼすべて割れている。正面扉には〝危険〟と表示されている。聖堂の東側から伸びる鐘楼から鐘が消えている。だれかが撤去したのだろうか。

わたしは車からおりて、正面階段をのぼる。扉が開かないか試してみるが、どれも施錠されている。建物の横に回ってみると、裏口が少し開いているのを見つける。チェーンが垂れ下がっている。わたしはそっと身をかがめてその下をくぐり、聖堂のなかに入る。

聖堂のなかに入るとすぐに、ぼそぼそとしゃべる人の声が聞こえてくる。わたしは立ち止まり、ケイシーのよく響くハスキーボイスがそのなかに混ざっていないか、耳をそばだてる。だが、耳に届くのは聞いたことのない声ばかりだ。はっきりした声でしゃべっている者はだれもいないにもかかわらず、そこにいる人たちが口にする言葉は、ひび割れたタイルの床や周囲の壁や天井にいやおうなしにこだまする。ひそひそ声が冷たい空気を伝ってわたしのところまで漂ってくる。〝それはただ〟〝だから言ったでしょう〟〝このあいださ〟〝そのときまで〟

あたりには、二種類のにおいが漂っている。ひとつは、教会に通っていたころのなつかしいにおい。聖書の薄紙のにおいや、ひざつき台上部のビロードのクッションのほこりっぽいにおい。クリスマスバザーやキリスト降誕劇、十字を切るしぐさを連想する、暖かくて心地よいにおいだ。もうひとつは、ほとんどなにも持たない、よるべない流れ者が集まる場所特有のにおい。これはよく知っているにおいだ。屋根に空いた穴から、くっきりした光の筋が二本、聖堂の中心部に降り注いでいる。その部分は身廊《しんろう》というのだ。教会の構造を図に描いて説明してくれた、小学校のときの大好きな先生、シスター・ジョセファの顔とともに、その言葉がさっと心によみがえる。〝身廊〟〝祭壇〟〝後陣〟〝内陣〟〝洗礼室〟。そして、わたしのお気に入りの〝聖器棚〟。いまでもそらんじることができる。

聖堂のなかで光がゆったりとゆらめく。信徒席に座っている人たちの姿が見える。まるでミサがはじまるのを待つかのように、辛抱強くそこに腰かけている。眠っている者がいる。動いている者がいる。立っている者がいる。聖歌隊のための、玉座のような立派な椅子に腰かけている者がいる。聖堂内には二十人から三十人はいるだろう。もしかしたら、もっといるかもしれない。

赤ん坊の泣き声がその場を切り裂いたので、あたりが静まり返る。しばらくして、またひそひそ声がはじまる。わたしは一瞬、そちらに気がそれる。その子を見つけ出して引き取り、自分の腕にしっかり抱いてここから一目散に逃げてしまいたくなる。

どこかに行こうとしている女がすれちがいざまにわ

たしの身体に軽くぶつかったので、わたしははっとする。

「ぼんやりしてんじゃないよ」女が言う。わたしは「ごめんなさい」と言う。

それから、「すみません。ちょっと聞きたいことがあって」と声をかける。

その女は背中を向けたままじっと動かないが、しばらくして振り向く。

「ケイシーを見ませんでしたか？　コニーって名前かも。あと、ドックも」

わたしたちは聖堂のなかでも、とくに光が届かない場所にいるので、その女がどんな表情をしているのかわからない。でも、彼女の身体の動きはわかる。その名前をわたしが口にしたとたんに、女がたじろいだのがわかる。女はいぶかるようにこちらを見ている。

「二階をのぞいてみな」ようやくそれだけ言う。そして、蝶番《ちょうつがい》が外れた扉を指さす。その扉は暗い戸口のそばに立てかけられている。その向こうに、階段がぼんやりと浮かんでいる。

階段を上がるにつれて、聖堂の中心部から聞こえてくる声がだんだん小さくなる。この先になにがあるのかわからないが、階段をのぼるたびに空気が冷たくなる。携帯電話を取り出して、目の前の階段を照らす。ときどき、足元の左右でなにかが動くのが見える。ネズミか、ゴキブリか、はたまた四年のあいだにつもりにつもったほこりが舞っているのか。

階段はぼろぼろになったカーペットで覆われているので、足音を立てずにすむ。わたしは一段一段、数えながらのぼる。二十段。四十段。踊り場を通過する。鍵のかかった扉の前を通る。その扉が開かないかと、肩をぶつけてみるが、びくともしない。

六十段を超えると、階段の吹き抜けにわずかに光が差しはじめる。左側に現れた両開きの扉の上部には、開口部が二か所ある。かつてそこにステンドグラスがはまっていたのだろう。いまでは砕けてわたしの足元に散らばっているが。ドアの向こうから人の声がする。

わたしはドアノブに手をかける。ノブはくるっと回る。

音を立てないようにして扉を開けると、最初にケイシーの姿が目に飛び込んでくる。

腰の高さの手すりにもたれかかっていて、彼女の背後には聖堂の大空間が広がっている。彼女は聖歌隊席にいる。おそらく、人目につかない場所を探してここまで来たのだろう。

ケイシーに話しかけているのはコナー・マクラッチーだ。彼の横顔が見える。わたしには気づいていないらしい。もうひとりいる。男だ。その男もわたしに背中を向けている。

妹と目が合う。

もうひとりの男がエディ・ラファティだということは、こちらを向く前からわかっている。はげあがった頭、立ち姿、背の高さから彼だとわかる。わずかに猫背になっている背中には見おぼえがある。〝いやな背中ですよ〟ラファティはそう言っていた。

わたしは拳銃に手を伸ばす。考えるよりも先に引き抜いている。身体の前で構える。

「両手を」大きな、毅然とした声を出す。「両手をこちらに向けて」

これは仕事用の声だ。ケイシーやポーラ、子ども時代をともに過ごした女の子たちが、学校や仕事や人生で相手になめられないように使う、独特な声音をまねている。もしかしたら、彼女たちだって、もともとはそういう声ではなかったのかもしれない。ふとそんなことを思う。わたしとはまた別の必要に迫られて、身につけたものだったのかもしれない。

ふたりの男がこちらを振り向く。ラファティとマクラッチーが。

ラファティはわたしがだれなのか、一テンポ遅れて気づいたようだ。わたしは警官の制服を着ていないうえ、いきなり現れたのだから無理もない。シャワーも浴びておらず、鬼気迫る形相で、髪の毛も低い位置で無造作にまとめてある。疲れて、気も立っている。

「これはこれは」ラファティが言う。顔に笑顔を浮かべている。つくり笑いだろう。素直に両手を上げる。

「もしかして、ミッキーか？」

「手を上げろ」わたしがマクラッチーにそう言うと、ようやく彼も従う。

「彼女から離れて」あごでケイシーを示しながら、マクラッチーに命令する。

腰の高さほどの手すりにもたれかかっているケイシーに、手を伸ばせば届く位置に彼に立っていられると落ちつかない。そこから身廊までどれぐらいの高低差があるのか見当もつかないが、ケイシーが手すりを乗り越える事態だけは避けたい。あいかわらずくぐもった足音や咳き込む音や話し声が下から聞こえてくるが、意味のない音がむなしく反響するばかりだ。

「どっちに行けばいい？」マクラッチーが淡々とした口調で尋ねる。最後に会ったときから、また一段とやせた。

「そっちの壁のほうへ」わたしは顔を横に向けて指示する。

マクラッチーはそちらへ歩いていく。そこにある壁にもたれる。片脚を前に出す。

エディ・ラファティはまだ薄気味悪い笑顔をわたしに向けている。なぜわたしたち全員がここで鉢合わせする羽目になったのか、おもしろおかしく説明しようと懸命に頭を働かせているのだろう。

「あなたも潜入捜査ですか？」というのが、彼がひねりだした言葉だ。

わたしはだまっている。ラファティと目を合わせたくない。だが、一瞬たりとも彼から目を離すわけにはいかない。どちらに注意を向けたらいいのかわからない。マクラッチーかラファティか。ケイシーはラファティの背後に立っている。ふと、彼女が口を動かして、なにかを伝えようとしているのに気づく。

わたしはラファティの右耳のうしろにじっと目をこらして、ケイシーを観察する。ケイシーはマクラッチーのほうにうなずいてみせる。唇が動いているが、なにを言っているのかわからない。〝彼が〟なんとかかんとか、〝わたしが〟ぐらいしか、わからない。

ケイシーの口元にわたしの目が引きつけられているあいだ、ラファティが身体をこわばらせて、これから追跡をはじめる警官特有のしぐさをする。次の瞬間、彼が突進してきたので、わたしは床に倒れ込む。拳銃から弾が一発飛び出して、天井の一部を打ち砕く。その後、拳銃はカーペット敷きの聖歌隊席の床の上を軽やかにすべっていく。

下のほうから女性の叫び声が響く。聖堂内が静まり返る。

わたしの胴体をしっかと踏みつけたラファティが、こちらを見下ろしている。マクラッチーは立たされていた場所から離れて銃を拾い上げる。

わたしはそのままじっと横たわっている。息を切らせて。床から聖堂のアーチ形天井がよく見える。薄暗いなかに、銃弾がつけた跡が浮かび上がる。一筋の光のなかで、こまかい漆喰のかけらがゆっくりと舞い落ちる。かつては空色に塗られていた天井は、いまでは剥がれかかっている。すぐそこの隅に鳥の巣が見える。

銃撃の音がまだ耳のなかで響いている。それをのぞけば、大聖堂は墓所のように静まり返り、物音ひとつしない。

わたしはトーマスのことを思う。もし今日わたしがここで死んだら、あの子はどうなるだろう。わたしの母さんが下した決断のことを考える。そして、結局はわたしも母さんと同じだということに気づき、愕然とする。依存する対象がちがうだけなのだ。彼女が依存していたのは麻薬だ。それはだれの目にも明らかで、わかりやすい。わたしの場合はもっと漠然としているが、不健全であることにはかわりない。わたしが依存しているのは、自分の正しさばかり主張する、自己認識やプライドにかかわるなにかだ。

　わたしはなすすべもなく息子を思う。トーマス、あなたを置いて先に逝くのを許して。


　一秒一秒がやけに長く感じられる。わたしはマクラッチーのほうを見る。彼は床から拾い上げた拳銃を手にしているが、正しく持てていない。きっと自分がなにをしているのか、わかっていないのだ。この状況を利用するにはどうしたらいいか考えているうちに、マクラッチーがラファティに「ひざをつけ」と命令する。

　ラファティがほんのつかの間彼を見つめる。

「冗談だよな」

「冗談じゃない。ひざをつくんだ」

　ラファティが半信半疑でその言葉に従う。

「手を上げろ」

　マクラッチーは床に倒れているわたしに目配せする。

「これでいいよな？」

　わたしは顔を上げる。ラファティがぶつかってきたときに、ひたいをしたたか打ったので、まだくらくらする。首にも痛みが走る。

「あんたは立って」マクラッチーがわたしに向かって言う。

　ケイシーのほうを見ると、ブンブンとうなずいているので、わたしは言われたとおりにする。

　それから、マクラッチーはわたしの理解を超えた動きをする。銃でラファティに狙いをつけたまま、わたしのほうににじり寄って、肩と肩を並べるまで接近する。そして、わたしに拳銃を手渡す。

「あんたのほうが扱い慣れてるだろ」と言って。わたしはどうしたらいいかわからず、戸惑う。

わたしが銃を受け取って、それをラファティに向けるやいなや、マクラッチーは両手を頭のうしろに回し、ほっとして深い息を吐く。聖歌隊席の端まで歩いていき、そこで手すりに両ひじをのせて身を乗り出し、下をのぞき込む。

背後からだれかが階段をのぼってくる足音が聞こえる。たちまち緊迫した雰囲気になり、わたしはラファティと階段のほうと、交互に銃を向ける。

扉がさっと開く。マイク・ディパウロとデイヴィス・グエンが銃を構えて飛び込んでくる。

「銃を捨てるんだ」ディパウロがわたしに向かって静かに言う。わたしは銃を床に置く。

どうなっているのだろう。

一瞬、ラファティが応援を要請したのではないかと疑う。そうであれば、わたしの行動を説明するのがいっそうやっかいになる。

「彼は危険人物です」わたしはラファティのことを伝えるが、ラファティは抗議しはじめる。だが、ケイシーが上げた声がその場に響く。

「トルーマン・ドーズに言われてきたの?」彼女はディパウロとグエンに向かって尋ねる。

「いましゃべったのはだれだ?」ディパウロが言う。グエンとディパウロはまだ銃を構えていて、わたしたち全員に順に狙いをつけている。よほど混乱しているのだ。

「わたしはケイシー・フィッツパトリック。彼女の妹です」ケイシーはわたしのほうにうなずいてみせる。

「トルーマン・ドーズに連絡したのはわたしです。それから」ここで彼女はエディ・ラファティのほうにあごをしゃくる。「あなたたちが追っているのは、この人よ」

　グエンとディパウロは無線で応援を要請している。その後、わたしたちは全員署に連れていかれる。わたし、ケイシー、ラファティ、マクラッチーはそれぞれ別の車に乗せられる。

　別々に待たされて、事情聴取を受ける。

　わたしは最初から最後まで、知っていることをディパウロとグエンに洗いざらいしゃべる。すべて包み隠さず。クレアのこと、ケイシーのこと、トーマスのこと、ラファティのこと。そして、ケイシーに教えてもらったラファティの情報。トルーマンのことや、わたしの取った的外れな行動についても。

　わたしはふたりに真実を告げた。うそいつわりのない真実を。こんなことをするのは、生まれてはじめてだ。事情聴取が終わると、ふたりは部屋を出ていく。

　そのまま数時間が過ぎる。お腹がすいてきた。トイレにも行きたい。それに、一杯の水をこれほどまでに求める気持ちになったことはない。落ちつきをなくしてそわそわする。これまでに、こちら側の立場を経験したことなど一度もなかった。

　ようやくディパウロが、わたしが留め置かれている部屋に入ってくる。疲れ切った表情だ。ポケットに手を突っ込んだまま、なにやら考え込みながら、わたしに向かってうなずく。

「彼だった」ディパウロが口を開く。「ラファティだった」

　彼は無言で、かわいらしい服を着た若い女性が映っている写真を差し出す。

「彼女がわかるか？」

　じっと見つめるうちに、わたしはふいに十月の〝線路〟に引き戻される。線路の枕木にかがみ込んで、最初の犠牲者を見つめた。いま考えるとぞっとするのだが、わたしの記憶のなかで、彼女のすぐとなりにはエディ・ラファティがいた。その日の彼女がどんな顔をしていたか思い浮かべる。苦悶の表情を浮かべていた。目のまわりには赤い斑点がところどころ浮き出ていた。乱暴に殺されたのだ。ラファティがどんなようすだったか、記憶をたどる。彼は表情ひとつ変えず、平然としていた。

「これはだれです？」わたしは尋ねる。

「サーシャ・ロウ・ラファティ。エディ・ラファティのいちばん新しい元妻だ」

「そんな」

わたしはもう一度彼女を見る。そういえば、ラファティは三番目の妻がどれだけ幼稚だったかということを話していた。〝あいつは子どもっぽかったから。おそらくそれがよくなかったんだな〟

「彼女自身もどっぷり麻薬づけになっていた」ディパウロが言う。「毎日麻薬を打つほどに。ほかの家族は殺される一年前に彼女と縁を切っていた。それから彼女と連絡を取っていない。彼女にはラファティしかいなかったんだ」

ディパウロは言葉を切る。

「どうして失踪届が出ていないのか、不思議だったんだがな」

「なんてこと」

わたしはまだその写真から目が離せないでいる。この女性の人生の別のひとコマを見ることができてよかった。わたしはさっと目を閉じ、また開ける。彼女を発見してからというもの、ゆがんだ表情を浮かべてこと切れている姿しか知らなかったが、それを目の前の、ほほえんでいるサーシャ・ロウ・ラファティに置き換える。

「ふたりはどこで出会ったと思う？」ディパウロが聞く。

彼に言われなくても答えはわかっている。

「ワイルドウッド」わたしは答える。

ディパウロはうなずく。

「なんてこと」わたしはもう一度言う。

ディパウロが一瞬ためらうような表情を見せる。それから、口を開く。「あんたはサイモン・クレアのことを話していただろう」

わたしは覚悟を決めてうなずく。

「誤解しないでほしいんだが、俺はあいつのことをちゃんと調べた。あんたの訴えをないがしろにしたわけじゃない。あのあと、数日間尾行させた。案の定、二日目にあいつは勤務時間中に抜け出してケンジントンに向かった。そこに行くよう命じられたわけでもないのに」

「わかった」わたしは言う。

ディパウロはわたしのほうを見る。「あいつには問題があったんだ、ミッキー。だれもがケンジントンを訪れるのと同じ理由で、そこに行っていた。俺たちがマークしていた男から、オキシコンチンを千ミリグラム買い込んだ。俺が知るかぎりでは、ヘロインは買っていないようだが、次はどうなるかな。刑事の薄給でよくそれだけ買えたもんだ」

ディパウロは声を落として口笛を吹く。

わたしは机の上をじっと見つめる。

「わかった。そういうことなら、ありえる」

十代のころ、サイモンに言われた言葉を思い出す。彼のふくらはぎのタトゥーも。ケイシーを心配するわたしに向かって〝俺にも経験がある〟と彼は言っていた。

当時、その言葉を聞いて、どれだけわたしは心強く思ったことか。

取り調べが終わって自由の身になると、ケイシーとわたしは連れだって署の正面玄関を出る。わたしの車はまだ大聖堂に停めてあるが、ここから三キロの距離だ。ケイシーが父さんから借りた車も同じ場所にある。

父さんといえば、わたしは電話できるようになるとすぐに彼に連絡する。ケイシーは無事だと伝える。もうすぐそちらに帰るからと。

「で、おまえは？」父さんが言う。

「え、なに？」

「おまえは大丈夫なのか？」

「うん」わたしは返事をする。「大丈夫」

じつのところ、わたしは心底ほっとしている。ケイシーと並んで歩きながら、あたりを眺める。ケンジントンの街並みが、以前とはうって変わって新鮮に映る。それまで気づいていなかったいいところが見えるようになっただけかもしれないが。この地区にも好感が持てる部分はいろいろとあるのだ。手入れが行き届いて、整った一角も存在する。そういう場所では地域が一丸となって、すぐそこまで迫る混沌を寄せつけないようにしている。そこでずっと暮らし、これからもよそに移ることのないおばあちゃんたちが、毎朝玄関先の掃きそうじを終えると、ついでにとなり近所の玄関先もそうじして、ときにはその通り全体をきれいにしてしまうような場所。行政のサービスはそういう場所に行き届いていないにもかかわらず。わたしたちは、右側にクリスマスの飾りの白い電飾が連なる通りをずっと歩いていく。

ケイシーはようやく今朝のいきさつを説明する。

彼女もまずBが三つ書いてある家に向かった。彼女が知るかぎり、コナー・マクラッチーは最後にそこに住んでいたからだ。その家がもぬけのからで、取り壊し予定だとわかると、大通りにとって返して、あちこち聞いて回った。マクラッチーの居場所はわりとすぐに判明した。

彼女はそこへ車で向かった。なにが起きているか、彼に知らせたかったのだ。エディ・ラファティについて彼が知っていることを聞き出したかった。

「あなたがそんなことをしただなんて」わたしは話の途中で口をはさむ。「どうしてそんなことしたの？」

「言ったじゃない」ケイシーが答える。「エディ・ラファティが連続殺人犯かもしれないと知ったら、あいつが見過ごすはずないってわかってた。あいつはそういうやつだから」

わたしは首を振る。ふと気づくと、ケイシーは足取りがおぼつかないようすで、真っ青な顔をしている。両手でお腹を抱えている。ケイシーは現在妊娠六か月だが、身体にこたえているようだ。このまま目的地まで歩いていけるだろうか。彼女は大丈夫だと言い張るが、身体をわずかに前にかがめている。最後にメタドンを服用してから、どれぐらい時間がたっているのだろう。

「大丈夫なの？」わたしはケイシーに声をかける。

「大丈夫だから」ケイシーはきっぱりと言う。

わたしたちはしばらくそのまま無言で歩きつづける。そのうち、彼女が口を開く。

「コナーは悪いこともする。でも、まったくの悪人ってわけじゃない。だれだってそうでしょう」

わたしは返す言葉がない。チェス盤の上でミセス・マーンの手が行ったり来たりする光景が頭に浮かぶ。

〝悪者でもあるし、味方でもあるの。どの駒もそうですよ〟たしかに、それはある意味ではほんとうだ。それでも、コナー・マクラッチーが妹にしたことを考えると、わたしは彼を好きにはなれない。この先も彼を許せないということだけは、はっきりしている。

「とにかく」ケイシーが先をつづける。「コナーによると、このあいだの夏にラファティが接触してきて、自分はサツだって言ったらしい。分け前をよこせば、守ってやると持ちかけられたって。それで、わたしもラファティに見おぼえがあったというわけ。そんなわけで、ふたりはコソコソと取引してたの。ラファティはコナーから見返りを受け取っていた」

「あのクソ野郎」ふいにそんな言葉がわたしの口をついて出る。

「どっちが？」

「どっちもよ。ふたりとも、クソ野郎じゃない」

そのときふと、アハーン巡査部長がわたしとラファティを組ませたのは、ラファティにわたしの弱みを探らせるためだったのではないかという気がする。六か月前なら、そんなことはありえないと一蹴しただろう。でも、いまとなっては、どうだかわからない。

「ついでに、アハーン巡査部長もくそったれだわ。きっと知ってたんだ。分け前も受け取っていたのかも」

ふと気づくと、ケイシーがにやにやしている。

「なによ？　なに笑ってるの？」

「あなたの口からそんな汚い言葉を聞くとはね。意外だから」

「ああ。ま、いまではこういう口もきくのよ」

「ところで、その読みはまちがってないよ。コナーがラファティだけじゃないって言ってた。ほかにも金を受け取ってるやつがいるって。こういうことは、思ってる以上によくあることだって言ってた」

「そうだろうね」

「コナーは殺された女の子たちのことは知らなかった。そのことだけは、知らなかったの。ラファティが犠牲者四人とかかわりがあったことも。ケンジントンで出回っているうわさも。わたしが教えてあげたら、怒《いか》りまくってた。壁にパンチしてさ」

「それは勇ましいこと」

「彼ってそういうところもあるから」ケイシーが沈んだ感じで言う。

「とにかく」彼女はつづける。「あいつはラファティの携帯電話の番号を知ってたから、すぐに電話した。それで、取引のことで提案があるから、大聖堂で直接会いたいって伝えた。ラファティが大聖堂に姿を現したらすぐに、わたしがコナーの携帯電話からあなたにメッセージを送った。それから、トルーマンにも送った」

「どうしてトルーマンの電話番号を知っていたの？」

「ああ、それなら、何年か前に彼が教えてくれたから。その日、あなたはその場にはいなかったはず。わたしの具合が最悪で、大通りでひどい顔してきょろきょろしてたら、トルーマンが通りかかって、名刺をくれた。なにか必要なときや、断薬したかったら、電話をかけるようにって。わたしはその番号を暗記した」

「まあ、彼がそんなことを」

「トルーマンってさ、いいやつだよね」

「そうね」

ケイシーが知らず知らずのうちに笑顔になっている。

「ま、なにもかもうまくいったから、一件落着ってことで」

その瞬間、わたしは彼女のことが信じられなくなる。彼女のせいで、わたしたち全員が危険にさらされたというのに。トルーマン。わたし。トーマス。それに、彼女のお腹にいる赤ちゃんも。

わたしは立ち止まって、彼女のほうを向く。「ふざけないでよね」と言う。「ふざけないでよね、ケイシー」

彼女はわずかにびくりとする。「なに？　大きな声出さないでよ」

「よくもそんなこと、言えるよね。わたしに今日みたいなことをさせて。わたしには面倒を見なきゃいけないひとり息子がいるっていうのに」

ケイシーはだまりこくる。わたしたちは顔をそらしたまま、ふたたび歩きだす。視界の隅で、ケイシーが身体をふるわせているのがわかる。彼女の歯がガチガチと音を立てている。

交差点に差しかかり、わたしは車の流れが止まるのを待とうと、立ち止まる。ところが、ケイシーはそのまま進んでいく。心ここにあらずのようすで、車が行き交う道へと足を踏み入れる。車が一台、急停車する。後続の車が追突しそうになる。あちこちでクラクションが鳴る。

「ケイシー」わたしは呼びかける。

ケイシーは振り向かない。わたしはつま先を歩道の向こう側に踏み入れる。走ってくる車はスピードを落とさない。わたしは渡れるようになるまで待ってから一気に駆け出す。ケイシーは十五メートルぐらい先を足早に歩いていく。大通りに入る角を曲がると、彼女の姿がいったん見えなくなる。

わたしは大通りまで来ると、ケイシーと同じように左に折れる。すると、二十メートルほど先で地面にしゃがみ込んでいるケイシーの姿が目に飛び込んでくる。両ひざの上でひじをつき、両手で頭を抱えている。お腹は地面に向けている。ここからだとよくわからないが、どうやら泣いているようだ。

わたしはペースを落としてゆっくり歩く。彼女にそっと近づく。わたしたちがいまいるのは、彼女とポーラがかつて日銭をかせいでいた、アロンゾの店の前の交差点だ。いま下手になにか言ったり、したりしたら、彼女を失うことになる気がする。大通りが彼女を奪還して、わたしから引き離してしまうだろう。ケイシーは地面のなかに姿を消し、二度と戻ってこないだろう。

わたしはしばらくそのままケイシーを見下ろしている。ケイシーは身体をふるわせ、むせび泣いている。あまりに激しく泣いているので、息をするのもつらそうだ。顔を上げようとしない。

「ケイシー」わたしは声をかける。

それから、ようやく妹の肩に手を置く。

ケイシーは乱暴に腕を回す。

わたしはしゃがみ込み、彼女と同じ視線の高さになる。通行人がわたしたちを避けて歩く。

「どうしたの？　ケイシー？」

彼女はようやく顔を上げて、わたしを見る。わたしの目をまっすぐ見据える。「どっか行けよ」

わたしはまた立ち上がる。「なんなのよ、ケイシー。わたしがなにをしたっていうの？」

ケイシーもすっくと立つ。胸を張り、お腹を突き出して。わたしは覚悟を決める。

「知ってたくせに。ラファティのことは気づいてなかったにしても、こういう胸くそ悪いことが起こるって、わかってたくせに。ぜったいそう。前に言われたことあるでしょう」

わたしはむっとする。

「そんなことないよ。だれにも言われてない」

ケイシーが一度、大きな笑い声を上げる。

「わたしが教えたじゃない。このわたしが。あなたの実の妹が。サイモン・クレアが、ノーと言えなくなっていたわたしにつけこんだって。あなたは信じなかったけど。わたしがうそをついていると言って」

「それはまた別の話だから。その件については、わたしがまちがっていた。でもそれとこれとは関係ないでしょう」

ケイシーがさみしそうに笑う。

「サイモンはなによ？　サイモンはなんなの？　サツじゃなかったっけ？」

わたしは目を閉じる。息を吸う。

「わたしはあの人がサツだと思ったから」ケイシーが言う。

ケイシーはそのままわたしの表情をさぐるようにじっと見ている。

それから、彼女の視線がわたしを通り越して、アロンゾの店の、例の交差点のほうに向けられる。彼女は凍りついたように動かなくなる。わたしはようやく彼女の見ているほうに振り向くが、そこにはだれもいない。でも、聞かなくてもわたしにはわかる。ケイシーにはそこにポーラが立っているのが見えるのだ。片脚を壁につけて、ふてぶてしい感じでほほえみを浮かべた、いつもの彼女の姿が。

「あの子たちはわたしの仲間だった」ケイシーが声を落として言う。「みんな全員。わたしが知らない子も」

「残念だったわ」わたしはようやくそれだけ言う。

だが、ケイシーは返事をしない。

「ケイシー、残念だったと思ってる」もう一度話しかける。

でも、そのときエル線の電車がやってきたので、妹にわたしの声が聞こえたかどうかは定かではない。

リスト

ショーン・ゲーガン、キンバリー・ガマー、キンバリー・ブルワー、キンバリー・ブルワーのお母さんとおじさん、ブリット＝アン・コノヴァー、ジェレミー・ハスキル、ディパオラントニオ兄弟の下のふたり、チャック・ビアス、モリーン・ハワード、ケイリー・ザネッラ、クリス・カーターとジョン・マークス（一日ちがいだった。ふたりは同じ粗悪品の犠牲になったのだと、だれかが言っていた）、カーロ（苗字が思い出せない）、テイラー・ボウエスのボーイフレンド、一年後にテイラー・ボウエス自身も、ピート・ストックトン、以前の隣人の孫娘、ヘイリー・ドリスコル、シェイナ・ピエトロフスキ、パット・ボウマン、ショーン・ボウマン、ショーン・ウィリアムズ、ユアン・モア、トニ・チャプマン、ドゥニー・ジェイコブスと彼のお母さん、メリッサ・ギル、メーガン・モロー、メーガン・ハノーヴァー、メーガン・チザム、メーガン・グリーン、ハンク・チャンブリス、ティムとポール・フロレス、ロビー・サイモンズ、リッキー・トッド、ブライアン・アルドリッチ、マイク・アッシュマン、シェリル・ソコル、サンドラ・ブローチ、リサ・モラレス、メアリー・リンチ、メアリー・ブリッジズと彼女の姪、ほとんど会ったことのないふたりの大おじさん。いとこのトレーシー。いとこのシャノン。わたしたちの母さん。母さん。母さん。若者たちすべて、その人たちすべてがすでにこの世にいない。未来があるはずだった人たち、たがいに頼り頼られていた人たち、愛にあふれた人、愛を注がれた人たちがひとり、またひとりと、この世を去った死者たちの、はじまりもなければ終わりもない、果てしなく輝く一筋の川の流れに連なる。

現在

　ここ何日か、亡くなった人をしのぶ追悼サイトをノートパソコンで何時間も眺めている。そこにはまだすべてが残されている。フェイスブックの個人ページ、葬儀社のウェブサイト、ブログが。故人はネット上をさまよう亡霊となる。その人たちの最後の投稿は、悲しい気持ちを伝える言葉や冥福を祈る言葉、そのページにむらがる人の半数は〝インチキ〟だと（その言葉がなにを意味するにしろ）言い張る、敵味方にわかれた内輪もめで埋め尽くされている。本人は二年前に亡くなっているのに、ガールフレンドがいまだに〝誕生日おめでとう、ベイビー〟と投稿している。まるで、インターネットが水晶玉や死者との通信盤、死後の世界につながる扉であるかのように。ある意味、インターネットとはそういうものなのだろう。

　故人本人や、友人や家族のページをのぞくのがわたしの朝一番の日課となる。母親というのは、どうやって気をたしかに持つものなのだろうということが気になり、調べてみる。親友の場合はどうだろう？　ボーイフレンドは？（さっさと前に進むのは、たいてい男のほうだ。ページの下のほうにはしあわせそうなカップルが鏡に向かってポーズを取っているプロフィール写真があり、それが男の自撮り写真に変わったかと思うと、その次は彼の人生に新しい女性が登場している）友人が辛辣な言葉を投げつけることもある。〝約束したじゃないか、カイル。もうこれ以上だれにも死んでほしくない。なんでだよ、カイル。安らかに眠ってくれ〟依存症に苦しむ者は同類に容赦がない。ある人物は〝北東地区じゅうが、くそったれのジャンキーであふれかえっている〟となげいている。これを書いたのは、以前、わたしが麻薬密売で署に連行したことがある男だ。写真のなかの彼はどんよりとした目つきで、ぼんやりしている。

ケイシーのことを考えると、クリーンな状態を維持するだけの強さ、運、忍耐力を彼女が持ち合わせているかどうか心配になる。そんなとき、そういう人たちのことが真っ先に頭に浮かぶ。そんなことを成し遂げられるのは、ごくわずかだ。わたしは笛吹き男を思い浮かべる。男が通りすぎたあとのハーメルンの街では、取り残され、愕然とした住民たちがおろおろするばかりだ。

でも、それからケイシー本人（いまでは日曜日はほぼかならずうちに来るようになり、いまこの瞬間もわたしのソファに座っていて、今日で断薬して百八十九日目になる）を見て、彼女だったら数少ないひとりになれるかもしれないと思う。傷だらけになりながらも、命だけは助かった帰還兵さながらに。もしかしたらケイシーは百五歳まで生きて、わたしたちのなかでいちばん長生きするかもしれない。たぶん、ケイシーなら大丈夫。

希望がまた見えるようになると、そうなってよかったと思う反面、なにかがまちがっているようにも感じられる。たとえば、本来ならひとりで寝なければならないトーマスをわたしのベッドで寝かせること。

彼をこの世に送り出した女性に会わせること。

秘密にしていることでも、明かさないといけないと思ったら、それまでつらぬいてきた態度を変えること。

わたしは警察の制服を返却した。制服が家から持ち出されるのを見たトーマスはよろこんだ。同じ日に、わたしはいくらかの勇気をかき集めて、トルーマン・ドーズに電話をかけた。彼が電話に出るまで息を止めていた。

「ミッキーです」

「だれなのかは、わかっている」

「わたしがやめるということを伝えたくて。警察をやめることにしたから」

トルーマンはしばらくのあいだだまっている。「おめでとう」ようやくそれだけ言う。

「それから、ごめんなさい」わたしは目を閉じて伝える。「今年はあなたにひどいことばかりしてしまったから。あなたはそんな人ではなかったのに」

彼の息づかいが聞こえてきた。「そりゃどうも」と彼は言った。だが、それからすぐに、母親の世話があるからもう行かなくてはならないと言った。その口調から、彼が冷め切っていることがわかり、わたしは永遠に彼を失ってしまったと悟った。

そういうこともあるのだと、自分に言い聞かせた。ときには、そういうこともある。

アメリカじゅうに悪名をとどろかせたフィラデルフィア市警は、さらなる問題があることは否定している。だが、わたしはそうではないと知っている。ケイシーもケンジントンの女たちもしかり。そこで、わたしはローレン・スプライトに電話をかけて、匿名を条件に情報提供をしたいと申し出た。その疑惑は翌日には公共ラジオで放送された。〝ケンジントン地区で警官による性的暴行が横行しているようです〟と記者が切り出した。わたしはそれだけ聴くとラジオを切った。それ以上は聞きたくなかった。

朝目覚めると、わたしがしたことは完全にまちがっていたのではないかと重苦しい気分になっていることがある。何年ものあいだずっとわたしを庇護してくれていた人たち、文字通りわたしの肩を持ってくれていた人たちをわたしは売ったのではないかと、いたたまれない気持ちになる。

フィラデルフィア市警の尊敬する同僚を何人も思い浮かべる。トルーマンは長年市警で働いていた。マイク・ディパウロはいまでも勤めている。デイヴィス・グエンも。グロリア・ピータースも。さらに、デニス・チェンバースも——つい最近、彼女は電話をかけてきて、個人的にわたしに謝罪してくれた。

そのいっぽうで、ラファティのような性根の腐った輩《やから》もいる。そういう職員はごくわずかだが、だれでもひとりは知っているだろう。

だが、いちばんやっかいで、おそらくきわめて危険なのは、ラファティとつながっている人物だ。アハーン巡査部長のように、ケンジントンでなにが起きているかを何年も前から把握していた可能性のある人たち。ひょっとすると、巡査部長自身も一枚かんでいたのではないだろうか——その可能性は排除できない。それにもかかわらず、彼は解雇されることはない。疑惑の目を向けられることも、罰せられることもない。これからも毎日の日課を淡々とこなしていくだろう。職場に姿を現し、なにげなく権限を濫用して、地域やそこに住む住民に、ひいてはフィラデルフィア全体に何年にもわたって影響をおよぼしつづける。

わたしが心底恐ろしいと思うのは、アハーンのような連中だ。

わたしはまだ定職には就いていない。これまでのいきさつを考えると、弁護士を雇って市警を訴えることもできた。でも、そうするつもりはない。

そのかわり、失業保険を受給してしのいでいる。フランクフォードにある、リッチおじさんの自動車販売店で働き、事務作業をしたり、電話番をしたりしている。働いた分は現金でこっそり受け取っている。勤務形態が以前よりも規則的になったので、トーマスの面倒を週に二日見てくれる、信頼できるベビーシッターを見つけられた。月曜日と水曜日はリッチおじさんの店にトーマスを連れていく。そして、毎週金曜日はミセス・マーンがトーマスと一緒にいてくれる。

この態勢も完璧ではないが、いまのところはうまくいっている。今年トーマスは幼稚園に入ることになっているが、そのときになれば、またがらっと変わるだろう。わたしはコミュニティカレッジの講座を取るかもしれない。ひょっとすると、ゆくゆくは学位の取得だって夢ではない。パウエル先生みたいに歴史の教師になれるかもしれない。

卒業証書をもらったあかつきには、それを額に入れて飾り、そのコピーをジーに送りつけてやろう。

四月中旬のある火曜の朝、わたしはアパートメントの窓を全部開け放つ。嵐が通りすぎたばかりで、湿った草や新しい土から放たれる、馥郁《ふくいく》とした春のにおいが外の空気に満ちている。キッチンにはコーヒーの入ったポットが用意してある。トーマスの新しいベビーシッターがじきに来ることになっている。彼はいま自分の部屋にひきこもり、レゴブロックで遊んでいる。わたしは今日は自動車販売店の仕事を休んでいる。

ベビーシッターが到着したので、わたしはトーマスに別れを告げる。それから、下におりていき、ミセス・マーンの家のドアベルを鳴らす。

「準備はできましたか？」彼女がドアを開けると、わたしはそう言う。

ふたりでわたしの車に乗り込む。ウィルミントンに向けて出発する。

今日の外出はずっと前から予定していたものだ。ことの発端は、わたしがケイシーとミセス・マーンの両方をわが家でのディナーに招待した、一月のある日にさかのぼる。その最初のディナーはやがて毎週のディナーへと発展した。いまでは、毎週日曜日にトーマスを寝かしつけたあとに、テレビで新しいお笑い番組がやっていると、三人そろって楽しんでいる。ケイシーはお笑い番組に目がない。ほかにも、殺人事件を取り上げた番組を見ることもある（最近ああいうことを経験したばかりにもかかわらず、ケイシーは平気で〝殺人〟という言葉を使う）。その番組にはほとんど毎回行方不明の女性が出てくるのだが、暴力を振るう夫やボーイフレンドに殺されたというのがお決まりのパターンだ。司会者は始終不気味なまでに落ちつき払って経緯を説明する。〝それが、ミラー一家が娘を見た最後になりました〟と。

「あいつがやったにきまってる」ケイシーは毎回のように夫が犯人だと言い張る。「ぜったいあいつがやったんだ。ほら、あの顔を見てよ」

　貧しい者が殺されることもあるが、裕福な女性が犠牲になることもある。ブロンドで非の打ちどころがない、医師か弁護士の夫を持つ女性たち。

　ずっと昔、ケイシーとわたしが《くるみ割り人形》を観にいったとき劇場にいた女の子たちが大人になったら、こんな風になるのではないかと思えてくる。あの子たちはそろって髪の毛をお団子にしていた。色とりどりのワンピースを着て、めずらしい鳥のようでもあり、舞台の上の踊り子のようでもあった。その子たちはみな、愛をたっぷり受け取っていた。

　恒例になった日曜日の夕食で、出産したらふたりで見舞いに来るようにと、ケイシーに毎回念押しされていた。

「だれかに来てほしいから」と彼女は言う。「だれも来ないんじゃないかって、心配なの。ふたりとも来てくれる？」

　ふたりで行くからと彼女に伝える。

　そして今日わたしはミセス・マーンと一緒に病院の

駐車場へと入っていく。

赤ちゃんは昨日生まれた。名前はまだない。状態が安定するまで新生児集中治療室に入れられていると、父さんから聞いている。

ケイシーは会いたいときはいつでも娘に会える。医師にも協力的な態度を取っている。離脱症状の兆候を見逃さないために、赤ちゃんを絶えず監視しなければならないことは、だれもが理解している。

車からおりる前、ミセス・マーンはわたしを見る。そして、わたしの手を取って、ぎゅっとにぎる。

「あなたにとってはつらい経験になるかもしれませんよ。トーマスのことや彼が体験した苦しみを思い出したりして。ケイシーにまた腹を立てるかもしれない」

わたしはうなずく。

「でもね、彼女はできるだけのことをしているの」ミセス・マーンがそうつづける。「そう思うようにしてね。彼女はできるだけのことをしているって」

わたしがおぼえている母さんの記憶で、ケイシーには話していないものがひとつある。子どものころ、わたしはその記憶をそれは大切にしていた。だれかに話したら消えてなくなるのではないかと恐れた。

その記憶のなかで、母さんの顔は見えない。お風呂に入っているわたしにやさしくしゃべりかける声だけをおぼえている。わたしたちはゲームをしていた。あるとき、だれかがイースターにプラスチックの卵をくれたのだが、わたしはその卵を風呂に持っていっていいと言われた。黄色、オレンジ、青、緑の卵で、真ん中で半分に割ることができた。わたしはその卵を全部バラバラにして、まったくちがう色どうしをくっつけた。黄色と青の卵、緑とオレンジの卵といった具合に。すべてごちゃまぜにした。〝まあ、なんてことしちゃったの〟母さんはわたしをからかって、素っ頓狂な声を上げる。〝ちゃんともとに戻しておきなさいよ〟そして、なぜだかわたしにはそれが世界でいちばんおもしろいことのように感じられたのだが、母さんはわたしに〝おばかさんね〟と呼びかける。そんな子どもじみた呼ばれ方をしたのは、わたしの人生でそれが最後だった。母さんのにおい、せっけんのにおいをおぼえている。それは、太陽をさんさんと浴びる花の芳香を思わせるにおいだ。

いまよりも若いころは、このたったひとつの記憶があるおかげで、わたしはケイシーのような運命をたどらずにすんだのだと思っていた。その記憶があるかないかが、ケイシーとわたしの人生を分けたのだと思った。わたしはいまでもそのときの母さんの声を思い出せる。そこから伝わるやさしさが、わたしにとっては彼女に愛されたことの証《あかし》なのだ。ほかのなによりもわたしをいちばん愛してくれた人がこの世にたしかにいたのだと、わたしにはわかっていた。ある意味では、いまでもそれはまちがいではなかったと思っている。

病院で、ミセス・マーンとわたしは見舞客用のバッジを受け取る。小さなベルを鳴らして、病棟へと迎え入れられる。ルネ・Sという名の看護師のあとについていく。

最初に、廊下のつきあたりにいるケイシーが目に入る。もうベッドから起き上がっているのだ。そのとなりには父さんがいる。ふたりがのぞいているのは新生児集中治療室のガラス窓だろう。

「お客さんですよ」ルネ・Sがほがらかに声をかける。

ケイシーが振り向く。

「来てくれたんだ」

ルネは自分のバッジを読み取り機にかざしてドアを開ける。なかから出てきた医師が、すれちがいざまにわたしたちにさっと会釈をする。

新生児集中治療室は薄暗くて静まり返っている。ごく小さな電子音がＢＧＭのように流れている。入って右側には手洗い場がふたつ並んでいて、その上に手を洗うようにと表示がある。

わたしたち全員が指示に従う。ケイシーが手を洗い終えるのを待つあいだ、わたしはあたりを見回す。室内には真ん中に一本通路があり、その左右にプレキシガラスで覆われた小さな新生児用ベッドが並んでいる。機械やモニターが音を立てずにひっきりなしに点滅している。部屋の向こう側にはナースステーションがあるが、こうこうとあかりがついていて、ちょっと別世界だ。

室内にはふたり看護師がいて、どちらも作業中だ。ひとりは赤ちゃんのオムツ替えをしていて、もうひとりは腰の高さぐらいの可動式の台にのせてあるコンピュータになにやら打ち込んでいる。赤ちゃんの祖母だろうか、それともボランティアだろうか、年配の女性がひとり、わたしたちのすぐそばのロッキングチェアに座って、新生児を腕に抱き、ゆっくり揺らしている。彼女はわたしたちにほほえみかけるが、なにも話しかけてこない。

ケイシーの赤ちゃんはどこにいるのだろう？

妹が蛇口の水を止める。それから、こちらを向いて、部屋の奥にある小さなベッドに向かって歩いていく。

そのベッドの上には〝フィッツパトリックの赤ちゃん〟という名札がある。

そのなかには女の赤ちゃんがいる。眠っている。閉じられたままの両目は、生まれるという大仕事を終えたばかりでむくんでいる。まぶたがぴくりと動いて、非の打ちどころのない顔が左から右へと動く。

わたしたち四人全員が彼女を囲み、じっと見入る。

「ここにいるよ」ケイシーが言う。

「ここにいる」わたしは繰り返す。

「名前が決められなくてさ」

ケイシーがすがるような目つきでわたしを見る。

「〝一生その名前で呼ばれることになるんだぞ〟って思えてきて。そう思っちゃうとなにも考えられなくなる」

室内はとても静かで、まるで水のなかにいるように、すべての音がくぐもっている。すると背後から、苦痛を訴える甲高い泣き声が聞こえてくる。

〝トーマス〟わたしは反射的にそう思う。

わたしたち全員がそちらを向く。また泣き声がする。その泣き声をわたしは一生忘れないだろう。新生児の息子の泣き声。夜中に何度その泣き声にたたき起こされたことだろう。トーマスが目覚めている時間帯も、彼の眉がぎゅっと寄せられると、わたしは身構えた。

ケイシーのほうを見ると、彼女は身じろぎもせず身をこわばらせ、泣き声がするほうに目が釘付けになっている。

「大丈夫？」わたしがささやくと、彼女はうなずく。

泣いている赤ちゃんは、わたしたちから一・五メートルほど離れたところにいる。看護師がやってきて、ベッドの上に身をかがめ、毛布にくるまれ、帽子をかぶった小さな赤ん坊を腕に抱き上げている。

この子の母親はどこにいるのだろう？

「ほうら、さあ、ほうら」と看護師が声をかけている。

彼女は赤ちゃんを肩にもたれかけさせて、あやしはじめる。わたしは母さんを思い浮かべる。トーマスを思い浮かべる。ああやって抱きかかえられたこと、抱きかかえたことの両方をわたしの身体は記憶している。

その看護師は赤ちゃんのオムツのあたりをぽんぽんたたく。小さな口におしゃぶりをあてがう。

それでもその子は泣きやまない。鳥がけたたましく鳴いているような、しゃくりあげるような小さな泣き声は、なにをしても止まらない。

看護師はその子をベッドに降ろして産着を脱がせる。

オムツを確認する。もう一度産着をしっかり着せる。彼を腕に抱く。それでもまだ、泣きやまない。

もうひとりの看護師が彼女の横を通りすぎて、ベッドの足元に下げてある表に手を伸ばす。

「あら、時間だわ」

「わたしが持ってくるから」と彼女は言って、部屋の反対側へと歩いていく。

わたしのとなりにいる妹は、まだその場で立ちつくしている。彼女の息づかいが聞こえてくる。軽くて、早くて、浅い呼吸の音。彼女は思わず、まだ名前のない、眠っている娘の頭にそっと手を置く。

ふたり目の看護師がスポイトを持って戻ってくる。最初の看護師が泣きつづける赤ちゃんをベッドに寝かす。

スポイトが下におろされる。赤ちゃんは薬のほうに、それを求めるように頭を向ける。それがなんだかわかっているのだ。

彼は口を開ける。そして、薬を飲み込む。

謝辞

この小説に登場するさまざまなことがらについて、これまでに自分の体験談を語ってくれたかたがたに謝意を表したい。とくに、インディア、マット、デイヴィッド、ホセ、クリスタ・キラン、ティア・ボウマン・センターで出会った女性たちにお礼申し上げる。

写真家のジェフリー・ストックブリッジにも感謝を捧げる。人生の多くを費やしてケンジントンの街並みを写真に収めている彼の紹介で、わたしは二〇〇九年にはじめてこの地区に足を踏み入れた。彼がそこに導いてくれなかったら、この小説が書かれることはなかっただろう。

ナタリー・ウィーバー、マイケル・ダフィー神父、セント・フランシス・インのスタッフとの友情、彼らの地域への献身、わたしが彼らの団体を知るきっかけを得たことに感謝する。ほかにも、フィラデルフィア市と市民に向けて欠くべからざる支援をおこなうふたつの団体、Women in Transition と Mighty Writers にも心からの感謝を。

この小説や関連する作品を執筆するにあたっての下調べを手助けしてくださった、ゾーイ・ヴァン

・オルスドル、シグネ・エスピノザ、チャールズ・オブライエン博士、ナサニエル・ポプキン、マジョリー・ジャスト、クラレンスの各位にお礼申し上げる。初期の原稿に目を通し、意見を聞かせてくださったジェシカ・ソファーとマック・ケイシーにも心からの感謝を。

執筆中に有益な情報源となった、以下の書籍の著者にも謝意を表したい。ジーン・セダー著 *Voices of Kensington: Vanishing Mills, Vanishing Neighborhoods*（写真はナンシー・ヘルブランド）、シャロン・マコーネル＝サイドリック著 *Silk Stockings and Socialism: Philadelphia's Radical Hosiery Workers from the Jazz Age to the New Deal*、フィリップ・スクラントンとウォルター・リクトの共著 *Work Sights: Industrial Philadelphia, 1890-1950*、ピーター・ビンゼン著 *Whitetown USA*、*WPA Guide to Philadelphia*（全て未訳）。

セス・フィッシュマンとガーナート・チーム、サラ・マクグラスとリヴァーヘッド・チーム、エレン・ゴールドスミス＝ヴェインとゴサム・チームの、プロとしての指導と友情にも心から感謝する。

家族、友人、本書の執筆を円滑に進める手助けをしてくれた保育者にお礼申し上げる。毎日、あなたたちに感謝している。

訳者あとがき

アメリカ合衆国の都市、フィラデルフィアというと、なにを思い浮かべるだろうか？　東部に古くからある街というイメージを持っている人は多いだろう。アメリカ史をかじったことがあれば、〝友愛〟を意味するギリシャ語にちなんで名づけられたこの都市でアメリカ独立宣言の起草が行われ、一時期首都だったこともあると知っているだろうし、映画好きなら、映画《ロッキー》や、トム・ハンクス主演のあの切ない《フィラデルフィア》といった作品を思い浮かべるかもしれない（さらに、市内にあるリバティ・ベル・センターにはアメリカ史における自由の象徴ともいえるリバティ・ベルが展示してあるだとか、パンに炒めた肉を挟み、そこにとろりとしたチーズがのっているフィリーチーズステーキが名物料理だといった観光地としての情報をお持ちの方もいるかもしれない）。

ところがいっぽうで、この都市は全般的な犯罪率が全米平均よりも高い街という顔も持つ。市内北東部には、住む人のいなくなった廃屋《アバンドー》が立ち並び、ヘロインやその他の薬物依存に陥った者がたむろして暴力がはびこる、住民のあいだで〝バッドランド（Badlands）〟と呼ばれる地区が存在する。それが、本作『果てしなき輝きの果てに』（原題 *Long Bright River*）の舞台、ケンジントン地区だ。

本作の主人公はケンジントン地区を所轄するフィラデルフィア市警二十四分署のパトロール警官、〝ミッキー〟ことミカエラ・フィッツパトリック。ある日、ミッキーはパトロール中に「女性の遺体発見」の無線連絡を受け、それが娼婦をしている妹のケイシーではないかと心配になる。あることがきっかけで仲たがいした姉妹だったが、早くに母親を亡くした子ども時代からミッキーはつねに妹のケイシーを気にかけてきた。地区周辺で女性が次々と犠牲になるなか、ミッキーは勤務中に負傷して療養している長年の相棒、トルーマン・ドーズに協力をあおぎ、ケイシーの行方を追う。ミッキーを視点とした一人称で、現在時制が多用される語りからは緊迫感が伝わり、現在と過去の回想が交互に提示されることで読者はミッキーの心的世界をより深く体験することになる。

作者リズ・ムーアはこれまでに、自身のミュージシャンとしての経験を反映した、ニューヨークの音楽業界を舞台とした短篇集、*The Words of Every Song*（二〇〇七年）、ニューヨークに生きる孤独な登場人物たちが困難を抱えながらも人とのつながりを求めるさまを描いた作品で、国際ＩＭＰＡＣダブリン文学賞一次候補作にノミネートされた *Heft*（二〇一二年）、アルツハイマー病と診断されたコンピュータ科学者の父が残した一枚のフロッピーディスクをもとに父と家族の過去を探る少女を描いた *The Unseen World*（二〇一六年）を発表している（すべて未邦訳）。四作目となる本作は、本国アメリカで二〇二〇年一月に刊行されるやいなやニューヨーク・タイムズ・ベストセラーリスト入りするなど、好評をもって迎えられた。作者初の本格ミステリであり、新境地といえるが、〝孤独〟や〝家族の探求〟（この「家族」とは、必ずしも血のつながった者どうしの関係を意味しない）など、これまでの作品と共通するテーマが引き継がれており、シンプルで抑制されたムーアらしい文体が臨場感あふれる作品世界とよくマッチしている。

　近年アメリカでますます深刻になっているオピオイド禍や貧困の連鎖、さらに警察の汚職、シングルマザーとして働くということなど、本作には社会派といえるテーマが詰め込まれている。ある対談で、「（そのようなテーマを取り上げることには）一般の読者に広く知らしめ、教育する意図があるのか」と問われたムーアは、作品の冒頭と終盤でドラッグの過剰摂取により命を落とした人たちの実名が連なるリストが提示されていることを引き合いに出して、本作品は人に何かを教えようというスタンスで書いたものではなく、なにかを感じて興味を抱き、話のきっかけにしてもらえればいいと答えている。日本に住んでいるとあまりピンとこないかもしれないが、アメリカではオピオイド系鎮痛剤など新しいタイプのドラッグを含んだ麻薬汚染が深刻な状況になっており、アメリカ疾病対策センターによれば、ドラッグの過剰摂取によって一九九九年から二〇一八年までに四十五万人が命を落とし、今後さらなる犠牲者の増加が予想されている。

　ドラッグの問題は往々にして貧困とのつながりが深いのだが、ミッキーの母方の親戚で、アイルランド系のオブライエン一族が描かれているのも興味深いところだ。社会秩序を守る警官という、世間から見て〝まっとうな〟職に就けばうさんくさく思われ、大学進学すら「いいように利用されるだけ」と許してもらえない。自分の手で日銭を稼ぐことが重視される、独特の価値観を持つ一族は、〝ヒルビリー〟だとか〝ホワイト・トラッシュ（白いゴミ）〟と呼ばれ、トランプ大統領誕生の原動力となったことでも知られるアメリカの白人貧困層とオーバーラップする。

さらに、本作は幼い子どもを抱えながら働くシングルマザーの〝お仕事小説〟でもある。あてにならないベビーシッターへの対応に四苦八苦し、職場では嫌味な上司とのやりとりで神経をすり減らし、休日に子どもを遊ばせるためにママ友との関係に苦心する……子育て真最中でもある作者による描写はとてもリアルで共感できる。

作品内のケンジントン地区の街や人々の真に迫った描写は、作者ムーアが同地区での地域活動にかかわり、住民と交流があるという背景に拠るところが大きいだろう（女性向けのライティング・ワークショップを指導しているという）。主人公ミッキーはフィラデルフィアを北へ南へと動き回るのだが、街の中心部であるセンターシティから庶民的なサウスフィラデルフィア、さらに観光客としては足を踏み入れることが難しいケンジントン地区まで、作品を読み進めるうちに読者もこの街に親近感を抱くようになるだろう。ムーアの小説において〝場所〟はいつも重要な役割を果たしており、本作ではフィラデルフィアという都市もまた、いわば登場人物のようなものなのだと作者は語っている。フィラデルフィアに住み十年以上が経過してようやくこの街について書けるようになったというムーアの、ひとかたならぬ土地への愛着が伝わるだろう。

タイトルについても触れておきたい。原題“Long Bright River”は冒頭で引用されている、アルフレッド・テニスンの「安逸の人々（The Lotos-Eaters）」からとられたものだが、「タイトルを考えるのがとにかく苦手」というムーアが原稿提出直前までさんざん悩んだ挙句、インターネットでこの詩が中毒状態について表現したものだということを知り（テニスンの兄弟には阿片中毒者がいる）、本作にぴったりだと詩のなかの一節をタイトルに採用したものだ。麻薬を注射するために浮き出た静脈や、ミッキーの人生にそっと寄り添うデラウェア川、薬物依存により命を落とした人の名前の連なりなど、作品内でそのイメージが効果的に響いている。

社会の暗部に取材し、必ずしも明るさに満ちてはいない本作だが、思いがけない人とのつながりや人のやさしさなども描かれ、最後には希望の光をそこはかとなく感じられる。どんなに暗く、絶望的な状況にあっても希望を見出してほしいというのが一番伝えたいことなのだとムーアは語っている。この先どうなるのかわからない、混迷を極めるいまこのとき、これほど心に響くメッセージがあるだろうか。そう、わたしたちはどんなときも希望を忘れたらいけないのだ。

末筆ながら、本書の翻訳にあたっては早川書房の編集、制作、校閲各部のみなさまに大変お世話になりました。厚くお礼申し上げます。そして、私事になりますが、訳者は学生時代一時期ペンシルベニア州の田舎町のカレッジに学びましたが、寮を出なくてはならない春休みに心優しくもフィラデルフィアの自宅に招いてくれ、街を案内してくださった当時の友人の李紅梅さんにも感謝を。フィラデルフィアの街の空気感を思い出しながら翻訳作業を進めることができたのは彼女のおかげです。そして、わたしの日々の訳業を支えてくれる家族に最大限の感謝を。

二〇二〇年四月

HAYAKAWA POCKET MYSTERY BOOKS No. 1955

竹《たけ》内《うち》要《とし》江《え》

英米文学翻訳家
訳書
『脳の配線と才能の偏り 個人の潜在能力を掘り起こす』
ゲイル・サルツ
『アップルと月の光とテイラーの選択』中濵ひびき
『レバノンから来た能楽師の妻』梅若マドレーヌ
共訳書
『ウェブスター辞書あるいは英語をめぐる冒険』
コーリー・スタンパー
他

この本の型は，縦18.4センチ，横10.6センチのポケット・ブック判です.

〔果《は》てしなき輝《かがや》きの果《は》てに〕

2020年5月20日印刷　　2020年5月25日発行

著　者　リズ・ムーア
訳　者　竹内要江
発行者　早川　浩
印刷所　星野精版印刷株式会社
表紙印刷　株式会社文化カラー印刷
製本所　株式会社川島製本所

発行所　株式会社　早川書房
東京都千代田区神田多町２－２
電話　03-3252-3111
振替　00160-3-47799
https://www.hayakawa-online.co.jp

（乱丁・落丁本は小社制作部宛お送り下さい
送料小社負担にてお取りかえいたします）

ISBN978-4-15-001955-6 C0297
Printed and bound in Japan

ハヤカワ・ミステリ〈話題作〉

1938 ブルーバード、ブルーバード
アッティカ・ロック
高山真由美訳
〈エドガー賞最優秀長篇賞ほか三冠受賞〉テキサスで起きた二件の殺人に黒人のレンジャーが挑む。現代アメリカの暗部をえぐる傑作

1939 拳銃使いの娘
ジョーダン・ハーパー
鈴木 恵訳
〈エドガー賞最優秀新人賞受賞〉11歳の少女はギャング組織に追われる父親とともに旅に出る。人気TVクリエイターのデビュー小説

1940 種の起源
チョン・ユジョン
カン・バンファ訳
家の中で母の死体を見つけた主人公。昨夜の記憶なし。殺したのは自分なのか。「韓国のスティーヴン・キング」によるベストセラー

1941 私のイサベル
エリーサベト・ノウレベック
奥村章子訳
二人の母と、ひとりの娘。二十年の時を越えて三人が出会うとき、恐るべき真実が明らかになる……スウェーデン発・毒親サスペンス

1942 ディオゲネス変奏曲
陳 浩基
稲村文吾訳
〈著者デビュー10周年作品〉華文ミステリの第一人者・陳浩基による自選短篇集。ミステリからSFまで、様々な味わいの17篇を収録

ハヤカワ・ミステリ〈話題作〉

1943

パリ警視庁迷宮捜査班

ソフィー・エナフ
山本知子・川口明百美訳

停職明けの警視正が率いることになったのは曲者だらけの捜査班⁉ フランスの『特捜部Q』と名高い人気警察小説シリーズ、開幕！

1944

死者の国

ジャン＝クリストフ・グランジェ
高野 優監訳・伊禮規与美訳

パリで起こった連続猟奇殺人事件を追う警視が執念の捜査の末辿り着く衝撃の真相とは。フレンチ・サスペンスの巨匠による傑作長篇

1945

カルカッタの殺人

アビール・ムカジー
田村義進訳

一九一九年の英国領インドで起きた惨殺事件に英国人警部とインド人部長刑事が挑む。英国推理作家協会賞ヒストリカル・ダガー受賞

1946

名探偵の密室

クリス・マクジョージ
不二淑子訳

ホテルの一室に閉じ込められた探偵に課せられたのは、周囲の五人の中から三時間以内に殺人犯を見つけること！ 英国発新本格登場

1947

サイコセラピスト

アレックス・マイクリーディーズ
坂本あおい訳

夫を殺したのち沈黙した画家の口を開かせるため、担当のセラピストは策を練るが……。ツイストと驚きの連続に圧倒されるミステリ